いのうえ やすし

井上靖 文集

淀君 ——战国的贵妃

[日]井上靖 著
刘悦 译

重庆出版集团
重庆出版社

YODO-DONO NIKKI
by INOUE Yasushi
Copyright © 1955-60 by The Heirs of INOUE Yasushi
All rights reserved.
Originally published in Japan.
Chinese (in simplified character only) translation rights arranged with
The Heirs of INOUE Yasushi, Japan
through THE SAKAI AGENCY and BEIJING KAREKA CONSULTATION CENTER.
Simplified Chinese Translation Copyright © 2021 by Chongqing Publishing House Co.,Ltd.

版贸核渝字（2020）第197号

图书在版编目（CIP）数据

淀君：战国的贵妃/（日）井上靖著；刘悦译.—重庆：重庆出版社，2021.8
ISBN 978-7-229-15223-9

Ⅰ.①淀… Ⅱ.①井… ②刘… Ⅲ.①长篇小说—日本—现代 Ⅳ.① I313.45

中国版本图书馆CIP数据核字（2020）第139973号

淀君：战国的贵妃
DIANJUN: ZHANGUO DE GUIFEI

[日]井上靖 著　　刘悦 译
责任编辑：魏雯　许宁
装帧设计：谢颖设计工作室
责任校对：刘小燕

重庆出版集团 出版
重庆出版社

重庆市南岸区南滨路162号1幢 邮政编码：400061 http://www.cqph.com
重庆出版社艺术设计有限公司 制版
重庆豪森印务有限公司 印刷
重庆出版集团图书发行有限公司 发行
E-mail:fxchu@cqph.com　邮购电话：023-61520646
全国新华书店经销

开本：850mm×1168mm　1/32　印张：14　字数：245千
2021年8月第2版　2021年8月第1次印刷
ISBN：978-7-229-15223-9
定价：79.80元

如有印装问题，请向本集团图书发行有限公司调换：023-61520678

版权所有　侵权必究

目录 / Contents

001　　　第一章

038　　　第二章

106　　　第三章

155　　　第四章

190　　　第五章

225　　　第六章

264　　　第七章

291　　　第八章

319　　　第九章

352　　　第十章

397　　　第十一章

429　　　附录　井上靖年谱

第一章

织田信长一举击溃朝仓义景①，平定了越前国。其后更是乘势长驱直入，终于在天正元年②八月二十六日，将浅井长政③围困在江北的小谷城④中，自此，小谷城完全陷入了孤立无援的境地。如今，浅井家多年的盟友朝仓氏早已灰飞烟灭，再无一人能对长政施以援手。足利义昭⑤被

---

①朝仓义景(1533—1573)：越前国朝仓家末代大名。因加盟信长包围网，于1573年末被织田信长击败，最终在贤松寺自尽。
②天正元年：公元1573年。元龟四年七月二十八日，改元天正。
③浅井长政(1545—1573)：日本战国时代大名。近江浅井家最后一代家督。1570年"姊川之战"战败后，浅井家势力逐渐衰弱。1573年在小谷城落城，后织田信长军攻入小谷城，浅井长政最后在城里剖腹自尽。本书开始的战役便是浅井临死前最后一战。
④小谷城：位于滋贺县东浅井郡湖北町伊部(旧近江国浅井郡)的日本战国时代的山城。小谷城是日本五大山城之一。
⑤足利义昭(1537—1597)：日本室町幕府第十五代(最后一代)将军。足利义昭为前任将军足利义辉之弟。义辉被弑后，义昭被细川藤孝等拥立为将军。1573年织田信长举兵将足利义昭放逐河内，室町幕府就此灭亡。

信长逐出了京都，比叡山①也被熊熊大火烧得面目全非，长政的同盟如今只剩下本愿寺一派②，可他们亦是自身难保。

信长站在虎御前山的阵地上，向北远远望去，将小谷城尽收眼底。他惊讶地发现小谷城竟像比从前小了一圈。信长暗自思量道："原来这里竟是如此弹丸之地。"近年来，浅井一族横亘在自己的兴兵之地岐阜与京都之间，屡屡生事，现在却被绝望地困在这小城之中，再也动弹不得。信长就像一只死盯着老鼠的猫，目不转睛地盯着小谷城。

从虎御前山看去，这座城池背倚小谷山的山坡树林，京极丸③、二之丸④、本丸⑤不经意地散落其间。在落日余晖的照耀下，本丸城楼的一角被染红，城郭背后的乱木丛在风中

---

①比叡山：1571年，织田信长为了巩固自己在畿内的势力，同时也是为了杀鸡儆猴，进攻了在当时被视为圣地的比叡山延历寺并放火烧毁寺庙，屠杀僧人数千。

②此处指本愿寺显如，信长包围网的大名之一。

③京极丸：也称京极曲轮，小谷城内浅井长政的祖父亮政当年幽禁旧主京极氏的所在地，因此而得名。

④二之丸：日本式城堡中次要的城楼。自城门到本丸之间，会途经二之丸。

⑤本丸：日本式城堡内被石墙、土垒等包围分割成一块块区域，称为"丸"，也叫"曲轮"。从防御中心天守阁所在的"本丸"向外，依次有"二之丸"、"三之丸"等。此外，还有一些以方位或特别名字命名的"丸"，比如大阪城的"西之丸"。

沙沙作响。这一切在信长看来，都显得格外寂静落寞。萧瑟的冷风从西面的琵琶湖吹来，他却丝毫觉察不到这季节的变化。此刻，他一心想的便是要像拿下朝仓义景首级那般，取下久政与长政父子的首级。恐怕在此之前，信长都难有心思去体会那秋风之意了吧。只花了不到一个月，信长便将溃不成军的义景追至越前国，并将其一举歼灭。那份得胜后的喜悦迄今还留在他的脸上。此时的他，正眯着双眼盯着小谷城，眼里闪着寒光，盘算着要把义景以及马上到手的长政父子的头盖骨漆上金粉，想方设法地保存至正月，在新年的宴会上用它们来助兴，和武将们一起把酒言欢，喝个一醉方休。

次日二十七日，木下藤吉郎率兵攻城，成功切断了久政所居京极丸与长政所居的本丸之间的联系。据守在小谷城外墙的指挥官三田村左卫门尉和小野木佐渡守均已降敌，藤吉郎的弟弟木下小市郎与竹中半兵卫二人带领军队，不费吹灰之力便攻进了小谷城。

当晚，信长看见从军营中押出的三田村、小野木二人，只厌恶地说了一句："贪生怕死的丧家之犬"，说完便命藤吉郎即刻将二人斩首。

攻势一直持续到二十八日，当日京极丸陷落。城内的久政剖腹自杀，享年七十一岁，由能乐[1]师鹤松太夫为其介错[2]。随后，鹤松太夫也在久政下首的位置剖腹自尽，追随久政而去。千田采女正、井口越前守、西村丹左卫门等武将都在混战中阵亡。如今，小谷城内只剩长政所盘踞的内城还未被攻下。

当天夜里，藤吉郎向信长进言，劝说信长遣使者前去说降长政。藤吉郎说道：

"城内将士已是背水一战，必定会跟我们拼个你死我活，与其徒增伤亡，不如劝长政投降，不费一兵一卒地攻下城池。再说，小谷城的夫人也……"

话到这里，藤吉郎突然顿了一下，想要一探信长的心思。

信长像是考虑了一番，然后面带不悦地说道："恐怕备前（长政）不会归降，姑且遣使前往吧。"

直到此刻，信长才终于想起了十年前嫁给长政的胞妹，

---

[1]能乐：日本古典剧种之一，亦称为"能"。能约于日本南北朝时期从农村酬神的"猿乐"（类似中国唐朝的散曲）中分出，著名能奠基人观阿弥（1333—1384）和世阿弥（1363—1443）父子，尤其是后者在总结并吸收前人各种艺术的长处后，使能发展成为一种以音乐、歌唱、舞蹈为主的悲剧型歌舞剧。后于室町时代，得第三代将军足利义满（1358—1408）的保护及支持，能这一剧种才日益繁荣，确立了自己的地位。

[2]介错：切腹自尽时，负责砍断切腹人头颅的人。常由切腹者的好友担当。

现在就身处这即将沦陷的小谷城的本丸之中。虽然他也曾想到这位妹妹目前的处境，却并不十分挂心。自从将她嫁给长政，他就再没想过有朝一日会接她回来。嫁出去的女子，就是泼出去的水。她也就不再是自己的妹妹了。

有可能走上同样命运之路的女子，不只长政之妻阿市一人。事实上，信长不仅将自己的女儿德姬嫁与德川家康的嫡子冈崎三郎信康为妻，还将侄女嫁给了甲斐的胜赖①。对信长而言，无论是同胞手足，还是亲生骨肉，但凡是有利用价值的，都已经为他所用。若非如此，在这个弱肉强食的战国时代，作为一名武士他恐怕早就命丧黄泉了。

永禄七年②，信长将芳龄十八岁的妹妹阿市嫁给江北的浅井长政。如今被称为"小谷夫人"或"阿市夫人"的，便是这位女子。将妹妹许配给长政之时，正是信长最艰难的时期。距离桶狭间之战③打败今川义元④，才不过四年光景，

---

①武田胜赖(1546—1582)，为日本战国时代武田家的末代家督。武田胜赖是武田信玄的第四子，武田本家第二十代当主，也是最后一代。

②永禄七年：1564年。

③桶狭间之战：一场发生于1560年（日本永禄三年）战国时代日本的战役。东海道大名今川义元亲自率军攻入尾张国境内，在今爱知县名古屋市一带，遭织田信长领军奇袭本阵阵亡。战后，原本称霸东海道的今川氏从此没落，而获胜的织田信长则在中日本和近畿地方迅速扩张势力，奠定其日后掌握日本中央政权的权力基础。

④今川义元：足利幕府同族的名门，占据骏河、远江，其后更控制了三河的有力大名。居城在骏府。永禄三年(1560)兴兵上洛，在尾张桶狭间战死。

信长又与斋藤龙兴①交战，夺取了美浓②。其后，他又将斋藤驻城稻叶城更名为岐阜，至此才终于朝西前进了一步。

多亏了这场政治联姻，在永禄七年至十二年之间，信长与浅井氏一直相安无事，西征之路得以顺利展开，并最终成功进京。直到元龟元年③春天，信长与浅井的联盟方才破裂，在此之前，妹妹与长政的婚姻已经充分发挥了它应有的价值。

信长一边回视藤吉郎试探的目光，一边想道，"长政之妻要是能救，救出来倒也无妨"，想到这里，妹妹貌美的容颜和纤弱的身姿才逐渐在信长的脑海里浮现出来。

当晚，信长遣不破河内守为信使，携书信前去长政处说降。

信中写道："几番征战实非吾愿，兵戎相见亦多无奈，劝君切莫再逞一时之勇。义景违抗圣命，已蒙天诛，家破人亡。备州④（指长政）素与吾亲厚，又结姻亲，焉得今日疏远至此。望君早日弃城归降，尚能保命，吾亦将妥善安置。

---

①斋藤龙兴：(1548—1573)日本安土桃山时代的大名，美浓斋藤家的末代家督。他在担任家督期间贪图安逸享乐，导致斋藤家的衰败，不久后即败在织田信长手下。此后，斋藤龙兴加入信长包围网，后于1573年战死于越前刀祢坂。

②美浓：今岐阜县南部。

③元龟元年：1570年。

④备州：备前国的中国式称谓。

若从吾言，则浅井一家血脉不至断送于此，实乃信长之所乐见矣。"

没过多久，不破河内守便无功而返，说是长政没有丝毫归降之意，只是托言要将内室及三位千金送至信长军营，请信长代为照拂。当天晚上，不破河内守再次送信，内容自然是向长政传达信长允诺照顾小谷夫人及三女之意。

次日（二十九日）清晨，四架轿辇及随行的二十几位侍女，在藤挂三河守永胜的陪伴下，被送到信长帐下。藤挂三河守原本是织田家武士，十年前，小谷夫人出嫁时跟随夫人一起来到小谷城。信长在营帐中得知轿子将至营外，面上依然是波澜不惊，一言不发。等到近侍再次问到该如何安置时，信长才下令将轿子停在军营旁的杂木林中。于是，在山坡上找到一处方便停驻之所，轿辇便停了下来，它们一个紧挨着一个，成群的侍女就地围坐在周围的空地上。

宛如开战的信号般，轿子刚一停稳，信长军对本丸的总攻便开始了。木下藤吉郎、丹羽长秀、柴田胜家的军队与拼死一搏的守城军激战了一整日，城楼还是屡攻不破。攻城军聚集徘徊在城墙外垣边，没有一人能进得城去，双方就这样僵持不下，直到夜幕降临。夜半时分，夹杂着雨水的大风吹袭而来，京都附近有几百家房屋尽散倒塌。

次日（九月一日）清晨，虽然风势渐衰，但从这片新战场的山丘上望去，远处琵琶湖的湖面仍然是波澜起伏。战斗再次打响，其惨烈程度更胜昨日。上午九时，守城军士抱着最后一战的决心，打开本丸城门，长政首当其冲，率领二百将士杀出城来。

木下、柴田领一支军避开长政攻势，从后方绕道直取丸中，长政无路可退，只得沿城边退到赤尾美作守的宅院内。看到己方将士仅剩数十骑残兵败将，长政知道自己气数将尽，便点燃馆舍，射完所有防御用箭，而后自尽，享年二十九岁。此次会战，只有被称为浅井家顶梁柱的赤尾美作守和浅井石见守二人，因为年迈疏忽而被生擒，余下将士全都战死疆场或剖腹自尽。

信长军攻入熊熊燃烧的本丸城楼，直到下午二时，城内的扫荡方才结束。灭亡了守护京极①家并取而代之，称霸江北多年的豪族浅井一族悉数命丧于此。

在杂树林中，前日被安置于此的轿辇像是静物一般纹丝不动。席卷战场的风，把此起彼伏的杀伐之声带到这乱木丛中。待到这声音渐渐远去，直至完全平息之时，女人们才抬起头，看到天边似乎被异样的黑暗笼罩着。下午三点，轿辇在数十名武士的护送下，被抬下战火平息后的虎御前山，在

---

①守护京极：在室町时代为"三管领四职"制度中的"四职"之一，出任过侍所所司和御相伴众以及北近江、飞驒、出云、隐歧守护等职位。

分不清昼夜的黑暗中，沿着湖岸向南行去。

当晚，在虎御前山的大本营中，信长检看了长政的首级，随后命人将浅井石见守和赤尾美作守押上来。在篝火的掩映下，二位老武士的脸看上去又红又丑。

信长对着二人大声怒吼："你二人常年以来不辞辛苦，谗言惑主，诱使长政背叛我，我恨不得即刻杀了你们。"

话音刚落，被缚的浅井石见守扬脸坚定回应道："长政公不愿与你这等表里不一之辈为伍，才落得今日的下场。"

信长用长枪枪头挑起石见守的三撮白发，说道："区区一个手下败将，还有脸谈什么表里如一。"

浅井石见守回道："你只会欺辱被缚的人，心里很舒坦么？"

信长这次全不理会，转向美作守说道："听说你年轻时曾被称为神勇猛将？"

美作守不愿与信长废话，直接答道："我早就老眼昏花，不过是个老废物罢了。"

信长又命人将一同被生擒的美作守的儿子新兵卫带上来，说道："你确实是个老眼昏花的老废物，但你的儿子新兵卫还有些可用之处。"

美作守将年迈的脸转向儿子，坚定地说道："别上了信长公的当。"

信长大笑道："你这老不死的，别再说废话了。"笑声刚落，便命令一旁的侍从，"把这二人拖出去斩了。"

阿市夫人与三位小姐被送进清洲城，暂居织田信包①府上。不久，在小谷城陷落前被送往敦贺藏匿的长政嫡子万福丸被擒。万福丸只有十岁，信长却毫不留情，立即命藤吉郎将其斩首。另一个孩子几丸，尚未满周岁，是长政的幼子，城池陷落前同样藏在长泽村福田寺中，但信长却手下留情放过了这个孩子。

天正二年元旦，信长终于实现了攻打小谷城时的愿望，将朝仓义景和浅井长政父子的三颗头盖骨放在筵席上斟酒喝。

小谷城沦陷那年，阿市二十七岁，长女茶茶七岁，次女阿初五岁，三女小督三岁。阿市夫人在嫁给长政的第一年便生下了万福丸，两年后，又生下茶茶，其后每隔一年，依次诞下阿初、小督，以及幼子几丸。几丸是在城池陷落那年的五月出生的，也就是说，诞下几丸后仅三个月，就发生了浅井一族被灭门的悲剧。

不知为何，茶茶总是不能清晰地回忆起乘轿辇出城那天的情形，只觉得一切仿佛都发生在漆黑的深夜。实际上，时

---

①织田信包：(1543—1614)，织田信秀四子，信长之弟。号老犬斋。北伊势豪族长野氏养子。

间大约是破晓时分。也许是因为本丸大殿周围葱郁的树林荫翳到足以蔽日，又或是同乘的侍女放下轿帘后，突然一改平日态度，变得异常严厉，丝毫不许她掀开轿帘向外张望，才让她有了黑夜的错觉。

另外，茶茶觉得轿辇像是从燃烧着的熊熊烈焰中穿行而去的。事实上轿辇当然不可能穿越火海。黎明的风虽然夹带着战场的血腥味，但轿辇自北向南，经过的道路两旁却是一片静谧的稻田。

然而，茶茶怎么也不能把当日逃出小谷城的记忆和火焰分开。她曾在小谷山山顶见过比叡山的僧侣举行采灯护摩①供的法事，那时柴火堆积如山，熊熊火焰直逼眼睑，令人心悸，僧侣们在其间往来穿行。这景象与小谷城陷落的情形莫名结合在一起，茶茶始终认为自己就是从这样的火海里逃出来的。

总之，她在此出生，七岁离开，关于这座城池毁灭的全部过程，茶茶就记得这些。意外的是她并不太思念父亲长政。临行前，长政站在轿辇旁送行。那时他身穿黑丝威铠甲，外披金襕袈裟，手执赤柄长刀，这是茶茶脑海中父亲最

---

①护摩：为密教大法。凡求成就，必作护摩。护摩者，焚烧之义。采灯，即用柴火等木材搭建起的燃烧用火架。日本天台宗本山派称之为"采灯"，真言宗当山派称之为"柴灯"。

后的形象。在轿辇出发前后那非比寻常的光景中，父亲独自伫立的身姿显得格外英俊威武。她怎么也无法将这形象和父亲最终悲惨的命运联系起来。

在茶茶母女移居清洲城后一个月左右，一日，一名曾侍奉过长政的仆人突然来访。好容易逃出城来的他，叙述了长政临终前的情形。阿市听后悲痛不已，当场伏地大哭。茶茶却丝毫不为所动。她深信，长政也早如这仆人一般逃出小谷城，现在正好好地在哪里活着呢。

迄今为止，阿市一直强忍着悲痛，从没流下过一滴眼泪。但自从那日听了仆人的转述后，她变得特别敏感脆弱，任何小事都能引得她泪眼模糊。每次看到母亲伤心的样子，茶茶就会心烦意乱，便故意找女仆们的茬，为难她们。

长政死讯传来后又过了半月，在庭院里打扫的仆人不小心说漏了嘴，阿市母女才得知原本藏在敦贺的万福丸已经被擒，死在了木下藤吉郎部下手下，据说还被悬尸示众。得知此事，阿市立即面无血色地跪倒在佛像前，燃起青灯，焚香祝祷，其后数日卧床不起。其间，她命令三个幼女守在身边，寸步不许离开。好像害怕眼前的三个女儿也会随时被信长夺走似的。

兄长万福丸的死讯也让茶茶觉得很不真实，她觉得这一定是和自己毫不相干的别人的故事，也不能理解悬尸示众是什么意思。但她清楚地知道，此事绝不能在母亲面前提及，否则一定会让她撕心裂肺、悲痛欲绝。

不过，再也不能看到小弟几丸的可爱童颜，实在让她感到寂寥。只晓得小弟被托付给了小川传四郎和中道左近两位武士，却不知他们如今的藏身之所。同样，她心里也很清楚，小弟的名字现在也是禁忌，绝对不能说出口。

祖父久政，向来和茶茶母女十分疏远。久政与长政父子多年不睦，或许正因如此，久政几乎很少与茶茶她们说话，其居所京极曲轮与本丸相距甚远，除在浅井一族聚集的大型仪式或者活动上能见上一面，茶茶她们平时很少有机会碰到这个像大入道①怪般的老人。通常，久政总是坐在最高的位置上，精神矍铄，看上去比长政还要健壮。年幼的茶茶也看得出这是个不好相处但言出必行的老人。虽然无法从他身上感受到骨肉亲情，却不反感见他。比起对父亲言听计从的长政，茶茶觉得年老的久政更傲骨嶙峋、顶天立地。久政相貌清奇，大眼睛、鹰钩鼻，总让人联想到老鹰，茶茶总是不自觉地盯着他看。

多年后，茶茶曾一度清晰地记起祖父久政的音容笑貌。在那之前，她从未回忆过父亲长政的死，以及那场战争的场

---

①大入道：日本古代传说中的一种妖怪，通常像和尚一样秃头，身形比普通人大些，有些甚至和山一样巨大。

景。那么多年过去了,她第一个想起的竟是祖父的身影。

那时茶茶十九岁,住在安土城。一日,从信州来的行脚商人被招入城中,其中有一个叫诹访十的孤儿,十二三岁。他说自己出身信州,在战乱中失去了双亲。在一名侍女的追问下,他讲述了自己依稀记得的多年前的那场战事。

当时他只有九岁,某日,与村里的孩童一起去河里玩耍,回家后发现家门紧闭。因为平日里父母经常叮嘱他,若是回家后发现家门紧闭,必是城中有大事发生,必须赶紧进城。于是他沿着山脚小路一路向城中走,穿过稻田间的畦路,不知不觉竟走到了两军对峙的中间。正要拔腿跑进城,一个身穿盔甲的武士走上前来,一把抓住诹访十的湿发拖着便走。就在此刻,旁边突然出现的另一个武士举枪刺向前一个武士,将其赶走。这后来杀出的武士正是诹访十的伯父。

伯父带他来到城墙边,大喝一声,将他整个拎起扔进城墙内。诹访十跌了个大跟斗,摔蒙在城里的垃圾堆里。等回过神来一看,发现庭院里有一个白发将领,正在对众兵士训话。

此时诹访十突然想方便一下,对着城墙刚解开裤子,便听得城外敌军人声鼎沸,如潮水般的挑战声四起,无数箭雨射进城内,其中一支瞬间削去诹访十的额发,嘭的一声插在他身后的城门柱上。不一会儿，数十间①长的城墙外聚满了敌军，他们喊着号子开始推摇城墙。就在此刻，城中突然闯出一个女子，身着腹卷②，手握长刀，从诹访十身旁经过，冲至城墙边，挥刀斩向那些推墙士兵们的手。

战争结束后，城外田地上堆满了战死者的尸体，这些尸体都被取了首级，尸身如箕踞③。稻田与田畔皆被血海染红。又过了数日，一日破晓时分，诹访十看到大家像要决一死战的样子，互相拉着手悲伤感叹。除此之外的事情，诹访十都不记得了。

诹访十的故事讲完了，也不知他经历的是哪一场战争，又是哪个城池的陷落。旁边一个男子补充说那应该是天正十二年时，大井乡的伴野城陷落的事。

听完少年的讲述，茶茶总觉得故事中的那个对城中军士训话的白发将领就是祖父久政，而那个手拿长刀战斗的女子，就是总在久政身边形影不离的英气十足的侧室。尽管诹访十故事中的那座城池无法在规模上与小谷的京极曲轮匹敌，但这个故事让茶茶第一次真实地回想起了当年小谷城一战的惨状。

---

①间：长度单位。平安时代时，1间约为10尺；至15世纪末时1间约为6尺5寸；德川幕府于1649年将1间的长度规定为6尺。约合1.818米。
②腹卷：一种保护腹部及大腿的简易日式甲胄。
③箕踞：两脚张开，两膝微曲地坐着，形似簸箕。

战争，无论大小，其本身所具有的悲剧色彩，通过眼前这个幼小孩童痛心疾首的回忆，直击茶茶内心。

此事先按下不说，毕竟是多年以后的事情了。现在的茶茶刚刚经历了小谷城陷落，住进清洲城，战争对她来说就是一场炼狱之火，怎么也不能将它和自己身边之人联系起来。无论是久政、长政、还是万福丸，他们的死讯不过就是一个个虚构的故事而已。

天正元年就这样匆匆过去了，次年春天，阿市夫人从长滨请来一名画师，请他为亡夫长政画一幅像，要赶在长政周年忌辰前完成。由于画师没见过长政，只好通过阿市口述的容貌特征，先画出底稿，再不断修改。每次画师过来画画，茶茶总在旁边不时插嘴，一会儿说眼角不对，一会儿又说嘴形不像，不停发表意见。

画师真是好脾气，屡次来城中修改画像。好容易觉得接近原貌了，改好再拿来时阿市她们又觉得越来越不像。就这样反复多次，茶茶渐渐揣测出为什么总觉得画得不像了。那是因为母亲和自己对长政的印象完全不同，母亲要画师画的是平日温柔和顺的长政，而茶茶要的是发脾气时横眉怒目的长政。

"茶茶你别说了。"阿市制止道。

"茶茶想要的哪里是父亲的样子，明明是祖父的样子。"

被母亲这般数落之后,茶茶只在一旁默默观看。诚如母亲所言,自己描述的父亲容貌的确更接近祖父。茶茶只喜欢长政表情中最像久政的那种坚强凌厉的样子,即便久政对浅井家族的灭亡有着不可推卸的责任。

"你们的祖父就是对朝仓氏太讲情义了。"

关于浅井家族灭亡的原因,不只母亲这样告诉茶茶,所有侍女也都这样说。年幼的茶茶无法辨知事情的真相,不过单纯从好恶来说,她更喜欢祖父久政的秉性。

夏初,长政的肖像终于完成,送到阿市夫人手里。画中的长政头戴乌帽子①,身着黑色素袄,正面而坐。长眼眼角下垂,略小的嘴唇上方和脸颊处留有少量胡须,脸部年轻丰满。画像上的武士看上去刚毅勇敢、豁达大度。

"啊,真是画得不错。"

阿市一边忙着让三个女儿欣赏,一边由衷赞叹。这幅肖像的确描绘出了长政的音容笑貌,乍一看,茶茶也觉得像是真与父亲相见一般,十分温暖。但细看一会,渐渐感觉到少些什么。此时信长的面容突然出现在茶茶脑海。自住进清洲城,信长只来看望过他们母女四人一次。茶茶记得信长曾经

---

①乌帽子:日本公家平安时代流传下来的一种黑色礼帽,近代日本成人男性的和装礼服组成部分。镰仓时代以来,乌帽子越高表示等级越高。公家通常戴的帽子叫"立乌帽子"。

安慰了母亲两三句便让她们告退了。

退下时，茶茶一抬头看到信长的容颜，那张脸让她至今难忘。瘦削的脸颊、凌厉的小眼、大鼻子、紧闭的双唇，以及尖锐的下颌都镌刻在她脑海里。那是一张比长政和久政都坚忍强硬的武将容颜。

茶茶感到，与信长相比，父亲的脸上欠缺了某些重要的东西。这让她感到失落，甚至悲伤和愤慨。在面对信长这样一个残酷冷血的仇敌时，不知不觉，茶茶心里有了和母亲不太一样的复杂情感。其实茶茶自己不知道，她长得既不太像父亲也不太像母亲，反而最像她的舅舅——织田信长。

天正二年秋，长政的周年忌在清洲城内的一间屋里举行，不久，茶茶与京极高次、高知、龙子姐弟见面。

由于忌惮信长，阿市小心谨慎地准备长政的一周年忌，也不知出于什么目的，信长和清洲城主信包都送来了忌日用的贡品。但法事还是只能在内院中悄悄举行。浅井家的家庙也只遣了两个年轻僧人来，一诵完经便立即回去了。整个法事氛围拘谨微妙，关于此法事的供养对象，谁都不敢提及一句。

长政法事结束四五天后，仆人进来传话，说京极家姐弟前来拜访。阿市此刻正坐在回廊边，一听到京极的名号，立即紧张起来，神情让人捉摸不透。

京极家的高次、高知、龙子三姐弟,是长政的姐姐嫁到京极家后所生的孩子,他们和阿市夫人虽然没有血缘关系,但也是她的侄子侄女。

然而,浅井家与京极家的渊源,比单纯的姻亲关系更为复杂。京极氏自古就是近江地区广为人知的名门望族,在室町幕府时代更是作为四职①之一,与山名、一色、赤松齐名。到了三姐弟的父亲高吉这一代,却被长政讨伐,失了领地并被浅井家取而代之。虽然是过去的事,但对于京极家,浅井家族无疑是应该恨之入骨且不共戴天的仇敌。

如今,长政的姐姐遗留下的这三个京极家的孤儿,就在离小谷城不远的观音寺山麓结庐简居,潦倒落魄。阿市夫人曾经也是有所耳闻的,可后来就音讯全无了。在浅井家灭亡后的今天,姐弟三人突然不请自来,到清洲城拜访自己。

"请他们进来。"

阿市同时让仆人通知在庭院中玩耍的三姐妹,让她们来见自己的表亲们。

京极这个名号对茶茶来说并不陌生。她知道京极和浅井

---

①四职:室町幕府在行政方面由将军综理一切政务。其下设"管领",以辅佐将军,一般由足利氏一族的斯波、细川、畠山三氏轮流担任,谓之"三管领"。管领之下有侍所、问注所、政所等机构,而以侍所最为重要。侍所的首长称"所司",由山名、一色、京极、赤松四氏担任,谓之"四职",负责御家人的统治与行政诉讼。

家本是亲戚,也是已经灭亡的近江名门,只是不知两家更为特殊的关系。茶茶觉得京极家的名号很特别,谁也没告诉过她更具体的事情,但每当她听到这个古老的家名,就会产生一种高山仰止般的憧憬和敬畏之情,同时心情会变得有些哀伤和复杂,觉得那名字有一种区别于任何一个武将家名的特殊含义。

此时,茶茶坐在母亲右手边,阿初和小督互相依偎着坐在母亲左手边。先走进来的是十二岁的高次,他微屈上半身,跪坐在最靠近阿市母女的座位上,整理了一下袴服上的褶子,端正落座。细看之下,这是一个皮肤苍白、瘦削美貌的少年,因为个子长得高且一举一动都很老成,怎么看都不像十二岁。其后进来的是十三岁的龙子,她牵着五岁的弟弟高知一起走来。

茶茶从一开始就一直盯着这个比自己年长些的女子,目不转睛地看着她走进来。龙子和高次相似,也是气质华美,身材高挑。三姐弟都落座后,不约而同地伸手向前,俯身行礼。

"在下是京极高次,领着姐姐和弟弟一起来拜见舅母大人。"

口齿很是干净利落。可茶茶还是目不斜视地盯着龙子。这不是头一回了,茶茶最近有个习惯,每当面对很多人时,总是会选择一个能吸引自己眼球的对象，然后一直盯着人家看。只见龙子身着青葱色缎子小袖①，系朱色衣带，前面的头发整齐地修剪到两颊处，其他发丝长长地披在背上。白皙的双手半握着放在榻榻米上。

龙子抬起上身，眼睛盯着自己的膝盖，偶尔抬眼安静地望向庭院，丝毫没有注意到茶茶。

这个十三岁的少女一脸拒人千里之外的冷漠神情，但茶茶却半怀尊敬地盯着龙子。她心下暗忖，无论是出身门第还是后天教养，自己终究比不上这位京极家的小姐。

这时，房间里突然传出笑声。自从住到清洲城里，就再也没有听到过如此爽朗的笑声了。茶茶将目光移向笑着的高次，只见他两手置于袴下，上身笔挺，好一个老成持重的少年。此时这少年也突然看向茶茶，两人的目光不约而同地交汇。

"请问大小姐芳龄几何？"

高次轻启如女子一般的朱唇问道。阿市替茶茶回答了高次。茶茶觉得高次有些心机深沉且卑躬屈膝的样子，与京极家嫡子的身份不符。五岁的高知坐在兄长和姐姐之间，眼睛滴溜溜地四处张望，什么都新鲜的样子。这个孩子毫无遮掩地表现出了一个落魄的名门子弟应有的惶恐不安。

①小袖：一种窄袖方领的衣服。

那日，三姐弟并未多作逗留便辞别返家了。等他们回去以后，阿市夫人告诉茶茶姐妹，今后一段时间，京极家姐弟也要搬进清洲城。而且在不远的将来，高次可能会成为信长身边的小姓①。他是特地为此事才来拜会阿市夫人的。

约莫一个月后，京极家的孤儿们也搬进了清洲城。

次年天正三年的夏天，高次赶赴岐阜，出仕信长，龙子和高知随行。京极家从前的数名旧臣从四面八方赶来送行，放眼望去尽是年老的武士。

茶茶也随母亲一起送行至内城门前，待高次一行人远去后，茶茶一眼就看出母亲双眼泛着泪花。

"母亲大人为何哭泣？"茶茶问道。

"哎，复兴家门还得靠男人。要是我的万福丸还活着……"

阿市话没说完就用袖子捂住脸放声痛哭起来。茶茶头一次见到母亲哭得如此惨痛。阿市眼见着被夫君亲手摧毁的京极一家，尚能够仰仗高次这个长男，踏上家族复兴的第一步。再想到自己一家竟全无指望，不禁悲从中来。

"这一切还不是拜那位岐阜的主公所赐。"

茶茶恶声恶语地说。母亲的眼泪给了她力量。话音刚落，阿市立即狠狠地看着茶茶的眼睛，使劲摇头说道：

---

①小姓：大名的贴身侍从，主要由武家之中未成年的非继承人子弟担当，职责是贴身护卫大名，跟随大名参加战斗，以及料理大名日常生活起居。

"即便在梦里也不要说出这样的话。要是主公憎恨浅井一家的话,就不会答应抚养你们姐妹。父亲大人和祖父大人大限已到,是上天注定的,只能怪老天不佑,无论谁都逃不开这个轮回。同样的,京极家的灭亡,也不能归咎给父亲大人,那也是天命而已。要不然,京极家的孩子为什么还会来咱们家和你们玩耍呢?"

"难道京极一家是父亲大人剿灭的吗?"

茶茶抬眼望着母亲问道。母亲刚才这番话里提到的这个信息,让她感到十分震惊,内心久久不能平静。茶茶回想起高次姐弟注视母亲和自己的眼神,突然觉得无论是高次还是龙子,他们的眼神中分明饱含着对母亲和自己的仇恨。

就在这时,数骑骑马武士策马奔来,到内城门口后回马停驻,侧身下马,个个看上去都是勇猛精悍的武士。肯定发生了什么大事。阿市夫人和茶茶急忙带着随从返回本丸殿内。当晚才听说,那些骑马赶来的武士,是岐阜派出来攻打长筱①的先头兵。虽然清洲不发兵,但远处街道上整夜火把通明,照耀着从西面派出的武士们连夜行军的道路。

那是一个夏夜,在黑天鹅绒般的天幕上,星星闪着寒

---

①长筱:长筱之战为日本战国时代著名战役。织田德川联军以绝对优势在长筱击败了武田军。通常认为是火枪部队对骑兵的胜利。在世界战争史上也有相当的意义。

光。茶茶站在角楼上，观望着远处那支赶夜路的部队，心中五味杂陈。这支部队隶属于接替父亲长政占领江北的羽柴秀吉，也正是他们，当日攻陷了小谷城。小谷城陷落后，木下藤吉郎更名羽柴秀吉。

天正三年夏，信长、家康联军在长筱大破甲斐①的武田胜赖军。这是联军彻彻底底的胜利。从信玄时代就效忠武田家的忠臣老将几乎全部战死在此，胜赖一败涂地，回天乏力。而经此长筱一役，信长威名大震。之前剿灭朝仓、浅井，现在又给予武田氏致命一击，信长如今称霸一方，无人能敌。

从此，信长成为天下霸主的事业进入最后阶段。长筱一役后，次年的天正四年正月，信长发表了新根据地建设计划，决定将居所从岐阜移至京都附近的近江安土山。安土山自古便是有名的湖边要塞。东海、东山、北陆自不用说，还监视着以京都为首的近畿②，更是通向中国③、四国的战略要地。六角氏④世世代代居住在此。如今，信长准备在此修建一座

---

①甲斐：今山梨县。

②近畿：律令制下日本的地方行政区分，近畿，也称畿内，包括山城、大和、摄津、河内、和泉五国。

③中国：这里指古代日本本州畿内以西的各国，包含现今日本冈山、广岛、山口、岛根、鸟取五县的地域。也叫"中国地方"。

④六角氏：日本氏族之一。镰仓时代到战国时代时期的守护大名，势力范围以近江南部为中心。

崭新的宏伟城池。

佐和山城的丹羽长秀被任命为城池建造的总负责人，赶在该月中旬前就着手准备基础工作，四月初正式动工。三河①、尾张②、美浓③、伊势④、越前⑤、若狭⑥及其他畿内诸国都增派人手前来支援建设，从京都、奈良、堺⑦等地召集来各路能工巧匠。建造围墙所用的石头皆从附近山上开采或直接从古城中挪用。更有甚者，为了从山间取一块巨石，羽柴、丹羽、泷川的一万士兵足足耗费了三天三夜。

四月，正当安土城的营造开始之时，信长举兵进攻大阪石山城⑧。这边正忙着建城，那边又要一刻不停地发起进攻，直到天正七年八月城池竣工之前，信长与他麾下的武将一边忙着管理城池建设事宜，一边奔向诸方战场，忙得四脚朝天。

安土城着实宏伟，与信长的霸气十分匹配。天守阁的底

---

①三河：旧国名。今爱知县东部。
②尾张：又名尾州。今爱知县西部。织田信长最初是尾张国的领主。
③美浓：今岐阜县南部。
④伊势：旧国名。今三重县中央大部。
⑤越前：今福井县北部（包含岐阜西北部地区）即敦贺市。
⑥若狭：福井县南部除去敦贺市的地区。
⑦堺：著名的贸易港口及都市，在摄津、河内、和泉三国交界处。
⑧大阪石山城：这次信长出兵的主要目的是攻打足利义昭，义昭以在近江的今坚田城和石山城为幕府军的据点，举起反对信长的旗帜，但数日后两城皆被攻陷。

部建有高十二间的石藏①，其上建六层阁楼，第二层是信长的居室，东西宽十七间，南北宽二十间。天正六年正月，安土城工事尚在建设期间，诸将便汇聚于此。信长在修建了一半的城中举行了两日茶会，武将们都品尝到了杂煮和中式糕点。

在清洲城内，阿市、茶茶、阿初和小督母女四人平静度日。这些年来，信长过五关斩六将，长筱一役打败武田、平定越前、征讨纪州杂贺、战胜松永久秀、出兵播磨……这些消息也不知从谁的口中传入住在清洲城最里屋的母女耳中。在这些沧桑血腥的故事中，茶茶特别留意关于羽柴秀吉的传言。羽柴如今代替浅井家，接管了江北一带。他放弃小谷城，在小谷西南三里的今滨之地筑城，并将茶茶她们自小称呼的"今滨"改名为"长滨"。这件事也让茶茶体会到征服者的冷血无情。

正因为羽柴本人当日领军进攻小谷城，现在又占据了自家的领地，同时还是奉信长之命追捕万福丸，将其处死的可恨凶手，茶茶才会对他的传言特别留意。除此之外还有个缘由，便是听人说起过秀吉一直以来都对自己的母亲阿市夫人怀有思慕之心。

天正五年的秋天，茶茶十一岁，秀吉遣使者来清洲

①石藏：地下室。

拜会。

"因为竹生岛①是贵家族世世代代尊崇之地，又是近江首屈一指的宗教圣地，所以主公加派人手保护，安顿寺院众僧，修复了荒弃的建筑。请阿市夫人择日带着几位小姐一同回去参观一下吧。"

听完使者禀明来意，阿市冷言正色地拒绝道：

"承蒙如此郑重邀请，深感惶恐。只是近来实在是身体不适……"

从城陷之日起就服侍母女四人的藤挂三河守当时也在一旁，待使者离去后，他鄙视地说道：

"真是个不知深浅的家伙！所谓贼心不死，说的就是这位筑前守②了。事到如今还不死心，想尽一切办法招惹夫人。"

茶茶当时听后没有明白什么意思，后来才从侍女口中得知，那是因为一直有传言说羽柴秀吉对母亲怀着思慕之情。

秀吉的家室被安置于长滨，无论他是否对阿市夫人有情，毕竟是自己主公的妹妹，说什么也没有办法出手。所以他直到今日都是想想而已。但越是这样越引得流言四起。

---

①竹生岛：琵琶湖北部的小岛。
②筑前守：丰臣秀吉的曾用名为羽柴筑前守秀吉。筑前是现在日本的福冈，他曾受领"筑前守"的官位。

听闻此事，茶茶改变了迄今为止对羽柴秀吉十分厌恶的印象，反而觉得他有些滑稽。由此看来，从前那个杀死祖父和父亲，掠夺了自家城池的人，既不是鬼神也不是蛇妖，仅仅是普普通通的众生之一罢了。

在此之前，羽柴秀吉曾多次遣人来清洲城邀请阿市母女去竹生岛。关于秀吉的传言，茶茶听说过不少，有人说他是信长麾下最受信长喜爱的新晋武将，战功赫赫，无人可及。也有人说他是个毫无风采的小个子男人。

与母亲不同，茶茶内心其实很想去竹生岛看看。她有很多关于那个琵琶湖中小岛的想象，那里供奉着祖辈们尊崇的观音和弁财天①神。在清洲城中度过了四年足不出户的时光，茶茶十分想回去看看自己从小生活的近江国。

茶茶的这份心思，在天正六年春天的某日，竟意想不到地实现了。那日，京极高次突然来清洲城中拜访。这个名门之后在阿市夫人的帮助下成为信长的近侍，随着信长从岐阜搬到安土，他也举家移居安土城。此次之所以来清洲，是奉了信长之命，邀请阿市母女去参观即将竣工的安土城的。

"这是主公的心意，请您勿要推辞。"

高次如今已是十六岁的青年武士了。从当初在清洲城中

---

①弁财天：源自印度教的辩才天，也叫辩才天女，名字是萨罗斯瓦蒂（梵文：Saraswati），印度教创世者梵天的妻子。

初见，至今不过四年光景，他却已然长大成人，都快认不出来了。他继承了京极家的贵族血统，生得十分俊美，瘦削的脸颊泛出青白的寒气。茶茶再见到高次时，不由得倒吸一口气。

这和平日里她常见的武士可不一样。

阿市这次又以身体不适为由拒绝了信长的邀请。

"那么至少让几位小姐去看看吧。"

听到高次这样说，茶茶马上接话道：

"茶茶想去看看。"

"真的想去吗？"

"是。"

"那么，茶茶带着阿初去，代母亲问候主公吧。"阿市只能首肯。

两日后，茶茶和阿初由藤挂三河守及三位侍女陪同，在安土城派来的高次等一行十几个武士的保护下，离开清洲城向近江行进。这个时节樱花已落，嫩叶初生，在和煦春风的吹拂下，五顶轿子走走停停，向西缓慢行进。高次不断策马奔前奔后，每当茶茶掀开轿帘时，高次要么在远处策马前行，要么从前方反向过来。

到了近江，骑马武士的身影逐渐多起来。又过了一会儿，一行人收到消息说，信长已经领兵前去突袭大阪石山城，不在城中。

对于孤独地在清洲小城中度过多年的茶茶和阿初来说，安土城的豪华让她们瞠目结舌。

尽管信长出征在外，但横贯山脚至平原的王城繁荣鼎盛，打扮得一副大城市风范的男女交织如梭。沿着大大小小修建整齐的街道，建有数千户民居。

城郭建设在半山腰上，山脚下是一片湖泊。在澄明的天空下，七重高的天守阁①巍然耸立。装饰着金箔的屋顶在晚春的阳光照耀下闪闪发光。七层楼的正脊上装有金光灿灿的大金鯱②。迄今为止茶茶她们虽然不停地听说关于天守阁的各种传言，但百闻不如一见，眼前的实物远比传说中雄伟壮丽。

茶茶一行人并没有进城，而是被安顿在安土山西面莲花池边的一个寺院里。她们本是特意被邀请来参观城池的，但因为信长不在，为了慎重起见，没有一人敢安排她们入城。虽是和信长血脉相连的侄女，这时候也只能按照被征服者遗族的标准来接待。

---

①天守阁:亦称"天守"，位于日式城堡中心部的高大建筑物，一般为多重楼阁，造型宏伟，象征了城主的权威。

②鯱:此字为日本汉字。指的是一种虎头鱼身、尾鳍朝天、背上有多重尖刺的传说生物。同时也指以其为原型的屋顶装饰。江户时代的百科事典《和汉三才图会》中则记作鱼虎。

在城外住了两日，茶茶一行改变初衷，转而参观竹生岛。她们将沿着三天前来的路去往长滨，再从长滨乘船，行驶五里①的海路前往竹生岛。此次随行的还是从清洲出来的原班人马。茶茶一想到长滨是羽柴秀吉的领地，便感到十分不快，但听说秀吉也随信长去征讨大阪石山城后，才放下心来。怎么说江北都是自己祖辈们生活过的土地，那里的一草一木怎能不叫人思念。

第二日傍晚一行人抵达长滨，从长滨城外二里地左右的村落乘船，上船后没多少光景就日落西山，茶茶和阿初因怕晕船，直接下到底舱睡下，次日破晓时方醒，睁眼一看，只见船只已停靠在竹生岛周围散布的礁石群边了。两位小姐气喘吁吁地爬上长长的石阶。

在竹生岛住了一日后，次日再次扬帆，沿着原路返回最初的乘船地。接近正午时分，在茶茶她们的左手边，可以看到远处湖边的长滨城。茶茶望向长滨城的时候，一旁的藤挂三河守说道：

"什么都和从前一样啊，伊吹山和伊吹山上的云都是老样子。"

"只有那长滨城看着碍眼。"茶茶突然说道。藤挂三河守急忙制止她往下说，劝诫茶茶：

---

①里：古代日本距离单位。日制三十六町为一里，合3.924公里。

"这种不敬的话是不能说的。"

藤挂三河守的旁边就走着京极高次,他好像什么也没听到似的。

茶茶开始揣测高次对此事的看法。如果她们憎恨秀吉,那么同理,高次也应该憎恨她们。她们讨厌长滨城,高次曾经也一定非常讨厌小谷城吧。

茶茶忽然感到高次正注视着自己,便不知打哪里来的勇气,自己都管不住自己似的对高次说道:

"那里原来虽是浅井家的领地,可在那之前却是京极家的地盘吧。"

本来说这话是有些想要讨好高次的意思,可是话一出口,她却突然讨厌这样的自己,干吗要曲意逢迎这么一个已经落魄的名门子弟呢。

高次丝毫不为所动,两手好好地置于膝盖上,毫无表情地回答道:

"土地是不属于任何人的。无论是京极家,还是浅井家,都只是土地的临时管理者而已。如今的羽柴大人也是这样的。"

茶茶问道:"那么是由谁交给他们管理的呢?"

"是神。"高次答道。茶茶完全不理解高次的话。土地是神赐的,这样的说法她还是头一次听到。

"可是，你不恨那些毁灭你家族的人吗？"茶茶问。

"小姐！"一旁的三河守左右看了看，出言制止茶茶。

"憎恨他人是不对的，这是我接受的教导。"高次十分有教养地回答道。

"谁教你的？"

"耶稣基督教的。"

茶茶从前也听说过"耶稣"这个名字，却不知这个外国神灵还会教人这些。面对这个如花美少年，茶茶突然产生了强烈的抵触心，扬声大笑起来。

她笑得停不下来。直到妹妹阿初说"茶茶姐别这样了。"茶茶这才止住。可是再看一眼冷着脸的高次，她越发有了想笑的冲动。

回到清洲后，茶茶才听阿初说起，高次已经成为了伴天连①的信徒。

"信什么伴天连，真讨厌。"阿初轻蔑地说道。

"肯定是他的家族灭亡以后才有了信教的想法吧。因为要憎恨的人实在是太多了，要是这么恨下去，身边的所有人岂不是都成仇恨的对象了。"茶茶回答。

茶茶不愿意听到妹妹说高次坏话，可见心里还是向着

---

①"伴天连"是"Padre"的日文旧译，在葡萄牙语中是神父、传教士的意思。

他的。

第二年，天正七年七月，安土城竣工。受信长邀请，茶茶和阿初再次参观了安土。这次阿市还是拒绝了邀请，由茶茶和阿初代她去安土庆贺。全国各地的将士都收到了邀请，纷纷前来参观。

给茶茶她们带路的是二十三岁的青年武将蒲生氏乡，在蒲生的带领下，二位小姐依序参观了二之丸、本丸、天守等城楼。天守真可谓是穷尽了人间奢华之美。

二楼是广间[1]和书院，由几个铺有榻榻米的房间和储藏室构成。大部分房间的内墙上都装饰着金粉绘制的色彩艳丽的图画，柱子与屋顶都有五彩镂花、门扉皆涂黑漆。三层、四层的房间也各具特色。三层主要装饰着花鸟、神仙和骏马的图画，四层绘有龙虎和凤凰等图案。五层没有装饰画。六层的外柱朱漆，内柱鎏金，柱上绘有释迦牟尼十大弟子以及释尊得道故事图。七层房屋内全部涂金，内柱、屋顶、拉门上，依次绘有龙、三皇五帝、孔门十哲的人物画像。城门为铁制，名为"黑金门"。周边的石墙都是双层结构。

城里十分热闹，几乎每天都有相扑表演，爆竹声声。

参观完天守后，茶茶在正殿拜谒信长。可能是想炫耀侄女的美貌，信长接见她们时召来了许多武将。看着信长的面

---

[1] 日语作"広間"，为阁主的起居室。

子，武将们纷纷殷勤地问候茶茶和阿初。唯有带领她们参观的氏乡态度冷静。这位大圆脸、胖乎乎的青年武将，不卑不亢地抬头问候茶茶：

"在城里参观了一日，想必您也有些疲惫吧。"

虽不是傲慢蛮横的态度，到底也和其他献殷勤的武将感觉不一样。茶茶幼年时便听说过蒲生的名字，据说也是近江的豪门望族。

茶茶每次和蒲生氏乡说话，不知为什么总是不自觉地低眉顺目，只有对他是这样。可能是因为在此诸国战乱之世，蒲生家从未被任何人打败，一直延续至今，值得敬佩。氏乡退下后，一旁的茶人告诉茶茶，氏乡是织田麾下年轻武将中一等一的人物。

"日野城在蒲生大人的管理下繁荣昌盛，居民日益富裕，都说大人以后一定会大有所为。"那位茶人这样评论道。

茶茶来到安土的第三天，正巧赶上盂兰盆节。信长一向喜欢炫耀，当夜即命人用灯火装饰织田氏祖庙——总见寺的庙宇，向普通市民展示天守阁和城郭的雄伟壮观。

日落时分，城里的居民都守候在街道两侧，人人手举火炬，到了八时，众人一齐点火。火炬里塞满了烟花，不一会儿就花火烂漫，城里的街道被火光照得恍如白昼。与此同时，各个十字路口烟花爆竹齐放，几十个少年武士骑着马从被火光照亮的街道上飞驰而过。

茶茶跟随蒲生氏乡,来到城里一个小山丘上的武士家门口,观看整个祭典。几个贵族少年武士骑着马从茶茶面前经过。茶茶觉得,那些在火光中穿梭出入的少年身姿,简直是这世间最美的景致。这些人中打头阵的就是京极高次,茶茶并没有认出高次,还是氏乡告诉她的。

武士们再次回转马头,驰向茶茶,一眨眼就从她面前经过,茶茶还是没能看清高次的身影。

到了九时,城里居民结束了祝火祭,向着城郭所在的山麓进发。安土城周围修有护城河,河水是从旁边的湖中引来的。信长的马回众①泛舟河上,每个小舟上都点着火把,那火油流进护城河,让整片河水都沐浴在火海中,引得观者成千上万。一抬头,便能看到灯火璀璨的天守阁,在盛夏的夜空中,天守巍峨耸立。城里到处都充斥着居民们欢呼雀跃的呼声,山麓边上熙熙攘攘,人声鼎沸,一直热闹到深夜。

夜更深了,在天守阁二层的广间里,信长举办了酒宴,茶茶和阿初也有出席。酒宴一开,规矩全免,参加者们三五

---

①马回众:相当于中央警备队。日本战国时代,大名军阵由大名本阵和若干独立军团组成。本阵成员包括总大将、副将、军师、佑笔(执笔)、军奉行(管辖其下的旗奉行、弓奉行、枪奉行、小荷驮奉行、兵粮奉行)、军目付、使番、物见番头。此外还包括马回、小姓、药师、祈祷僧等保障人员。马回为本阵警卫力量,负责本阵指挥机关的安全。

成群地围绕在广间周围的回廊上，随意地坐着，观看下方的祝火表演。

茶茶一直关注着高次，他离茶茶有二三间的距离，一个人独坐着。茶茶心里一直犹豫，不知该不该主动与他搭话，最终她还是顾忌着周围有人，始终没有开口。氏乡坐在茶茶旁边，用他天生沉稳的口气说道：

"等您返回清洲之后，一定要将您今晚的见闻告诉您的母亲大人啊。"

他好像发自内心地享受今天的祝火祭典。在屋内灯光的映衬下，氏乡的脸上丝毫没有半点卑屈之意，反而显得异常地沉稳冷静。茶茶想，眼前这位到底是率领过千军万马的青年武将，与他相比，坐在远处的高次却总是一副敏感而落寞的神情，显示出强烈的个性，丝毫没有伴天连信者该有的样子。

次日，茶茶一行宿在安土城，终于没能找到机会再和高次说一句话。

第二章

那之后,茶茶姊妹和母亲阿市夫人在清洲城中平静地度过了三年时光。天正十年元旦那天,从破晓开始三河尾张就刮起了大风。屋外狂风呼啸,母子四人听着风声,胆战心惊地吃了煮年糕,算是过了个年。这一年,阿市夫人三十六岁,茶茶十六岁,阿初十四岁,小女儿小督十二岁。

自元旦起,城里似乎逐渐热闹起来。有一次,一个侍女还看到城门口集结着大批人马。

"可能又有大仗要打了吧。"

阿市夫人说道。其他人也都跟着猜测。有人说对手是甲斐的武田家,有人说织田大军准备要攻打播磨了。

一月末,兵马调动愈加频繁,连足不出户的茶茶姊妹们也能感觉到。再过了一个月,又听说此次出征的大军由信长的嫡子信忠担任总指挥,目标是甲斐信浓①两地。

二月下旬,清洲城内响起了发兵的太鼓声。接连四五

---

①信浓:今长野县。

天，城里熙攘喧嚣之声不绝于耳。待部队倾巢而出后，城里又变得如死水一般静谧。不久，城内传言，据说武田军惨败，胜赖父子已经在天目山自尽。不多时，又传来了羽柴秀吉攻陷吉备国冠山城的消息。

织田大军屡战屡胜，捷报不断。每当捷报传来，城里就变得热闹非凡，可阿市却显得比平日更加垂头丧气，或许这些消息又让她回想起了小谷城陷落当日的惨状。茶茶和阿初却丝毫不以为意，时常开怀大笑。

每当此时，阿市便会呵斥茶茶：

"茶茶怎么总是大声喧哗？"

或者皱着眉呵斥阿初：

"阿初的声音太刺耳！"

茶茶的笑声的确明亮爽朗，即便是浅笑几声，也有一种华丽且充满感染力的美。阿初的笑声干净清澈，有如回珠转玉。与二位姐姐不同，小督性格恬静，不苟言笑。每次看到姐姐们笑，她总是一脸不解，一个人在一边沉默不语。二位姐姐生得容颜秀美，各有特点，只有小督继承了父亲圆胖的脸庞和平凡的相貌。

六月五日黎明时分，熟睡中的三姐妹被母亲推醒。面对刚刚起身还穿着寝衣的三人，阿市神色凝重地说道：

"你们冷静地听着，主公过世了。"

茶茶没有明白母亲的意思。

"由于惟任大人①谋反，主公前天夜里已经在京都被杀害了。"

听得母亲此话，茶茶终于明白，原来舅舅信长遭遇了不同寻常的变故。原以为母亲对信长没有一点感情，可得知信长死讯后，母亲仿佛深受打击，这让茶茶很是费解。

诚然，保护人的突然离世，令母女四人未来的命运变得飘摇不定。茶茶心头也掠过一丝不安。但信长亦是毁灭浅井一家的大仇人，是杀死祖父的凶手，屠尽家门的仇敌。

"这么说主公真的去世了？"

虽然没有忍心说出天谴这样的言辞，但茶茶表现得无比镇定。因为她早就相信这一天迟早会来的。跟灭亡京极一族而遭到惩罚的父辈一样，如今杀死自己父辈们的信长亦已遭此果报。

阿初与小督受母亲影响，也显得躁动不安。

"主公真是不幸啊。"

话音刚落，阿市夫人便俯身大哭。茶茶不明白，母亲为什么会像当年为父亲之死痛哭那般，同样为信长之死悲痛。大概因为她和信长终归是血脉相连的兄妹，所以才会如此悲

---

①惟任：这里指明智光秀。由织田信长赐明智光秀"惟任"的姓。"惟任"是丰后名族大神氏一门。

伤吧。

"杀死主公的惟任光秀将来也会死于他人之手的,大家的命运都一样。"茶茶说道。

听了这话,阿市夫人眼中含泪,有些吃惊地看着自己的女儿:

"哎呀,太可怕了!茶茶的心肠怎么这么硬。"

"可我说的是事实啊,主公不是也杀死了父亲嘛!"

"主公和父亲之间的战争是兵家常事。虽然你无法忘记他杀死父亲的仇恨,但你们姐妹能捡回命来,无拘无束地活到今天,也是多亏了主公的庇佑啊。"阿市说道。

可能是岁月的变迁磨砺了她的心性,同样的,茶茶的心性也有所改变。

"和主公帮助我们一样,母亲也为高次大人仕官之事进言?"

茶茶说道,为自己内心的混乱感到茫然无措。她一边吐露着对信长的憎恶之情,一边却又站在高次的立场上抗议浅井家的所作所为。

黎明时分,清洲城内自上而下乱成一片,谁也无法预测今后事态的发展。大家都惊慌失措,担心明智大军随时攻入城内。那天,茶茶两次登上角楼,每次都看见远处街道上有不知去往何处的骑马武士,分成十人或二十人的小队向前行进，也不知他们隶属哪家。此时正值梅雨季节，乌云低沉地压在平原上空。

在信长的死讯传出之后，安土城周边陷入一片混乱，相关传言也传入茶茶耳中。有人说明智大军已经进入安土城；也有人说两军已在濑田桥附近开战；还有人说京城内亦有战乱。也不知该相信谁。

在大家议论纷纷之时，最让茶茶震惊的是有关京极高次的传言。据说他追随叛军首领光秀，集结京极家旧臣，袭击了秀吉的领地长滨城。这个消息是藤挂三河守打听到的，恐怕不假。由于当时长滨城内只有秀吉的妻儿及少数留守部队，而高次则借助阿闭长之等京极旧臣之力，竟然成功地偷袭并占领了长滨。

听到这个消息，茶茶瞬时惊呆了。信长的突然离世都没能让茶茶的心动摇分毫，可高次的传言却立即让她花容失色。茶茶觉得高次这次彻底完了，真可谓棋差一步则满盘皆输。尽管目前信长已死，未来局势不明，光秀有可能称霸天下，也有可能被织田家的遗臣们杀死。但不知为何，茶茶就是觉得高次选错了路。

茶茶之所以感到震惊，是因为传言中的京极高次和她之前所认识的高次判若两人。茶茶认识的高次，是伴天连的信徒，这个信徒曾经在从竹生岛回来的船上信誓旦旦地声明自己谁都不恨。可现在的高次，像一只迅猛的雄鹰，趁着信长突然离世造成的混乱，试图一举夺回曾经属于京极家的领地。

身为名门之后，高次曾经为信长效力，这无疑伤害到这位京极家嫡子的自尊心。为了逃避现实，他选择信仰异国的宗教，强迫自己抛开过往的恩怨。然而，复兴京极家的欲望和冲动一定还蕴藏在他的骨血之中。如今信长既死，天下又逢大乱，正是他得偿夙愿的大好时机。茶茶想，如果她自己是男子，心性一定和高次很像。这些都另当别论，就说京极高次此次的做法，总让她感到不安，心头笼罩的乌云挥之不去。她觉得对一个年方二十的名门之后来说，这次行动未免有些操之过急。

那天，茶茶漫步在寂静无人的内庭，回想起万灯会那夜的安土城。她想起在城下策马疾驰的少年武士，那飒爽的英姿堪称举世无双，还想起天守阁上高次锐利的眼眸。直到此刻，茶茶才在心里坦然承认自己这些年来对京极高次的倾慕之情。在从竹生岛回来的船上，茶茶曾经为高次云淡风轻的态度感到气愤，因为她不希望高次放弃仇恨和梦想，她觉得他背叛了自己的期待，所以才会毫不留情地嘲笑他。在茶茶心里，她始终喜欢的是那个自尊自强且性情刚烈的高次。想到这里，茶茶又想起了高次偷袭长滨的举动，她还是觉得有些为时过早。

此时此刻,茶茶终于意识到,自己从小就往高次身上寄托着一个梦想,她希望今后能和高次生活在一起,并在将来的某日,凭借他的力量收复江北旧地。那里曾属于京极家,也曾属于浅井家。等这个梦想实现,二人便在那片土地上修筑一座城池,从此永住城中。只要静待时机,这个愿望不是不能实现。可现在,这个梦想恐怕要破碎了。

除了京极高次,另一个人物也成为流言的核心。就是那个曾经带领茶茶姐妹参观安土城,其间一直陪伴她们左右的蒲生氏乡。兵变发生时,氏乡的父亲贤秀正在安土城,听闻噩耗,他立即将信长的妻室转移到自己的居城日野城避难。面对光秀的招揽,父子二人一同回绝。其后,茶茶她们不断听到传言,说明智大军为讨伐贤秀、氏乡父子,正向陆续城和日野城进发。

氏乡父子的选择与高次背道而驰,茶茶觉得,值此动乱之期,氏乡父子的选择才是正确的,人家这步棋下得正合时宜。在此之前,茶茶一直认为氏乡与高次有许多相似之处,如今,这相似的两人却朝着对立的方向渐行渐远,拉开了差距。

"蒲生家的两位大人真是了不起!这才是值得将安土城托付的大将啊。"

藤挂三河守对蒲生父子赞不绝口，茶茶也同意他的说法。然而，很多天过去了，清洲城内再没有流传过关于日野城的任何消息。比起高次，氏乡现在才更加危险。日野这么一座小城，能否抵挡住明智大军的进攻，这着实让人担心。

约莫十天之后，京都方面的各种消息陆续涌入了清洲城。阿市母女也忙着收拾行装，准备随时撤离。就在城里的人们忙得不可开交之际，城外的快马相继入城，陆续将山崎合战①、秀吉获胜及光秀之死的消息带入城内，终于为这段动荡的时期画上了休止符。

城内也逐渐恢复到往日的平静。

山崎合战结束的数日后，茶茶听说秀吉再度夺回长滨城。而高次却下落不明，也不知他是死了还是逃出城了。茶茶还听说，几乎在长滨被夺回的同一时间，安土城已被明智大军烧成灰烬。茶茶脑海中浮现出那座雄伟壮丽的七重天守，她想象着那座巨大的城池被烈火包围的场景，熊熊燃烧的火焰像是一场虚幻的祝火祭典一般，象征了信长霸业的终结。

阿市夫人和茶茶、阿初、小督母女似乎完全被遗忘在清洲城的这间屋内，她们成日里深居简出，无人打扰。然而，

---

①山崎合战：又称天王山之战，发生在天正十年（1582）。明智光秀发动本能寺之变后，正在进行西国攻略的羽柴秀吉立刻率军返回畿内，在山崎与明智光秀展开决战，最终击败明智军。此战也奠定了秀吉日后统一日本的基础。

每天的日子却过得提心吊胆，惶惶不安。在光秀被诛灭之前，尚且还有各路消息不断传进母女四人的耳中。可如今的天下到底是什么局势，四人便无从知晓了。

本能寺兵变后的第九天——即六月十一日的夜晚，时年两岁的三法师丸，在信忠的臣子——僧侣前田玄以的保护下，经岐阜转移至清洲城。三法师丸是信长嫡子信忠的儿子。信长的继任者本来应该是信忠，但信忠已在光秀谋反当夜于二条御所①自尽，所以继承人理所当然地变为他刚满两岁的儿子三法师丸，以传承织田家的正统血脉。

自从安土城被明智大军烧成一片焦土后，清洲城自然而然地被视为织田家的根据地，所以三法师丸才没有选择岐阜，而是移居到了清洲城中。三法师丸入城一事，阿市夫人和女儿们只是有所耳闻，并没有收到正式通知，所以也就没有出去迎接。

三法师丸来到城里的第二天，被誉为织田家首席重臣的柴田胜家②领兵入城。柴田胜家是领导佐佐成政、前田利

---

①二条御所：在今京都市中京区。室町幕府第十三代将军足利义辉将幕府设置在此处。

②柴田胜家(1522—1583)：日本战国时期名将，斯波武卫家庶流，越后新发田城主柴田修理太夫义胜之孙，尾张织田家的谱代重臣，家老。在织田信秀死后，曾一度拥立织田信长之弟织田信行叛乱，兵败后因作战勇猛而被饶恕。此后在信长麾下屡立战功，成为家臣团的领袖。

家、佐久间盛政等北方将领的大将，本能寺兵变时，他正在越中①与上杉景胜对战。一听到消息，他立即将指挥权委托给属下战将，自己率领亲兵赶赴京都，不料刚到半路又收到山崎合战的捷报，只得改变行程，来到清洲。自从柴田胜家进城后，城里顿时热闹起来，来来往往的武将明显增多了。

茶茶她们每次从室内走到院中，都能看到本丸那边不断有人进进出出，门庭若市，可没有一个人来看过阿市母女。值此乱世，人人自危，谁还有余力照顾信长的妹妹和三个侄女呢。从前还有藤挂三河守出去打听消息，如今外面的武将熙来攘往的，他也顾忌着自己的身份便不再外出，从此隔断了与外界的消息通道，外面发生的事也一概不知。

同月末，羽柴秀吉的身影也出现在清洲城内。山崎合战之后，秀吉一直留在化为废墟的安土城中收拾残局。一切料理妥当后又赶至岐阜，命令其下属的武将交出人质②，然后将所有人质安置于长滨城。随后，又将岐阜托付给堀秀政。等到办完以上所有紧要之事，他才来到清洲城拜谒三法师丸。本能寺兵变发生后，秀吉件件事都办得干净利落，简直是大快人心。就像是事变之后所有的收场工作都是他一人完

---

①越中：今富山县。

②人质：为了遵守同盟、和亲、投降等约定，向对方交付家族中人，以此人的生命作为约定的担保。日本战国时期尤其频繁，主要出于政治军事等目的。

成的一般。

虽说秀吉来清洲城的目的也是拜谒三法师丸，尽一名织田家家臣应有的礼数。但自从他进城以后，城里的气氛变得与柴田胜家进城时大不一样。从使者宣告秀吉进城之日起，城里男女老幼的表情都有些异样。各处庭院被打扫得一尘不染，每个城门都派驻有武士站岗，不知道的还以为是要迎接生前的信长。茶茶从一个侍女那里听说了秀吉进城的消息，却没敢告诉母亲。

在某个骄阳似火的午后，秀吉抵达了清洲城。当天傍晚，秀吉事先没打一声招呼便突然出现在阿市夫人居所的庭院里，所有人都大吃一惊。彼时，阿市夫人正在房内休息，茶茶三姐妹正坐在廊上乘凉。

茶茶透过树丛看见一个低矮瘦削的男子弓腰驼背地走进院里，紧跟着他的还有几名随从。茶茶立即意识到来者是羽柴秀吉。秀吉弓着腰快步走近走廊，对茶茶她们寒暄道：

"这不是几位小姐嘛，都长这么大了。"

他的语调既不特别郑重，也没有居高临下的傲慢。茶茶从走廊上站起身来，默默看着这个四十过半的武士。只见他脸型狭窄，常年曝晒在阳光下的皮肤已经初现老态，只有一双眼睛炯炯有神。

阿初和小督也跟着相继站起身来，也不知她俩是否认出了秀吉。

"你们的母亲大人呢?"

秀吉低声询问道。

"她身体不舒服,正在卧床休息。"

茶茶马上回答。她感到自己的声音略带颤抖。

"这样啊,真是不巧。这里住着若有什么不便,请不要顾虑,直接告诉我就好。我羽柴秀吉今天是来城里拜谒主公的,顺便来看望你们。"

秀吉说完后便不再看茶茶,目光在庭院中扫视一周。

"这里是西晒,肯定很热吧。还有,庭院里的树木有些过于繁茂了。"

正如秀吉所说,院子里树木的枝叶都未经修剪,杂乱纷繁的样子看着都觉得热得慌。

"我立即找人来修剪。"

秀吉说道。听秀吉这么说,茶茶忙道:

"已经错过修剪树木的最好时间了,只好等到明年四月再修。"

秀吉有些诧异地望向茶茶,片刻,他面无表情地回道:

"小姐知道的还真是不少呢。"

茶茶的这个知识,是在城里修剪植物时,从来往于城内的老花匠那听来的。可面对秀吉,她没有再多说什么。秀吉再次拜托她们转达对阿市夫人的问候,然后便和来时一样,猫着腰穿过繁茂的树丛离开了。

茶茶目送秀吉离开后,一动不动地站了许久,等到她回过神来,才发现只剩自己一个人站在原地,阿初和小督早就离开,八成已经回屋了。

茶茶意识到,在此番与秀吉会面的整个过程中,自己一直保持着同一个姿势笔挺地站着。也不知为何,只有这样站着才能让她轻松面对秀吉。直到现在,她才感到有些撑不住了,想在走廊边坐下歇息片刻,但她内心的某个地方又不想这么做。她觉得刚才那个皮肤苍老但双眼有神的武士并未离开,好像还躲在某处盯着自己,所以她依然没有放松。

羽柴秀吉本人和茶茶想象中的形象完全不同。虽然秀吉看到她们姐妹几人时曾说过小姐们都长这么大了的话,可对茶茶来说,这次才算是与秀吉初见。还记得在京极高次的带领下第一次参观安土城时,秀吉刚巧带兵去攻打大阪的石山①本愿寺,所以未能得见。第二次前往安土城时,虽然众多武将都聚集在天守阁,但唯独不见秀吉的身影,那时他又带兵出征中国了。

---

①石山本愿寺:指石山合战,从元龟元年(1570)到天正八年(1580),净土真宗本愿寺势力与织田军队不断战争。由于本愿寺住持显如是以石山本愿寺为大本营对抗织田军的,所以被称作石山合战。

茶茶无法将秀吉本人和那个剿灭自己一族的仇敌联系到一起，她觉得秀吉也不像是残忍杀害自己哥哥并将他悬尸示众的罪魁祸首。自从她听说秀吉对自己母亲有爱慕之情后，便在心里描绘出一个滑稽粗野的乡下武士形象。而在其他人口中，他是有着猴子模样的卑鄙小人。在战场上，他又是无人能挡、勇猛彪悍的一员大将。然而，今天见到的秀吉本人颠覆了所有的想象和传说。

茶茶一动不动地伫立在庭院中。回想起刚才与秀吉的会面，她只记得那双锐利的眼眸和那种一般武士身上所没有的倦怠却温和的气质。茶茶不得不承认，她从小到大对羽柴秀吉这个人物的想象都是大错特错的。

自从秀吉登门拜访以来，阿市夫人如同惊弓之鸟一般。阿初和小督也像见了鬼似的，向母亲诉说着对秀吉可怕的印象。小督净说秀吉的不好，什么手指太粗，喉结太大，长着招风耳，让人恶心等等。阿初也不甘落后地在一旁帮腔，说秀吉虽然满脸堆笑，眼神却冷酷无情，还将她们姐妹挨个打量了一番。

"在那双眼睛的注视下，小谷城在火焰中化为了灰烬。也是那双眼睛亲眼看着万福丸哥哥赴死的。"

阿初一边打着寒战一边说道，声音清澈透亮。一旁的茶茶却始终沉默不语，她自己也有些诧异，不知为何，她对秀吉的看法与两位妹妹完全不同。诚如小督所言，秀吉好像是长着粗笨的手指、恶心的喉结以及一对奇大的招风耳。也诚如阿初所形容的，秀吉的脸上似乎是挂着残忍的微笑，目光扫视了她们姐妹三人。可奇怪的是，尽管秀吉被妹妹们形容得如此不堪，茶茶却一点也不讨厌他。

一旁的阿市既不接阿初和小督的话茬，也不制止她们，只是默默无语地听着，这种态度让茶茶很不舒服。阿初和小督对秀吉的印象之所以如此偏激，完全是受到母亲的影响，是阿市平日里有意地，且不断地向她们灌输的结果。可她今天却不敢再当着女儿的面评价秀吉，因为她感到不安，她不知道秀吉的权势今后是否会继续扩张，并终将以某种方式直接影响到自己和女儿们的未来。

茶茶觉得，对阿市来说，秀吉是毁灭浅井一族的仇人，她理应憎恨他。换个角度，秀吉又是觊觎她美色的无耻之徒，她更加有理由蔑视他。可是，看到阿市明明在心里憎恨和蔑视着对方，却因为畏惧对方掌握着大权而卑躬屈膝，小心翼翼，茶茶感到很是不快。信长活着的时候，母亲对信长的态度也是这样。

"可这些日子以来，来这间屋子看我们母女的不是只有羽柴大人一人吗？其他人对我们根本就不管不顾。"

茶茶想要打破眼下的尴尬气氛，开始帮着秀吉说话。尽管她心里清楚，秀吉此次来访的原因，八成是出于对母亲的贼心不死。她嘴上这么说，完全是想顶撞母亲一下。

其实茶茶内心迷茫，也搞不清楚自己的真实想法。但有一点很明确，她不甘心从一出生起就遭受如此命运的摆布，她不想像母亲阿市和两个妹妹那样怯懦。当然了，两个妹妹年纪尚小，都还不懂事。

秀吉抵达清洲城后没几天，关东管领泷川一益①也入城了。虽然他在关东收到信长的讣告，但没能抓住上洛②的机会，跑去和北条军打仗，偏又吃了败仗，好容易等到七月，才赶到了清洲城。这段时间里，信浓海津城的森长可，饭田城的毛利秀赖等武将也都相继来到清洲城。

随着远方的武将们陆续赶到清洲，诸国的形势也逐渐明

---

① 泷川一益（1525—1586）：织田四天王之一。出生于日本近江国甲贺郡甲贺忍者世家，幼名久助，通称彦右卫门。幼年时接受铁炮训练，后历游各地。《重修谱》记载，一益很早便出仕织田信长，约在天文年间。在《信长公记》卷首的"盆踊的记事"中已经登场。信长对一益的信任并不因其近江出身而逊色于其他尾张出身谱代重臣。永禄四年（1561），清洲同盟时，奉信长之命前往去家康的老臣石川数正进行和谈（《重修谱》）。曾因功封上野，信浓一部，任关东管领。本能寺之变后，被北条氏击败。后隐居。

② 上洛：本为上京，前往都城之意。日语中的上洛，主要是指前往京都，而京都的别称就是洛阳，故谓"上洛"。在日本明治维新之前，战国大名带兵攻入京都的行动被称为"上洛"，上洛是诸如武田信玄等战国大名追求的目标，如同中国春秋时期的"问鼎中原"（称霸诸侯）。"上洛"主要是用于形容实力最强的地方藩首（大名）集结大军开往京都表明地位的过程，有些类似中国古代春秋战国时期的"会盟"。

朗起来。从前就与织田家对立的德川军和北条军分别从南北两方赶至甲信①，天下大势尚且不容乐观。不过，在清洲城内聚集的武将们面临着一个更加重要紧迫的问题。如今信长已死，继位者三法师丸尚且年幼，军中急需一个能替他担任大军总指挥的人。为此，清洲城外到处屯着兵，武将们每天都上清洲城内集合讨论。

阿市母女也听到了许多风言风语。有人说柴田胜家的部队和羽柴秀吉的部队在某处发生了小冲突，又有人说某部队已被调至某方向上。流言四起，让人觉得内部分裂战随时都要爆发似的。

与平日相比，阿市夫人和三个女儿的居所愈发显得安静。茶茶姐妹被母亲严令禁止迈出院门，只得终日躲在朝西的阴暗房间内闭门不出。今年不似往年，连日来天气酷热难当，即便是坐在屋内一动不动，女孩儿们也浑身大汗淋漓。

不久后重臣们将会聚集在一起在城内召开会议，听到这个消息，阿市夫人又开始惴惴不安起来。虽然她猜不出这次会议将决定哪些事宜，但无论如何，其结果必然会与她们母女四人的未来有关。她不知道今后是能继续住在清洲城，还是被转移到别的城去。受到母亲情绪的感染，茶茶姐妹对这次会议的相关消息也敏感起来，时不时还会提到柴田、羽

---

①甲信：甲斐国与信浓国的合称。

柴、信雄、信孝等人的名字。

据说，柴田胜家与秀吉之间产生了龃龉，每每共事之时，两人意见总有对立或不合。而前者是织田家的重臣之首，后者是迅速讨伐光秀叛军，为信长复仇，凭借一己之力平息叛乱的后起之秀。另外，信长的两个儿子信雄与信孝之间也逐渐出现对立的苗头。他二人本就是同父异母，如今在任何事情上都意见相左，互不相让。在此情势之下，信孝选择与胜家联盟，信雄则亲近秀吉，他们为了争夺统领织田大军的军权，争相要做三法师丸的保护人。受到这些争端的影响，其他的武将要么选择投靠其中一方，要么不知所措地两方观望。

信雄和信孝同年，都是二十五岁，在信长的这两个儿子中，阿市不太喜欢信雄，却对信孝抱有好感。信雄是信长正妻所生，与在二条城中自尽的信忠是同胞兄弟。他虽与信孝同年，却有长幼嫡庶之分。信雄是兄长，照理应该由他做三法师丸的保护人。可阿市私心里还是希望今后的局势对信孝有利。信雄身来就资质平平，虽然在长相上继承了信长和阿市夫人的特点，但神态中有一种说不出的冷酷。与之相反，信孝的母亲虽然出身卑贱，他自己却自强自立，虽然性情有些刚烈，但对阿市母女特别关心，身上有一种与生俱来的温和气质。

对于信雄和信孝这两个表兄的情况，茶茶姐妹几乎完全不了解，不过就是之前见过两三回而已。她们和母亲的意见一致，都更喜欢信孝。因为信孝每次见到她们，总是会亲切地问候每人一两句，而信雄却从来没有搭理过她们。

对于推举信孝的柴田胜家，由于他是织田家的重臣之首，阿市夫人和小姐们也自然而然地更信赖他些。当然，茶茶没有见过胜家，但她从小就听说过胜家的名号，感觉叫这个这名字的应该是一位老成持重的老武士。而在信长死后织田大军的总指挥权到底由秀吉和胜家谁掌控这个问题上，阿市夫人更倾向于柴田胜家。一来她对秀吉攻陷小谷城之事怀恨在心，而胜家与此事并无关系。二来胜家拥护的是信孝。

茶茶姐妹也和母亲一条心。对于秀吉，茶茶虽然与母亲和妹妹们持有不同的态度，但她也希望左右织田全军的实权能够落在胜家和信孝的手里。

七月一日，织田家的旧臣齐聚清洲城，召开清洲会议，评定继承事宜。在此前的两三天内，信雄、信孝自不必说，池田胜入、筒井顺庆、蒲生氏乡、蜂屋赖隆、细川藤孝等织田家的重臣们都纷纷赶至清洲城内。

阿市夫人和茶茶她们不清楚哪些武将会出席此次会议，但有一点可以肯定，今天，在她们居住的这座城池的某处，将产生重大的决定。到了会议当天，不知为什么总感觉城里比平时更加肃静。炙热的骄阳烤着白花花的地面，蝉鸣如雨一般密密麻麻地包围着各处房屋，听不到一点马的嘶鸣声。城门口估计也设立了出入关卡，不怎么能见到武士的身影。

入夜后，阿市夫人接到来报，说信孝大人正在前往她居所的路上。一听此信，她立即露出了惶恐的神色。报信人前脚刚走，信孝便满面红光地出现在阿市她们的居所内。这个相当于阿市侄子的年轻武将随意地走进屋内，在上座坐定，省去了寒暄客套，开门见山地说道：

"请几位小姐先在门外候一会儿吧。"

茶茶即刻带着两个妹妹来到庭院中。她本来就不想待在屋里，正好趁这个机会到院子里呼吸一下夜晚清凉的空气。然而没过多久，她们又被重新唤回屋内。进门时，已经不见信孝的踪影，只有阿市夫人在一旁脸色阴沉地坐着。

"茶茶，阿初，还有小督，你们都来这里坐下。"

阿市平静地说道。茶茶她们顺从地坐在母亲对面。

"刚才信孝大人向母亲提出再嫁给柴田大人的要求，并且明天就要给他答复。到底答不答应，我想听听你们的意见。我自己也会再想想，也请你们仔细思考一下这件事。"

听完阿市夫人的这番话，茶茶一时语塞，半晌开不了口。这个消息来得太突然，她感到十分震惊。迄今为止她从没想到母亲还会再嫁。再嫁给柴田胜家是怎么一回事,她完全摸不着头脑。虽然在此之前她听说过秀吉思慕母亲,但思慕归思慕,毕竟只是想想而已,她没想到会转变成嫁娶这般现实之事。倘若是置身事外地听说有个武士喜欢上一位三十六岁的美貌寡妇,也没什么大不了的。可此事一旦落到母亲阿市头上,茶茶却怎么也想不通了。

"如今主公已经辞世,茶茶你们姐妹也不可能永远像现在这样留在城里安稳度日。不只我们一家,信雄大人和信孝大人,还有其他许多大将都不确定自己的未来,所以才在今天的会上探讨。"

"如此说来,刚才您所说的再嫁之事就是在这次会议上决定的吗?"茶茶问道。

"不,这个问题不是在会议上决定的。但是,今后该何去何从,我们自己也该有所决断,信孝大人此次就是为此事而来的。"

"母亲您是怎么想的呢?"

"你问我吗?"

阿市若有所思地闭上眼睛,半晌才说道:

"我的想法明天再告诉你们。在那之前,你们姐妹也好好想想。反正我们再也不可能像现在这样住着了,听说这座城以后将由信雄大人居住。"

"那又怎么了？茶茶和妹妹们为什么不能继续住这里？"

"也不是不能住，但不好总是这样麻烦别人。不过，如果你们反对我再嫁，那我们就一直这样住下去吧。反正无论选择哪条路，都是各有各的麻烦。"阿市回答道。

面对这突如其来的命运转折，阿初和小督几乎完全没有判断能力，她俩不知所措地一会儿看看母亲，一会儿看看茶茶。

阿市夫人从信孝口中得知了今天会议的讨论结果，让她意想不到的是胜家和秀吉都做出了很大程度的妥协。结果还是由三法师丸继承信长的位置，由前田玄以、长谷川丹波守担任其保护人，二人一直留在岐阜城，直到安土城修复完工。信雄、信孝成为三法师丸的监护人。胜家、秀吉、丹羽长秀、池田胜入四武将各自返回居城，从此各派代理人入京，共同处理政务。

这些都是清洲会议上的决定，为此，武将们还共同签署了誓约书。另外，会上还对那些尚没有国主的国家进行了分配，信雄得到尾州，信孝得到浓州，秀吉得丹波，胜家得到位于江州内长滨的六万石[①]，池田胜入得到大阪尼崎兵库十

[①]石："石高制"是日本战国时期，不按面积而按法定标准收获量来表示（或逆算）封地或份地面积的制度。"石"是容积单位，1石=10斗=100升=1000合，现代一石相当于180.39公升，或者折合大米约150千克。对大名和武士而言，"石高"是授受封地（或禄米）以及承担军役的基准。

二万石，长秀得到若州及江州高岛志贺二郡，一益除了加增五万石，还负责北伊势，蜂屋加增三万石。

茶茶虽然不明白这次会议的结果对武将们分别意味着什么，可显而易见，柴田胜家注定是要回到北国的领地去。如果母亲答应与胜家结婚，那她们姐妹几个也得跟着搬到遥远的北国。

茶茶站起身来，刚才还有妹妹们陪伴，现在她独自走到院中。在今天以前，茶茶一直盼着织田家的实权落到柴田胜家手中，可一旦要将母亲和自己姐妹三人的命运交付给这个武将，她又忧心忡忡起来。即便不答应这门婚事，她们将来的命运仍是未知数，可直觉告诉她，将性命交给胜家是要冒很大风险的。就像当初本能寺兵变后，她一听说京极高次投靠光秀并袭击长滨城时，就预感到高次选错了方向一样，这次她也有不祥的预感。

不知为何，她觉得母亲如果嫁给柴田胜家，会将她们母女从此引上一条曲折坎坷的道路。虽然她不能预知胜家的将来，但直觉告诉她，等待她们的将是凄凉惨淡的结局。与胜家相比，前些日子见过的秀吉让她感到温暖而安心。虽然她与胜家素未谋面，却觉得他是个悲剧性的人物。可能因为秀吉看上去前程似锦，所以在她的想象中，传言中与秀吉不和的胜家才显得晦暗无助吧。反正她不希望母亲嫁给胜家，可理由却无法对母亲和妹妹们言说。

本能寺兵变后,她立即觉察到蒲生氏乡与高次走了两条完全相反的道路。而事实证明,氏乡和高次最终的结果都与她所料一致。高次当时的决定显然棋差一招,而氏乡的选择准确无误。

茶茶驻足在庭院深处的一棵老榉木下,之前她从没在晚上来过这个地方。从这里依稀看得到屋内的灯火从敞开的房门中泄出,看不到母亲和妹妹们的身影,唯见阑珊灯火,划过暗夜,照亮院中的角落。

听母亲说起蒲生氏乡也出席了今天的会议,茶茶突然想见氏乡一面,听说他是替父出席此次织田家旧臣的重大会议的。此时的茶茶对这个年轻武将有着前所未有的信赖感,关于母亲再嫁的事,她希望听取氏乡的意见。

等她回到房间,阿市夫人和两个妹妹依旧原封不动地相对而坐,阿初和小督的情绪明显有些激动,阿市多次劝她们就寝,二人就是不肯听话。

第二天一早,茶茶便派人前往蒲生氏乡的住所,邀请他见面。她请氏乡告知方便的时间,这样她去拜访也行,氏乡来访亦可。

传话的人很快就回来了,氏乡回答说会议昨天就已结束,他今日便可立即进城,登门拜访。茶茶赶紧命人打扫出从未使用过的待客室，在那里等候氏乡的到来。

氏乡没带随从，独自一人便来了。只见他全副武装，好像马上要出征似的。茶茶在待客室门口站着迎接氏乡，和上次见面时相比，氏乡的言谈举止愈发成熟稳重。他年纪在二十七八岁上下，已经全然褪去了青年武将的青涩，成长为一名仪表堂堂、威风凛凛的武士了。

"小姐您别来无恙。之前虽然也想来拜访，因为时间紧迫，本来要不辞而别赶回日野城的，正准备出发时接到您使者的来报。"

氏乡在院中的湿廊①上坐下，两手郑重地放在膝盖上方说道。茶茶先谢他特意来访，随后便就胜家与母亲结姻一事询问他的意见。

"这真是可喜可贺。"

茶茶本来充满期待，谁知氏乡三缄其口，就说了这一句。

"您认为此事该如何是好呢？"茶茶再次试探地问道。

"我觉得这是值得祝贺的事。如果夫人能嫁给柴田大人，相信已故的主公也会感到欣慰吧。小姐们以后也有栖身之所，大家都可以放心了。"

---

①湿廊：日式建筑中走廊的一种，意思是建在遮雨窗外的走廊，能被雨打湿，所以译者试译作"湿廊"。

茶茶觉得氏乡并没有说出内心的真实想法。于是继续说道：

"听说柴田大人和羽柴大人有些不和……"

"这些谣言都是空穴来风。昨天大家还一起立过誓，我相信两位大人今后必定会齐心辅佐幼主的。"

"可是将来呢？"

"将来？如果将来这些旧臣之间发生争端的话，一定会威胁到织田家存亡之本，所以我相信不会发生什么事。"

"那么依蒲生大人之见，我母亲应该嫁给柴田大人喽？"

茶茶换一种口吻继续追问道。

"我认为对于织田家来说，这是无上的喜事。"

茶茶一边不停地追问，一边用眼睛紧盯着氏乡，然而她越问越不高兴。专程请这位年轻武士来一趟可不是为听这几句冠冕堂皇的话。听氏乡的口气，他似乎对织田家的未来充满信心，没有丝毫顾虑，可茶茶觉得他没有说出内心的真实想法。

茶茶有些讨厌这个在如此情况之下仍能保持谨慎冷静的武将。可转念一想，蒲生小小年纪便要出席城内的重大会议，他不得不在任何场合都控制自己，不能有轻率之举，这恐怕就是蒲生氏乡的厉害之处。他一副软硬不吃、泰然自若的样子，让茶茶一筹莫展，充满了无奈，她觉得自己会慢慢厌恶他的。

茶茶不再与氏乡讨论母亲的婚事，另起个话题说道：

"也不知道京极大人后来怎么样了。"

听茶茶提起高次，氏乡像是松了一口气，呆板的表情也放松下来。

"高次大人很坚强。"

"如果他能事事都像蒲生大人一样谨慎，也不至于铸成大错。"茶茶略带讥讽地说道。

"也不知他现下如何，会不会已经……"

尽管茶茶尽量不去想高次可能会有的悲惨下场，但这个猜测无数次地出现在她脑海里。正当她鼓足勇气要说出口时，氏乡突然放声大笑，茶茶吃了一惊，没再继续说下去。

"您是担心高次大人已经自杀了对吗？"

"是的。"

"哈哈，他才不会轻易地丢掉自己的性命。只要他活着一天，就绝不会放弃复兴京极家的梦想。近江名门'京极'的血统有种不可思议的力量。"氏乡说道。

氏乡的这番话让茶茶如梦初醒。可不是么，也许氏乡比自己更了解高次。茶茶之所以认为高次已死，是因为高次时常表情纠结，做事冲动，所以她认为这个二十岁的青年贵族刚烈有余、坚忍不足。如今想想氏乡的话，再想到高次意图复兴京极家的念头，茶茶突然觉得他的言行之中透着一股超乎寻常的执念。正是受到这种渗入京极家血脉的执念驱使，他才会趁着本能寺兵变的混乱，借助光秀的力量，突袭没有秀吉看守的长滨城。

高次可能还活着！一想到这里，茶茶感到体内已然消亡的激情又再次被唤醒，只觉得心潮澎湃，不能自已。

"这么说高次大人还活着？"茶茶的心提到了嗓子眼。

"是啊，不过他迟早要遭殃吧，毕竟袭击长滨城这件事让羽柴大人怒不可遏。听说大人已经颁布搜捕令，在从近江到北陆的一带布下了天罗地网，一根稻草都不让放过。"

氏乡语气冰冷地说道，眼睛似乎在盯着茶茶。茶茶不明白氏乡的眼神为何如此灼热。

"既然高次大人已经活到现在，那他也可能会躲过那些搜捕吧？"

"如果能找到可投靠的藏身之所，倒也不是不可能。"

"他没有可以投靠的地方吗？"

"整个近畿如今都在织田家的控制下。倘若能找到投靠之地，以高次大人的心性，八成能生存下来，可他现在恐怕是无处可藏了。"

有的！此刻，茶茶在心里呐喊道。如果母亲嫁给柴田胜家，那高次就可以投靠在胜家门下。

茶茶欣赏氏乡身上那种武士应有的胸襟和气度，相比之下，高次就很不幸了，身为近江名门，偏巧生在乱世，可他始终不放弃复兴家门的理想，茶茶发现自己还是更倾心高次。

结束了高次的话题，茶茶说道："那我就劝说母亲嫁给柴田大人吧。"

她顿了一下，又说道："此事一旦成了，我们就要动身前往北国，今后恐怕也见不到蒲生大人了。"

说完，茶茶觉察到眼前这个武士或多或少地有些动容，这次轮到她态度冷淡了。

"特意请您来一趟真是不好意思。"茶茶说道。

"那么我告辞了。"氏乡起身，郑重地向茶茶道别。临走前，他还告诉茶茶自己很快就要率领部队返回日野城。

重臣会议结束后的第二天晚上，羽柴秀吉离开清洲，动身返回长滨。丹羽长秀、蒲生氏乡率领所部一前一后地保护着秀吉，一同离开了清洲城。

又过了两天，其他武将们也全部离城，回到各自的领地。最后撤离清洲的是柴田胜家，他在出发的前夜来到茶茶她们的住所，在这里，茶茶与两个妹妹第一次见到了这个她们应该称呼为父亲的五十三岁武将。

"北地的冬天冷,我会安排小姐们赶在秋天结束前搬过去。"

胜家用沙哑的嗓音说道。茶茶她们觉得胜家很显老,看上去远不止五十三岁。胜家本来体格健硕,身材魁梧,但多年的战场奔波让他不堪重负,变得像衰老的鬼魅一般,因此得了个外号叫"鬼柴田"。

茶茶对胜家的第一印象不错。一是喜欢他不说废话,二是他看茶茶她们的眼神比一般的武士更显沉稳。另外,胜家高大魁梧,看上去威风凛凛的,他斜倚着胁息①坐着的样子,真有几分叱咤三军的大将风范。在见过胜家之后,茶茶刚得知母亲再嫁时的焦虑不安及对胜家的不祥预感都被打消了,她甚至觉得自己是在胡思乱想。

胜家与阿市的婚礼定于仲秋之日,在信孝和三法师丸所在的岐阜城举行。仪式一结束,阿市母女将与胜家一同奔赴北国。婚事如此安排之后,胜家立即奔赴战场,继续与上杉军对战。

可能是今年夏天太热的缘故,所以秋天也来得早。八月中旬,阿市夫人再嫁的消息公布出去,各路武将纷纷将贺礼送到清洲城。

在柴田胜家与阿市婚礼公布约莫一个月后,阿市母女离

---

①胁息:一种放在座位旁边,供人搁手臂休息的小家具。

开清洲，前往岐阜。当年小谷城陷落后她们移居清洲城，到现在已经在城中度过了整整十年光阴。在这十年里，茶茶和阿初曾两次受邀参观安土城，为此出过清洲城，而阿市夫人和小督这十年以来从没出过城，这是第一次。

出城以后，阿市母女和侍女们在几十个武士的保护下，乘坐七台轿辇，匆匆忙忙地赶赴岐阜，怎么看都不像是送亲的队列。在她们抵达岐阜城的当晚就举行了婚礼，柴田胜家早在两天前就已赶到岐阜等候。

茶茶本以为母亲的婚礼必定会办得像模像样，没想到会如此简单。婚礼在内城深处的一间屋内悄无声息地举行，像是一场秘密集会。除了信孝和胜家，茶茶叫不出名的几位武将也参加了婚礼。说是婚礼，可一点气氛也没有，草草结束了。对比之下，身穿白底菱花小袖①的阿市夫人，美得让茶茶都不敢相认。茶茶虽然身在婚礼现场，可完全忽视了周遭的一切，眼中唯有母亲那楚楚动人的身姿和不合时宜的美丽，真是可悲可叹。

胜家和阿市夫人举行了交杯仪式，魁梧的胜家严肃地递出酒杯，阿市夫人用那双美到让人窒息的纤纤玉手接过。不知为什么，茶茶觉得这场景让人不忍目睹，她不自觉地背过脸去。眼下，一个身穿白衣的女子正要和柴田胜家这个年老

---

①小袖：一种窄袖方领的衣服。

的武士立下誓约，从此生死与共。当初听到母亲与胜家婚事时的不安和焦虑再次袭上茶茶心头，她觉得母亲将带着她们姐妹一起，从此踏上一条无可挽回的歧路。

交杯仪式结束时，阿市夫人安静地朝女儿们的方向看了看。茶茶看到她脸上挂着微笑，那微笑是想告诉她们，从此以后哭也罢笑也罢，只能认命。阿初和小督马上对母亲报以笑脸，只有茶茶用眼睛一眨不眨地盯着母亲。

交杯仪式后的酒宴不过是走个过场，不多久，茶茶她们就被领到其他房间了。

胜家在婚礼前本来说要陪同阿市母女一齐北上，可婚礼后的第二天，他便独自率领全副武装的所部返回了北之庄。事后想想，这次的婚礼被秘密地安排在内城深处，举行得如此仓促，其后胜家又匆忙返回领地，看来胜家面临着什么紧迫之事。

四五天过后，阿市母女和侍女的七架轿辇被抬出岐阜城，由从清洲跟来的五十多个武士们护送着向北之庄进发，这时已经是十月初了。

离开岐阜的第三天，轿辇经过小谷附近的部落。茶茶坐在晃晃悠悠的轿子里掀开轿帘，故乡的风光映入眼帘，在这片土地上她成长到七岁才离开。山上光秃秃一片，仅有些断垣残井，早不见城池的踪影。浅井家灭亡时，城的大多数部位都被兵火烧为灰烬，残存的一小部分建筑也早被秀吉整体拆掉，运到了长滨。只有虎御前山还和从前一样，满山种着郁郁葱葱的松树和山白竹。城下町早已衰败，不复昔日风光。大部分居民似乎都搬到长滨去了，房屋都是空荡荡的，散落在各处，无声地怀念着已经逝去的时代。

十年时间，一切都变了。浅井家灭亡了，武田家灭亡了，而当年打败他们的信长，如今也已不在人世。织田家现在的光景大不如前，未来更是渺茫。路过曾是小谷城大手门①所在之地时，茶茶请求在此停轿片刻。收到请求的武士跑到队列的最前方请示，一会儿工夫返回来说道：

"说是急着赶路，不方便停轿，我们就继续向前吧。"

茶茶明白，她的请求之所以得不到允许，不是因为赶路的关系，而是母亲不愿意，或者是顾虑着母亲情感的武士们不允许。

茶茶突然考虑到母亲的心情，她现在就坐在自己前方的第二或第三个轿辇中，比起茶茶，母亲踏上这片土地时的心情肯定更加沉重。以长政、久政为首的浅井一家及历代家臣都葬身于此，母亲一定在尽力压抑自己，不再想这些伤心事。

---

①大手门：日本式城堡中通往内部二之丸及三之丸等曲轮的城门，相当于正门。

"我想下轿走走,请把我的轿辇停在一边吧,只要一会儿就好。"

茶茶再次对随侍在一旁的武士恳求道。于是,茶茶的轿辇被抬出队列,停靠在路旁。她走下轿辇,站在一片竹荫之下,双脚触碰到小谷这片久别十年的土地。地面已被冻结的霜柱覆盖,她在冰冷的地面上伫立良久,冷风又将她逼回了轿辇中。哪怕是这么短的时间,能再次踏上这片父亲与祖父曾经生活过的土地,茶茶已经心满意足。

当天夜里,一行人抵达木之本,在此留宿一晚。次日,从北之庄赶来迎接的人马也加入队列,接下来十六里的路程变得热闹起来。路过田间时,时不时能看到低头行礼的百姓。随后的两晚她们分别住在今庄、府中,每到一处都有前来迎接的人马汇入。从府中出发,终于到达了北之庄。那天的光照微弱,不时有大片乌云遮住太阳,天一阴,就会有冰雹落下,砸落在黑土地上,之前茶茶她们在东海①从没见过冰雹。周围的景致也是一派北国风光,显得苍凉而萧瑟。望着轿帘外荒凉的景色,茶茶的心也跟着黯淡下来。

"小姐,看得到城了。"

---

①东海:日本古代行政区划"五畿七道"之一,在本州岛太平洋侧的中部,包括伊贺、伊势、志摩、尾张、三河、远江、骏河、伊豆、甲斐、相模、武藏、安房、上总、下总、常陆共十五个令制国。

在距离北之庄城池还有几条街时，轿帘突然被外面的人掀起，说话人无论是用语还是举动都显得粗野放肆。哪有擅自掀起轿帘的道理，茶茶略带责怪的表情，冷眼看向半蹲在轿辇旁的大块头年轻武士。这个武士她是第一次见，一看便知道他的身份和之前那些在路上随侍的武士截然不同。茶茶不知道此人是谁，姑且记着他的长相，照他说的向队伍的前方看去。

没想到城池已经近在咫尺。这是一座巨大的城池，城内耸立着九重天守，然而，虽然规模庞大，城中却没有丝毫点缀，除了坚固之外，整座城看上去生硬无趣。且城楼建在一片广阔的平原之上，大地和天空融为一体，都是灰暗阴沉的色调。平原上到处散落着数不清的稻草堆，天空中飞翔着数不清数量的鸟群，也不知是什么鸟，脏兮兮地在半空中盘旋。

茶茶看看这个眼神锐利的年轻武将，没说什么，只用眼神示意他放下轿帘，年轻武士竟然听话地从命了。这个武士就是众所周知的勇猛干将，柴田胜家的侄子——佐久间盛政。

抵达北之庄的当晚，胜家、阿市夫人及三位小姐齐聚城内一室，体会了欢聚的快乐。在茶茶看来，眼前这位继父和在清洲城见到的胜家简直是判若两人。无论阿市和茶茶姐妹说什么，他都在一旁含笑不语，点头倾听，像个慈祥的老者。

茶茶盯着胜家放在膝盖上的手看了一会儿，那手掌比一般人大一倍，手指粗大，宽大的指甲盖上长满了茶褐色的斑点。茶茶想，这便是兵器不离手的武士之手吧。

当晚，发生了一件小插曲。不知哪里来的使者，给胜家带来一封书信，胜家当着新婚妻子和继女的面展卷阅读。刚读到一半，他的脸色就变了。

"该死的猴子！"他低声咕哝道。

"这上面说秀吉擅自做主，要在这个月十一日为亡故的主公举行葬礼。"

胜家的面色与读此书信前判若两人，慈祥老者的面孔不见了，眼前的胜家怒不可遏，原本浅黑色的面孔因愤怒变得通红。

"要为主公举行葬礼吗？"阿市夫人问道。

"是。据说从十一日开始，要在大德寺举行多日的法事，这是秀吉一贯的作风。听报信的人说，现在京都上下都是一派热闹非凡的景象。"

此时，京都的街景突然浮现在茶茶眼前。她虽然从未去过京都，但想象中那座城一定是光彩夺目、美轮美奂的。从前住在清洲，离京都还算很近，如今身处这北地阴霾的天空下，荒凉的城池中，京都对她来说是那样遥不可及。她与京都已经隔着千山万水，再也无法轻易踏足了。还要在那里举办舅舅信长的葬礼！而且接连数日！对茶茶来说，那不是沉重的葬礼，而是一场热闹的盛宴。

"等到所有重臣都从京都撤离，他独自为信长公举行葬礼，这家伙真是狗胆包天！该死的猴子！"

胜家再次低声咒骂道。阿市看到这种场合不适合三个女儿继续待着，便叫来侍女，将她们姐妹带到其他房间。

从她们抵达的第二天起，几乎天天都在下雨。三位小姐一直守在屋内，不曾迈出房门一步。这里和清洲城不同，没有什么有趣的事物可以慰藉心灵。院子里只有松树，且都是些像是长在深山中的老松。一到傍晚，必然会刮起海风，风声呼啸着穿过树丛。

自从来到这里，就连平日里爱说话的阿初也很少开口，一向性格直爽沉默寡言的小督更是再也没有笑过。如今，几位小姐再也不能像在清洲时一样，和母亲二十四小时生活在一起了，茶茶很自然地代替母亲的角色，照顾起两个妹妹的饮食起居。

住在清洲时，因为消息闭塞，她们对世间之事几乎一无所知。可自从来到这里，所有消息都公开透明，小姐们总是能从上门来的武士或侍女口中听到各种各样的讯息，甚至包括秀吉在大德寺举办的信长葬礼。她们能听到葬礼的每个细节，例如，十一日葬礼开始，数百僧众每日诵经；十五日出殡送葬，从大德寺到莲台野，一路搭起竹围墙，送葬队伍多达上万人。这些消息都不用特意打听，自然就能传入她们耳中。

从大家的讨论中，能很明显地听出对秀吉的敌意。大家纷纷在传，不久的将来，胜家将联合前田利家、泷川一益、佐佐成政、金森长近等人，与岐阜的信孝里应外合，兴起讨伐秀吉的大军，听上去好像合战随时可能爆发。与此同时，近些日子出入北之庄的武将人数日益增多，越发证明了流言的真实可信。

十月末，北国的武将齐聚城内，召开了连续三日的会议。会议结束后，前田利家、不破胜光、金森长近等武将一齐西上，会见秀吉，目的是化解秀吉与胜家之间的矛盾，促使二人再次齐心协力辅佐织田家的幼主。十一月十日，前田利家等人回到北之庄城。

接着便有传言，说是危机一时化解了。可不到一个月，数骑快马来报，秀吉围攻了之前在清洲会议上同意让给胜家的长滨城，再次据为己有。长滨城本来由胜家的义子胜丰驻守，据说是他主动打开城门，向秀吉投降的。此事一出，城内武将们似乎比之前更加活跃。茶茶每天都能听到传言，一会儿听说德川家康派遣的使者到来，一会儿又听说前往宿敌上杉景胜处议和的使者回来了。

然而，天正十年这一年发生的最轰动的事，莫过于秀吉领兵三万进军美浓，将以大垣城为首的诸座城池陆续收归己有，还围攻了岐阜城。三法师丸脱离信孝的监护，被转移到安土城，由信雄继续监护。这个消息传来时，整个北之庄城已经埋在近三尺深的雪里了，尽管这种事不绝于耳，胜家也无法从北之庄发兵出征。从那以后，胜家变得沉默寡言，也不让随从跟着，几乎天天都独自一人登上天守或角楼，站在高处眺望。有一次，茶茶在走廊一角正面撞上正准备独自前往西北角楼的胜家。

"小姐，怎么样？整日被大雪封在城中，很无聊吧？"胜家问道。

茶茶一时不知该如何作答。胜家又邀请茶茶一起去角楼，茶茶跟在继父身后，穿过阴暗楼梯，爬上角楼。

从角楼上望去，底下的平原上铺着厚厚的白雪，一望无际。城楼的西北是丘陵，山脚流淌着足羽川，在一片雪白的视界中，唯有足羽川的河水泛着青光。城北面朝日本海，其他三面都是平原，一直向外延伸，在远处，可以看到白雪皑皑的群山。胜家手指向一些山脉，口中说出这些山的名字。

除了白山①以外，茶茶根本分不清继父所说的这些名字对应着哪座山。

"再忍耐一些日子。一到三月，就很少下雪了。也许不用等到三月，二月中旬过了就差不多了。"

胜家望着原野上的一处说道。过了一会儿，又重复道：

"再等等吧，等到二月，到了二月中旬就好了。"

茶茶抬脸看着胜家，觉得他刚才的话肯定不是对她说的。

"到了二月，您就要发兵出城了吗？"

听到茶茶如此问，胜家大吃一惊，转脸看着茶茶，随后又平静地说道：

"是的，可能会出兵。"

然后，他盯着茶茶问道："小姐讨厌打仗吧？"

"不"，茶茶摇头道，"但我讨厌打败仗。"

胜家大笑道："谁都讨厌战败吧。"

随后又说："有些冷吧，回去吧。"说完便转身离开了。

望着胜家离去的背影，茶茶忽然觉得他身上有一种孤傲的气质，那气质与要为小谷城陷落负责的祖父久政如此相像。

---

①白山：位于日本北陆地区。横跨石山县白山市和岐阜县大野郡白山村。海拔2702米。

正月二日，大雪封门，在封闭的城中，举行了庆贺新年的宴会。散落在日本海沿岸的各个小城都派遣了多名使者赶到城内庆贺，在天守下方的大广间内，召开了热闹的酒宴。茶茶姐妹也跟随母亲一起出席。宴席间充满杀伐之气，不断听到武士们大声喧哗、嬉笑怒骂。即便如此，对于整日深居城内一室的茶茶姐妹来说，也是弥足珍贵的欢乐。

酒席进行到一半，周围突然变得鸦雀无声。起身看时，不知何时有人开始翩翩起舞。这时，一旁的武士们即使已经酩酊大醉，东摇西晃，也会立刻安静下来注目欣赏。这样的武士茶茶她们在清洲内从未见过，这可能是北国的武士独有的虔诚恭敬的特质。

宴席一开始，茶茶就一直关注着佐久间盛政。这个身材魁梧的青年，起初还坐在胜家身旁，宴席还未过半，便混迹在下首的武士中间，酒杯片刻不曾离手。有一次，盛政拖着酩酊大醉的步子晃到茶茶面前，"腾"地坐下，举起酒杯，示意茶茶帮他斟酒。

茶茶不理会他，只是冷眼回视。

"二月中旬就要出兵，盛政这条命也就到那时了。好歹为我斟个酒，也让我今生有个美好回忆。盛政就要死了，二月中旬就要死了。"

可茶茶还是没有反应,明明还很年轻,为何要将死当个光荣的事炫耀呢。

"为什么非死不可?"

过了一会,茶茶没好气地问道。

"还不是为了让小姐们在城中安然度日。"

"我们是否能安然度日,与阁下的死有什么关系?"

话音刚落,盛政突然如酒醒了一般清醒地说道:

"秀吉是一个几乎要盛政豁出命去才能打赢的对手。说句斗胆的话,多希望此刻能有两个盛政啊。"

说完,他不再要求茶茶斟酒,起身又混入人堆中去了。

茶茶看完舞蹈名家贺太夫跳的《敦盛》①之后,起身离席,经过长长的回廊,准备返回居室。到了门口,妹妹阿初正站在那里,一看到茶茶便立即跑过来道:

"京极高次大人他……"

说到这又停了下来。

"京极高次大人?高次大人来了吗?"

茶茶下意识地盯着阿初的脸问道。

"现在正在和母亲说话。"

"那就进去啊,为什么不进去?"

---

①敦盛:能乐表演的节目之一。以《平家物语》中"敦盛之死"为素材,由世阿弥编写。

"可是……"

阿初似乎怎么都不愿进去,茶茶自己走进房间。

京极高次与阿市夫人对坐着,手规规矩矩地放在膝盖上。只见他衣衫简陋、面容消瘦,可看向茶茶的,依然是从前那双继承了京极家族正统血脉,刚烈要强的眼睛。至少那眼神中丝毫没有落魄之人的狼狈。

茶茶在高次面前坐下时,感觉心跳在不断加速,于是微微低下头。高次表情生硬地继续说道:

"上次在清洲城时曾拜托您帮我找个安身之处,这次同样,希望您能帮我在这座城里安身。"

说完他看向茶茶。阿市夫人用袖子遮住脸,扭头向茶茶说明了事情的经过。

"既然你来到这里,我想没有什么问题。主公那里,我去向他求情。"她放下袖子后对高次说道。

过了一会儿,高次对茶茶说:"您是不是认为高次早就死了?"

"不,我一直觉得您还活着。蒲生氏乡大人曾说过,在您振兴家族前,是绝不会轻易地死掉的。"茶茶回答道。

"蒲生氏乡说的?"高次低声追问。

"是的。"

"您什么时候与蒲生大人见的面?"

"就在本能寺事件发生后不久。"

听到这里，高次突然昂首挺胸地说道："高次之所以还活着，不是为蒲生大人所说的理由。"

那么他究竟是为什么才活到现在的呢？茶茶费解地抬起眼，正好碰上高次执着而略带伤感的眼眸。

"之所以没有死，不是为振兴家族这样的理由。"

"那是为何呢？"

高次却没有回答。难道是想说为了我吗？！想到这里，茶茶感到自己的内心瞬间充满了失望。因为她觉得高次这号人突然变得无聊透顶。她甚至有些冲动，想立刻起身离开，并告诉高次，除了为振兴家族，他没有什么别的理由好活着。

从那天起，京极高次就成为客人，在北之庄城的一角住了下来。阿初和小督有时感到无聊，会去高次的房间做客，高次有时也会来拜访三位小姐，但茶茶很少与高次深谈，常年来她对京极高次抱有的幻想已经消失了。

到了二月，雪时下时停。这年年初，已经回到姬路城的秀吉再次进京，后又赶至安土，于一月九日发出军令，召集麾下大军讨伐泷川一益。至二月七日，真正的讨伐行动开始。而这些消息都是直到十天以后才被传递到北之庄。

在大雪封城的日子里，胜家召开了很多次会议来决定出兵的日期。一入夜，城内各个角落都燃起篝火和火把，到处屯驻着身披铠甲的武士。

二月二十八日破晓,城中传来巨大的太鼓声和法螺声。先是长滨城被夺,后又有信孝的城下之盟,现在泷川一益又被攻击,胜家已经是忍无可忍了。登上角楼,可以看到数千名杂役在街道上扫雪。一直要清扫十余里,直至合战预定的地点柳濑①附近。

三月二日一早,佐久间盛政领着八千五百名士兵打响了第一仗。按照他自己的说法,他已经去赴死了。这天,茶茶领着两个妹妹登上角楼,目送佐久间的人马进发。行进中的队伍像一条细长的锁链,拖在白雪皑皑的平原上。打头的年轻武将的身影,让茶茶久久难忘。

两天后,也就是三月四日,胜家带领着前田利家旗下的两万兵士从城中出发。出发前,茶茶与母亲及妹妹们一起到混乱嘈杂的城门口为胜家送行。这个五十四岁的老武将,身披盔甲,熟练地跨上马背后,对前来送行的阿市夫人和小姐们看都不看一眼,头也不回地走在部队的最前面出城而去。待到全部部队离开城门,半个多小时已经过去了。

送行结束后,阿市夫人和妹妹们立刻返回居室。茶茶没

---

①柳濑:位于北近江伊香郡(现滋贺县),不仅是长滨城通往越前府中(现武生市)的北国街道上的隘口,也是联系北近江与越前敦贺(现敦贺市)的敦贺街道上的要冲。贱岳合战的主战场之一便是柳濑。

有即刻回去，一个人走在被人马踏过的雪地上，在突然间空无一人的城内徘徊了许久。从中庭走上通往书院的回廊时，迎面走来一人，细看是高次的身影。茶茶微微行礼后正要继续往前走时，高次叫住她："小姐。"

茶茶只好停下脚步。

"此次合战柴田家恐怕不堪重负。"高次说道。

茶茶不明白高次究竟想说什么，用探寻的目光盯着他的脸。高次有些支吾地说道：

"胜败乃兵家常事。不怕一万，就怕万一，还是早做打算为好。"

"您是指战败了的打算吗？"茶茶直接把话挑明，"如果您说的是这个，那已经有准备了。"

"什么准备？"

"自然是和这城池生死与共。"

"若说与城池生死与共，那当初小谷陷落的时候就应该这样做了。"高次说。

"那时我尚且年幼。"

茶茶不知何时抬起脸来，正视高次。从母亲阿市夫人决定嫁到柴田家那日起，她已经预感到她们母女可能选错了路。尽管意识到了，她还是愿意做出这样的选择。不为别的，正是为了高次。为了那个氏乡口中的，背负着振兴京极家重任，无论遇到什么艰难险阻，都决不轻易断送自己性命的高次。她觉得这样悲壮的梦想凄美得无可匹敌。如果能够帮助高次活下去，她甚至不惜主动和母亲及妹妹们一起走上歧途。可如今，面对这个背叛自己理想的高次，她心中所剩的只有厌恶了。

"您母亲嫁过来还不到半年时间，完全不必为城池殉死。"

"那您是让我们逃走吗？为了我们的安稳太平，很多武士都去赴死了。"

"死有什么好怕！只要你一句话，我也可以去死。"

茶茶再次从高次眼中看到初次在此城相见时的那种暧昧目光。为了摆脱这种说不清道不明的眼神，她什么也没说地走开了。回到居室，她对阿初说道：

"京极大人叫你。"

一听到"京极"这两个字，阿初的脸一下子红到了耳根。茶茶觉得好笑，颇有兴致地观察阿初的反应。

三月五日，打头阵的佐久间盛政已进入近江境内，在柳濑附近布阵。胜家在九日进入近江，在内中尾山树立起牙旗①。又在南面建造了数个城砦，守株待兔，等待秀吉大军北上而来。

---

①牙旗：旗杆上饰有象牙的大旗。多为主将主帅所建，亦用作仪仗。

十七日，秀吉亲自率兵接近柳濑，不开一枪一炮，也修筑起数个城砦，与柴田军对峙。

每天都有武士从大军中回到北之庄传递消息，传信的武士总是传达些关于粮食及衣物的事情，却从没有关于战况的报告。城内一时被煽动起来的紧张和不安逐渐缓和，就这样迎来了四月。一到四月便很少下雪，早春明亮刺眼的阳光开始消融冰冻的雪地。四月中旬，庭院中飞来了几只飞鸟，发出刺耳的鸣叫声。茶茶每遇到一人便会询问那鸟的名字，却没人知道。

直到四月二十日中午，从近江战线赶来的快马首次传递了关于大军动态的消息。据说秀吉离开了近江战线，转而攻击岐阜的信孝，柴田军借此机会发起了总攻。总攻开始前的十九日，全军都陷入繁忙而混乱的备战状态，快马就是在那天傍晚离开战线的。

二十一日，各有两匹快马，分两次来报，带来佐久间军大获全胜的消息。到了半夜，第三批快马再次来报，这次的消息出乎所有人意料，却是佐久间军全线溃灭以及胜家大军败走的消息。与此同时，驻守城内的军士接到了准备守城的命令。

除了阿市夫人与茶茶三姐妹的居室无人问津，城内各处都方寸大乱。茶茶想，该来的终于要来了。

我方战败的消息刚经快马传至城中，没过多久，从前线败下阵来的武士们在晚春泛白的夕阳照耀下，三三两两地出现在北国的街道上。他们二三人结伴而行，互相搀扶着，步履艰难地回到城里。其中既有佐久间盛政的人马，也有胜家率领的大军人马。

城门前的广场上收容了这些武士，为他们分配食物。那些武士们身上挂着破破烂烂的盔甲，犹如丧家之犬。他们聚集在几口大锅的周围，一旦填饱了肚子，便不约而同地倒在地上睡觉。

听这些武士们说，我方士兵逃到今庄、府中附近时，追击而来的敌方兵士也混入了逃亡队伍，大家是在完全分不清敌我的状态下逃回来的。如今，这北国街道上处处都隐藏着危险。他们谁也搞不清楚为什么会打败仗，也不知道什么时候在哪里败的。

驻守城内的武士唯一能够猜测到的，便是秀吉大军追击的速度犹如神兵天降，先锋已经到达离北之庄非常近的地方了。没有任何人了解胜家的现状和佐久间盛政的生死。

侍女们帮着阿市夫人和三位小姐收拾行装，一旦胜家回来，有可能随时要弃城逃亡。正在忙乱之时，一位武士来报说胜家已经抵达城下。阿市母女即刻走出屋内，从走廊直接下到庭院里，经过本丸，穿过多闻①，走到城门附近。城内城外一片昏暗，只有城门附近点着一闪一闪的火把。不一会儿，八个骑马武士与三四十个步兵一齐走到亮处，停了下来。骑马武士们翻身下马，那马上既没插马印②也没有插旗。不过不可思议的是，这些武士身上丝毫没有战败后仓皇而逃的惨状，行为举止依然井然有序，淡然平静，像哪里派来的密探一样。

茶茶眼睛一眨不眨地盯着继父胜家。只见胜家手握一把枪柄折断的长枪，上身被火把映得通红，朝着茶茶她们的方向走了过来。和五十天前踏着积雪，领着两万大军出城时相比，这样的归来显得越发凄惨寂寞。茶茶不明白，那么多的武士都到哪里去了。

"吃了臭猴子的大亏啊。"胜家说道。

这话似乎不是对阿市夫人或者茶茶姐妹说的。这个五十四岁的败军之将面色异常平静，女人们都不知该说些什么安慰他，只好一声不吭地跟在一旁。

进城后，胜家立即带着数名武士前往本丸的广间，阿市夫人随行，茶茶姐妹们返回寝殿，回到自己的屋中。

---

①多闻：多闻橹的简称。日本式城堡中修建的长屋（一栋建筑中住多户人家，共用一个玄关）形式的建筑。

②马印：也写作马标。是一种竖立在大将马匹一旁，用来夸大自军的威势，显示总大将所在的位置，自天正年间（1573—1592）始有。

没过多久，茶茶她们就听到了消息，她们不需要逃出城去了，要留在这里与城池共存亡。姐们三人惴惴不安地睡在一起，年纪最小的小督很快就入睡了。都火烧眉毛了还能这样倒头就睡，也不知是该说她胆大还是该说她迟钝，反正小督这种沉着冷静的个性让茶茶羡慕不已。

黑暗中，茶茶知道阿初也和自己一样辗转难眠。有一次，阿初从床上翻身起来，静静地坐了一会儿，又躺了下去。没过几分钟，她又从床上翻身起来，这次坐了很久后，似乎要准备起身的样子。

"你睡不着吗？"茶茶问道。

阿初模棱两可地咕哝了一句"还好"，又躺回床上，没过多久，突然问道：

"高次大人今后怎么办呢？"

茶茶这才明白，阿初从一开始就一直在想着京极高次。

"别担心，高次大人这样的人物，现在可能已经在为逃亡做准备了。"

茶茶冷冷地回复道。她其实也惦记着京极高次，知道他也被困在这座即将陷落的城池中，可一旦听到阿初提起高次，她就有些生气。

不过茶茶说的也是心里话。她认为高次现在肯定正在筹划着逃出这座悲剧之城呢。早在二月份胜家领兵出征那天，高次就已经预测到今天的结果，并开始考虑自己的安危及对策，所以他当时才会那样劝告茶茶。话说回来，想要逃出城去的又何止高次一人，如今，身处城内的所有人，肯定或多或少都怀揣着逃走的想法。

茶茶仅回了阿初一句，便在暗夜中相对无言。又不知过了多久，阿初忽然从枕头上抬起头。这时，茶茶也听到面向前院的遮雨板上有叩击之声，很明显那是有人在叩门。那声音先是响了两三下，停了一会，复又响起来。

阿初立即站起身来问道：

"谁？"

站在前院叩门的那个人八成是京极高次，茶茶想，于是她也跟着起身。茶茶和阿初都是和衣而睡的，所以不用换衣服，直接走到走廊上。

"是哪位？"

茶茶对着前院的方向低声问道。

"是高次。虽然夜已深，可实在想急着见您一面。"

遮雨板的另一面传来这样的回复。阿初稍稍打开遮雨板，之前一直在屋内，竟不知外面如此漆黑一片，和平日很不一样。人声、马鸣声、武器防具碰撞的声音、人群走来走去的脚步声，这些杂音忽远忽近地不绝于耳。在这个人心躁动的暗夜里，高次就站在离遮雨板不到两米的地方。

"我打算今夜逃出城去,特来告别。"

高次的声音中不带丝毫尴尬和内疚。

"即使城池陷落,小姐们的安全也不需要担心。万一有事,胜家大人想必也不会连累到小姐们的。秀吉大人更会看在主仆的面子上……"

讲到这里,高次突然顿了一下,又继续说道:

"所以,请你们千万要耐着性子等着。在城池陷落前你们可能会被送到敌方阵营去,即使不被送出去,不管外面发生什么事情,你们只要安静地待在屋内就行。我就是想来说这事的。"

"感谢您的好意。也请大人您多加保重。话说回来,您打算逃去哪里呢?"茶茶问道。

她想不到逃出城后高次将于何处安身。即使不死在城内,秀吉又怎么可能放过他。

"没办法,我只能暂且到若狭去避一避了。"

茶茶她们曾经听高次提起过,他的姐姐龙子嫁给了若狭的武田元明[1]。

---

[1] 武田元明:(1542—1582)若狭守护武田义统的长子,母亲是将军足利义晴之女,若狭武田氏本是甲斐武田氏的庶流,最初甲斐武田氏同时担任甲斐、安艺两国守护,后于蒙古袭来之际甲斐武田氏当主信成将安艺守护一职让与其弟氏信,后来氏信的曾孙信荣讨伐一色义贯有功,得到义贯旧职若狭守护的官位,遂创建了若狭武田氏的基础。

高次接着说道："今后可能还有见面的机会。说不定在您意想不到的时候我又出现在您面前恳请您的帮助。这样的可能性……"

"如果能有这样的机会自然是好,只是恐怕……"

茶茶话音还没落,高次就立即打断她,激动地说道：

"别说这样的话,难道您已经准备好在此地了结性命吗？"

"活在这样的世上,要是人人都为这种事去死,世上就没人能活着了。舅母才嫁到此地不到半年光景,也应该活下去。高次我会好好活下去,即使这世间再没有我的容身之所,我高次也不会失去活下去的信念！"

说最后这几句话时高次情绪十分激动,似乎所有想说的话都言尽于此似的。

"让我们在未来的某处再见吧。"

说完他微微低下头行礼告辞,然后转身离去,消失在暗夜中。

茶茶和阿初呆立了半晌,等回过神来时,阿初担心地问道：

"我们以后究竟会怎样呢？"

"谁知道啊。不过我们必须抱着和这座城同生死共命运的决心。"茶茶语重心长地说。

"我不要!"阿初使劲摇着头喊着。

"这不是你想不想要的问题。咱们如今是柴田家的一分子。柴田家的人自然要与这座柴田家的城池共存亡,你懂吗?"

"我就是不要!我还不想死。"

"若是如此害怕,那你现在就一个人逃出城去,和高次大人一起走好了。"

茶茶狠心地撂下这句话,便抛下阿初独自回到卧房去了。阿初一人在廊下站了良久,慢慢放下遮雨板,回到自己床前。

屋内,小督仍然什么也不知道,躺着呼呼大睡。茶茶想,今晚留在城里的人中,能够如此安心大睡的恐怕只有小督了。阿初躺在小督身旁,似乎在哭泣,茶茶不知道她是在为高次的离开而伤心,还是在为未来悲惨的命运伤感,或者连阿初自己都不明白吧。她年仅十五岁,稚气未脱,却被迫要面临这突如其来的混乱场面,恐怕已经身心俱疲。

茶茶下定决心要追随母亲阿市的选择。母亲选择活下去她便活下去,母亲选择赴死她也会追随其后。可是,当她意识到自己下决心的原因与继父胜家没有丝毫关系时,突然感到一种落寞。想到不久前在城门口下马的胜家的身影,她突然为这个老武士感到悲哀。

浅睡了片刻，茶茶姐妹就被叫醒。窗外还是一片漆黑，进入卧房的侍女们个个身披战衣，身姿虽然潇洒，神色却紧张慌乱。

"听说敌军已经陆续赶到足羽山了，城里已经没什么人了，到底会怎样呢？大家都说这座城连一天都坚持不住。"

女人们徒劳地徘徊着。

茶茶走出院子，向角楼的方向走去。途中遇到了昨晚抵城的几十名伤兵和几匹缰绳松散的战马。快到角楼时，遇到一群忙着巡逻的武士，茶茶迅速躲开他们登上角楼。其中一个武士认出茶茶，连忙上前阻止道：

"小姐，这里很危险，您还是不要上去了。"

"我就上去看一眼，马上下来。无论如何我还想再看这里最后一眼。"

听完茶茶的话，武士一下泄了气，默默地退下了。

从角楼的箭孔向正东面窥望，足羽山近在咫尺。眼前这座不太高的山丘之上，的确有为数众多的旌旗林立着，近得似乎伸手可触，而秀吉现在就在那座山上。茶茶回想起去年在清洲城曾有过一面之缘的那个矮小机灵的武士，一想到就是他与继父对战并取得胜利，就是他一路追赶继父并杀到城下，如今这个人还在眼前这座山上引兵布阵，茶茶简直不敢相信这是事实。

茶茶还回忆起与胜家的一番对话，就在自己现在站着的地方，她对胜家说自己不讨厌战争，但讨厌战败，当时胜家还大笑着说谁都不喜欢战败，如今他却不得不品尝这让人讨厌的战败的滋味。茶茶之前一直对胜家这个老武士抱有好感，可事到如今，她觉得胜家魁梧的体格也好，粗大的双手也好，还有动不动就满面通红的特点，全都显得那么笨拙愚蠢，没有任何价值。

二十二日这一天平静地过去了，合战并没有开始。在足羽山布阵的敌军没有向城里发出一枪一炮。也不知听谁说的，据说秀吉的主力军正在府整备，打算向北之庄发起总攻，今晚，这些人马便会以排山倒海之势兵临城下。

这一日，从柳濑战线撤回来的伤兵不断涌入城内，也不知他们在哪里受的伤，三十人，五十人，甚至上百人成群结队地走着。到了傍晚，满满一城都是撤回来的人，加上老人和妇女，足有近三千人。中村文荷斋、柴田弥右卫门尉父子、大尾长右卫门、上村六左卫门、松平甚五兵卫尉父子、松浦九兵卫尉、佐久间十藏、小岛若狭守……这些连茶茶姐妹都耳熟能详的重臣老臣们都在做死守城池的准备。

茶茶她们还听说了各种各样的传言，大多是些丧气的事。例如谁又逃跑啦，谁还没逃出城就被发现并斩首啦。当然，其中也有些鼓舞守城将士士气的好消息。

听说小岛若狭守的嫡子新五郎由于身染疾病未能参加上次合战，这回他拖着病躯，乘坐轿子进城参战，在追手门的门板上奋笔疾书三行大字："小岛若狭守之子新五郎年满十八，因病未至柳濑出阵，今日当拼死以全忠义"。还听说六十岁的上村六左卫门身穿丧服，据守南门。

这天晚上，三姐妹又睡在一起。茶茶半夜被一阵高亢的军马嘶鸣声惊醒，随后便断断续续地听到火枪声。阿初今晚睡得不省人事，估计是昨晚太累的缘故。小督倒是醒着，她从床上坐起来，侧耳听着从远处传来的人声和马蹄声，那声音夹杂在风声中，听上去越发吵闹。

"又开战了，真讨厌。"

她打了个哈欠，继续睡下，好像这些事与自己毫不相干似的。

"你不担心么？"茶茶问妹妹。

"有什么用呢，担不担心结果还不都一样，我们什么办法也没有啊。"

小督到这个时候还能如此泰然自若，让茶茶心里有些不舒服。可小督才不顾忌茶茶的想法，不多久就发出了轻微的鼾声。

小督刚睡着，阿初又醒了。她一睁眼就说自己心里难受，挪过来倚靠着茶茶，将脸埋在茶茶怀里抽泣。阿初一醒来就哭哭啼啼的，一会儿感叹继父胜家命运悲惨，一会儿说她们姐妹和母亲是这世上最不幸的人，一会儿又担心高次在哪里受苦，就这样絮叨着哭个没完。

茶茶知道阿初一向软弱，可看到她这么没出息的样子还是觉得可气，她恨不得狠狠拍打阿初的脊梁，让她振作起来。

自从胜家回城之后，阿市夫人一直跟在他身边，寸步不离左右，也不知是胜家不许她离开，还是她自己不愿走。自从在大手门迎接手握断枪的胜家之后，茶茶姐妹就再也没有和母亲见面。

二十二日半夜时，阿市夫人来到女儿们的卧室，逗留了很短的时间便走了。她先看了看阿初和小督的睡颜，然后对醒着的茶茶温柔地说道：

"怎么没睡？什么都不用担心，没关系的。"

"要是城陷了，母亲怎么办？"

虽然知道这样问很残忍，可茶茶还是鼓起了勇气，她想借此机会探知母亲的决心。这时，阿市似乎想说些什么，可她没有开口，只是对着茶茶莞尔笑着。在烛火的掩映下，阿市笑得有些楚楚可怜，可茶茶却觉得母亲的笑容是那般光彩夺目，让她心动不已。

良久，阿市夫人离开房间。茶茶这才意识到，母亲之所以如此开朗地笑，一定是已经做好了必死的决心，若非如此她不可能露出那么灿烂的笑容。茶茶明白了，母亲已经放弃了活下去的念头。如果母亲决定赴死，那她们姐妹几个也只有死路一条。想到这里，她也下定了决心，内心倒比之前不知是死是活的时候平静了不少。黎明时，茶茶终于进入梦乡，在梦里继续思绪万千，感慨不已。

次日，二十三日，城外的状况发生了翻天覆地的变化。秀吉大军连夜从府中赶到城下，密密麻麻的士兵将城池围得水泄不通，连一只蚂蚁都爬不出去。阿市夫人也被送回到女儿们身边，母女四人共处于居所内的一间屋内，被禁止离开半步。

攻防战的序幕在上午八时揭开。其时已是四月，连日来没落一滴雨，空气十分干燥，日渐暖和的阳光滋养着居所庭院中的树木。战场上的厮杀声不绝于耳，小姐们起初害怕地蜷缩在一起，后来也逐渐习惯了火枪的声音和呐喊声了。从房间的角落里，可以看到庭院中杂树丛的叶子在阳光下闪闪发光，茶茶已经做好了赴死的准备，在她耳中，战场传来的声音不仅不显得嘈杂，反而听上去悠远宁静。

十时左右，茶茶她们听到外面一会儿传来剧烈的叫喊声，一会儿发出类似墙板倒塌的巨大声响。事后她们才知道，当时外城已经落入敌军之手。前来巡视的武士告诉她们，外城内敌方攻城军蜂拥而至，正在离内城墙十到十五间①的地方布阵。

接近午时，厮杀之声戛然而止，也听不到一声催战的太鼓声。原来，胜家十六岁的养子权六胜敏和佐久间盛政被生擒，正绑在城下示众。茶茶没想到佐久间盛政会被生擒，听说他是导致此次合战失败的罪魁祸首。当初盛政初战告捷，不顾胜家和前田利家的忠告，继续追赶撤逃的敌军，结果遭到敌军反击，全军溃败。胜家大军也因此方寸大乱，不得不放弃阵地。

听那些看过盛政被缚惨状的武士们说，盛政本是近六尺的大块头，双手反绑，眼眶流血，却怒目圆睁，挺胸抬头地望着城墙。将他拽出来的人本想推他一把，却被他一脚踹倒，而他继续站在原地一动不动。茶茶觉得这太像盛政的所作所为了，那场景似乎就在眼前一般。

下午，敌我两军并没有激烈地交火，只是偶尔能听到小规模的厮杀。树叶在席卷战场的腥风吹拂下发出沙沙的声响，吵得茶茶她们不得安宁。

下午四时左右，阿市母女搬到本丸躲避，预计明日一大早敌军便会发起大规模的袭击。母女四人和众多侍女一起挤在九重天守第四层的木板房内。茶茶通过长方形的小窗向外

---

①十到十五间：18到28米左右。

张望，所见之处全被敌军的军旗填满。

都说合战必伴随阵雨，果然，日落时下起了阵雨，雨一停，夜幕降临，四处安静得让人害怕。城内各处都举行着告别的酒宴，酒樽被送到天守上，城楼下，角楼里，宴会上热闹的声音此起彼伏。

中村文荷斋、柴田弥右卫门尉等人带着一家老小，陪着胜家、阿市夫人，茶茶姐妹一起在广间内交杯换盏。

茶茶坐在母亲对面，看着胜家给阿市夫人敬酒。阿市连饮两杯后，斟上酒回敬胜家，胜家接过后痛饮数杯，又回过头去敬坐在下首的文荷斋。茶茶曾在大约五十天前，在婚礼上见过一次母亲与胜家饮酒的场景，当时她便有不祥的预感，可到了现在，反倒觉得这一幕美好动人，甚至让人忘记了这是城池陷落前的最后晚宴。

茶茶紧盯着母亲，此时盯着阿市夫人的不只茶茶，还有阿初和小督，她俩也目不转睛地望着母亲。然而，从宴席开始至今，阿市夫人没有看过三个女儿一眼，好像她不知道女儿们也坐在席间似的。

之前还哭哭啼啼的阿初现在也平静下来，一言不发地坐在一旁，看来她也认命了。小督一直面无表情，板着有些浮肿的脸，对她们即将面临的命运完全不在乎的样子。她好像坚信敌军会派使者来，把母亲和她们姐妹接过去。

"使者可能马上就来了哦。"

小督喃喃地说道。茶茶没有回答,她装作被周围嘈杂的声音吵得没有听见的样子,继续望着母亲。渐渐地,从各个角楼上传来的酒宴之声从一开始的热闹喧哗转变为狂躁不安,听上去凄厉悲凉。刚才离席出去的文荷斋再次进来,走到胜家身边,对他嘀咕了些什么,然后又走到阿市夫人身旁,同样在她耳边说了几句后,阿市夫人便向他微微点了点头。

随后,茶茶看到文荷斋向她们姐妹走过来,单膝跪地着说道:

"去和你们的父亲大人及母亲大人道个别吧。"

"道别?"

小督惊慌失措地喊道。茶茶立即握住小督的手,安静地站了起来,她知道她们的大限已到。阿初和小督被茶茶的态度镇住了,也沉默地跟在她身后。三人一起来到继父胜家和母亲阿市夫人面前跪下,满屋子突然变得鸦雀无声,茶茶感觉所有人的目光都集中在她们姐妹身上。今晚,母亲终于头一次注视她们,这让茶茶感到很高兴。

三位小姐在胜家和阿市夫人面前缓缓低下头,茶茶先行礼,阿初和小督也模仿着姐姐的样子。随后茶茶带着她俩准备回到席间,谁知中途过来几名武士,紧紧抓住三人的手腕。

"你们要干什么!"

茶茶大喊,她看到阿初和小督已经被带到楼梯边,听到小督一边狠命想甩开武士的手一边大叫的声音,还听到阿初不停地呼喊母亲,喊了几句就大哭起来的声音。

茶茶崩溃了,当她意识到单她们姐妹几人要被带走时,她几乎用尽全身力气拼命顽抗。可一边一个武士按住她的胳膊抬着往外走,她怎么也挣脱不开。

穿过两个酒席,经过走廊,她们被带到了中庭,在那里停着一顶轿子,周围等候着十几个侍女,三位小姐一齐被推进拥挤的轿辇中。事到如今再怎么反抗也无济于事了。

轿子立即被抬起,等小姐们跌跌撞撞地好容易坐稳时,已经快要出内城门了。这时,轿子暂时停了一下,随轿的富永新六郎及侍女们一起向这座城行了诀别之礼。

出了外城依然畅通无阻,轿中的三位小姐抱在一起痛哭。轿子经过的道路两旁点着一堆堆篝火,火光穿透轿帘,像是行走在人间地狱一样。敌方的士兵看到轿子过来,都纷纷让开了道。

载着茶茶姐妹的轿辇来到足羽山山麓,在秀吉的阵营中短暂停留了片刻。三人正在为与母亲的死别哭得痛不欲生,哪里会在乎轿子外面是什么景象。过了一刻左右,一行人再次沿着山脚的路在黑暗中启程,随后一直不停地赶路。小姐们都一言不发,任凭身体随着轿辇东摇西晃。

穿过几处郁郁葱葱的竹林,夏日的黎明早早到来了。一行人突然听到远处传来一阵呐喊声。茶茶姐妹顿时醒神,挺直身板侧耳倾听,又再也听不到任何声音了。轿子绕着足羽山的山麓进到山背面的一所寺院,北之庄城刚好被山完完全全地遮挡住。

进入寺院,等茶茶她们下轿时,天已经透亮,清晨的微风冷冷地吹过她们的脸颊。三位小姐被安排住进寺院深处的一间室内。

这一天,北之庄城内展开了最后的攻防战。茶茶她们在半路上听到的那阵呐喊声,正是在凌晨四点时攻城军的各路人马一齐发动总攻的声音。一上午,在内城的各个城门口展开了激烈的战斗,直到正午,攻城军才突破了防线,杀入内城。

胜家带领着三百兵士,与冲进内城的秀吉大军进行最后的殊死抵抗。攻城军多次派出火枪手冲进天守阁,将防守的将士们从天守底层一层层地逼退到上方。

等胜家准备自尽时,身边只剩下三十多名男女。阿市夫人先写下辞世的和歌:"夏夜梦短灯将枯,杜鹃声声啼,催我赴冥路。"随后,胜家也挥笔应和道:"夏夜之梦多缥缈,千古功成地，扬名托杜鹃。"下午四时，胜家命人点火焚烧天守，等火苗蹿至五层时，胜家与阿市夫人相继拔刀自尽。胜家享年五十四岁，阿市夫人三十七岁。文荷斋与德阿弥二人担任介错人，一直陪伴他们到最后。

此时，茶茶她们正从寺庙的一间屋子走出来，又上了轿。没走几步，轿辇周围的随从们似乎有些骚动，茶茶掀开轿帘的一角往外看了看，原来空中冲起一道黑烟，将半边天烧得通红，灰烟还在继续向天空中蔓延。等走到可以远远看到北之庄城的地方时，茶茶她们才知道，那火焰焚烧着的，正是她们昨天还住过的天守阁。九层天守早已被熊熊烈火夷为平地，火苗还在吞噬着城中的各个角落。

轿子突然停了下来，道路两旁都是田地。茶茶她们下轿，和侍女们一起离开大道，站到了田畦上。不多时，几百骑骑兵经过，向北扬尘而去。又过了一会儿，几千个步兵分为好几支分队，也从这里经过。

这时，茶茶看到那些步行的兵士中央，有一个身跨战马威风凛凛的武将，茶茶立即认出那人便是秀吉。秀吉看也不看茶茶她们一眼，手握缰绳，笔挺地端坐马上经过，和在清洲城时判若两人。现在的秀吉看上去冷酷凶狠，让人不敢直视。在北之庄屠城之后，他又马不停蹄地赶去攻打佐久间盛政的据点尾山城。

茶茶她们一直候在一旁，等到大队人马通过后，才再次上轿启程，进入几乎被火焰燃烧殆尽的北之庄的城下町①。轿辇经过时没做丝毫停留，继续向府中赶路。到了位于北之庄与府中中间位置的一个小村落时，终于可以落轿歇息。

当晚，茶茶她们被安排住在一户高大宽敞的农家。三姐妹也不说话，个个心如死水地躺着，一直挨到天明。

第二天清晨，一个武士来到走廊边报信，告诉她们昨晚她们的继父胜家与母亲阿市夫人已经在天守自尽。三位小姐一听到这噩耗，立即嚎啕大哭。阿初和小督依然啼哭不停时，茶茶收住哭声，对两个妹妹说道：

"好了，都别哭了，从今天起我们就是无依无靠的孤儿了，今后我们三人要互相扶持地过日子。十年前小谷城陷落的时候，浅井家的父亲为了让母亲和我们能够继续幸福地活下去，将我们提前送出城。母亲这次送我们出来也是出于同样的目的，我们可不能让她失望。母亲和柴田继父虽然不幸离开了人世，可他们一定希望我们继续幸福地活下去。"

她自己一边说着，一边在心里暗下决心，一定要和妹妹们一起幸福地活下去。

---

①城下町：以城郭为中心建立的市镇。日本战国时代，大名配合其领国的统一，伴随着兵农分离政策的推行，领主的直属武士团与工商业者被强制集中于城下，于是形成城下町，并逐渐发展成为领国政治、经济、交通的中心。

"我们怎么会幸福?"

小督泪眼蒙眬地抬头问道,茶茶一时也不知该如何回答她。正犹豫间,小督却似乎想通了似的不再追问。她说道:"如果我们幸福的话,母亲一定会高兴的吧。"

一直在一旁默不作声的阿初突然开口:

"不管幸不幸福,我都要活下去!无论如何都要活下去!"

她脸上还挂着泪水,却挺直了身板认真无比地说着。看到她的模样,茶茶突然想起京极高次也曾说过同样的话。

可茶茶脑子里想的却和妹妹们不同。她觉得对自己而言,幸福就是打胜仗,这是带给她幸福的唯一办法。在此前的十七年时光里,她的骨肉至亲全部因为打了败仗而死。父亲长政如是,祖父久政亦如是,还有舅舅信长以及现在的继父胜家、母亲阿市夫人都是如此。

茶茶回想起曾见过的两座被火焰吞噬的城池。一个是昨天的,一个是十年前的。虽然一个是在白昼中幻灭,一个在夜空下消失,可那烧城的火焰都是一样,吐着红红的火舌,充满悲伤与愤怒地哀鸣着,她的骨肉至亲在火焰中一个个地走向死亡。

第三章

茶茶、阿初、小督三姊妹从北之庄出发，赶往府中城。中途在一户农家借宿两晚，第三天继续乘轿赶路。一路上景致极好，天朗气清，道路两旁新绿的嫩叶在风中摇摆，这景致与姐妹三人悲惨的遭遇格格不入。三架轿辇在前，随行侍女在后，赶了约一里多地，来到府中城下。随后继续前行，进入前田利家的居城府中。

尽管当日前田利家曾与胜家联手向柳濑发兵，但一来他与秀吉一向交好，二来此次参战他有不得已的苦衷，主要是其地理位置决定了他此次的立场。个中缘由不只胜家心里明白，秀吉也了然于胸。因此，即使打了败仗，胜家也没有牵连利家，而秀吉更是放弃了对这种权宜之后的敌对行为做任何处置。由此可见，前田利家着实是个进退得宜、颇有自知之明的人物。

茶茶姐妹被安置在城深处的一间屋内，一应起居饮食都备受优待。第二天，姐妹三人前去拜见前田利家。茶茶曾经在北之庄城内见过他两次，是位不到五十岁的武将，容貌温厚，肤色白皙。而此次的第三次会面让茶茶心里五味杂陈。利家与胜家本属同一阵营，都曾与秀吉为敌。可时至今日，继父胜家与母亲阿市夫人已经双双自尽，前田利家却毫发无损地坐在自己面前。

整个见面过程中，三姐妹始终面无表情。她们冷漠的态度并非是故意做给利家看的。自从进城以后，三人之间没有任何对话，个个表情僵硬，像戴着能乐面具一般。

"想必几位小姐此刻都很伤心。"

利家用略带沙哑的嗓音说道。茶茶抬脸看着利家，一丝悲愤之情油然而生。从前在北之庄时，利家与她们说话都是用敬语，如今完全改为对待下人的说话方式。可见三个小姐的地位不知不觉地下降至此了。

"北之庄陷落时，我女儿摩阿也在城里，本以为没救了，谁知她今天早上竟然逃了回来，真是万幸。以后她会和几位小姐做一段时间邻居。"

茶茶之前丝毫不知利家还有个女儿在北之庄城。

"平安无事就好，恭喜您了。"茶茶客套道。

利家也同样客套地安慰她们道："小姐们早晚是要搬回安土城的，在那之前就先暂住我这里。过去的事就让它过去吧，只能说这都是命运的安排。"

拜见完利家，茶茶才从一位侍女的口中得知：今年正月，利家的三女儿摩阿作为人质被送到北之庄，并与胜家的部下佐久间十藏订下婚约。城池陷落前，她的未婚夫十藏战死城内，而摩阿带着一个叫阿茶子的侍女一起逃了回来。

就在见过利家的第二天傍晚，茶茶在庭院中与摩阿偶遇。看到对方的一瞬间，她们都有些惊讶，随后互相见礼，一句话也没说便擦肩而过了。摩阿比茶茶小三岁，年方十四，有着与其父同样白皙的皮肤和修长的身姿。即便如今相互为邻，茶茶估计自己今后也很难和这位小姐成为亲密的朋友。从前在北之庄时，摩阿作为人质，肯定活得卑躬屈膝。如今她们的处境完全颠倒过来，茶茶和妹妹们现在是战败者的遗孤，是天涯沦落人，生死全由不得自己。

就在茶茶姐妹住进府中的几天内，秀吉带领着攻陷北之庄的大军，一举平定了能登、加贺。五月一日，秀吉在返程途中顺路来到府中。

一听到这消息，阿初和小督顿时面容失色，互相依偎着蜷缩在起居室的一角。茶茶不太理解两个妹妹的矛盾心情，觉得她们对秀吉既憎恨又恐惧。可她却不太一样，既没有对胜利者秀吉抱有任何好感，也没有心怀不共戴天的仇恨。

如今想来，十年前，是秀吉直接领兵攻陷了小谷城，祖父、父亲以及浅井一族人众皆因秀吉而死。她们的兄长更是被他亲手杀死，死后还被悬首示众。而此次继父胜家和母亲阿市夫人之所以自尽，罪魁祸首也是他。可无论如何茶茶就是没法咬牙切齿地恨他，对此，她自己也感到很诧异。

三姐妹在这座北国的小城中平静度日。整个夏天，几乎天天守在房中，彼此也没有过多交流。在这期间，织田信孝所居的岐阜城遭到清洲信雄的攻击，继胜家之后，信孝于五月二日自尽。待到战争的硝烟散尽，这个消息才传到茶茶姐妹的耳中。对于刚刚遭遇过人生巨大不幸的三位小姐来说，这个消息显得那么无关痛痒，她们的内心没有一丝悲痛。死早已是司空见惯的事了，那些曾经在北之庄见过的人都死光了。只有阿初会时不时地突然放声痛哭一阵，可能是想念阿市夫人的缘故。每当阿初哭泣时，茶茶和小督总是冷眼旁观，一语不发，从不上前安慰。而在两位姐姐看来，小督的行为举止中透着一股乖张孤僻的味道。无论被说什么，她的反应都一样，嘴角挂着自嘲的笑容，从不直视对方，怎么看也不像是十三岁少女应有的举动。茶茶比较容易理解因伤心过度而时不时发作的阿初，却有些看不明白小督。她似乎将自己的内心藏得很深，从不唉声叹气，活得透彻超脱，倒像是茶茶的姐姐似的，这让茶茶有些不满。

夏末，三姐妹从一个行脚商人口中听说了佐久间盛政的死讯。据说盛政被带到京都，不但拒绝了秀吉提出的仕官邀请,还自愿被绑着游街示众,直至深夜才在宇治的槙岛被斩去首级。

"他穿着宽袖的金箔色小袖①,外披红色大纹②,上车时还叫嚣着让人用绳子绑住自己呢。"

商人说得好像亲眼所见一般。他还说,盛家在敦贺的乡间被十二个百姓逮住,送到秀吉处邀功。可秀吉不但没有奖赏这十二个人,反而斥责他们做了与百姓身份不符的事,将他们全部处以磔刑。如今,佐久间盛政的事迹在坊间巷里被传为佳话,大家都称赞他是柳濑合战中柴田军里唯一的英雄。

商人刚说起佐久间盛政的事,阿初和小督便离席而去,只有茶茶听到了最后。描述中肯定有夸大其辞的成分,但所有的传言都非常符合佐久间盛政这个人物的形象。茶茶脑海中瞬间浮现出盛政穿着花哨的衣服,被绑在车上游街示众的样子,她感到一种难以抑制的冲动。夏季炙热的阳光烘烤着庭院里的茂叶繁枝,茶茶盯着那些树叶,拼命克制着突然涌上心头的激动。

她还记得那个年轻武将说过的话,说他是为了茶茶姐妹能在北之庄过上安稳日子才前去赴死的。当时不曾留意,如

---

① 小袖:一种窄袖方领的衣服。
② 大纹:一种男性穿着的和服种类。

今回想起来，那生离死别的一刻是多么凄美华丽又壮烈辉煌啊。

整整一天，佐久间盛政这个人一直萦绕在茶茶的脑海中。继父和母亲阿市夫人的死都未能让她落泪。今天，茶茶独自坐在廊沿，为这个生前有些招人厌恶的年轻武将流下了泪水。

阿初、小督及从北之庄跟来的侍女们都在责怪佐久间盛政，说他要为战争的失败负责任，还说如果没有他，此战肯定不会败。可茶茶认为未必如此。无论盛政当时是否逞一时之勇，继父胜家迟早要背负失败的命运。无论为人还是资质，胜家到底无法和秀吉匹敌。埋葬在小谷城的父亲浅井长政也是如此，他绝不是信长的对手。前后经历了两座居城的陷落，茶茶已经豁然顿悟，对待任何变故都能冷静从容。

这一年的四季变化异常分明，各地灾情不断。七月，京都、三河①、常陆②三地遭遇大雨，无数民房被冲毁。八月，骏河③再遭大雨侵袭。在骏河暴雨铺天盖地的消息声中，北国早早迎来了秋天。白天的天空总是清澈澄明、湛蓝如洗，空气中透着丝丝凉意。这将是茶茶姐妹在此度过的第一个秋

---

①三河：旧国名。今爱知县东部。
②常陆：旧国名。今茨城县北、东部。
③骏河：旧国名。今静冈县东部除去伊豆半岛的地区。

天。北国之秋本就清冷萧索，更何况姐妹三人恰逢变故，今年的秋天对她们来说更加寂寥难耐。

随着秋意渐浓，新的血腥传言在城内流传开来，似乎是秀吉与信雄撕破了脸。没等过年，织田家旧臣就分裂为两派，一派支持羽柴秀吉，一派支持信雄。据说年底之前两派之间必有一场前所未有的大合战，规模将数倍于以往任何一次合战。最近，府中城内也热闹起来，武士们愈加活跃，似乎进一步印证了传言的可信度。

十一月，府中城派出三名武士，为秀吉所建的大阪城竣工表示祝贺。从五月开始，秀吉在大阪大兴土木，围城造楼，至十一月，工事已顺利完成九成。秀吉的居所已从山崎天王山的宝寺迁至大阪城中。

十一月下旬，前往大阪的贺使回城。三姐妹从其中一人口中意外地获知了京极高次的下落。自从在北之庄城陷落前夜逃出城后，高次一直杳无音信，后来不知怎的，竟能平安无事地在若狭生活至今，秀吉竟也不再追究。

高次的姐姐龙子嫁给了若狭的武田元明，所以他能在那里找到容身之所。可事情似乎并没有这么简单，若非这名使者告知，茶茶她们还不知道，原来武田元明因帮助过光秀，早在本能寺兵变后就在贝津被杀死了。因此，京极高次此次投奔的是已经成为寡妇的姐姐。

高次如今安然无恙地生活在离府中不远的若狭国一角，这消息本就出乎茶茶的意料。更让她震惊的是，龙子近来竟成为秀吉的侧室，而高次则仰仗着姐姐的荣耀得到封赏，很快会在近江①获得领地。

　　另外，元明虽已被秀吉处死，但听说他与龙子之间育有二男一女，这些孩子迄今仍然下落不明，坊间亦有关于此事的各种揣测和传言。

　　不到一个月，高次和龙子姐弟的事情便在驻守大阪的武士之间传开，一时间街头巷尾都在议论此事。可以想象大家在茶余饭后是如何贬损这对姐弟的。之前关于佐久间盛政之死的传闻为人人所称道。相比之下，龙子嫁给有着杀夫之仇的秀吉为妾，对这种以身事仇的行为，众人必然有诸多鄙夷。而为了保命竟然默许姐姐的行为并投靠秀吉的高次也饱受诟病。

　　听闻高次姐弟之事，茶茶三姐妹的反应各有不同。

　　"哎呀，真是丢人！"

　　小督毫不掩饰自己对高次姐弟的蔑视。她连听一下都怕脏了耳朵似的，立即起身离开，踩着木屐走到细雪霏霏的庭院中去。阿初听后先是神经质地突然大笑几声，随后面色平静地说：

---

①近江：也称江州，今滋贺县。

"他说过，无论发生什么事都要活下去，果然是说到做到。"

看到小督显露出对高次的鄙视，她又忍不住替高次辩解道：

"能活着就好。哪怕是苟且。我们不是也这样活着吗？"

茶茶的心情与二位妹妹不大相同。她对高次的行为不置可否。站在高次的立场，她能理解他为生存不得不采取这样的权宜之计，且此事的处理方式更是让她看到了高次的本性。正如蒲生氏乡所说，高次怀抱着复兴京极家的梦想，无论遇到何事都可以忍辱偷生。

还记得高次刚来北之庄避难之时，曾当面表露出为茶茶活下来的意思，她也因此而看不起高次。现在想来可能是她当时过于轻信。高次在言语中的确表露出对茶茶的爱意，可那也许是他当下最需要做的选择而已。高次被氏乡看得很透，他可能就是一个为了振兴家族而不择手段的男人。如此想来，无论是得到茶茶，还是让姐姐嫁给秀吉，只要是能够助他达到目的，什么事他都会去做。

可是，为时已晚了！具体什么晚了茶茶也说不清道不明。曾经为高次燃起又消失的激情，如今褪变成一种无奈的情绪。幼年时，只要一听到近江的名门望族——京极家的名号，茶茶就会肃然起敬。可近十年来颠沛流离的生活经历，已经将这份敬意消磨殆尽。同样，曾经对高次的钦慕之情也已烟消云散。

比起高次，茶茶更喜欢龙子。自己的亲生骨肉尚且生死未卜，就能将身体呈献给杀夫凶手，这样的龙子让茶茶感到一种莫名且残忍的快感。

十二月初，前田利家突然宣布，要将居城由府中迁至加贺的金泽城。除了本就属于他的能登之外，利家又新得到加贺的石川及川北二郡。举城上下顿时忙碌起来，开始为搬迁金泽做准备工作。借此机会，茶茶姐妹三人得已从前田利家手里转移到安土城。安土城内住着织田家的继承人三法师丸，由前田玄以、长谷川丹波守二人保护和辅佐。与织田家血脉相承的茶茶三姐妹，自然也该回到织田一族的所在地。

十二月中旬，顺着一年前来时的路，茶茶姐妹朝相反的方向启程。不同的是，她们来时曾是随从众多，而如今相伴出城的只有寥寥数人。沿途的景致还是从前的样子，只是轿帘外漫天飞雪。

当琵琶湖深蓝的湖水映入眼帘时，茶茶和阿初开始为安土城的新生活感到不安，都一言不发地只管赶路。只有小督时常下轿，还时不时跑到两位姐姐的轿辇旁边掀开轿帘。府中城里乖张古怪的小督终于不见了，又回复到从前那个开朗乐观不拘小节的女孩。

就这样，茶茶姐妹在这座湖畔之城迎来了天正十二年的正月。

如今的安土城是在本能寺兵变后被明智光秀烧焦的废墟上重建的。城池狭小简陋，早已不复当年光景。前后两座城池的对比，正好印证了信长生前身后织田家是何等衰退。正月里，时不时还有上京来的各国武将出于礼节前来拜访织田家这位年幼的继承人。正月一过，城内从早到晚都是一派门庭冷落的景象。

茶茶姐妹被安置在城深处一间屋内，房前有个小小的庭院，身边仅有两名侍女侍奉。虽说这里气候好过北国，没有彻骨的寒冷。可是从湖面吹来的北风还是裹挟着寒气袭来，日子也并不好过。风似乎将水汽一并带走了，这里从没有降过雪。

二月，阿初也不知从哪里听说京极高次被封赏了近江地区两千五百石的领地，人现在就在大阪城。她将这个消息告诉了茶茶。

"高次大人恐怕也听说了我们的消息，有空时也会来看我们的吧？"

阿初问道。像现在这样一天到晚形影相依无人问津，能有高次这位访客自然是好事，可茶茶已经丧失了盼望的热情。

安土城内的生活平淡无奇，偶尔倒是能听到一些传言，说家康与信雄结成了同盟，还说秀吉和同盟军之间必有一战……反正没个太平。可安土城中的武士像是与世隔绝一般，安稳平静地过着日子。

三月初，城内的樱花刚从树上飘落，传言就变成了现实。一大早，茶茶被屋外众多人喊马嘶之声吵醒。也不知哪里来的部队充斥城中，城内一派难得一见的纷乱扰攘的景象。这样的混乱状况持续了十天左右。到该月二十一日，城中部队与秀吉率领的大阪十万大军在城南街道会合，继续向东进军。茶茶姐妹在城中角楼上目送大军的行进，整整一天都看不到队尾，只见到街道上的尘土飞扬。同样在角楼上观望的武士们也在热切讨论，从他们口中，不断能听到羽柴秀胜、羽柴秀长、蒲生氏乡、堀秀政这些武将的名字。

蒲生氏乡的部队出现时，茶茶由衷地发出感叹。向氏乡问询母亲阿市夫人是否该再嫁胜家之事仿佛发生在昨天。如今，这个二十九岁的武将，正率领着羽柴军最强有力的精锐部队向前行进。部队被整编成几十支小分队，队形井然有序，在羽柴军中一枝独秀，茶茶觉得不失为一种美。

秀吉与家康、信雄联合军的对战意想不到地一拖再拖，双方主力都纹丝不动。就这样送走了夏天，迎来了秋天。

十一月，秀吉先与信雄单独讲和，又与家康握手言欢，双方各自撤军。结束长时间的征战漂泊后，大军沿着出发时的路，途经安土城南的街道原路返回。队列的人数众多，数日都连绵不绝。只有近江出身的武将森长可战死沙场，所以他的部队看上去人丁稀薄、惨淡零落。

所有部队都撤回之后，没过多久，茶茶与蒲生氏乡久别重逢。氏乡提前派人通知茶茶姐妹，说待他拜谒过三法师丸后，便要亲自登门拜访。收到消息后，三姐妹急忙收拾屋子，换上待客的服饰。自从搬到安土城以来，氏乡是她们的第一位访客。

三姐妹请氏乡在地板前落座，在对面铺上了自己的座位。氏乡一进来，便毫不客气地在指定的位置上坐了下来。两年不见，他早已褪去了当年青年武士的青涩，蜕变为一名仪表堂堂的壮年武士。

"看到小姐们安然无恙，我真高兴。听说你们去年年末就搬到这里了，只是一直以来战事不断，实在没有空闲，拖到今日才能相见。"

茶茶低着头听着氏乡的话。

"我接下来又要迁到伊势的松之崎去，一旦搬过去，又不知何日才能相见，所以这次才会贸然前来拜访。"

听氏乡的意思，仿佛他此次入城的目的不是为拜谒三法师丸，而是专程来看茶茶姐妹的。说者无心，可这番话无意间透露出如今织田家幼主在他心中的地位。即使如此，氏乡刚才的一番话还是让茶茶觉得温暖无比。

"我们姐妹三人在这里平静度日，蒲生大人您却是平步青云啊。"茶茶直爽地说道。

前些日子茶茶已经听说氏乡的近况，他如今已是伊势松之崎十二万石的领主。作为当初信长的手下爱将，如今他在秀吉手下越发得宠。与京极高次不同，氏乡一向谨言慎行。作为信长的旧臣，在秀吉面前的处境本应该尴尬的，可他却游刃有余，转危为安，脚踏实地地走到今天这一步。

听到茶茶说自己平步青云的那一瞬间，氏乡眼前一亮。

"谁能知晓以后的事呢。未来岂是人力所能左右。所有人最终的结局都是时间和命运的安排。"

"如您所说，那我们姐妹就在这里平静地等待时间和命运的安排即可吗？"

茶茶一边说，一边察觉到自己有些激动。干吗要这样咄咄逼人呢。氏乡沉默了一会说道：

"小姐们怎么可能过得不幸福。你们将来一定都会幸福的。"

"此话怎讲？"

"若是小姐们不幸福，谁还有资格幸福呢？因为……"

说到这里，氏乡突然停下来，似乎在组织接下来的措辞，但良久都不言语。

"那我们就安心在此等待幸福的到来吧。"

茶茶迅速结束了这个话题，可心里却一直想知道，氏乡那想说又没说出来的话到底是什么？为什么他说她们必须幸福？她们有什么权利得到幸福呢？

接下来的半刻①左右时间，氏乡和她们聊了聊小牧合战②的情况便起身告辞。最后，他告诉茶茶今后恐怕又有一两年不能见面。

送走氏乡，茶茶让两位妹妹先回屋，自己想到院子里走走，就当是为正在出城离去的氏乡送行。可一到院中，她改了主意，径直走向赏湖的观景台。在湖的对岸，白雪覆盖下的比良山看上去神秘而圣洁。昨晚吹了一夜大风，湖面泛起阵阵涟漪。

这时，茶茶想到一次也没来看过她们的高次。每次见到氏乡，她都会情不自禁地想到高次。而每每见到高次，又总

---

①日本古代计时方法：一刻约两小时。

②小牧合战：也叫小牧、长久手之战。天正十二年（1584），羽柴秀吉阵营和织田信雄、德川家康阵营在尾张国小牧、长久手地区展开的战役。此战中，德川家康逐渐占据上风，秀吉试图完全压制家康的计划失败。双方议和后，家康名义上奉秀吉为主，确立了丰臣政权内最大的外样大名（指不是亲族或原有家臣，由原独立势力收编而来的大名）的稳固地位，为日后的德川幕府奠定了基础。

会不经意地想起氏乡。茶茶也不知道自己这是怎么了。

又一年过去了，天正十三年，茶茶十九岁、阿初十七岁、小督十五岁。姐妹三人在这座湖畔之城迎来了第二个新年。

安土城今年的正月，过得比去年还要冷清。去年尚且还有一些织田家旧臣前来问候，尽管他们并非专程赶来拜谒，只是在上京后顺路来访。可到今年，连愿意顺路来一趟的人都没有了。茶茶本来还有些期待，希望在去年年末已去伊势松之崎赴任的蒲生氏乡会再来，可当她得知两位妹妹也怀着和她同样的期待时，她沉下脸来说道：

"蒲生大人临走时已经说过大概有一阵子不能见面。又没什么要紧事，他怎么可能常来这座城呢。"

阿初不高兴地反驳道："你也犯不着这么生气。我们只是想到茶茶姐您肯定等着见他，所以才这么说的。"

"我干吗要等蒲生大人呢？有什么等的理由吗？"

"这我们怎么知道。反正我们怎么想就怎么说，小督你说对吧？"

阿初看向小督。小督一副不愿掺和也不愿搭理的表情说：

"我倒希望谁也别来。每回只要有人来，咱们的处境就更惨一些，不是吗？"

听完小督的话，茶茶和阿初都沉默了。的确，还是谁也别来的好。现在想来，就是随着访客的每次到来，她们的地位才一降再降，直落到今天这个地步。

侍女们和偶尔来访的城中武士会为茶茶她们带来一些外面的消息，不过是些关于合战的揣测。据说秀吉和家康之间暂时相安无事，可纪州①那边又要打仗了。连身居安土城深处小屋内的三姐妹都能感觉到外面兵马调动的频繁程度。

三月初，京极高次突然登门拜访三姐妹，事先也没打任何招呼，就这样突然出现在她们居所的庭院中。小督最先看到高次，她立刻跑去通知二位姐姐。阿初和茶茶当时正在里屋让侍女们伺候着梳头。

"高次大人来了。"

听到小督的话，两个姐姐同时惊得花容失色。

"请他去客房稍等。"

茶茶吩咐完其中一个侍女，又转过来对阿初说：

"你快些准备好去会见客人吧。"

"茶茶姐呢？"

"我随后就到。"

阿初十万火急地打扮妥当出去。茶茶则不紧不慢地梳好

---

①纪州：又名纪伊国。今和歌山县与三重县南部一带。

头，换好衣服。

高次的到来，也掀起了茶茶心中的波澜，但没过多久她就恢复了平静。她似乎很快意识到自己的心动来得莫名其妙，所以花了一些时间来整理思绪。

茶茶走进客房，看到高次坐在离走廊较近的地方，阿初就坐在他的对面，二人离得很近，有说有笑地在谈些什么。小督也面带微笑地坐在二人旁边。当日听说高次和龙子传闻时，小督曾一脸嫌弃地起身离开，可此次见到高次，却好像什么都没发生过一样。高次一看到茶茶进来，立即正襟危坐，二人刻板生硬地互相寒暄。

"当日北之庄城中一别，没想到今日还能平安无事地再次相见。"

茶茶说完，看向高次。这个二十三岁的青年，多少有些形容憔悴，容貌却丝毫未变。还和从前一样有着端正的容颜，有着象征其高贵出身的额头以及拒人于千里之外的双眼。

"我也想不到自己还能活着。"

高次苦笑着说。短短的一句话中包含着各种复杂的感情。

"想必您也吃了不少苦吧。"茶茶说道。

"我这点苦与小姐们比起来不算什么。你们几番周折，历经千辛万苦。和你们比起来高次受的这点苦简直不足……"

说到这里,他停顿一下,接着道:"不过,总算是保住了这条命,不至于埋没了京极家的名号。"

高次说的一点没错,迄今为止他经历了那么多命运的坎坷,却完全依靠自己的力量保住了性命,也保全了京极家的名号。高次这番话在茶茶听来带着一些自豪的色彩。

茶茶又说:"关于龙子小姐的事,我们也有所耳闻。"

话一出口,她就后悔自己说的场合不对,可既然已经说出口也收不回来了。高次的脸上果然掠过一丝尴尬,可马上恢复平静,比刚才还理直气壮地说:

"和京极家的利益相比,姐姐一人的一生不算什么。"

"是吗?"茶茶抬起脸看着他问道。

"如今如日中天的蒲生氏乡大人,不是也将妹妹送出去了吗?他都没有办法,更何况已经灭亡的京极家呢,我们更是无从选择。"

"蒲生大人的妹妹?此话当真吗?"

茶茶连忙追问。她以为自己听错了,不大能相信氏乡会把妹妹嫁给秀吉做妾。

"您没听说过京都的三条局吗?"高次回道。

茶茶确实听说过三条局的名号,没想到那就是蒲生氏乡的妹妹。

茶茶转脸望向庭院中枯萎的树枝，心中满是失望与不甘。在她心里，氏乡一直是个有骨气的人物，所以她相信氏乡一定敢于拒绝秀吉提出的此等要求，可现实让她彻底绝望了。那个事业蒸蒸日上，拜将封侯，名震一方的勇士形象，在茶茶心里迅速褪色，变得不值一提。

高次与茶茶姐妹闲谈了一刻左右便起身告辞，返回其领地田中乡了，临走前还承诺会常来看望她们。高次走后，阿初明显欢欣雀跃起来。在高次面前她几乎不怎么说话，可高次一走就又兴奋又欢喜。她前后的变化茶茶和小督都看在眼里，茶茶很是不乐意看到她这样。

"现在谁还听说过京极的名号啊。为了这不起眼的名号，竟然嫁给杀夫仇人，啊——真是太可耻了。"

茶茶故意出言中伤高次的姐姐龙子，实则是对阿初的挑衅。

"你说的是松之丸夫人吗？"阿初问道。

"松之丸夫人？"

"就是龙子小姐的称呼啊。听说她也过得十分辛苦。"

"谁让她要去当御局①。可话说回来，啊——想想都恶

---

①御局：江户时代对将军家或大名家被赐予局（住宅）的大奥女子的尊称。

心，把姐姐拱手送上，来保全自身的安危。"

这次茶茶又开始讽刺高次。虽然她心里比谁都清楚，高次并不是为了保全自身才将姐姐送给秀吉当侧室的。身负复兴京极家的重任，他实在是没有别的选择。且高次的这种行为正是从前茶茶希望看到的，可现在她却对高次怎么都喜欢不起来。

原来曾经燃起的炙热感情，为何现在完全冷却了呢？细细想来，这不仅仅是因为高次自己曾经一度让她失望过，更是因为京极这个名门的荣光在这兵荒马乱的时代中早已被剥脱得不剩下什么了。高次背负着振兴家门的痴心妄想，在茶茶看来只是个落后于时代的幼稚执念。而为了实现这妄想去承受各种屈辱，这种想法茶茶更是无法苟同。可话虽如此，每次面对高次，茶茶明明已经做好了心理准备，还是难免会心动一下，这让她着实困惑。

那天，茶茶的思绪乱极了。她首先想到蒲生氏乡。高次把姐姐拱手送给秀吉做妾，这样做尚且情有可原。可氏乡不一样，他献上亲妹妹的目的无非两种：要么是屈服于强权之下，要么是把妹妹当作自己飞黄腾达的工具。

她还不得不想到秀吉。据说这个年近五十的当权者自称为"天下之主"。事实上他已经离那号令天下的王者宝座十分近了。这个天下之主的女人中有高次的姐姐，还有蒲生氏乡的妹妹。偏偏都是茶茶关注的两个人的姐妹。

茶茶实在无法想象秀吉是位怎样的人物。多年前住在清洲城时，秀吉来看望过她们，当时曾有过几句对话。那时的秀吉在她看来不过就是个和蔼可亲又不失圆滑精明的中年小个子武将。后来在北之庄城陷落当日，茶茶曾看到他向北骑行。虽然只有这两面之缘，可秀吉却不断左右着自己同族同门的命运。

今年九月，茶茶第三次见到秀吉。两个月前的七月，秀吉官拜关白①。茶茶她们不懂得"关白"是怎样的官位，但明白秀吉成为实至名归的"天下之主"已是既定事实。为了庆祝此事，安土城的广场上也摆上了几座酒樽，举行了庆贺餐会。小督和侍女们一起去看热闹，茶茶和阿初都守在屋里不出门。

在安土城庆贺餐会举行的第二天，茶茶她们在角楼上看到有军队向东行军。听说是去平定北陆的秀吉麾下的部队，安土城内的武士们也都不知道秀吉此次是否直接领兵。九月初，前往北陆的军队很快就平定了北陆一带，凯旋而归，其中一支部队突然来到安土城。

那日，安土城上下都手忙脚乱。茶茶三姐妹也被城中的

---

①关白：古代日本代替天皇执掌天下政权的官职，同时也是公家的最高权威。

气氛感染，像是要迎接什么可怕事物的到来，心慌意乱地待在自己屋内。傍晚，茶茶姐妹收到通知，让她们姐妹准备好去拜谒秀吉。接到来报的一刹那，三姐妹都惊惶失色。小督和阿初紧张万分，担心自己性命不保。茶茶虽然脸色惨白，但神色却依然镇定。

"我们都要仰起脸正视这位天下之主，可不能没出息地一直低腰俯首。"

茶茶比平日更加严厉地告诫两个妹妹。

"我们会碰到什么情况？"

阿初似乎真的担心会掉脑袋。平时也是这样，越是这种场合，小督反而表现得比阿初冷静。

"只要盯着这位天下之主的眼睛就行了吧。他要是看我们，我们也看他就好了对吗？"小督说道。

在本丸派过来的众多侍女的帮助下，三姐妹装扮完毕，坐在走廊边等待本丸那边的传唤。在惶惶不安的等待过程中，阿初和小督突然发现，茶茶简直是已故母亲的翻版。

八时左右，本丸派使者前来迎接。三姐妹在两名武士和三名侍女的陪同下走出居所，走过秋虫鸣叫的院落。冷风飕飕地吹过，像是暴风雨前的信号一般，天空中乌云涌动，被遮住的月亮时不时探出脑袋。

一进本丸，三姐妹便被带到天守下面的大广间。本以为屋内该是灯火通明，谁知整间屋子大部分地方都晦暗无比，只能看到靠近走廊边上唯一被灯火照亮的角落，在那里坐着十几个模糊的人影。

待到茶茶姐妹走近些，一干人等一齐俯身施礼。茶茶她们穿过这十几个男男女女，被领至貌似上座的位置。在茶茶就座时，所有人都依旧俯身，只有一个女子抬着头，正对茶茶坐着。一时不知道对方是谁，茶茶只得先微微点头行礼，再仔细看清这个女子的长相。细看之下，茶茶差点就叫出声来。这女子正是当年在府中城内有过一面之缘的前田利家的三女儿摩阿。

茶茶有些瞠目结舌。摩阿的年纪应该比阿初还小一岁，今年正好十六岁。可她本人看上去绝对不止这个年纪，可能因为她本就身材高挑。想来，她既在北之庄做过人质，又经历过北之庄沦陷时未婚夫之死，可能是这些年的经历让这个少女看上去显得特别老成吧。

"这位就是前田大人家的小姐，我们之前一直承蒙关照。"

茶茶向摩阿行过礼后，向阿初和小督介绍道。阿初和小督也向初次见面的摩阿点头致意。摩阿虽然也有礼貌地一一回礼，却始终不发一言。茶茶第一次在府中城内见到她时就觉得自己恐怕不会喜欢这个少女，如今她还是同样的感觉。

在茶茶看来，摩阿为人处世颇为冷漠，且表情生硬，让人无法判断她的真实想法。

这时，有什么人走过来了。大家再次躬身行礼。这次摩阿也低下了头。茶茶她们估计是秀吉到了，于是也模仿其他人的样子微微俯下身体。这位新来的人物爽朗地大笑着，似乎有什么急事似的，匆匆忙忙地走了过来，坐在摩阿上方的位置上。边落座边絮叨着：

"怎么样。和各位小姐聊过了吗？"

"没有。"

摩阿用清澈透亮的声音回话。这是茶茶第一次听到摩阿的声音。

"为什么不聊聊？"

说完后不等摩阿回答，他又转脸问道：

"安土城的各位小姐都还好吗？"

"是的。"

茶茶抬脸看向坐在对面约一间距离的问话者，盯着他的脸回答道。虽然灯火有些晃眼，看不太清容貌，茶茶还是认出了秀吉。他黑瘦的脸上涌着酒气，泛出黑红色的光泽，虽然面带微笑，但眼神却让人捉摸不透。

"你叫茶茶，你下面的小姐叫什么来着？"

"叫阿初。"

茶茶代替妹妹回话。

"三小姐呢?"

"叫小督。"

"哦!几位小姐都出落得亭亭玉立啊。今后要和加贺来的小姐好好相处啊。"

说完,秀吉又转向摩阿说道:

"要是在大阪玩腻了,可以来找这几位小姐玩。"

"我才不要!"

摩阿斩钉截铁的态度让在座的所有人都不知所措。

"不要?为什么?"

"因为没意思。"

"没意思?这可不好办啊。"

秀吉笑着说道。态度就像是和孩子说话一样。茶茶听到摩阿这样说,心中当然感到不快,可顾及到这个自称天下之主的武士的颜面,她还是隐忍了下来。面前这个武士,虽然出身低贱,却努力爬到今天的位置,他先后害死浅井家的父亲和祖父,还有柴田家的继父和母亲,如今已经爬到关白的位置上了。她必须守着这个武士的颜面。

茶茶本来坚定了想法,即使秀吉看着自己,也绝不将脸别开,可秀吉从头到尾都没有看过茶茶一眼。不光茶茶,在座的所有人都一样,秀吉的视线压根就没停驻在任何一个人身上。他的态度全然像一个来到小孩子们玩耍场合的大人一样，时不时问摩阿和茶茶姐妹们喜欢吃什么，有没有养过鸟，有没有钓过鱼之类的问题。不一会儿便说道：

"好吧，大家都退下去休息吧。"

告退时，茶茶姐妹和侍女们都向秀吉低头行着礼退下，只有摩阿一人稳当地坐在秀吉旁边，冷眼看着在座的所有人。茶茶对摩阿的此种态度颇为诧异。

回到居所后，茶茶她们才从侍女们的口中得知，摩阿已经成为秀吉的侧室，此次前往大阪正好路经此地。茶茶刚开始不敢相信，可后来不得不信了。若非如此，那个比自己小三岁的少女怎么敢对她们姐妹三人颐指气使，语出不逊。若非她仗着秀吉侧室的地位，怎敢放肆至此。

与此同时，茶茶也感到一种难以言喻的恐惧和寒凉。想到龙子、摩阿，还有氏乡的妹妹，这些与自己同龄的小姐们一个一个地被秀吉纳为侧室。自己姐妹几个可能也会在不久的将来等到如此命运的轮转。茶茶这才意识到，她们姐妹三人虽然在秀吉的庇护下毫发无损地活到今天，可等待她们的未来之路上仍然布满了坎坷和荆棘。

又过了一年，天正十四年，小督迎来了自己十六岁的生日。这年春季，前田玄以带来让人震惊的消息，是关于小督与佐治与九郎婚事的决定。小督本人自不必说，对两个姐姐茶茶和阿初来说，这个消息也让她们目瞪口呆。

小督结婚的对象佐治与九郎是尾张大野城的城主，领地约六万石，本人是位十八岁的青年武将。与九郎的母亲是信长的妹妹，所以与九郎和茶茶姐妹们是表兄妹的关系。可就在今天以前，茶茶她们既不清楚佐治与九郎的存在，也不知道他与自己的关系，更没听说过大野城这座城。

事隔很久以后，茶茶才明白为什么这桩婚事来得如此突然。原来与九郎的另一位表兄——也就是织田信雄在为与九郎物色家室，目标锁定了浅井家的三个孤女，而年龄最小的小督不幸被选中。除此之外，茶茶还听到过另一种说法，说此事和信雄毫无关系，完全是秀吉一手操纵。虽然很多年之后，此事的真相仍然无从考证，但茶茶估计这件事八成和秀吉脱不了干系。

回到当时，乍一听说此事，大家哪还有余力关心事出何因。对茶茶她们来说，最关心的莫过于这桩婚事对于小督来说究竟是幸运还是不幸，可她们无从知晓答案。唯一知道的是，对方是继承着织田家血脉的尾张名门，仅就出身门第来讲，与九郎配得上姐妹三人中的任何一个。

从政治联姻的角度看，佐治与九郎是信雄麾下一员部将，而信雄与家康结盟，所以按照常理，一旦信雄和家康与秀吉之间发生龃龉,此人必然归属于家康阵营。因此,倘若此次联姻成功,在与秀吉的关系处理上,佐治与九郎的立场将变得十分微妙。

茶茶从前田玄以处得到这个消息,过了好几天才向小督本人转达。这个刚满十六岁的少女的反应显得十分没心没肺,似乎她颇为厌倦了这座湖畔之城的生活。

"大野城?是在尾张对吧。尾张是个好地方吗?要是好地方那我就嫁过去。"

茶茶却没有小督那般轻松。阿初也一直惴惴不安,她怎么忍心把妹妹嫁到一个连听都没听说过的大野城去呢。

"怎么办?还是好好打探一下吧,说不定是个又破又旧的小城呢。"阿初说。

小督听后却说:"再大的城也没用,该毁灭的时候还是难逃一劫。我虽然没有比较过,不过小谷城够大吧?可小谷城现在还剩下什么?北之庄那样宏伟的城池也沦为灰烬了,不是吗?所以说哪里都一样,就说我们现在住的这座安土城,被烧毁之前不是举国上下都找不出比它更大的城池吗?"

小督说的没有错。茶茶所知道的大城都被一座座地烧为灰烬了。茶茶和阿初为了小督的婚事日夜悬心,可小督本人似乎一点也不领情,完全是既来之则安之的潇洒心态。

这年夏天，小督的婚事正式确定下来。上轿出嫁定在十月末，婚礼的中间人最初决定由信雄担当，可不知为什么又被搁置，中间人的事情最终就不了了之。

一入夏，姐妹三人便忙碌起来。佐治家三番四次派来使者共商婚事。秋天一到，迄今为止杳无音信的织田家数名旧臣也派来了庆贺的使者，还送来了贺礼。

小督上轿的日子终于还是来了。虽是秋日，天却冷得如冬季一般，就差没下点雪了。灰色的天空低沉地覆盖在湖畔的平原之上。婚礼前后正好赶上家康前往大阪城与秀吉会面，小督的婚礼本就不受关注，不巧遇上这等热闹的大事，似乎再也没人记得此事了。

"那么我走了。"

当天早上，小督没规没矩，满脸顽皮地和两位姐姐道别，就差没做鬼脸了。可在两个姐姐看来，穿着白无垢①纶子小袖的小督的身影，简直像是要去赴死的少女一般正气凛然，又凄厉惨淡。

每到这种时候，阿初总是表现得最没出息，不停地期期艾艾，一会儿说和小督的别离好伤感，一会儿又说母亲阿市夫人没能看到小督当新娘的样子，一会儿又说到今日一别不

---

①白无垢：一种里外皆为白色的和服。无垢为梵语，意为纯洁、一尘不染。在日本自古被用作祭典用礼服，如婚礼、生产、葬礼、丧服等。

知何时再相见之类的话。

小督的轿辇越靠近城门，茶茶越感到不安。无论是眼前的小督，还是那个素未谋面的青年武士佐治与九郎，还有他居住的小城，都让她感到一种孤立无援、岌岌可危的状态。小督未来一定不会幸福！这种预感强烈地让她坐立不安。

"小督！"

茶茶浑身颤抖着，直呼妹妹的名字。

"即便今后会再次遭遇城池沦陷，答应我一定要活着回来！"

茶茶此刻对小督的亲情溢于言表。

小督听后若有所思地笑笑，然后回答道：

"这种事姐姐不必担心。"

说完便在迎亲使者的催促下上轿而去。

茶茶和阿初跟着小督的轿辇，一直送到安土城的城门口，门上点着送亲的灯火。

小督此刻才一本正经地向两位姐姐行礼道别，随后便隐身于轿辇之中，头也不回地离开了。清晨，迎亲队伍沿着湖边的道路向尾张进发，正中间有五架轿辇，前后簇拥着约三十名全副武装的武士，整个队伍没有一点要办婚礼的喜庆氛围。

茶茶无法预测这桩婚事的结果，但从轿辇出发那天起，她强烈地意识到自己失去了一个妹妹。

小督的婚礼结束后，刚过了一年，到天正十五年的正月，同样由前田玄以带话给茶茶，这次的话有关阿初的婚事。

"茶茶小姐如今是一家之主，您的婚事最为慎重，所以被安排在最后。"

前田玄以是秀吉最信任的中年武士，曾经的还俗僧人，如今的五奉行①之一。他半开玩笑似的打开话匣，接着便提出了阿初的婚事。

"对方是哪位？"茶茶问道。

"是小姐您的旧相识。"

"是哪位？"茶茶再问。

"是京极高次大人。"

可能是茶茶多心，她觉得高次的名字出现的那一瞬间，前田玄以一向沉稳的眼神中突然射出一道锐利的光芒。

"无论是出身还是品性……"

没等前田说完，茶茶便直言道：

---

①五奉行：五奉行是安土桃山时代丰臣政权末期制定的职务，是负责政权运作的工作。包括浅野长政、石田三成、前田玄以、长束正家、增田长盛五人。1600年(庆长五年)五奉行里的石田三成拥立五大老之一的毛利辉元发动关原之战，长束正家跟随三成，而浅野长政则从属东军的德川秀忠军。

"没问题。如果对方是京极高次大人的话，我没有异议，妹妹可能也不会有异议。"

虽然初听之时茶茶感到有些失落，像是自己某样重要的东西要被妹妹抢走。但此事经前田玄以之口说出，反而让她悬着的心放下了。

"京极大人是否有异议？"

"此事尚未传达，他本人还不知道。但我估计没有问题。"

虽未明说，但他的话中之话似乎是说：这件事是秀吉的意思，没有人敢反对。

茶茶回到自己房间后，立即将阿初叫来，转告了此事。

"刚才奉行大人前来传话，提到了和京极高次大人的婚事。"

刚说完，又补充一句：

"不是我，是你的婚事。"

"我的？我和京极大人……"

"怎么？不愿意吗？"

眼看着阿初的脸由白转红。

"可是，京极大人那边……"

阿初难掩喜悦之色地说道。

"不用担心。这是天下之主的命令。"

茶茶冷淡地回答，言语中多少带着些戏谑的成分。阿初满脸洋溢着喜悦和幸福，这会儿无论你说什么她都不会深究。她突然疯狂地放声大笑，像是着了魔一般，笑声很空虚，没有任何底气，直到茶茶生起气来制止方才停下。

从前田玄以处听说阿初和京极高次的婚事后没多久，一月下旬，高次本人就来到安土城拜访了茶茶姐妹。今年正月开始，下雪的日子居多，却不见积雪，天空中整日都飘着洁白的雪花。高次来访那日也是雪天，从早晨开始，细小的雪片在湖面来风的吹拂下漫天飞舞，时下时停，雪停时天边一片湛蓝，没多久又飘起细密的雪片，很难看清前方。

和上次来时一样，高次这次又是不打招呼地突然出现在房前的院内。恰巧赶上茶茶拉开房前的障子①透气，她看到远处走来一个身上堆满积雪的武士，立刻认出来者是高次。从雪花飞舞的庭院中漫步而来的高次，高耸的肩头承载着他与生俱来且深入骨血的傲然之气。

高次上次来访已经是天正十三年三月的事了，时隔近两年。当年他曾承诺会经常来访，可直到今日才终于现身。

阿初刚好不在家，她在侍女的陪同下去参加城下寺庙举办的茶会了。阿初本来不爱出门，自从来到安土城，没什么特别必要的事，一般决不出城。可自从得知自己要嫁给高

---

①障子：日本房屋用的纸糊木框。用来分隔室内和室外的窗户。

次，整个人脱胎换骨了一般，成天欢欣雀跃的，动不动就往外跑，没个安静的时候。茶茶听出来，在走廊上行走时妹妹的脚步声都和从前不一样了。阿初脚步凌乱，踩得走廊上的木板咯咯作响。

"走路要轻一些！"茶茶训斥道。

"人家就是胖嘛。胖子踩在地板上自然是咯咯响的。"

阿初转动着身体，像是要展示自己有多胖似的说道。茶茶看着去年以来日益丰满的阿初，稍有些妒意。与阿初相比，去年七月，十六岁的小督还是个没有长大的青涩孩童，一想到她掀开轿帘钻进轿中的身影，就觉得悲伤凄凉。

高次走近走廊时，看到坐在屋边的茶茶，略停下脚步，然后望着茶茶走了过来。可能是因为在冰天雪地里行走，一向面色苍白的高次脸上带着血色。茶茶请高次进入屋内，合上障子，和高次面对面坐下。

"上次见面之后您再也没有来过啊。"茶茶先说。

"去年夏天曾来拜访过一次。也和今天一样穿过院子来到屋前，听到里面在说些什么，便没有打扰直接回去了。"高次说道。

"哎呀，怎么不打声招呼呢？"

"其实除了那次，去年年末还来过一回。当时是夜里。走到房前没有进去就又回去了。"高次又说。

听到这番话，茶茶觉得和高次这样面对面坐着很尴尬。于是便垂着头不敢抬起脸。她生怕一抬眼，便会看到当年那个流落到北之庄城，突然说些表达爱意的话，眼神像中了邪一般的高次。

茶茶能感觉到高次心里有话要对自己说。此时二人独处一室，对面的高次让茶茶感到紧张和压抑。茶茶很想知道高次到底是怎么看待他与阿初的婚事的。

"您听说了关于我妹妹的事么？"

茶茶问道。

"没有，我什么也不知道。发生什么事了吗？"

高次说。茶茶相信他说的是实话。

"不，没什么事。"

茶茶刚说完，高次突然用颤抖的声音说道：

"我继承了京极家的血脉，茶茶小姐继承了浅井家的血脉，我们如果在一起有什么不可以吗？"

"很多很多年以前，我也曾经做过这样的美梦。"茶茶说。

她今天十分坦白。因为她清楚地知道，高次不敢违抗秀吉，除了阿初他没有别的选择，高次和阿初最终肯定会走到一起。正因为心里清楚此事已是板上钉钉，任何努力都是徒劳，所以能够超脱出来，直视高次炙热的眼眸。此次茶茶对高次比之前任何一次都坦白。就像是一位年长者明知道年轻人在做错误的控诉，也可以不计较地听下去一样。

"不过，我现在早就不这么想了。"茶茶说道。

"为什么不这么想了？"

"无论是京极家还是浅井家，这些所谓的家名都已经是很久远的存在了。如今时代早就变了。我曾经也想过，我属于毁灭京极家的浅井家，如果能和高次大人在一起，那么京极家的诸位可能会忘记对浅井家的仇恨。我曾希望通过高次大人的双手，同时复兴京极和浅井两家。可这想法是很多年前的，如今我完全放弃了。"

"为什么？"

"因为时代早变了，这种想法早就不合时宜了。这十年以来，旧的名门望族几乎消失殆尽。武田灭亡了，明智灭亡了，柴田也没有了。就连织田家，今后也很有可能到什么时候就消失了。更何况浅井这样微不足道的家名，现在有谁还会记得？"

"您说的固然有理，那么我换一种说法，不再提京极或者浅井的家名。我京极高次，作为大沟一万石的小城城主，请求您接受我刚才的提议。"

"大沟的一万石？"

茶茶抬起脸。没听说高次已经成为了大沟的城主。

"就在昨天决定的事情。最晚在今年夏天会公布此事。"

"那真是恭喜您了！是谁做的这个决定？"

对此，高次并不作答，只是将两手规规矩矩地放在膝盖上面。

"是天下之主的决定？"

茶茶想都没想就破口而出。虽然不是故意的，但说完后自己也觉出话中带有讽刺意味。高次还是没有回答。坚忍要强的眉宇间掠过一抹哀愁。

茶茶站起身，打开障子呼唤侍女前来。这时窗外仍然是漫天的细雪在飞舞。

"茶茶小姐。"

高次跪坐着挪到茶茶跟前，继续说道：

"高次成为大沟的城主让您看不起吗？"

"为什么这么说？您多心了……"

"不，您肯定是这样想的，将自己的姐姐送给别人做妾……"

"我没有这样的想法……"

茶茶连忙打断高次的话，当她发现自己是站着俯视高次说着话，便立即换了一种口气说道：

"不，茶茶觉得，这种事都是您胸有成竹的权宜之计不是吗？想必在不久的将来，您会从大沟城搬到更大的城池去。然后更进一步，得到更大的城。为了这个目的，你们姐弟二人同心协力，这有什么不妥的呢？茶茶现在衷心祝愿您的梦想能够实现，那该有多美好。"

"那您的意思是……"

高次还要往下说什么。

"不！"

茶茶不敢直视高次缠绵炙热的目光，赶忙转过脸去。就在这时，她感到自己衣服的裙裾被紧紧地拽住。回脸一看，发现是高次在用右手死命拽着自己的裙子，力道十分粗野。茶茶从没有遇到过别人如此失礼的举止。可她并不讨厌眼前这个有些抓狂到失了分寸的高次。

茶茶拍手示意侍女们前来，高次这才把手放开，重新放在膝盖上方坐好，人也往后退了几步，和茶茶保持一定的距离。

"您刚才说的话我都明白。请允许我再考虑一下吧。"

茶茶平静地回答道。但口气中听得出她已经下定决心拒绝此事了。

"如果您对大沟城这件事有异议，我可以拒绝的。现在对我来说，京极家什么的已经不重要了……"

茶茶没有回答。

"高次今天是抱着坦白一切的决心前来的。"

就在这时，侍女进来了。茶茶本来打算叫侍女为高次斟茶，这时却吩咐侍女道：

"京极大人要回去了。"

茶茶毫不留情地说道。那决绝的口气听在耳里，连茶茶自己都感到内心一阵刺痛。高次仍然不甘心地说道：

"请您务必再郑重考虑一下。"

说完略施一礼，便安静地起身离开了。

随着京极高次与阿初的婚事在春天公布，阿初身边日益热闹起来。和去年小督简易的婚礼不同，阿初婚礼的一应准备工作都十分隆重。在前田玄以的安排下，数名侍女被派来帮忙，准备婚礼前的大小事宜，二位小姐居住的小屋每天都有很多人进进出出。阿初上轿的日期最终定在了八月末。

七月，高次正式成为大沟一万石的城主。茶茶想，高次果然所言不虚，只不过他误算了一件很大的事。当时他一从秀吉处得知要成为大沟城主，就马上想到向茶茶表白。可秀吉之所以将大沟城赐给高次，从一开始便考虑过将阿初许给高次。当然，高次之所以能得到大沟城，他的姐姐京极局对此事的影响也毋庸置疑。

茶茶时常想起高次抓住自己衣服裙角时着了魔一般的眼神。每次看到阿初满面喜色，打心眼里期盼着与高次婚礼的样子,茶茶就会想起她与高次共处的那段短暂时光。一想到被蒙在鼓里的阿初,便会有一种异样的感觉涌上心头。

初夏,高次来到安土城拜访两姐妹,为他与阿初的婚事正式登门致意。茶茶自己没有列席,让阿初一人出去接待高次。一来怕高次见到自己为难,二来自己也没有信心直面高次。

阿初上轿那天,暑气渐消,湖畔一带已有些秋天的凉意。那天清晨,侍女们看到了数十只从未见过的白色飞鸟从湖面飞渡而过,纷纷传言这是大吉之兆。茶茶也从走廊上看到了那景象。只是等她看时,鸟群已经远去,只剩下斑斑点点的白色剪影,在秋日阳光的照耀下泛着白光。

阿初出嫁那天的仪式感和规模远远超过小督出嫁之时。没人会相信这是五年前从北之庄逃出命来的落魄孤儿的婚礼。阿初所乘的轿辇介于二品小上臈①和三品御局之间,轿子周身被涂上美丽的朱红色。阿初在掀起轿帘上轿之前,和当年的小督一样,转身向茶茶施礼拜别。小督当时是微笑着上轿的,而阿初却用婚服的袖子拂拭眼角,似乎无法忍受与茶茶分别的悲伤。

茶茶靠近阿初,用略带苛责的口气说道:"振作一些!

---

①小上臈:身份略低于上臈御年寄、但高于御年寄的高级女中,类似于"实习上臈御年寄"的身份。

你和小督不一样，你不过就是嫁到湖对岸的城里而已。"

十九岁的新娘经过精心打扮过的面容，被停不下来的泪水打湿。明明刚才数着时间，期待着轿子赶快出发，可真到要出发时，又突然为别离感伤起来，茶茶实在不理解阿初这种多愁善感的女儿心肠。

终于到了起程的时刻，女人们乘坐的十二挺轿子走在队前，其后又有三十挺轿子，只是不知里面都坐着何人，七骑骑马武士跟在后面。队尾是长长的嫁妆队列，有贝桶①、衣柜、橱柜、黑柜，还有各色屏风等家具。送嫁队伍行进至大津，从大津改由水路前往大沟。

茶茶一直送到城门口，然后登上角楼，目送着队伍慢吞吞地在湖岸那条悠长绵延的小径上爬行。此时，她再次看到在湖畔的平原上方，有十几只飞鸟排着整齐的队列自南向北飞过。和其他侍女不一样，茶茶并不觉得这是吉兆，反而觉得鸟群的移动带着一种伤感寂寥。与阿初的别离，也不像小督当年，她始终没有那种失去一个妹妹后黯然伤神的失落感。

走下角楼，茶茶返回居所，这才发现这是她自出生以来头一次开始独自生活。她在房内四处走动、坐立不安。像是

---

①贝桶：盛纳合贝游戏（一种贵族娱乐）所用贝壳的桶，通常是六棱形或八棱形。

进错了屋子一样,觉得一直住惯了的房间不是自己的房间。先是母亲,然后小督、阿初相继从她身边离开,只剩下她孑然一身,可她并不觉得孤单。也不知道为什么,反正是坐也不是站也不是,恍惚不安。如今只剩自己一人了,她感到有什么可悲的事情要发生在这样一个人身上,所以感到不安。

事情并不像茶茶担心的那样。她接下来的独居生活风平浪静、波澜不惊。阿初婚礼的热闹劲儿过去后一阵子,侍女们又开始议论起关于秀吉在京都修建的宏伟壮丽的宅邸——聚乐第①。据说这宅邸东起大宫,西至净福寺,北临一条,南抵下长者町之北,面积十分广阔。宅邸周围深挖沟渠,宅中造山填池,数栋大型建筑物伫立其中,让人分不清是城池还是居所。阿初出嫁后不到半月,于九月十三日,秀吉举家迁居聚乐第。安土城下的很多居民都纷纷赶到京都观看秀吉举家搬迁的盛大仪式。

九月到十月的这段时间,受到聚乐第相关活动的影响,安土城内十分安静。茶茶渐渐习惯了独居生活。十月刚到,前田玄以便登门拜访茶茶。说是怕她一个人寂寞,决定亲自作陪,邀请茶茶前往聚乐第参观。茶茶想都没想就应承下

---

①聚乐第:丰臣秀吉在京都营造的宅邸。天正十五年(1587)落成。第二年后阳成天皇来次巡幸,秀吉借此向诸大名展示了丰臣的实力。后来成为其养子丰臣秀次的居所。秀次死后被毁。

来。前田玄以的意思便是秀吉的意思，除了应承，她没有别的选择。

茶茶乘着轿辇从大津出发，途径山科，进入京都。一行人共有五架轿辇，载着女人们。前后三十骑武士护卫，颇具规模。茶茶一上轿便心神不宁，心想这次去聚乐第，不会永远回不来了吧！她之前怎么没有意识到这个问题呢。

轿辇停在山科的高台上稍事休息，茶茶借此机会向一个守卫的武士打探前田玄以的座驾。她打算自己上前去询问前田玄以，此次上京的目的是否只是单纯地聚乐第观光。还没等她行动，前田玄以便策马来至茶茶轿辇前。原来他并没有坐轿。

"请问我何时再回安土城？"

茶茶用凌厉的目光盯着前田玄以问道。前田玄以虽近中年，还是个还俗僧侣，但是他的政治手腕当属一流，他回答道：

"想快些回去吗？您那么眷恋安土城吗？"言罢又大笑道，"您想什么时候回去都可以。不过，明天计划要参观聚乐第，所以就请您暂且忍过明天吧。"从这番话中怎么也听不出别的意思。

轿辇再次出发。这是茶茶初次来到京都。外面寒风呼啸，让她没法掀开轿帘观望，只得透过帘子的缝隙一看究竟。街道上行人络绎不绝、形形色色。男人有武士，有百姓，也有僧侣。女人们的服装都很华丽，从服饰很难判断出她们的身份。

这天晚上，茶茶在围绕着聚乐第所建的众多武家房舍中的一家歇息下来。也不知那屋子的主人是谁。

次日，茶茶在前田玄以的带领下来到聚乐第。一进门，穿过铺满白沙的广阔庭院，进入了第一间建筑。此时，她才发现自己前面有一位资深的侍女引路，后面跟着一群侍女。前田玄以在最前面带路，将众多建筑物一一看过。茶茶虽然觉得什么都很稀奇，可并没有什么让她动心的东西。由数十张榻榻米铺就的大广间里的挂画，前一两幅茶茶还仔细观赏了一会儿，后面就是走马观花地浏览而已。每穿过几间屋舍，必然有一处庭院。每个庭院都各有意趣，可看了几个之后，茶茶便看不出区别了。

"请这边走。"

直到那个戴着能面[①]一般面无表情的领班开口说话，茶茶才发现前田玄以和其他侍女们不知何时已经离开，如今就剩下自己和这领班两人了。

---

①能面：能乐所用的面具，有200种以上，分为鬼神之面、老人之面、男面、女面等种类。又是也用于形容美丽端正但面无表情的容颜。

她顺从地踏进一间不太大的房间。床间①挂着一幅巨大的绘有孔雀的挂轴。旁边的搁物架上陈列着几个盛放装饰品的小盒子。房屋中间摆放着一个颇有异国风情的黑色大桌。茶茶便在桌边就座。没多久，曾几何时在安土城广间内听到的那个匆忙的脚步声再次响起，渐渐靠近这边，其中还掺杂着一些其他的脚步声。与脚步声同时接近的还有颇具特点的旁若无人的笑声，还是匆匆忙忙的感觉。

秀吉走进屋内，看上去老态毕露。之前在安土城一见，他与摩阿并肩坐着，再加上烛火昏暗，看不清面容。而今天站在茶茶面前的秀吉，就是一个身材矮小、满脸皱纹的普通老者。茶茶甚至怀疑，当年在北之庄城陷落次日看到的那个策马北向，威震四方的武将，和今日面前这个老者根本就不是同一个人。

"茶茶，你已经出落成大人啦。"

秀吉还未就座，却突然说道。本能寺兵变后，在清洲城初见时，秀吉称呼茶茶"小姐"。后来在安土城与摩阿并坐时，他也用了"小姐"的称谓。如今突然改口直呼茶茶的名字。

茶茶一言不发，只是向这个日本第一掌权人低头行礼。

---

①床间：日式客厅内靠墙处高出来的地板，用以陈设花瓶等装饰，正面墙上可供挂书画的一块地方。

只有秀吉一人站着，身后的男女侍从全部是躬身垂首。

"今晚一起用膳吧。"秀吉说道。

"我实在太累了。"茶茶回道。她尽可能地想回避与秀吉共同进餐。

"累了吗？好容易来聚乐第玩耍，可不能累着了。"秀吉又说，"抬起脸让我看看。"

茶茶顺从地抬起面庞。

"还好，从面色来看精神还是好的，不用担心。不过，若是觉得累就休息吧。带点什么特产回安土城？给城里的女人们每人都带点什么回去吧。"

"恐怕我无法携带那么多。"

"没法带？！哈哈，又不是让茶茶你自己一人带回去。"

秀吉离开房屋，一边往外走一边像是自言自语地絮叨着茶茶想亲自拿礼物回去的事，然后放声大笑着离开了。笑声穿过走廊渐渐远去，随行的近侍们也一窝蜂地跟了出去，屋里仅剩茶茶和领班两人。

一会儿又不知从哪里冒出来一群侍女，茶茶跟着她们穿过广阔的庭院，从外部欣赏天守阁的风景。茶茶看到天守一角的庭院整齐地栽种着几十株荻花，浅紫色的花朵正在绚丽绽放。茶茶由衷地觉得这花团锦簇是她见过聚乐第中最美的一道风景。只见那庭院的地面上铺着沙砾，其上遍种荻花。

茶茶一时贪看这景象，驻足不前。旁边的一位侍女说道：

"那是加贺局的住所。"

"加贺局？就是那位前田大人的……"

"正是。"

"可那不是天守阁吗？"

"是啊。加贺局就住在那里。因为这位夫人喜欢荻花，大人特意安排将庭院修建为荻花之院。花是去年种上的，饶是这样夫人还嫌今年花开得少呢……不过现在是有些过了盛花期。"

茶茶一听说这个荻花之院属于摩阿住所的一部分，当即扫了兴致。不过茶茶想不到，摩阿到底有什么本事，能让秀吉为她在聚乐第中建造这所荻花之院。想起摩阿不苟言笑的面容，也算得上是个美人，可对于这个小自己两三岁的有些不怀好意的少女，茶茶无法想象她究竟身怀什么本领。

茶茶此次在京都留宿了三日，其间由前田玄以陪同着，参观了京郊及城内的多座寺庙，终于精疲力竭地返回安土城。

回到安土城，生活还是一成不变，茶茶有一段时间满脑子都装着此次短暂旅行的京都见闻。嵯峨与醍醐迥异的风光，如梦一般豪华宏伟的聚乐第，还有那遍种荻花的庭院，摩阿，还有秀吉爽朗的笑声，这些场景像走马灯一般在她脑海里轮番出现。

小督偶尔会来一封信，阿初却隔三岔五地频繁来信。一旦分开，才明白阿初比小督更与家人亲近。阿初每次来信都会邀请茶茶前往大沟一游。盛情难却，茶茶也想着什么时候去一趟。虽然还是介意与高次碰面，但既然他已经娶了阿初，那么两人也应该可以坦然相见吧。于是，茶茶与前田玄以商量起大沟之行，没想到玄以马上用否决的态度说：

"小姐您不能这样任性妄为，这是不允许的。"

"不允许？谁不允许？"

前田玄以并没有回答茶茶的问题，只是模棱两可地说小姐是娇贵之躯不能随意行动。

茶茶从本丸回到自己屋中，环视周围。此时，她突然觉得安土城深处的这一处房屋便是自己的牢笼。她感到害怕起来，原来自己不过是被幽禁在这湖畔之城内一室的俘虏而已。

第四章

少了阿初和小督的陪伴，茶茶孤零零地守在这座湖畔之城的一间屋内，送走了天正十六年的正月。虽然有两个沉默寡言的侍女侍奉在侧，可没事时茶茶几乎不同她们讲话。她有预感，那双让她无处遁逃的命运之手终于伸来了。前田利家的女儿摩阿，京极高次的姐姐龙子，还有蒲生氏乡的妹妹三条局都没有逃过这命运的魔掌，自己怎么可能幸免？

迄今为止，在对秀吉的看法上，茶茶一直和已故母亲阿市夫人，及两个妹妹阿初和小督不一样，她并不似她们那般畏惧和厌恶秀吉。与秀吉的四次会面，每次印象都不同。除了那次秀吉全副武装骑在马上的样子之外，总体来说，其他三次会面，秀吉给她的印象无外乎是个亲切开朗的老者。虽然浅井家和柴田家都断送在他的手上，自己的父亲、母亲、祖父也皆因他而死，可茶茶从没对他抱有不共戴天的深仇大恨。可现在因为秀吉的关系，茶茶每日被囚禁在这座安土城中，过着俘虏一般的日子，她终于开始忌惮秀吉了，只要一想到他，就不禁寒毛直竖、浑身发冷。

三月初，城里的樱花一夜间含苞待放，茶茶的预感终于变为板上钉钉的现实。和阿初婚礼前的景况差不多，也不知从哪里冒出来许多侍女，每日穿梭于茶茶的房间。一件又一件的衣物被送进来，每件都华丽得让人瞠目结舌，屋里很快就被奢华的生活用品和家具填满了。

众人忙忙碌碌地折腾了差不多十几天，前田玄以突然拜访茶茶，告诉她很快就要搬至聚乐第。玄以的语气从没有如此恭敬过。茶茶听后没有任何反对之辞，仅问了一句：

"大概什么时候搬到聚乐第？"

"请再等十天左右，我想等到聚乐第的樱花盛开之时就差不多了。"

玄以答道。对这个回答，茶茶不置可否，只在心中盘算着十天这个数目。不管她愿不愿意，都必须在这十天内有所决断。想要自尽的话随时都可以。她的父亲、母亲、祖父还有继父都是自我了断的，她当然可以步他们后尘。连纤细娇弱的母亲阿市夫人都能做到的事，自己怎么可能做不到。

接到前田玄以通知的第二天，茶茶派出信使，给大沟城的阿初传话，说有十万火急的事要同京极高次商量，请他务必来安土城一趟。

从信使出发后的第二天开始，茶茶便衷心盼望着高次的到来。虽然如今的高次今非昔比，已是大沟一万石的领主，可能不会轻易赴约。但她相信，既然自己挑明了要见高次，他必然会克服一切困难来一趟的。她相信高次对自己的这点关心还是有的。

派出信使的第五天傍晚，高次出现在茶茶面前。一听说高次来访，茶茶立即命令侍女们退下，也不顾外面寒气逼人，将房门大开。她留出上首的位置给高次，自己在对面的位置上安置坐垫，等待高次进屋。

高次整个人都改头换面，颇有一城之主的威仪。他稳健地从走廊上缓缓踱来，在房间入口处坐下，恭敬地问候茶茶。之前那种孤傲刚强的气质已不见踪迹，如今的他看上去总是冷冰冰的样子。看到这样的高次，茶茶感到有些不悦。眼前这人，早已不是从前那个粗鲁地抓住自己衣角的人了。

"请这边上坐。"

茶茶想将高次引至安排好的位置，可他却一动不动地坐在房间入口处。茶茶只得放弃，开门见山地说道：

"您是否听说了传言？"

高次将手规矩地放在膝盖上，简短地回答道：

"已经听说了。"

"屋里有些冷吧。"

说完，茶茶起身合上全部打开的障子。但高次马上说：

"还是开着比较好吧。"

"为什么?"

高次没有回答,又重复道:

"还是请您打开吧。"

这次他的语气略带强硬。茶茶只得再度起身,像刚才那样将待客室的障子全部打开。春夜的寒气一股脑地涌进屋内。

"您怎么看这件事呢?"茶茶继续问道。

"我觉得很好。"高次回答。

"您真这样想吗?"

"是的。"

"可这位当今的天下之主是浅井家和柴田家共同的灭族仇敌啊。"茶茶说道。

"上次见面时,您不是说时代已经变了吗?"高次有些不耐烦地说道。

"我的确这样说过,时代确实在变。可是,即将发生在我身上的事情,不能这么简单下结论。"

"如果是关于此事,请您还是不要和我商量。特意将高次召唤过来,目的却是为商量此事,您不觉得有些残忍和过分吗?"高次面色苍白地说道。

他的话并不是没有道理,茶茶依然清楚地记得高次曾经着了魔一般的表情。当时他苦苦哀求自己答应他的求婚,为此他可以不要大沟一万石的封赏，可以放弃一切荣华富贵，可茶茶却拒绝了他的诚意。如今却找他商量自己是否应该成为秀吉侧室的问题，这对高次来说的确太过残忍无情了。她明知道，秀吉的命令根本不能违抗，拒绝就意味着只有死这唯一的出路。

二人相对无言地静坐片刻，终于，高次打破了沉默：

"外面的天色已经很晚了。"

他看向庭院外面说道。

"我明天早上再来拜访吧。"

说完立即起身告辞。刚才为了避嫌，高次拒绝与茶茶在封闭的房间内共处。现在既然天色已晚，他也想尽量避免与茶茶二人共处黑暗的室内。

茶茶默然地垂下头，听着高次的脚步声渐行渐远，没有试图阻拦。侍女还没有送来烛台，茶茶一人枯坐于暗室之中，悔恨不已。为什么要特意把他从大沟请来？她明知道和他商量不出任何结果，请他来又有何意义？

良久，茶茶叫来一个侍女，命她出去打探高次今晚的住所。侍女很快回来复命：

"听说京极大人今晚留宿在城内鹰之间的别馆。"

当晚八时左右，茶茶遣退所有侍女，整理片刻，走到廊上打开遮雨板。虽然看不到月亮,但屋外洒满了清辉。从走廊走下院内,虽然夜晚还是寒凉,毕竟春天将近,光秃秃的树枝比一个月前要饱满许多。

茶茶沿着一排建筑物前行,走到一半突然停下脚步,侧耳听着浪涛的声音。在她听来,那声音华美动听,不像浪涛之声,倒像是远方传来的飨宴上觥筹交错之声。

为了躲避洒在院中的一片月光,茶茶溜着几栋建筑物的侧面,朝西北方向的角楼走去。走近一处廊下时停了下来,面对着高次所住鹰之间的内院。她先站着探听了一下动静,屋内鸦雀无声。高次可能不在里面,也可能已经睡下了。

茶茶轻叩了两三下遮雨板,没有任何回应。她再次轻叩遮雨板,这次比上次稍微大声一些。这时似乎听到屋内有了动静,是走廊上的脚步声。茶茶立刻退开,躲进右手边的树丛中。

一户遮雨板被掀开,一个男子探出身来,正是和白天同样装扮的高次。茶茶看清是高次,便走上前去。高次看到茶茶时大吃一惊,似乎是为了防止茶茶更进一步靠近,他直接光着脚走下庭院。可一走到茶茶面前,又马上害怕被人看到似的,转身走上走廊,再指引茶茶也走到廊上,两个人就站在走廊里说话。

"您怎么能这样胡来?这不是为难我高次吗?"

他低声咕哝道。茶茶刚开口说了句"那个……",他马上"嘘"的一声制止茶茶。又厉声道:

"请您立即回去。"

"我想说,我会按您所说的搬到聚乐第去,已经下定决心了。"茶茶说道。

高次神情慌乱地将茶茶请进屋内。他刚才似乎在写些什么,屋子的正中央摆着小书桌,旁边放着烛台。从昏暗的走廊走进屋内,灯火亮得有些晃眼。

两人在书桌旁对坐下来。茶茶再次重复道:

"我已经下定决心搬去聚乐第了。所以此次特地来告诉您。另外,今晚请您允许我在此留宿。"

高次眼睛一眨不眨地盯着茶茶的脸,愣了几秒钟,旋即说道:

"您是疯了吗?"

他的声音压抑低沉,显然,他是因为控制不了茶茶的音量,所以尽量让自己的声音不要泄露到外面去。

"您看我现在是疯了的样子吗?"

茶茶抬起脸直视高次。他竟然说她疯了!此刻,她非但没有疯,反而比这二十年来的任何时候都清醒。她的头脑清澈而冷静,似乎里面放置着一块坚冰。回首自己过往的岁月,她觉得自己走过的是一条幽暗绵长的小径。

她依稀记得小谷城陷落那夜的情形，仿佛一场梦。她还记得清洲城内寂静的生活；慈母阿市夫人的音容笑貌；两个幼小稚嫩的妹妹；父亲长政的肖像；得知本能寺兵变那夜的茫然无措；安土城的万灯会；穿梭在万灯会上如梦如幻般美丽的白马；母亲的婚礼；北国那铺天盖地洋洋洒洒飘落的细雪；继父胜家发兵当日的情景；北之庄陷落那晚轿辇左摇右摆经过的昏暗山路。

这二十年来发生的桩桩件件大事小事在她脑海中交替出现。此刻，那些所有的过往她都一一清晰地回想起来。无论多么小的事件，那事件本身连带前后所发生的一切，甚至事件发生当天的天气如何她都如数家珍地记得。

"我可能生来就是这个命。就在刚才，我还想自尽了完事。可现在我回心转意了。我要活下去。我的父亲、母亲、祖父以及继父胜家都拼命地活到最后，直到城里的天守阁被烧为灰烬。我也要像他们一样，一直拼命活着，直到非死不可的境地。"

茶茶自顾自地说着，高次一言不发地听着。她的这番话以及她说话时的语气，都没有给高次半句插嘴的余地。她继续淡然地说道：

"所以我决定，今晚要在高次大人这里留宿一晚。"

语气中丝毫没有一丝胆怯和羞涩。

高次之前曾说过想要自己，茶茶现在就依他所言献上身体。这举动并不是出于对高次的爱情，她清楚地知道自己并不爱高次，所以献上身体和表达爱情是两码事。之所以这样，只是因为她认定之前向自己表白时高次眼中燃烧的那种着了魔一般的火焰不会有假。自己的身体终归是要献给秀吉的，不如就在此刻献给高次。

"您现在精神真的正常吗？"高次问道。

"我没有疯。"

"没疯的话怎么会想这样的事？请别在这胡言乱语了，赶紧回去吧。"

"胡言乱语？"

"没错！"

"怎么会是胡言乱语？"

茶茶感到自己的眼神正在和高次的眼神交锋。哪一方先别开眼去就算败下阵了。

"高次在这里请求您了！请您回去吧。"

"……"

"如果您不回去，那么高次就到别处去。"

茶茶仍然默不作声。她还没反应过来，高次便起身准备离开了。这一瞬间，茶茶突然抓住高次衣服的一角，快到连她自己都没意识到，就和上次高次抓住茶茶的裙角时一样，动作中都包含着坚定的决心。不同的是，茶茶的眼神中没有高次那种着魔一般炽烈的感情。

高次甩开茶茶的手，径自离开了。茶茶自己独坐良久，等意识到高次无论如何也不会再回来，这才站起身来。

从走廊走到屋外，再到自己的居所，在这一段长长的路上茶茶漫无目的地踱着步。此刻，茶茶意识到，自己并不仅仅是个女子，更是当权者秀吉的附属物。很明显，高次拒绝自己很大一部分原因是出于对秀吉的畏惧。

与高次会面后的第三天，蒲生氏乡突然来访。上次见他时是天正十二年的年末，当时小牧合战刚结束不久，将近三年半的光阴转瞬即逝。

茶茶郑重地接待了这位松坂三十二万石的领主。三十二岁的氏乡已经不再年轻，行为举止成熟稳重，曾经颇有特点的低沉嗓音更能衬托出他的冷静沉着。

"小姐，恭喜您！"

氏乡仍然像从前那样称呼茶茶。

"小督小姐和阿初小姐出嫁时我没能赶来，所以这次无论如何都应该前来道喜。"

氏乡的第一句话就表明他的立场，他似乎毫不犹豫地认为茶茶成为秀吉的侧室是件可喜可贺的事。

"您认为这是喜事吗？"

茶茶问道，她想试探氏乡的真实想法。氏乡愣了一下，遂即回答：

"怎么不是喜事呢？这是无上的喜事啊。若是将来小姐再有个一男半女，这孩子就会继承浅井家的血脉……"

氏乡虽然没有继续说下去，但茶茶觉得他下面想说的是这个孩子将成为天下之主。细想之下这不失为一种方法。

"我的孩子？！"

"是的。"

"我的孩子！！"

茶茶忽然感到脸上有泪水滑过。她从没想过自己和秀吉之间会有孩子。和那个灭了自己一族，夺走自己至亲的秀吉之间！茶茶完全不顾及氏乡，兀自垂泪，但这不是悲伤的泪水。当她意识到自己作为一名女性所背负的不可思议的使命时，她再也难掩饰激动之情。

氏乡不说话，也不安慰，任凭茶茶哭泣。没多久，茶茶擦干眼泪说道：

"失礼了。也不知自己是怎么了。"

氏乡转移话题说道：

"您之前去过聚乐第吗？"

"去过一次。"

"是个很美的地方吧?"

"我不觉得美。"

"这可如何是好。"

氏乡想了想又说:

"如果您不喜欢聚乐第,那么再造一座居城也无妨。"

"我吗?"

"如果小姐您都做不到,还有谁能做到?"

"在哪里筑城?"

"这个嘛……"

氏乡笑道:

"是啊,如果是小姐您的居城,可以选择在淀①一带筑造。那里虽然已有座城,但您可以另造一座新城。离大阪和京都都很近,又有淀川流经城外两面。从那里的天守阁顶看到的风景一定非常美丽。周围的平原一望无际。"

氏乡说得好像眼前就是那座新城似的。

泪水再次滑过茶茶的面颊,她仿佛已经看到自己在那座尚不存在的虚构之城中,站在天守阁之上。她的悲伤也正是源于此,因为她清楚地知道,即使到了那天,她也只不过是一个囚徒而已。可她还是对氏乡说:

---

①淀:京都府京都市伏见区西南部的地区。夹在属于淀川水系的宇治川和桂川中间。现在,旧京阪国道和京阪本线经过此地。

"那么我就如蒲生大人所愿,生下孩子,住进新城吧。"

"对啊,这怎么不是一件可喜可贺的事呢?"

"我明白了。"

茶茶想到,母亲当年就走了氏乡认可的道路,如今自己的命运恐怕也只能遵从氏乡所言了。母亲最终以自尽了结了一生,自己的未来又将如何呢?

那天,氏乡坐了不到一刻的时间便告辞离开。氏乡刚走没多久,从京都回来的前田玄以探访了茶茶。一来便唐突地说:

"搬到聚乐第的日期定在明天了。明天七时就从城里出发。"

据前田玄以说,聚乐第的樱花差不多在明天盛开,正是观赏的好时节。

茶茶曾经参观过聚乐第,她能够想象在樱花的装点下,聚乐第该有多么的美轮美奂,可这些对她来说完全不值得喜悦和期盼。先后在小谷、清洲、北之庄、安土城中居住,她期待着自己的下一所居城是蒲生氏乡所描述的淀川边的那座城池。

上午八时,茶茶一行人离开安土城,朝聚乐第进发。在城门口上轿前,茶茶回眸凝视这座湖畔之城,感慨万千。从天正十一年末搬来此处,她已经在此度过了六年时光。如今想来,茶茶和两个妹妹在这座城内过着遗世独立,无人问津的日子，就这样悄然地从少女成长为成年女子。无论是小督还是阿初，都是从此城出发，迈向了人生的新轨迹。如今，唯一留在此处的茶茶也将朝着属于自己的崭新命运出发，从这里迈出她新的一步。

虽然已是三月末，但今年的春天比往年到访得晚些，照耀在湖畔的阳光仍然带着寒气。听说聚乐第的樱花现在是盛开时节，可安土城门边的两排樱花还含苞待放。前往聚乐第的队伍的氛围，既不像出嫁，也不像单纯出游。前日里那些送来的新制家具物品填满了安土城内的大屋子，今天却并没有随队携带，只能改日另行搬运。约莫三十骑全副武装的骑马武士在队头开路，跟随其后有三十顶轿辇，正中间那顶轿辇上就坐着茶茶。

前后轿辇中都乘坐着女子，茶茶几乎都不认识。她们也不知是哪里派来的，今天一大早就候在城门口，等待茶茶上轿。不知道为什么，她们个个都面无表情，仿佛那面孔上从来没有过喜怒哀乐。这些人态度虽然殷勤，但举手投足都显得十分冷漠。轿辇后面又有三十骑左右的骑兵殿后。

整个队列既没有送嫁队伍的雍容华贵，也不似贵人出行的庄严肃穆，倒像是一支秘密押送什么奇珍异宝的队伍，在神秘而紧张的气氛中迅速前行。茶茶坐在正中央的轿子里，时不时掀开轿帘看看外面的街道。路边三五成群地站着些看热闹的女人孩子的身影。有些人跪着，也有些人站着目送队伍远去。

走到大津的部落，队伍停下来用午膳。其他女子全都下轿用餐，只有茶茶以身体不适为由一直待在轿中。作为一个即将迎接命运巨变的女人，茶茶有些不愿意让别人看到自己的脸。她从轿帘的缝隙中往外望去，看见一汪深得发黑的湖水，广阔的湖面上连一艘船影都没有，湖边的樱花也仍在羞羞答答地将开未开。

直到进入山科的村落，道路两边时而能看到星星点点盛开的樱花。可茶茶一点也不觉得美。泛白的小花少有红晕，褪了色一般，像是蓬头垢面，孤苦无依的老妪。

进入京都，还是和半年前来时一样殷盛至极。上次来时是秋天，这次是春天，主路上的行人比上回更多，一路上尘土飞扬。所有人一看到茶茶一行人经过都驻足观看。上次进入聚乐第之前还在旁边的武家建筑内留宿一夜，这次却直接穿过铺满白沙的大门进入了聚乐第。

这次是通过另一扇门进去的，门内是一栋小小的邸宅。茶茶刚一下轿便惊呆了，在她面前是一大片盛开的樱花，花形丰满，色泽娇艳，是茶茶从未见过的品种。此处无风，所以樱花虽已全部盛开，地上却无一片花瓣散落。茶茶呆立在原地，如痴如醉地欣赏着头顶上那层层叠叠，遮天蔽日的花海。等回过神来时，才发现周围只剩下些女子，齐齐地低着头弯着腰，跪在一旁等候。

茶茶将视线从花海转移到这些女子身上，她故意站着不动。这时，屋子的玄关被打开，里面同样有一些低头行礼的女子。茶茶突然有一种奇妙的感觉，那些樱花和假花一样没有生气，而这些女子也和假人一样纹丝不动，似乎这里除了自己是活生生的人，其他一切都是伪造出来的。

茶茶朝玄关的方向走去，一众女子也齐刷刷地跟着起身，排成整齐的一列紧随其后，像是受过严格的训练。进入玄关，已经有一位嬷嬷候在那里，准备为茶茶带路。茶茶跟在她后面，细看之下，这个嬷嬷和上次为她引路的并不是同一个人。屋后还有一个内院，随处都是盛开的樱花。茶茶这才明白，原来这里是一个完整的寝殿。她站在走廊上看着院中的樱花，想起了属于摩阿的那座满是荻花的院落。她想，虽然这里的樱花并无可爱之处，可总比那个孤零零的荻花之院强些。

茶茶的居室在院子最深处，旁边是间更衣室，更衣室再往里似乎就是卧房了。围绕走廊还建有数间房屋，用来安置从安土城跟来的全部女子。茶茶在正厅稍事歇息，前田玄以便露面了。

"一切还好吗？您是否喜欢此处？此处的樱花是整个聚

乐第最美的。小姐今后就是这里的主人了。"

接着,他又说道:"最近这些日子恐怕您会感到寂寞,请先在此安顿歇息。再有不到半个月的时间,聚乐第将要举行天皇行幸①大典,在此之前城内恐怕不得安宁。等仪典结束后,主公就会来这里了。"

前田玄以的这番话暗示着仪典之前秀吉不会来。茶茶暗自松了一口气,与秀吉见面的时间哪怕再推迟半个月也是好的。

住进聚乐第的第一天夜里,京极高次的姐姐龙子突然拜访了茶茶。龙子如今被尊称为京极局,与茶茶已知的加贺局摩阿、三条局蒲生氏乡之妹齐名,是当下最得秀吉恩宠的三位侧室。

茶茶与龙子上次见面已经是十三四年前的事了。那是天正二年的秋天,茶茶住在清洲,在那里她与高次和龙子初次相见,当日的情形茶茶至今依然记忆犹新。跟在高次后面进入屋内的龙子时年十三,比自己年长四五岁。她身材颀长姿容美丽,身穿青葱色小袖,系着朱红色腰带,精心修剪的鬓发垂在两颊,一双柔荑白如凝脂。不知为何,那形象至今仍然栩栩如生地刻在茶茶脑海里。

铭刻在幼年茶茶心中的京极家小姐的形象,具有一种京

---

①行幸:古代专指皇帝出行。此处指天皇驾临聚乐第。

极家与生俱来的气质，还有一种被命运捉弄而饱经沧桑的柔弱之美。她身上没有一丝一毫的傲慢和世故，全身上下都透着纤弱与娇美，那是身为日渐势衰的名门望族家小姐特有的气质。

京极局在众多侍女的簇拥下到来，却只身一人进入茶茶的房间。

"茶茶小姐，好久不见。从前的事您是否还记得？当年在清洲城时和弟弟一起承蒙您多方关照。"

她笑容沉静地寒暄着，声音欢快明亮，白皙的面容一如茶茶记忆中的样子。茶茶本以为成为侧室的女人多少会有些阴暗和抑郁，可京极局的脸上丝毫看不出这些。

"都过了多少年啦。其间发生了太多事情。茶茶小姐您经历了各种人生的坎坷，我又何尝不是呢。"

京极局说道。茶茶眼前这位美丽的女子，年纪稍长她几岁，曾嫁给若狭的武田家，后失去夫君，又嫁给杀夫仇敌秀吉做侧室，这些悲惨的际遇并没有在她身上留下任何痕迹。茶茶自己也是经历过千难万险的，可京极局所受的痛苦丝毫不亚于她。茶茶失去了母亲和继父，京极局却失去了丈夫和孩子，并且关于那孩子是死是活至今仍有各种揣测。

此时，茶茶突然发现京极局的容颜和母亲阿市夫人有相像的地方。同为命运多舛的女子，在挺过一次次劫难之后，她们依然能够面如平湖，没有任何悲伤的影子。此时茶茶自己心情郁结，接待京极局时难免有些无精打采，不过毕竟有着血缘关系，还是感觉亲切。她邀请京极局一起去内院观赏夜樱，从走廊下到内院时，发现台阶上没有鞋子，京极局立即击掌唤来侍女，为二人取来鞋子。

"您先请。"

京极局说。茶茶没多想便先穿鞋下到院中。二人一前一后走在樱花树下，此时茶茶才意识到，京极局像侍女一样地跟在自己后面，便停下来请她先走。可她无论如何都不肯走在茶茶前面，也不知是刻意如此还是毫不介意。

茶茶无从想象成为侧室之后的日子究竟会怎样。可一想到京极局的存在，心里莫名地有了些底气。

盛放的樱花倏然飘落，绿叶长满枝头，已是四月光景。为着后阳成天皇[①]聚乐第行幸的接驾工作，城中上下忙得不

---

①后阳成天皇（1571—1617）：正亲町天皇之子诚仁亲王（阳光院太上天皇）第一皇子，母亲为劝修寺晴右之女劝修寺晴子（新上东门院）。本名和仁，后来改为周仁。诚仁亲王于1586年时病逝，无法继任天皇之位，于是拥立孙子周仁亲王，在同一年让位给他。后阳成天皇在位期间，处在丰臣秀吉政权与江户幕府的初期，两个政权对待天皇的态度有很大的不同。秀吉由于出身卑微，需要建立权威以及拥有太合与关白的地位，因此对天皇极为尊敬礼遇，致力于恢复朝廷的威信，甚至盛大的遵古礼举办了一次聚乐第行幸，队伍行列就有上千人，天皇在还幸时，还奉送黄金与金银珠宝。

可开交。此次行幸的提议由秀吉于该年正月上奏,经天皇敕许,钦定于本月十四日举行。从室町幕府至今,由于典章制度不健全,接驾与送驾的诸准备都十分不易,不得不一面参考各家的旧记,一面在各处查阅典籍。此次由前田玄以担当总指挥,接连数日在城内举行了盛大的预演。

茶茶终日闭门不出,仅从侍女口中得知了此事。聚乐第自上而下的喧嚣终究没有传到茶茶门前。到了十日左右,各国武将纷纷上洛,茶茶接连不断地从侍女们的议论声中听到前田利家、蒲生氏乡、京极高次等人的名字。唯有德川家康一人,早在一个月前的三月中旬就已上洛了。

连绵的阴雨一直持续到十三日,十四日行幸当天天公作美。当日一大早,秀吉便入宫参见天皇,亲自带领着前田利家为首的一应武将伴驾。卤簿①一直从宫门口连绵至聚乐第的十五条街道,队首已经进入聚乐第,队尾尚未出宫。从各国赶来参观卤簿的男男女女挤满了京都的各个街区,据说光是每个路口设置的维持治安的武士就有六千余人。

仪仗队由头戴乌帽子的武士领队,新上东门院②和女御③

---

①卤簿:古代帝王驾出时扈从的仪仗队。出行之目的不同,仪式亦各别。
②新上东门院:劝修寺晴子(1553—1620)。正亲町天皇的五皇子——诚仁亲王的妻子。后阳成天皇的生母。院号新上东门院。
③女御:天皇后宫女子的身份之一,随侍在天皇寝殿。位次仅次于中宫皇后。

为首的御辇紧跟其后，然后是大典侍御局①、勾当御局②及其他后宫女子的御辇三十余顶，御辇伴驾百余人，宫内僧众的涂轿十四五顶，再后面是先行官、近卫军、贯首③、大将④等小分队，还有四十五个伶人紧随其后，演奏着安城乐。时近夏季，凤辇⑤在和煦的微风中起驾。后面跟随着左大臣近卫信辅、内大臣织田信雄、德川家康、宇喜多秀家、丰臣秀次等朝廷大将的队列，秀吉在后面乘坐轿辇伴驾。

秀吉的先行官是石田三成，领着七十多个亲信大臣在前方骑马开路，轿辇后面随侍的五百多人分为三列，其后是前田利家等二十七位大名，跟在他们后面的武士不计其数。

路边挤满了看热闹的男女老幼，他们从十三日傍晚便来此沿街等候。在他们眼中，仪仗队的装束都雍容华贵，美若天上之物。光那些绫罗绸缎就足以让人眼花缭乱。

十四日是行幸的第一天。白天在已备好的场地上召开酒宴，夜里则在丝竹管弦声中举行夜宴。茶茶在城门旁指定的

---

①大典侍御局：典侍在江户时代末期是指宫中高级女官中地位最高的。典侍中最高级，管理全部女官的称为大典侍，和勾当内侍并列掌管御所御常御殿的诸般事宜。

②勾当御局：侍奉天皇的女官。

③贯首：藏人头的别称。平安初期设立的官职。处理天皇及天皇家的私事，管理宫中物资调配及警卫工作。

④大将：近卫府长官，左右各一名。

⑤凤辇：日本天皇行幸时乘坐的轿辇，轿顶装饰有凤凰图饰。

位置上迎接卤簿后便回到居所，内心一直无法平复。今夜的聚乐第中，明明聚集着比平日多上数倍的人口，可广阔的城池周围却是万籁俱寂。夜里，茶茶走出内院，在清冷的月光下散步。城内明明在举行着前所未有的盛典，可夜晚却是这般的安静。若是舅舅信长没有经历本能寺兵变，如今尚在人间的话，今天接驾的人便轮不到秀吉了。浅井、织田、柴田家相继灭亡，茶茶想不通，秀吉能够替代他们走到今天，到底是凭借他自身的强大还是因为生来就命好。

茶茶漫步在月光下，想起了许久未曾想起的人和事。她想到父亲长政、母亲阿市夫人、舅舅信长，还有继父胜家，突然惊觉这些已逝之人的面容上都蒙着一层不幸的阴影。

第二天，也就是十五日，原计划召开由天皇主持的和歌会，但由于驻辇时间有所延长，中午开始的飨宴上便开始吹起了笛击起了鼓，这声音顺着风传到了茶茶的居所。这天，秀吉向朝廷进贡洛中的地子银五千五百三十余两，向上皇和皇族进贡米地子八百石，另外，向各亲王、公卿、各门迹献上近江高岛郡八千石。除此之外，秀吉还命此次参加盛典的家康、利家为首的所有武将，立下子子孙孙世代向朝廷效命的誓言，决不违抗，自己也发誓将为朝廷鞠躬尽瘁，所有武将都提交了誓约书。

第三天，十六日，从早上开始便阴云密布，下着小雨，正好为这日的和歌会烘托气氛。天皇御题"咏寄松祝"一首，内容如下："此身待今日，松枝立为证。世代尽忠诚，至死不相违。"秀吉和家康也作和歌唱和。秀吉以"夏日待行幸聚乐第同咏寄松祝"为题，诗曰："轩外青松凌霜质，主君鸿运永不衰"，家康也作同名和歌："松叶满枝翠绿盖，效忠主君数千载"。整个歌会上共有九十七人发表了创作，除了少数人乐在其中，对于武将们来说，这种宴会没多少趣味，虽然作品不断，但大部分一听就知道是代笔。御歌会后又有酒宴，直至深夜才散。

第四天，十七日，是观舞日，天皇观赏了万岁乐、延喜乐、太平乐等舞曲。就这样，整个餐饮宴会如期顺利举行，十八日还幸，当天正午，凤辇从聚乐第起驾回宫。和行幸来时略有不同，此次还幸的卤簿队首抬着二十担长箱及唐箱，里面盛满了秀吉献上的各色珍宝。箱面都刻着菊花纹章，镶金雕银，且都饰有高莳绘①。

行幸仪式圆满结束，到了第十九日，从半上午开始就风雨大作，似乎老天也为了这次仪式攒着劲儿似的。

茶茶一整日都待在自己寝殿的客厅里，出神地望着屋外倾盆大雨那如麻的雨脚。行幸仪式的结束，意味着从今天开

---

①高莳绘：是日本漆艺的重要组成部分，其经历了不同的发展时期，在日本美术史、工艺史上都占有突出地位，是日本传统工艺的一大标志。

始秀吉随时都可能出现在自己面前，这让茶茶坐立不安。尽管她早有心理准备，静待着与摩阿和龙子相同命运的降临。可是，当这一刻真要来临之时，她终究无法忍受成为秀吉侧室的事实，他可是杀死她至亲的仇敌。茶茶望着那长垂及地的雨脚，想起了蒲生氏乡说过的话。他让她为秀吉生下孩子，还让她修筑自己的城池。想到这里，茶茶的内心似乎得到了一些安慰。

十九日下了一整晚的暴雨，到了二十日早上，雨势丝毫不见减弱。寝殿内院的凹地里积满雨水，成了小池塘。雨水沿着前院西边的墙汇成一条潺潺流淌的小溪。院子里的很多树木都被风摧毁了枝丫，残枝败叶散落一地。

到了正午时分，风势渐衰，雨也小了。到了傍晚，雨势再次加剧。茶茶从寝殿的客厅望去，院子已经被风雨摧残得不成样子，抬头看看天，乌云正迅速向西奔涌而去。

就在这时，茶茶听到玄关方向突然有些骚动，还没来得及反应，一个侍女便慌张地赶来传话：

"关白大人驾到。"

既没有预先约定，也没有提前通传，茶茶没有做任何迎接秀吉的准备。从正厅出来，刚走到走廊上，便看到秀吉的五短身材从对面走来。茶茶立即俯下身子，手放在地板上，低头施礼，直到看到秀吉的双脚停在自己面前。

"天气糟透了，一切可好？"

说着，秀吉毫不客气地走进屋内，两个随行的侍女也跟着走了进去，为秀吉铺好座位后，立即退下了。

茶茶保持着俯身的姿势，在走廊上原地不动。

"茶茶。"

听到秀吉叫自己的名字，茶茶鼓起勇气站起来走进屋内，在下首的位置坐下来，规规矩矩地寒暄道：

"行幸大典顺利结束，真是可喜可贺。"

"在哪里看到队列的？"

秀吉的语气像是对着孩子说话。

"在城门旁。我在那里迎接圣驾的到来。"

"怎么样？"

"很是威风。"

"看清楚脸了吗？"

"什么？"

茶茶不禁抬脸疑惑地看着秀吉，不知他问的是谁的脸。秀吉说道：

"我当时紧张，再加上连日的准备颇感疲惫，没被你看到正好。"

说完豪爽地大笑起来。原来秀吉说的是自己的脸。

"舞蹈怎么样？"

"我没有看到舞蹈。"

"为什么？"

"没有人告知我去看。"

"没有告知？嗯？"

秀吉有些出乎意料的样子，接着又宽慰似的说道：

"是这样啊。这可不对。不过，也没什么值得一看的。"

说完，像是想到了什么，秀吉突然沉默起来。

这次是茶茶第五次见到秀吉。第一次见面是清洲会议结束后在清洲城居所的走廊边。第二次是北之庄陷落后第二天，当时秀吉正骑在马上向北面行军。第三次在安土城，当时秀吉和摩阿坐在一起。第四次是去年来聚乐第参观之时。和前几次都不一样的是，此次只有秀吉和茶茶二人独处。五十二岁的秀吉，脸部皮肤又黑又红，长满了与年龄相符的细纹，可身上却散发出一种青春活力。这种活力使他还能得意洋洋地问茶茶是否看到自己，思维方式完全以自我为中心。

就这样沉默着坐在秀吉对面，茶茶感到十分压抑，抬脸望向秀吉，想说点什么。此刻，秀吉的神情却和刚才大不相同，他凝视着院中的一角，似乎被某一种想法缠绕着无法自拔，倒让茶茶手足无措起来。终于，秀吉回过神来似的对茶茶说：

"有谁在吗？"

茶茶立刻唤来一个侍女，秀吉命此侍女前去传唤和他一起过来的一个随从。不一会儿，一个中年武士来到走廊边，秀吉说：

"提交给宫中的咏歌附录的对象，本来写着菊亭大人、劝修寺大人二人，请再加上中山大人，改成三人。"

说完还不放心，同样的话又嘱咐了一遍，才命随从退下。这时，他脸部的表情终于像刚来时那样放松下来。

"闻君将临幸，天公亦多情……下一句是什么来着？对了，夜降倾盆雨，落满庭之雨。这首和歌不错吧？茶茶懂不懂和歌？"

"庭之雨这句有点怪。"茶茶说。

"改成庭之水？"秀吉问道。

"庭之面怎么样？"

"嗯，有些道理。可能这样更好。就是庭之面了。"

秀吉有些吃惊地盯着茶茶。

"这和歌不错吧？天皇驾临前的一天还在下雨，行幸当天就放晴了。行幸刚一结束又是暴风骤雨。"

"这和歌是您即兴创作的吗？"

"即兴？我可作不来。"

"那么是昨日所作？"茶茶追问。

"是昨日吗？可能是昨日吧。"

说完，又用他特有的豪爽笑声敷衍过去，突然一本正经地说道：

"再叫谁来一下。"

这次换另一名中年武士前来。秀吉吩咐道：

"你去传我命令，将向宫中献歌的日期定为二十日。我本来吩咐的是十九日，还是改成二十日吧。"

等随从再次退下，他又一次用放松下来的表情说道：

"安土城和这里比，茶茶更喜欢哪个？"

这次无论是表情还是语气都像是痛下决心一般，像是想一心放在茶茶身上，除了茶茶不再想其他的事。

"我觉得安土城更好。"茶茶直截了当地回答道。

"安土更好？那可难办了。茶茶对聚乐第还不熟悉才会这样说吧。还有好多有意思的东西你没见过呢。有漂亮的房间，还有很多侍女陪你一起玩有意思的游戏。"

说完又补充一句：

"即使你再喜欢安土，也不可能回去了。"

说完秀吉大笑起来，最后这句话在茶茶听来如同命令一般。正说着话，秀吉的表情又变了，他突然认真地说：

"难得和茶茶一起坐着说说话，但我想起来还有重要的事没处理……还是我自己亲自去吩咐得了。"

说完，秀吉站起身来。看样子，尽管秀吉刚才已经嘱咐过两次向宫中献歌的事情，还是有些不放心。

送走了秀吉，茶茶感到心力交瘁。让她反感的那件事终于可以再度推延。谁知到了晚上七时左右，一位嬷嬷来到茶茶寝宫传话：

"殿下怕您一人寂寞，特来传唤。"

只看见嬷嬷的嘴在动，脸部没有任何表情，像是戴着能乐面具。

"请带路。"

茶茶面色苍白地说道。她将走向那个手握天下大权的人，此人下午还来看望过自己，精力充沛，没有一刻休息。她这就去为此人孕育子女，然后修筑属于自己的城池。

茶茶扶着嬷嬷瘦削干枯的手，在两名年轻侍女的陪伴下走出寝殿。暴风骤雨之后，雾月初现，暖风熏人，云层和傍晚时分一样向西面涌动。

次日拂晓，茶茶走出秀吉在天守的寝殿，从数间不知其主的宫殿前经过，回到自己的居处。一位嬷嬷踱着小碎步，在前面为茶茶带路，两个年轻侍女跟在茶茶身后。

嬷嬷每走几步便会停一下，像是为茶茶考虑，让她可以边走边歇息片刻，可嬷嬷的这种同情让茶茶深恶痛绝。每次停顿，茶茶都觉得那是对自己的侮辱，她满腔愤懑又不得发泄。她不管前面的嬷嬷是否停下来，自顾自地一直往前走。

"您觉得冷吗？"嬷嬷开口问了一句。

"不冷。"茶茶不耐烦地回道。

拂晓的空气中没有一丝寒气，春天匆忙地离开，初夏已悄然而至。这个时间，夜色完全褪去，城内却依然鸦雀无声，不见人影。

到了寝殿门口，嬷嬷一人回去，由跟随茶茶的两个侍女继续随侍。回到屋内一看，床已经铺好，茶茶再次感到深受其辱。她命侍女打开遮雨板，试图驱散笼罩在屋内的黑暗，随后立即命下人们各自退下，自己一人独坐在寝床上良久。透过打开的障子，可以看到走廊边盛开的棣棠花，一朵朵明黄的小花，在睡眠不足的茶茶看来有些刺眼。她觉得疲惫不堪，却又不敢就此躺下休息，总觉得那种屈辱感随时可能爬上身来。

最终，茶茶还是沉沉睡去，直到午后方起。起来后看到面前摆放着秀吉派人送来的落雁[1]和馒头[2]两种点心，分别盛放在漆盒内。

接下来的五天，秀吉每天都派人送来各种赏赐，也没有特别的吩咐。就在屈辱感逐渐消退之时，茶茶再次被秀吉传

---

[1]落雁：日式点心的一种，是将小麦粉、米粉与麦芽糖、砂糖等混合，加入豆沙、小豆等夹心，烘干制成，类似于中国的绿豆糕、芝麻糕等点心。

[2]馒头：日式点心。用小麦粉，黑砂糖，膨胀剂发面，小豆做馅儿。

唤,在天守阁内一间装饰豪华的屋内,茶茶和秀吉并肩坐在嵌着螺钿的外国椅子上,被众多侍女环绕着观看表演。有发色和眼珠都带着异域色彩的外国舞者的舞蹈,也有来自琉球的舞蹈,只见舞者们双手各持一器物,一边摇晃着发出声响一边手舞足蹈,还有外国的艺人们表演曲艺、魔术等节目。但凡茶茶聚精会神看的节目,秀吉都会命人延长表演,若哪个节目让茶茶别过眼去,秀吉就会立即叫停,换上其他节目。

那夜,茶茶第一次饮酒。在秀吉的劝说下,她轻抿一口盛在水晶杯中的红色液体,甜美芬芳的气味立即占据整个口腔,才喝了两杯茶茶便感到不胜酒力,抬头看时,秀吉已不知何时离开了。她半醉半醒地在侍女们的搀扶下回到自己的寝殿,刚到门口便倏然停下脚步,秀吉此刻就在自己的卧房内。

半夜,茶茶醒来,听着雨打屋檐的声响,雨似乎是刚刚开始下的。此时此刻,只要茶茶乐意,便能就此轻而易举地取了秀吉的性命。执掌天下大权的秀吉正仰着脸呼呼大睡,睡容老态毕露。茶茶开始回想自己怀剑[1]所藏的位置,想起

---

[1]怀剑:匕首的一种。由金属书写文具尖笔发展而来。由很薄的锋利的三棱剑身和十字形剑柄组成。通常置于武装带上的鞘内作为仪仗武器,或藏于衣中,无战斗作用。在古代日本,贵族都是用怀剑剖腹。

之后，竟不可思议地心平气和下来。

父亲长政、祖父久政以及浅井一族人众皆与城池共存亡，秀吉是始作俑者。母亲阿市夫人、继父胜家以及佐久间盛政为首的柴田一族皆因秀吉而死。茶茶的兄长万福丸为秀吉所捕，听说他被秀吉刺死时，母亲那悲恸的样子让当时还少不更事的茶茶永远铭记于心。

可以说，茶茶认识的所有人都因秀吉而死。此刻，她随时可以为这些人报仇雪恨。从小便既仇恨又恐惧的秀吉如今就睡在自己眼前，他的生死全在茶茶的一念之间，这种感觉甚是奇妙。

茶茶再次睡下，直到清晨方醒。从意识到自己手握秀吉生杀大权那一刻起，她再也不会被压抑在自己体内的屈辱感折磨，也能够忍耐与这个上了年纪的掌权人同床共枕。

茶茶成为秀吉侧室后没几天，五月十三日，宫中的内侍所奏响了御神乐①。在一个多月前举行的聚乐第行幸大典上，秀吉的正室北政所被册封为从一品②夫人，这御神乐正

---

①御神乐：御神乐即宫廷神乐，最初叫庭燎。这种歌舞，是在祭日的深夜，寺庙庭院中架起篝火，进行神秘的艺术表演。首先由人长（神官）率领陪纵（乐队）、召人（应征为神乐服役的人），表演一种带有咒术性的请神舞，经常是通宵达旦地进行。

②从一品：位次在正一品之下，正二品之上。

是为她的加封典礼所奏。当日，藏人头左近卫中将中山庆亲持御剑，后阳成天皇亲自驾到，万里小路充房为天皇持裙裾，中御门宣泰持御履，其他茶茶听说过的颇负盛名的公卿们各自持烛台，在伶人乐演奏期间，奏响了御神乐。

御神乐相关的消息一时间传遍城中，大家议论纷纷，热闹非凡。茶茶也是从此时开始注意到秀吉正室北政所的。北政所一直住在大阪城中，迄今为止茶茶既没有见过她，也没有听到过任何关于她的消息。

茶茶不明白，宫中为北政所举行加封仪式并演奏御神乐，何至于举城上下都激动不已。也不理解秀吉身边多了一个手掌大权的女性意味着什么。

就在御神乐奏响的翌日，茶茶想去拜访京极局，自从上次京极局来访后，茶茶还未回访还礼。她先派人前去通传，京极局却回话拒绝，并劝她这段时间先不要互相走动为好，因为北政所会在城内逗留四五日。茶茶颇感意外，自己只是去拜访一下京极局而已，为何要顾忌北政所呢。

没想到就在当天，北政所召见茶茶。由于茶茶不熟悉这种场面，便再次遣人去京极局处寻求帮助和意见。

茶茶按照京极局的交代换了衣服，前往本丸拜见北政所。走进一间屋内，先被安排在末席，周边围坐着众多侍女，随后才被传唤到北政所面前。

茶茶先施一礼，抬头看了看这个四十岁上下的女性，此时她正面无表情地冷眼凝视着自己。

"嗯，脸长得的确美。茶茶小姐今年芳龄几何？"

言语中带着一种刻意的居高临下。既是年长者对年幼者的语气，也是身居高位者对低位者的态度。

"今年二十岁。"

茶茶直视着对方的面孔回答，她感觉自己可能不会喜欢眼前这个女子。从小到大，茶茶还是头一次在同性面前处于劣势。除了母亲阿市夫人以外，其他女子一向对茶茶毕恭毕敬。虽然她从记事起便一直身不由己地寄人篱下，可她从没有先低头向任何女子施过礼。

"想必多有照顾不周之处，你要暂且忍耐一下。"

说完，北政所扭头向侍女示意，呈上给茶茶的赏赐：一套衣服和一个华美的玳瑁发梳。

"感激不尽。"

茶茶嘴上虽在致谢，却故意不低头行礼。对方虽然礼数周全，对茶茶也没有特别的敌意，可她暗自意识到自己是浅井长政的女儿，织田信长的外甥女，这种意识让她渐渐昂首挺胸起来。她并不因为是侧室而对正室产生自卑，更不是在为秀吉争风吃醋。如果她对秀吉有感情，那么自卑和妒忌还说得过去，可秀吉在茶茶心里没有丝毫地位。此刻，她感到受到不公正的待遇，因此而不悦。她才不管对面坐着的是不是手握天下大权之人的糟糠之妻，不过就是一个出身低贱，本来无名无姓的小家子罢了。茶茶发现自己的身体在微微颤抖。

她与北政所对视片刻后，恭敬地说道：

"请恕我告退了。"

说完略施一礼，从北政所面前退了下去。自从想到自己随时可以取秀吉性命，她的心态其实缓和了不少。可今日与北政所的会面再次点燃了她的无名之火，让她感到愤懑不满，无处宣泄。

第五章

天正十六年①，一转眼就从春天移到夏，又从夏天移到秋。初秋时节，茶茶感到身体有些异样。最先注意到茶茶身体变化的是一个名唤阿咲的中年侍女，她从住在安土城时便侍奉茶茶至今。为了验证自己的猜测，阿咲请来医生为茶茶把脉，结果诊断出茶茶已有身孕。其时正是游人们络绎不绝地赶到八濑和醍醐观赏红叶的时节。

茶茶怀孕的消息很快传遍聚乐第的每个角落，最高兴的莫过于秀吉。一得到消息，他激动万分，满面通红地跑来：

"茶茶，干得漂亮！干得漂亮！"

看着他如此兴奋，茶茶反倒有些不知所措。此后，秀吉频繁现身茶茶的寝宫，每次来都要亲眼确认茶茶的身体状态是否安好，否则就无法放心。

茶茶的寝宫顿时热闹起来。秀吉不但调拨来更多的侍女，还安排有经验的老嬷嬷随侍，巨细靡遗地照顾茶茶的一

---

① 天正十六年：1588年。

应饮食起居。

秀吉的喜悦理所当然，已经五十三岁的他竟然能意外地让茶茶怀上孩子。可茶茶自己却怎么也高兴不起来。她的身体里住着秀吉的孩子，一想到那是活生生的一块肉，就觉得毛骨悚然。她多么希望肚子里的小生命和秀吉毫不相干啊。

在侧室之事刚传出时，蒲生氏乡曾经去安土城拜访过茶茶，并祝愿她生下秀吉的孩子，修筑自己的城池。正是听了他的劝告，茶茶才打消了自杀的念头，成为秀吉的侧室。可如今一朝有孕，茶茶又产生了新的想法，肚子里怀着的这个生命体内，同时流淌着自己的血和灭了自己满门满族的仇敌之血，这是多么神奇的事啊。

茶茶自从有孕以来，对秀吉多数时间都爱搭不理，秀吉也从不见怪。不管茶茶话说得多难听，态度多差，他都一概不放在心上。孩子尚未出生，秀吉便"孩儿他娘""孩子娘亲"地叫茶茶。一次，秀吉一来寝殿，便问坐在走廊旁边的茶茶：

"在想什么？"

茶茶吓了一跳，忙说道：

"没想什么。"

须臾，秀吉又问：

"茶茶现在想要什么？有什么想要的尽管说。"

"我什么都不想要。不过,能有一座城池倒是挺好。"

"一座城?"

秀吉大惊失色地问道:

"要一座城来干吗?"

"我想自由自在地住在属于自己的城里。"

"任性的茶茶,尽给我找麻烦啊!不过,既然茶茶想要,那我就得为你修一座城喽。"秀吉说道。也不知此话当真还是玩笑。

听说茶茶怀孕的消息后,还有一个人和秀吉一样高兴,那就是高次的姐姐京极局。她一来看望茶茶便不停地祝福,态度就像是侍女对待自己的女主人一般殷勤。她也和茶茶一样反感北政所,理由竟也和茶茶相同。若论出身高贵,无人能出京极局之右。即便是茶茶,虽然出自织田和浅井两家名门,但这两家也不过是中途起家,无论如何都没办法和室町时代起就名震近江南北的四职之一——京极家比肩。

在出身门楣上,京极局似乎总是高人一等,对谁都看不上,但唯有对茶茶,她反而总是放低态度,可能是因为记着茶茶母亲曾经对自己的恩情。姑且不论血脉出身,茶茶一直以来都过得比她高贵富足。京极局自出生起便家道中落,整个幼年时期一直在为生活所迫,过着辗转漂泊,流离失所的日子。

出于对出身的看重，京极局从不主动接近北政所，和其他侧室也关系疏远。对前田利家的女儿加贺局摩阿，蒲生氏乡的妹妹三条局亦是如此，虽然没有撕破过脸，但从来不互相走动。自从茶茶成为侧室，京极局似乎总算等到了在出身门第上与自己般配的知音一样。而对于这个比自己年长几岁，有着和弟弟高次相似面孔的成熟女性，茶茶在血缘之外，还感到一种莫名的信赖和亲近。

只是，京极局有一样让茶茶一直不解，她似乎对秀吉抱有真正的爱情。秀吉能够给她的爱，不过是被北政所和众多侧室们瓜分之后残存的一小份而已，可她却安分守己地珍惜着这份感情。她既不争也不抢，仅仅心满意足地守着别人施舍给自己的那一小份感情，却为此赌上了一个女人所拥有的全部。这样的京极局，在茶茶看来实在让人费解。

"不论今后发生什么，您一定要平安产下男婴。"京极局认真地说道。

从此以后她每日在神佛面前祝祷此事，对茶茶的侍女们也总是这样唠叨，完全把茶茶的事当成自己的事一样关心。

天正十七年正月，秀吉公布了在淀一带选地筑城的计划。工程的总指挥由秀吉的弟弟丰臣秀长担任。筑城工事昼夜兼程紧锣密鼓地开始了。秀吉希望城池能够赶在茶茶生产前竣工,让她早日住进去安心养胎。

筑城工事一开始,细川忠兴①就派出人手,增援城池的布局建造,京都附近的其他武将也纷纷加派人手,帮助凿石运木。秀吉更是多次亲临淀一带,检阅工事的进程。

城池在三月竣工,是一座很适合年轻女主人居住的小城。说是城池,城内既没有修建天守,也没有高耸的城墙。但由于此城地处山崎平原的一角,三面分别有淀川、桂川、木津川②流过,南面是一整片湿地,可以说是天然要塞。

城池刚一建好,茶茶便挺着大肚子从聚乐第搬到淀城。从新城眺望出去的风景远比京都开阔,使人身心舒畅。城的北面可以看到比叡山和爱宕山③,倘若天朗气清,更远处的比良山④也可眺见。西面是天王山⑤,南面是一片芦苇丛生

---

①细川忠兴(1563—1646):日本安土桃山时代及江户时代的武将,号三斋。他是小仓藩的藩祖,细川藤孝的嫡子,曾经是细川辉经的养子,正室为玉子。本能寺之变后投降为秀吉的臣子。是茶道优秀的文化人,利休七哲之一。

②桂川、木津川:都是流经京都府的淀川水系的支流。

③爱宕山:日本各地有非常多被命名为爱宕的山。此处指京都附近的一座山。

④比良山:横亘大津市和高岛市,位于琵琶湖西面的山脉。

⑤天王山:位于京都府南部、乙训郡大山崎町,海拔270米,是自古以来的水陆要道。天正十年(1582)的山崎合战中,羽柴秀吉首先占领了天王山,大破明智光秀。

的广阔湿地，极目远眺，可以看到男山①。

五月二十七日，茶茶在淀城产下一子，京极局每日在神佛面前的祝祷终于灵验了。

秀吉更是惊喜若狂，为刚出生的麟儿赐名"鹤松"。

生产之时，宫中赏赐下来婴儿衣物等贺礼，接连数日，公卿和武将们接二连三地聚集到淀城贺喜，光是各方送来的礼物就数不胜数。在京都居住的商人和手艺人们也献上了贺礼，其中红色的袴居多。

蒲生氏乡也赶来祝贺。由于茶茶不能下地，没法召见氏乡，她命人立即将氏乡的礼物抬进屋内。一看之下，原来是蒲生家祖先俵藤太秀乡当年在近江三上山射死一只巨大蜈蚣时所用的箭头。这可是蒲生家世代相传的传家宝，氏乡将它装在一把大刀上，作为献给茶茶的贺礼。茶茶刚生产完，多少有些敏感多思，她盯着横放在地板上的礼物，忖度起这个礼物的涵义。送礼之人是唯一一个曾劝说她为秀吉诞下子嗣的人，这个礼物可能是要祝愿鹤松能够成长为像氏乡一样英勇不凡的武将。

秀吉一来到淀城，就将鹤松唤做"小弃"，也不知他从何处听说，越是起一个像抛弃的弃这样的小名，孩子越能活

---

①男山：日本有多处命名为男山的山峰，此处应是位于京都府八幡市的鸠之峰的别名，海拔143米。石清水八幡宫便建在山上。

得长命百岁,所以他每每看到鹤松便"小弃、小弃"地叫。周围的人也效仿秀吉,提到鹤松时总是用"弃君"这个称呼。

好景不长,没多久茶茶便遭受到意外的打击。那是在她产后一百天前后的九月十三日,茶茶万万没有想到,鹤松突然从淀城被抱走,送到了大阪城。

自从鹤松被打扮得华丽漂亮,送上前往大阪的轿辇之日起,茶茶终日眼神涣散,一副丢魂失魄的样子。此后,不断从大阪传来鹤松在那边生活的各种消息,今天听说后阳成天皇亲赐大刀给鹤松作贺礼,明天又听说每天有几十个贺使从各地涌入大阪城道喜,围绕这个小婴儿所发生的大大小小的荣耀之事都事无巨细地传入茶茶耳中,可她并不因此而感到高兴。在没有鹤松的淀城中,茶茶第一次对北政所妒忌不已。对这个有权夺走自己亲生骨肉的正室,茶茶的心中充满了无尽的愤恨。

也就是从这时候起,大家渐渐改称茶茶为"淀君"、"淀殿"或者"淀之局"。秀吉与茶茶面对面时还是直呼其名,但每当与旁人提到茶茶时,也用"淀的那位"或者"淀之妻"来指代她。

茶茶无数次地压抑住自己向秀吉请求要回鹤松的欲望,每次都是话到嘴边又及时咽了回去。她之所以能够忍住,全是因为听从了蒲生氏乡的谏言。

就在鹤松乘轿被送往大阪的那天，茶茶立即遣使者去蒲生氏乡处询问意见和对策。此事和曾劝说自己生下子嗣的氏乡商量再合适不过了。过了三天，氏乡的回信被快马加鞭地送来，信中内容大致如下：无论谁来抚养，小姐的孩子始终是小姐的孩子。这是太阁殿下①深思熟虑后的结果，您大可听从和信任太阁殿下的安排。除此之外氏乡没有什么特别的建议，这样的答复谁都会说。

不过，茶茶还是决定相信氏乡。想当年在母亲是否嫁给柴田这件事上便听从了氏乡的建议，自己是否要成为秀吉的侧室一事也遵从了氏乡的意见。虽然结果是悲是喜现在还无从知晓，但正因为有如上因缘，茶茶觉得这次也须得听从他的意见。事到如今，驳斥他也无济于事，且茶茶在潜意识中希望自己遵照氏乡的指示行事，从中她能得到一种快感。

受到夺子之痛的打击，从秋天到初冬，茶茶大多卧床不起。秀吉不断来往于大阪和京都的聚乐第之间，时不时会因一时兴起而半路改道，出现在淀城，每次都来得唐突。

茶茶吃惊地发现，不知从何时起自己开始由衷地盼着秀吉的到来。倘若在秀吉来之前得到通知，即便是睡着，她也

---

①太阁：关白退位后称为太阁，此时氏乡如此称呼秀吉，说明秀吉已将关白之位让给自己的侄子丰臣秀次。

要从床上爬起来梳妆打扮,好迎接这个灭族仇敌,迎接这个让自己生下孩子又夺走这孩子的年老的当权者。有一次,秀吉突然对茶茶说:

"最近你一直郁郁寡欢。不如请你两个妹妹来与你一会?"

听到秀吉此言,茶茶想起许久未见的阿初和小督。两个妹妹都让她十分挂怀,可她更想见见小督。嫁给高次的阿初一向待人亲厚,她不断寄来书信汇报近况。只有小督,自从嫁人后便音信全无。鹤松诞生那日,小督的夫君佐治与九郎曾派贺使来京,可使者没有带来任何关于小督的只言片语。茶茶很了解小督一贯为人处世的方式,可还是禁不住想见她。

"要是可以的话请小督来一趟吧。"

茶茶说道。

"好!我马上派使者去佐治那里。"

秀吉承诺道。

小督带着十几个随身侍女,在三十名武士的保护下,于十一月初抵达淀城。来时的阵仗夸张到有些不自然。小督在天正十四年末嫁给佐治与九郎,迄今为止整整过去了三年的光阴。当年从安土城上轿出嫁那日的天气和今天差不多,也是一个冷到快要下雪的日子。当时小督才十六岁,如今已经是两个孩子的母亲了。她脸上稚气全无，身材也似乎比原来胖了几圈，完全长大成熟了。

"也不是什么大病，就是想见见你。"

茶茶说道。长姐对小妹的爱怜之情溢于言表。

"我就知道是这样。"

小督笑着说。她此次打算在城中住三日，第四天就启程返回。

"急什么啊，在京都多玩几天再回嘛。"

茶茶劝道。

"我对京都没啥兴趣。来的时候街上的风景大致都看了，也就够了。"

小督似乎对京都这座城市没有多大兴趣。

"也就是四处看看而已，很多没见过的东西的确有趣。可我没什么特别想看的。"

"若是如此，你回去时顺便去大沟城看看吧。看到你阿初不知道该有多开心。"

可小督似乎也并不怎么想和姐姐阿初见面。也不知说她天性凉薄好，还是说她疏旷豁达好，总之她独立自主又豪爽不羁的性格和少女时代完全一样。小督这种无论经历任何巨变都不为所动的性格，茶茶自小就有些讨厌，现在也仍是喜欢不起来。

然而，立刻发生的一件事，让一向泰然自若的小督大惊失色。这天前田玄以突然来到淀城，向茶茶传达秀吉的命令，说是让跟随小督而来的侍女和武士全部回大野城，仅留小督一人在此。

"这难道是要将小督和夫家硬生生地分开吗？"茶茶忙问道。

"我觉得正是此意。"

每次传达这种不近人情的命令，前田玄以总是面无表情，语气生硬。

听前田玄以的意思，秀吉对小督的夫君——大野城主佐治与九郎一成没什么好感。主要原因可能要追溯到天正十二年小牧合战之时，当时秀吉毁掉了左屋川上的船只，切断了家康返回三河的退路，就在千钧一发之际，佐治与九郎及时派来船只增援家康，帮他渡过此劫。可能就是自那时起，秀吉开始对与九郎怀恨在心。话虽如此，可小督毕竟已经有两个女儿。当初将小督召来，如今又不肯放她回去，这件事即使在茶茶看来也太过蛮不讲理且不近人情。茶茶希望早日见到秀吉，劝他回心转意，重新定夺此事。

但也不能就这样瞒着小督，不得已，茶茶尽量轻描淡写地转达了事情的原委。小督听后瞬间脸色大变，出了好一会儿神才开口：

"我尚有二女留在大野城中。茶茶姐疼爱自己的弃君，我又何尝不疼爱我的两个女儿。还请务必成全我这份舐犊之情。"小督的语气倒是十分沉稳。

从这日起，小督便终日闷在自己房中闭门不出。茶茶因为担心，几次偷看她屋内的情况，每次都看到小督呆坐在房间的一角，双眼哭得又红又肿。

挂念着小督之事，茶茶越发盼望早日见到秀吉。可十一月就这样过去，到了十二月，还是不见秀吉身影，只是时常会有秀吉的书信送来，信总是写得长篇累牍，言语间对茶茶关怀备至。秀吉总说自己为筹备出兵关东①之事忙得一塌糊涂，实在没时间来淀城看她，还说他有时间会去大阪，每次都能见到弃松，如今，与儿子弃松的相聚是他最大的乐事。他还在信中安慰茶茶，说知道她非常想见幼主，但请暂且忍耐等等。信的最后一定会用"恐慌谨言"②结尾，署名从不用"秀吉"，而是用"天下"或者"殿下"来代替。收信人一直是"我的茶茶"。

---

①出兵关东：日后的小田原之战。天正十八年（1590），后北条氏家臣猪俣邦宪违反秀吉颁发的总无事令，攻击真田氏的名胡桃城。丰臣军一方面包围小田原城，一方面攻击后北条氏的其他领土，最后北条氏政、北条氏直父子开城投降，在关东立足百年的后北条氏灭亡。
②恐慌谨言：原文日语"かしく"，是古语"かしこ"的变体，一般是女性写信时用来结尾的语言。表示谦虚之意。

秀吉并没有说谎，他的确在为出兵关东的准备工作整日辛劳。十二月初，秀吉向诸国颁布军令："来春关东阵御军役①之事"，明确指出征讨北条的时间。军役征纳范围涉及五大区域：五畿②、中国、四国、北国、骏远三③甲信④。另外，按照地域规模分配军役，从大阪到尾州共五种，军役轻至半役重至七役。又任命长束正家为兵站奉行⑤，其下又设小奉行十人，于年内收集到二十万石米，来年一开年，立即运送至江尻、清水二港。再从东海道沿线诸国征买粮米，随时准备运送至小田原附近。守卫方面，命毛利辉元驻守京都，小早川隆景负责东征之路沿途各国的防卫工作。

十二月十日，上洛中的家康、上杉景胜、前田利家被聚集在一起召开作战会议。会上决定，由德川家康担任先锋，与翌日即十三日向骏府派遣使者，即刻向军队传达准备出兵的命令，数日后，家康亦返回骏府，届时将亲自领兵上阵。

十二月下旬，奔波数日的秀吉终于现身淀城。没有事先通知便深夜造访，次日一早又匆匆赶回京都。当晚，茶茶与

---

①军役：在战争时期，大名或家臣有义务向主君提供兵力或兵粮等。
②五畿：又名畿内，包括大和、山城、摄津、河内、和泉五国。现在的奈良县、京都府中南部、大阪府、兵库县东南部。
③骏远三：指骏河国、远江国、三河国的总称。
④甲信：东山道的甲斐国和信浓国的总称。即现在的山梨县和长野县。
⑤兵站奉行：负责兵粮的筹措、囤积以及粮仓的维护管理，责任重大。

秀吉商议小督之事，想借此机会化解他对小督夫君的恨意。谁知秀吉听完茶茶的话面带微笑地回答说，他才不在乎佐治与九郎曾经做过什么，如今他哪有闲工夫拘泥这等小事。少顷，秀吉又正色言道：

"我强行将小督和佐治分开的理由茶茶你难道不明白吗？"

秀吉继续说道："小督的夫君便是我的妹夫，也就是鹤松的姨父。倘若有一天我离开人世，茶茶你最能依靠的就是这个人了，佐治可没有这个实力啊。"

秀吉最后的那句话让茶茶振聋发聩，十分信服。秀吉如今已经五十四岁，他这是在未雨绸缪，希望在他走后，茶茶和鹤松母子能有强有力的依靠，所以必须趁现在在茶茶周围安排些有实力的人物。得知秀吉如此用心，茶茶觉得再也无须多言。佐治与九郎不过是德川家的一个无名小城的城主，为年幼的鹤松考虑，茶茶也赞成小督和佐治分开，虽然知道会对不起小督。

送走了秀吉，回到自己房间，小督正等在那里。

"怎么样？能放我离开吗？"

这一个多月，小督似乎已经失去了笑的能力，她抬起脸无力地问道。

"我试着劝过了，可殿下说在小田原合战结束前，还请你暂时安心留在此处。他正为东征之事忙得不可开交,现在说什么也没用。"

茶茶说完,小督抬脸看着她,眼神中透出几分恨意。

"我明白了。"

仅说了这一句,小督便头也不回地返回自己屋中。

新年一过,合战相关的各种消息陆续传到茶茶耳中。听说家康、织田信雄、蒲生氏乡从东海道进军,上杉景胜、前田利家从东山道进军。而进军的日期有说定在二月中旬的,也有说定在三月一日的。

还有一些毫无根据又不怀好意的流言四起,说家康和信雄违背秀吉的命令,二人已和北条暗自勾结。又听说为了辟谣,家康命德川家知名武将井伊直政、酒井忠世护送自己的嫡长子——十二岁的长丸于正月三日来到聚乐第。事实上,家康怕不实的传言会招致秀吉的误解,的确是将嫡长子送到秀吉处充当人质。秀吉为长丸举行成人之礼,赐名秀忠,为其束发、佩带黄金太刀。把这个在骏河长大的少年从头到脚打扮得时髦洋气,再完好无损地送回骏河。此举是为了打消家康的疑虑,证明自己不需要人质。

一月末,茶茶听到的所有京都近况都与合战有关。据说专程在三条架起大桥,用来运输军队物资,在桥墩上挂上署名"秀吉"的告示板，内容如下：

一、凡是在属于我方军事势力的地方，不许强取豪夺，违者一律当斩。

二、若有在阵营中纵火之辈，一律追究责任，若犯者逃匿，则其主承担罪责。

三、若家中有糠、藁、薪、鱼干等物品，军队有权分配。

在合战前骚动不安的气氛中，二月过去，三月到来。似乎每天都将是出兵之日，可秀吉这边始终没有下达指令。

从一个被派往骏府刚返回的武士口中，茶茶得知了蒲生氏乡的最新情况。听说他已于二月初离开伊势松坂城，向东进发。竖着菅笠三盖①的马印，走在大军最前方的氏乡的身影，仿佛近在咫尺，茶茶觉得十分怀念。可她再也不像从前那样，一听到有关氏乡的消息就心潮澎湃，氏乡当年在幼小的茶茶心里留下的印象到现在已经有所改变。

二月末，秀吉来到淀城看望茶茶，这是开年后的第一次。这么久不见秀吉，茶茶心中已起波澜。一想到聚乐第里住着秀吉的众多侧室，自己却远在淀城，不禁心生强烈的妒忌。可即使见到秀吉，茶茶这种强烈的情感还是无处排遣。

---

①菅笠三盖：本为佐佐成政的马印，据说在小田原征伐战之前，氏乡向秀吉请求将迄今为止使用的熊毛马印换成佐佐成政的马印。

秀吉满脑子都是合战之事，即使有茶茶年轻美丽的身体横陈在侧，也还是陷入合战的兴奋中无法自拔。在寝殿内，秀吉例行公事般地爱抚茶茶一番后，马上聊起合战来。

"先头部队已经到黄濑川了，可后方部队还在美浓、尾张地方行进。"

"等三月一日一上朝，陛下便会赐下节刀①，很快就要从京都出发了，到那时茶茶也来看热闹，站在哪里的看台上比较好呢。"

聊的尽是这样的话题。虽然秀吉满口合战、合战的，可他的言语中完全没有血腥的味道，反而是一种颇为有趣、充满期待的感觉。

三月一日一早，茶茶听从秀吉之言，赶到京都为出征的大军送行，这是她住进淀城以来首次出城。一行人在武士的引导下登上修筑在三条河原町的看台。登台远眺，目力所及之处全部铺建有看台，台上挤满了从大阪、伏见、奈良、堺等地赶来看热闹的人群。

茶茶坐在看台上，完全感觉不到为出征大军送行的氛围。等了约莫半刻，先头军出现了，武士们身披战甲，手握武器，的确是要远赴东方战场的出征大军，可部队的行进方式悠哉缓慢，几百个风向标旗和小旗帜在暖暖的春阳照耀下

---

①节刀：天皇赐给即将出征的将军或者遣唐使的刀，作为任命的信物。

随风招展。队伍中还有背上各驮三百枚黄金的马队，脖子上各挂一贯钱的劳工队，扛着各种施工道具的工程团队，拔刀的武士等等，他们的表情完全看不出是奔赴战场去的。虽说这六千人将在前方大津留宿一宿，所以没有必要赶路，可这种行军方式更像是在巡游表演。

茶茶注意到队伍中有个特别惹眼的人物，正好走在行军队伍的中间位置。只见他跨着雄壮的骏马，头戴唐冠①头盔，身穿火威②战甲，手握朱漆重籐弓，傲然地挺着胸。这个装扮花哨、如同祭典上的人偶一般的人物便是秀吉，茶茶盯着看了好久都没认出来。只见他贴着两端上翘的假胡子，和平日完全判若两人，不仔细看真认不出，乘坐的马也装着金璎珞的铠甲，挂着红的马穗，简直花哨得可怕。

茶茶吓了一跳，她想不到秀吉竟然是这身打扮。不只茶茶感到惊讶，沿途围观的成千上万的群众也被这个奇装异服的总指挥吸引，在一旁叽叽喳喳地议论不停。秀吉身后都是些威风凛凛的武将。

茶茶一直坐在看台上，直到队尾逐渐消失在山科方向。此时，茶茶突然觉得，秀吉和天下所有的男人都不一样。把奔赴战场的氛围搞得和大型祭典一般喧嚣热闹的，再找不出

---

①唐冠：近世头盔的一种。
②火威：战甲的一种。

第二个人。要说傻也傻，可这种幼稚的行为却不让人反感。秀吉一贯做事都力求达到惊世骇俗的效果，细想之下，他这是在向世人展示自己至高无上无可动摇的地位，完全是富有智慧的有心之举。

茶茶一直想着假胡子遮盖下的秀吉的面容，不禁感慨万分。她想，今后无论如何也无法逃出这个老武将的手心了。因为除了秀吉，天下再没有一个男子可以俘获她的芳心。

茶茶本打算在返回淀城前去问候北政所，可后来心念一转，还是决定直接返回淀城。当远处的淀城出现在视野中时，夕阳的余晖已将湿地众多的平原染得绯红。茶茶一路都在想着秀吉，现在他已抵达大津，肯定正在像个局外人一样思考着合战之事。茶茶独自落寞地回到城中。

也就是从这天起，茶茶发现自己内心感情的天平重重偏向秀吉这边，当日亲眼目睹秀吉出征便是一个巨大的砝码。

从第二天起，茶茶每天都在心里默念秀吉计划宿泊的地界，江州八幡山、柏原、大垣……她思念在那些土地上停留的上了年纪的当权人的身影。留在京都守备的大和大纳言秀长每天都派使者前来，向茶茶逐一汇报秀吉的动向。十日，秀吉到了吉田，十八日抵达骏府，最近进攻速度有些迟缓，二十三日清见寺，二十六日吉原，二十七日抵达沼津城等等。

而后传来了北条方位于箱根的山中城陷落的消息,又过了四五天,传来了小田原城被包围的消息。

茶茶时常去小督的房中探望,每每邀她去庭院中散心,都被一口回绝,而小督看茶茶的眼神总是显得冷漠而充满敌意。

茶茶也无可奈何,只得听之任之。她能理解小督与丈夫孩子分隔两地的痛苦,也明白任何安慰都于事无补,可每次撞见小督充满敌意的目光,她心里也很不痛快。

"茶茶姐真是不一样了啊。"

一次,小督对前来探访的茶茶说道。

"怎么不一样?"

茶茶问,小督没有直接回答,只说:

"阿初姐看到如今满面春光的茶茶姐,肯定也会大吃一惊。现在的你,哪里像经历过那么多不幸的人啊。"

茶茶的内心被这话中的讥讽深深刺伤,表面却装作若无其事。的确,过去的种种不幸如今在茶茶心中早已不见踪影。不知为何,如今回想起来,清洲时的事,安土的生活以及当年那座积雪覆盖的北国之城,似乎和自己从未有过任何交集。

如今,唯一让茶茶不满的是和秀吉相距遥遥以及和鹤松的骨肉分离。可她知道,离开这个身为侧室的母亲身边,对鹤松的前途大有裨益,为了爱子她只能隐忍再三。

四月下旬,聚乐第的北政所突然派信使到茶茶处,命茶茶前往小田原陪伴秀吉。眼下,小田原合战貌似是场持久战,为了慰劳秀吉的征战之苦,北政所请茶茶不辞辛苦往战地走一趟,茶茶即刻应允。虽然此命令是由北政所下达而非秀吉本人,这让茶茶有些暗自不快,可她估计此事多半是秀吉之意,只是北政所代为转达而已。秀吉为了给正室北政所树威,才通过北政所之口将茶茶调至小田原。

过了两三日,北政所再次派使者前来,传达了对茶茶答应自己要求的谢意,还说会通知她出发时间,请她早做准备,随时待命。这种命令般的指令再次激起了茶茶的反感,可只要能去小田原陪伴秀吉,茶茶便仍是听话地遵从了指令。

五月中旬,小田原派来使者为茶茶引路。茶茶在数十名武士的保护下,带着八个侍女乘轿出城。经过京都时,小田原派来的稻田清藏正要引领队伍前往聚乐第请安,可茶茶制止道:

"直接走吧。殿下命令尽早抵达,没时间去聚乐第请安了。"

队列直接经过京都的街道前往山科。途中路过东海道沿线的各处城池，都有秀吉的军令状事先抵达。处处都已经备好各式人手，飞脚、传马、力夫亦随时待命。

一路上都在匆忙赶路。因为秀吉传来指令，命令"途中不许耽搁，务必谨慎急行"。每到一处留宿地茶茶一行都被毕恭毕敬地接待，第二日一早准时出发。

经过足柄①，快要到箱根山脉时，人马往来变得十分频繁，茶茶一行经常要给移动的大军让道。

从箱根之山下来，就到了秀吉所在的汤本大本营，时值傍晚，一直下着梅雨。虽说这里离小田原只有一里多的距离，却完全嗅不到战场的血腥味。汤本部落中住着很多人，有武士也有商人，还有妇女儿童。到处都是新建的房舍，往来人马络绎不绝。在细雨中，数支小部队经过汤本的部落，可还是营造不出不远处正在打仗的氛围。一大群兜售物品的孩子缠住武士们的脚步，路边的酒铺前站着涂脂抹粉的女子们，正朝着队伍的方向娇声揽客。

可穿过繁华地区，快到大本营驻扎的早云寺时，周围突然安静下来，一座座正在修建中的大型宅邸引人注目。茶茶他们越过数条壕沟，穿过石垒群，才进得城中。本以为早云寺就是一座寺庙，到了才知道，这里其实是早云寺所在的一片广阔区域，包括箱根山的一角和早川的一部分河道，完全

---

①足柄：神奈川县至静冈县境内的地域名称。

是一座巨大的城池。

从城门到大本营所在建筑还有很长一段距离。穿过郁郁葱葱的杉树林和长长的坡道，处处都是身强体壮的武士以及他们的驻扎地。沿途还能看到山坡上的阵城①和阵屋②。阵城的白墙内全部修筑有天守和角楼，阵屋全是涂笼③，附近插满了各色军旗。寺庙大殿前的庭院中有警备武士冒雨站岗。茶茶一行人经过指引，从宏伟的寺庙建筑群旁经过，来到一个带有内院的房屋内。这里通过走廊和大殿的建筑物连在一起，茶茶的房间旁还连着数间居所，用来安置从淀城跟随而来的侍女们。

透过庭院中由梅雨织成的雨帘，对面就是秀吉居所的大广间，茶茶刚在房中休息片刻，就看到对面广间中亮起了几盏灯，灯火点燃后，便觉得有大量的人不断进进出出，熙熙攘攘。

茶茶先沐浴更衣，洗净十几天来旅途中的风尘，再前往广间去拜见秀吉。屋内，除了秀吉还有众多茶茶不认识的武将。秀吉一看到茶茶便招呼道：

---

①阵城：在战国世代，攻城战规模巨大，持久战，包围战盛行。攻击军出于战势考虑会临时修城池，为阵城。

②阵屋：将士们临时驻扎的房舍。

③涂笼：日本建筑的一种方式，指将房屋的墙壁用泥土厚厚涂上一层。一般百姓会用涂笼的方式建造贮藏室。

"一路辛苦！就在此处安心休养，到处看看。这里可比京都热闹，有意思的地方很多。"

说这话时秀吉脸上没有丝毫笑意。说完又继续转回刚才的话题。

"岩槻城①虽被攻破，却动用了两万大军。为此等小城，竟要如此大费周章？到底是谁允许开城投降的？立刻传擅自接受开城投降的常陆和弹正来见我！"

因为愤怒，秀吉的声音有些微微颤抖。为了孤立小田原城，秀吉命木村常陆介重兹和浅野弹正长政前去攻下北条方散落在关东各处的城寨。二人于四月二十五日从小田原出发，过了整整一个月，仍然没有拿下上总和下总②地区几十座弱小无力的小城寨，这本就让秀吉大为恼火。谁知他们好容易拿下一座岩槻城，还得意洋洋地前来报喜，秀吉便忍无可忍地暴怒起来。且二人不经汇报，擅自接受对方开城投降，也未将部队动态及时上报，这些都是秀吉不能原谅的。在攻城略地方面，秀吉要求所有部下都要像自己一样雷厉风行。

茶茶立即退下了。好容易盼到与秀吉见面，他对自己的态度却例行公事般冷淡。但秀吉对待部下的冷峻态度，又令

---

①岩槻城：日本关东地方中部城市。位埼玉县东部岩槻台地上。
②上总下总：如今的千叶县，由旧国名下总、上总、安房三国构成。

茶茶觉得秀吉看上去活力四射，年轻了不少。当晚，秀吉来到茶茶房里，茶茶怀着从未有过的爱情，拥抱了这个被合战刺激得年轻了至少十岁的老独裁者的身体。秀吉告诉她，攻下小田原城可能要花费很长时间。茶茶心想，管他呢，哪怕一年两年都无所谓，只要能让秀吉离开北政所，离开其他众多侧室的环绕。

第二天，茶茶动身前往战场参观。前日里一直下着雨，今天终于停了。茶茶乘着轿辇沿着早川行进。虽然她早就听说早川的河岸美丽无比，可梅雨造成水量上涨，眼前的河水十分浑浊。

沿途到处都是武士和商人，临时搭建的饮食店和各色商铺鳞次栉比，甚至还能看到表演落语和魔术的小屋。这里丝毫没有合战的氛围，简直像热闹的祭典活动现场。

可一临近早川入海口，便随处可见攻方军队的阵营，气氛也凝重起来。丹羽、堀、长谷川、池田等精锐部队在我方的河道沿岸布阵。在河的对面，沿岸驻扎着北条氏照、松田宪秀率领的敌方部队，远远地就能看到对岸插着数十只各色各样的漂亮军旗。

茶茶的轿辇经过离入海口最近的丹羽长重的阵营，继续向海岸行进。到了海岸边，又是另一派繁荣景象。几百艘运送千石或两千石兵粮的大船铺满整个海面。在码头附近，密集地排列着从各地赶来的商人搭建的临时商铺，离此不远处，游女①们将店开满了一整条街。攻方军队如此闲散热闹的奇怪景象不只在小田原城的西面能见到，除海面外的城池三面都是如此景象。秀吉麾下云集的精锐部队如潮水一般将小田原城重重包围，这是做好了打持久战的准备。

而北条方散落在关东南部地区的几十个小城砦不断被浅野长政、木村重兹等人率领的别动队一一攻破。另外还有上杉景胜、前田利家、真田幸村统率的三万五千兵力进入上州地区，攻下松井田城，又进军至武藏地区，攻下以松山城为首的各个城砦，如今正包围着钵形城。茶茶来到小田原时战势已发展至此，秀吉将小田原城重重包围，就等着它完全陷入孤立无援的境地。

来到小田原后茶茶整日忙碌，不特别召开军事会议的日子，她都陪在秀吉身边。要么出席城内举办的大大小小的茶会，要么参加为慰劳从各方战线赶来回报的武将的酒宴。通过参加这些活动，茶茶了解到以往从不了解的秀吉的其他各个方面。

茶茶来小田原后不久的五月二十五日，在早川入海口负

---

①游女：日本幕府时代开始的日本妓女的统称，因为从业人员在同一个地方待的时间很短而得名。

责南部攻击军总指挥的堀秀政病死,享年三十八岁。秀政一直是秀吉最信任的人,这个噩耗让秀吉痛心疾首。

当时秀吉正在酒宴之上,收到关于秀政死讯的来报,立即黯然失色,离席而去,茶茶尾随其后。走下走廊,来到院中,秀吉呆立在一簇树丛前,可以看到他肩头的颤抖,他难以忍受这突来的噩耗,已经泣不成声。茶茶一直站在他身后,也不知该如何出言安慰。

片刻后,秀吉返回屋内,面无表情地说道:

"秀政生前可算天下之表率,办事周全,又被称为名人左卫门,的确是不可多得的武将。今夜,我失去了信长公留给我的最大珍宝。"

这话像是自言自语,却让在座所有人为之动容。此时,茶茶看到了她从未见过的秀吉的另一张面孔。

六月七日晚,前田利家突然造访茶茶。利家原本在围攻钵形城,得到秀吉传召从前线赶到小田原。听说就在同一天,伊达政宗[1]也来到小田原,蛰居在底仓[2]。对于此次合战,政宗的态度一直模棱两可,颇受争议,听说利家此次行动便与此人有关。

---

[1]伊达政宗:(1567—1636),伊达氏第十七代家督,安土桃山时代奥羽地方著名大名,江户时代仙台藩始祖,人称"独眼龙政宗"。
[2]底仓:现在的底仓温泉附近,在神奈川县足柄下郡箱根町。

茶茶在自己的房间接待前田利家。

"淀夫人别来无恙。"

利家在房间门口恭敬地低头施礼寒暄，如今的利家已是满头白发。茶茶也对八年前在北国府中城时利家的多番照顾表示感谢，可她打心眼里不喜欢这个深得秀吉信任的老武将。

茶茶本就不喜利家世故圆滑，左右逢源的性情，更别说他是秀吉侧室加贺局的父亲。前田利家有着和茶茶非常讨厌的加贺局同样姣好的面容，连说话的方式，一举一动都像是加贺局的翻版。从利家口中，茶茶得知了一个非常意外的消息。

"淀夫人和京极局夫人都亲自驾临军营，想必一定辛苦劳累。"

听到利家的话，茶茶一时反应不过来，却没有当面追问。等利家告退以后，她立即向侍女们确认京极局来小田原之事是否属实。四人中有三人不知，只有一人说道：

"我倒是听说了类似的传言。"

茶茶立即命人查清此事。结果得知京极局在数日前也来到小田原，与她住在同一座城中。

茶茶一向对京极局龙子爱重有加，听闻此事后并没有生龙子的气，可一想到秀吉一直欺瞒着自己，心中有些无法释然。当晚，茶茶试探地对秀吉说道：

"我一个人也是孤单寂寞，不如叫京极局来陪我可好？"

秀吉若无其事地回答：

"京极两三天前刚到此处。"

"是殿下传她来的吗？"

"她自己过来的。"

"是京极局自作主张前来的吗？"

"我还没见过她，具体情况我也不知。我没下令，她便自己过来了。也有可能是宁宁，是北政所派她来的。"

这回答十分可疑，但茶茶没有继续追问下去。秀吉说京极局可能是奉北政所之命，倒也不无可能。

又过了两三天，京极局上门来拜访茶茶，她对待茶茶的态度还是同往常一样殷勤周到，能与茶茶会面对她来说似乎是非常高兴的事，且的确如秀吉所言，她是奉了北政所之命才来的，至于此事是否是北政所自作主张就不得而知了。茶茶无法相信秀吉的话，她猜想京极局来的理由和自己一样，都是秀吉自己想见她们，于是先知会北政所，再由北政所之口命令京极局来到小田原。

另外，秀吉当晚还是对茶茶有所欺瞒，他说自己还没有见过京极局，可京极局说在她抵达小田原的当晚就见过秀吉。至于当晚秀吉是否留宿在京极局处，茶茶实在有些问不出口，可秀吉见过京极局已经是不争的事实。

等茶茶再见到秀吉，又问及此事。面对茶茶的质疑，秀吉回答得模棱两可：

"是吗？我有说过这话吗？说起来我是去迎接了她。当时茶茶没和我一起吗？"

茶茶没有再紧追不放。倘若此事换作其他侧室，茶茶一定忍不住口出恶言，可对方是京极局，也不知为什么茶茶能够忍住妒火。

为了缓解持久战带来的疲惫，秀吉时常邀请下属将士来到临时搭建的茶室中饮茶。茶室里装饰着桥立的茶壶①及玉堂的茶入②等物品。通过这些茶席，茶茶逐渐与家康、细川玄旨斋、由己法桥、茶匠利休③等人物熟识。除此之外，还见过织田信雄、细川忠兴、蒲生氏乡、上杉景胜、羽柴下总守等人。

---

① 桥立的茶壶：吕宋茶壶（经由菲律宾吕宋输入日本的茶壶）代表作之一，自古就是名器，因利休常用而驰名，"桥立"是壶铭。此壶最先为足利将军家所有，后经过信长，传到利休之手。据传秀吉曾多次向利休索要此壶未果，利休死后，此壶由前田利常收藏。

② 玉堂的茶入：茶入是存放抹茶茶粉的茶叶罐，"玉堂"为茶铭。此物也是自古的名器。

③ 利休：千利休，生于1522年，卒于1591年4月21日。日本战国时代安土桃山时代著名的茶道宗师，人称茶圣。是日本茶道的"鼻祖"和集大成者，其"和、敬、清、寂"的茶道思想对日本茶道发展的影响极其深远。

这一年，氏乡已满三十六岁。茶茶发现自己不知从何时起对氏乡的态度再不如从前亲厚。可也没觉得不自然，自己对氏乡的感情已经和从前完全不同了。

除了茶会，还屡次举行能乐表演。一次，在大本营前院搭建的舞台上观赏能乐时，一个武士身披战甲、骑着战马直接从台前经过，还不顾侍从的劝阻，大声喧嚣着：

"有必要为这个在战场上举行能乐表演的昏庸主将下马吗？"

随后回马转了一圈，悠然自得地离开了。该武士旁若无人的声音传到秀吉耳中，茶茶此刻随侍在秀吉身边，吓出一身冷汗。那傲慢的声音太像年轻时候的京极高次了。

秀吉立刻命人查出这个目中无人的武士的姓名，很快得知此人名叫花房职之，是宇喜多秀家的部将。秀吉当即唤来秀家，命其捉拿花房职之，即刻斩首。说完刚要走出房门，又再次唤回秀家，重新下令道：

"此人必是刚直之士，命他切腹吧。"又想了想说道，"对我竟毫无畏惧之意，必然是个龙威虎胆的勇士。杀了可惜，要加倍重用。"

听完此话，茶茶长吁一口气，为这个名叫花房职之的武士免于一死而高兴，只因他的声音像极了京极高次。

六月十四日，前田、上杉、真田、浅野、木村的联合军攻下关东平原的重镇钵形城，捷报于十六日送到秀吉处。在此期间，秀吉一边断断续续地对小田原城发动小规模进攻，一边频繁与小田原的守城军进行和谈的交涉。在此之前，家康和已故的堀秀政已经秘密地尝试与守城军和谈，如今更加公然地进行谈判。

二十四日，泷川雄利、黑田孝高二人奉秀吉之命，持书信前往小田原城久野口的守将太田氏房处，劝其答应和谈。另一方面，有美酒佳肴从宇喜多秀家的阵营被送往氏房的阵营，以慰劳氏房作为和谈中间人的劳苦功高。

与此同时，津久井城、八王子城陷落的消息传来，如今北条方的城池只剩武藏的忍城一座，小田原城内的骚乱已是显而易见。时不时听到城内铁炮的轰击声或者城里某角落原因不明的叫喊声。

二十六日，秀吉很早着手修建的石垣山的阵城落成，大本营从汤本搬至新城。茶茶和京极局也随秀吉一起搬至新建的城砦中。当晚十时，攻城军齐力用铁炮向小田原城内开火。

七月三日，和小田原城同样被包围的韭山城也开城投降。周边的局势不断变化，注定了守城军走向悲惨败局的命运。

七月五日，北条氏直出城乞降。秀吉答应免氏直一死，作为接受投降的条件,氏政、氏照以及松田宪秀、大道寺政繁四人必须赴死。氏直是家康的女婿,秀吉多少看在家康的面子上才饶他不死的。

七日,守城的将士纷纷出城。八九两日,庶民们蜂拥出城。十日,攻城的将士入城。十一日,氏政、氏照切腹自尽。至此,长年以来威慑关东地区的北条氏灭亡。

茶茶亲眼目睹了北条氏灭亡的过程,觉得和浅井家与柴田家不同,北条的灭亡实在是无药可救。浅井和柴田一族都是自行做主烧毁城池,并自行了结的。

氏政、氏照自尽当日,茶茶问秀吉:

"您什么时候出发?"

秀吉诧异地问道:

"去哪儿?"

"不知道,反正您是要离开了吧。"

"你怎么知道?"

"每毁灭一座城池,殿下总是喜欢这样不是吗?"茶茶说。

她还记得北之庄陷落次日,秀吉便向北进军的事。秀吉严肃地说道:

"我明天出发。"

翌日,茶茶一直送秀吉到石垣山崭新的城门口,秀吉率领大军朝奥州①方向进发。跨在战马上的秀吉八面威风,今年春天离开京都时那个装着假胡子的武士人偶一般的秀吉早已不见踪影。如今的秀吉,已将关东纳入掌中,下一步是征服奥州,然后称霸日本全土。

茶茶醉心地望着秀吉,可这个老武将完全将自己抛在脑后,一上马便头也不回地向大军集结的广场奔驰而去。如今在茶茶心中,秀吉再也不是从前那个灭族仇敌,他疯狂地占据着自己的身心,再也无人能替代。与秀吉分开,让茶茶第一次感到难过。夏日清晨的骄阳火辣辣地照在大地上,似乎预示着一整日的燥热。她陶醉在对秀吉的思念中,四周的蝉声如雨,将她围得密不透风。她感到有些头晕目眩,胸口憋闷难耐。

秀吉离开后的第二天,也就是十五日,茶茶和京极局一起朝着与秀吉相反的方向出城离开,到达大津预计需要十一天。茶茶与自己侍女的轿辇在前,京极局及侍女的轿辇跟在后面。队伍有时停下来休息,京极局便会下轿来到茶茶的轿辇前关切地询问:"您累不累?"

就这样接连几次以后,茶茶突然质问这个像侍女一样躬身站在自己轿辇旁,却比自己年长的侧室:"在小田原时你

---

① 奥州:陆奥国。本州东北端的令制国家。地域大致相当于现在的福岛、宫城、岩手、青森四县及秋田县东北部。

和太阁殿下共处了几晚?"

京极局闻言当即满面通红,十分为难,那表情似乎快要哭出来一般。茶茶想,秀吉可能正是喜欢京极局这一点吧。一想到这里,她突然心生嫉妒,想就一直这样僵着,不给京极局台下,但很快又调整了心态。她放声大笑,随后压低声音秘语道:

"我想让天下之主成为只属于你我二人的私物。你不想吗?"

对于茶茶说出的这番惊人之语,京极局不知如何对答,只是沉默着,脸色逐渐变得惨白。茶茶这番话并非一时兴起的妄言。从今年春天开始,这个想法一直萦绕在她心头。她憎恨北政所以及秀吉的其他所有侧室。对于秀吉情事的对象,茶茶能忍的唯有京极局,这个继承了高贵血脉,完全没有自我的温婉和气的女子。

第六章

七月二十六日，茶茶与京极局抵达大津，二十七日一早进入京都。同行的还有驮行李的马匹三十匹，劳工六百人。她们于十五日早上离开小田原，沿途护送的武士们在秀吉规定的十二天时间内，成功将这些美丽棘手的货物运到了京都。

茶茶一入京便立即前往聚乐第，拜见北政所。在今春去往小田原的路上，曾途经京都，当时茶茶以赶路为由，刻意避开与北政所的会面，可此次再不去拜会就说不过去了。另外，茶茶听秀吉说过，鹤松此时也在聚乐第中，她很想见见许久未见的鹤松。

到了聚乐第，茶茶先在京极局处稍事休息，然后派人前去北政所处通报，确认拜会的时间。得知北政所任何时候都方便，茶茶便立即来到北政所的寝殿，谁知却先被引到偏房内等候。由于茶茶只身前来，身边没有侍女跟着，只得一人枯坐在偏房内，等候了许久。

约莫小半刻之后，北政所在众多侍女的簇拥下，穿过走廊，走进茶茶所在的偏房。她正眼都不瞧茶茶一眼，直接从她身旁经过，走入里面的广间。茶茶气得浑身哆嗦，强行忍着屈辱。外面的天气本就酷暑难当，茶茶发现自己的衣裳一瞬间就被汗水浸透了。

须臾，一个侍女走来，将茶茶引入广间，北政所就坐在正面上首的位置。

"我刚从小田原战场回来。"

茶茶一面说一面低头施礼。

"在外奔波多日，辛苦了！有些疲惫吧。"

北政所高高在上地说道。语气虽然平和，但用语刻意地显示出居高临下的态度，像是有意提醒茶茶与她的身份之别。茶茶盯着这个悠然自得地坐在自己对面，像戴着能乐面具一般面无表情的女人，心中升起恨意。

每次见到北政所，茶茶都会想起自己的出身，那份优越感总会一股脑地涌上心头，占据自己的身体，这次也不例外。她是浅井家的女儿，织田信长的外甥女，凭什么要向面前这个出身卑贱的女子低头呢。

"幼主已经长大很多了，你要见见吗？"

北政所对茶茶说道，口气好像是对鹤松的侍女或乳母说话一样。

"是。"

刚答应了一句，茶茶转念思考了一下，抬起脸突然说道：

"我想带幼主回到淀城生活。"

迄今为止茶茶从未这样想过，也不知哪儿来的力量，让她自己都无法控制地说出此话。她是在敬告对方，自己才是鹤松的生母。北政所面无表情的脸部微有所动，随后，她平静地说道：

"可以。可殿下知道此事吗？"

"殿下也这样说过。"

"那我和石川丰前商量一下，就照你的意思安排。"

石川丰前是被任命培养鹤松的武士。

茶茶从北政所处告退，回到京极局的寝殿，一下午都在那里等待北政所的回复。

当晚，鹤松将被移至淀城的消息公布出来。北政所派人前来传话，说幼主将于明天午时动身前往淀城，但是最近他身体欠佳，一定要多加小心，好生照看。白天会面时，北政所对幼主生病之事只字未提，此时才告知此事，让茶茶愤愤不已。若是她事先得知鹤松生病，一定不会提出将鹤松移至淀城的要求。

翌日，鹤松乘坐轿辇离开聚乐第，向淀城进发。正值小田原城刚刚陷落之际,一路上的警备十分严密。茶茶和侍女们的轿辇跟在鹤松的轿辇队伍后面。在京都到淀城这段短短的旅途上,坐在左摇右晃的轿辇中,茶茶体会到被纳为秀吉侧室以来从未感受过的充实与满足,像一只将幼仔夺回身边的母猫一样。她掀开轿帘,感受着从河面吹来的舒适清风,满足得几乎要喜极而泣,一心为出征东北的秀吉祈祷。对茶茶来说,秀吉如今不只是那个手握大权的人物,更是鹤松的父亲。

到了淀城,茶茶久违的一直守在鹤松身边。鹤松已经两岁,看上去比从前消瘦了许多。她本想抱抱自己的亲生孩儿,可鹤松的体质虚弱而敏感,除了乳母以外谁都不能接近。即使如此,能待在鹤松身边已经给茶茶极大的满足。当天,茶茶立即派人前往奈良的兴福寺和春日神社,为鹤松的平安痊愈祝祷。

秀吉在小田原陷落当日的十五日便向东北进发,途经镰仓,进入江户地界。在江户城的北曲轮平川口的法恩寺留宿至二十四日,二十六日到达宇都宫[1],八月初抵达会津[2],处理好从关东到奥羽地方的一切事务之后,于八月十二日从会津出发,一路直奔京都,凯旋而归。

---

[1]宇都宫:今枥木县中部。
[2]会津:位于福岛县西部,西边是越后山脉,东边是奥羽山脉。

九月一日，秀吉抵达京都。距他三月一日离开京都正好半年时间。

秀吉入京当日，王室的公卿、武士们全部赶到粟田口迎接。四日，秀吉上奏朝廷，禀明事由，待到此次出征中的诸将全部回京，再正式入朝请安。

茶茶很想去京都迎接秀吉，可鹤松的病尚未痊愈，只得留在淀城看顾。秀吉住进聚乐第后，便给茶茶写了信。打开一看，字迹硕大，是秀吉一贯的风格。信中内容大致如下："分别之后没有书信往来，让茶茶担心，真是抱歉。幼主又长大了吧。一定要小心火烛，要管教好下人，使其谨言慎行。"最后又添一笔："二十日前后一定回去，看望幼主。晚上让幼主同我们一起睡。请耐心等候。可祝。"虽说场面话居多，可茶茶读信后还是感到高兴。另外，秀吉似乎感到对鹤松的关心传达得还不够，在信的另一面又写了句："一定注意，切莫让幼主再次受凉。"

最后这一句话让茶茶颇为不快。她猜想一定是北政所在秀吉面前挑拨，将鹤松生病的原因全盘推在自己身上。

这封信的日期写着二十日，没过几天，秀吉便出现在淀城之中。茶茶本想当面向秀吉确认，是否将鹤松生病之事怪罪在自己头上，可见面后还是作罢了。当她看到秀吉对半年未见的鹤松那份疼惜爱怜的拳拳之情，便不再将此等小事放在心头。鹤松的病似乎快要痊愈，低烧也退了，整个人健康活泼起来。

在小田原陷落的同时，秀吉对部下论功行赏，其中最引人注目的便是对家康的封赏。家康得到了属于北条领土的武藏①、相模②、伊豆、上总③、下总④、上野⑤六国，还附加安房⑥、下野⑦两地。又得到在近江、伊势、远江⑧、骏河约十万石领地上狩猎、朝觐⑨的权利。至此，家康代替北条，成为关八州⑩绝大多数地区的统帅。在加封的同时，本属于家

---

①武藏：也称武州，今东京都、埼玉县、神奈川县的一部分。
②相模：也称相州，今神奈川县的大部分。
③上总：也称总州，今千叶县中部。
④下总：也称总州，今千叶县北部、茨城县西南部、埼玉县东部、东京都东部。
⑤上野：也称上州、上毛，今群马县。
⑥安房：今千叶县南部。
⑦下野：也称野州，今栃木县。
⑧远江：今静冈县大井川以西。
⑨朝觐：在中国，朝觐是指诸侯拜谒天子。在日本，朝觐的涵义不一样，是指天子拜见其父母或与父母相当的太上天皇及女院，如果被拜见的对象住在天皇王宫之外的地方，朝觐还伴随天皇的行幸，以朝觐为目的的行幸称为朝觐行幸。
⑩关八州：指日本关东的九个藩国，分别是上野（上州），下野（野州），相模（相州），伊豆（豆州），武藏（武州），常陆（常州），上总、下总（总州），安房（房州），因为上总、下总的俗称均为"总州"，所以是"关八州"。

康的旧领地骏河、远江、参河①、甲斐、信浓则纳入秀吉之手，他安排麾下的心腹大将分别驻守在各要塞地区。

家康眼下虽与秀吉协力合作，但过去很长一段时间彼此都是竞争对手。秀吉借此机会，将家康调至远离京都的箱根对面。但无论如何，从表面上看家康都得到了秀吉非比寻常的厚待。相比之下，织田信雄就比较凄惨，被流放至下野那须②不说，仅得到两万石封赏。大家纷纷传言说，秀吉本欲将家康的旧地赐封给信雄，可信雄拒绝封赏，要求继续保有他一直占据的尾势③二州，于是惹怒了秀吉，才得到如此下场，也不知传言是真是假。总之对秀吉来说，这个已故主公信长之子一向忤逆，终于能借此机会将他驱逐到远方。

受此次信雄放逐事件影响最大的要数小督的夫君——大野城主佐治与九郎。失去了主公的人，城池自然也要被没收。听说佐治与九郎在城池被攻下的同时自尽于城内，也有人说他没死，只是逃出城去下落不明而已。

关于佐治与九郎的传言在九月末传入茶茶耳中，茶茶不敢告诉小督。小督已经在淀城中等了一年，如无必要她坚决不走出自己的房间。

---

①参河：三河，今爱知县东部。
②那须：今枥木县大田原市为中心的区域。
③尾势：指尾张和伊势。

听说佐治传言后，又过了大约一个月，茶茶有事拜访小督，进屋一看，小督和侍女都不在房中，可能到院中去了。茶茶一只脚已经踏进屋内，不经意地看到床间的置物柜上放着可疑的物品，看着有些像牌位，走近一看，果然是牌位。三个牌位上分别写着逝者的名字，一个写着"佐治与九郎一成"，另两个分别写着"小喜"和"阿缝"。

茶茶立即离开房间。小督不知从何处得到了消息，她已经在心里认定丈夫和两个女儿已经不在人世了。茶茶备感心痛，虽然自己并没有直接参与将小督从夫家抢夺过来的计划，可为了有朝一日鹤松能够有所依靠，她确信佐治与九郎不堪当此重任，所以并没有为小督争取过。

那之后，茶茶每每面对小督，都绝口不提有关佐治家的一切。也是从那时起，茶茶反而觉得小督变得平静淡然了。

转过年来，到了天正十九年，茶茶在淀城中与鹤松一起庆贺新年。前来为鹤松贺岁的贺使争先恐后地涌来，茶茶每天都疲于各种应酬。

五日，秀吉来看望鹤松，和茶茶聊了一刻左右，又回去了。秀吉不断重复"好忙，最近好忙"的话，茶茶略带嘲讽地问道：

"您在忙什么呢？小田原城已经攻下，是为东北合战之事忙碌吗？"

秀吉说道：

"东北那边有氏乡在，没什么好担心的。在今年秋天之前，东北应该不会生事。"

小田原之战刚结束，蒲生氏乡得到会津九十二万石的封赏，并被委以平定东北的重任。年仅三十五岁的氏乡，从伊势松坂城三十二万石的领主一下跃升至九十二万石的大领主，可以说是罕见的出人头地。虽说如此，可在新的土地上尽职，需要处理各种棘手之事，氏乡自是苦不堪言。伊达政宗时常针锋相对，而在住不惯的雪国打仗，部下又常常被冻伤。

"东北那边没什么可担心的，那您在忙什么呢？"

茶茶说完，秀吉言道：

"如今茶茶应该明白我在忙什么吧。每天都是作战会、作战会的。"

刚进入正月，几乎每天都有作战会议召开，可无论怎样也不会让秀吉忙到连睡觉的时间都没有。

秀吉再次来到淀城，是松之内①期间刚刚过去的时候。至此，秀吉口中所说的作战会终于有了眉头，他开始命沿岸诸国大量建造战舰。坊间巷尾纷纷在猜测这些战舰的

---

①松之内：日本新年的习俗，从元月一日至十五日在房间装饰松枝贺岁。此处具体指正月十五日以后。

用途，四处都在传言说秀吉要攻打朝鲜，或者攻打南方之国。

秀吉并没有向茶茶解释建造战舰的目的，但可以确信的是他此次的目标在海外。然而，茶茶并不因此谅解秀吉，因为他来淀城的次数实在太少了。

"就我一人在淀城太寂寞了。我想搬到聚乐第的天守去，您允许吗？"

秀吉诧异地看着茶茶问道：

"能拥有这样一座城池的只有弃君的母亲一人。你还有什么不满足的？"

"不是不满足，这里没有天守嘛。我想这辈子总要在天守中住一住。最近读的一本书上说，天守不是女人住的地方。越是不让女人住，我越想住进去看看。"

茶茶撒娇道。听她这么说，秀吉只得笑道：

"好吧，好吧，那我让摩阿搬出来吧。"

秀吉说完便付诸行动，两三日后的十九日，加贺局从那座院中遍植白色荻花的天守中搬出来，迁至前田利家在城里修筑的宅邸中。

二月初，大病初愈的鹤松再次发起高烧，数日不退。秀吉也急匆匆地赶到淀城，大概是因为颇为担心，所以难得地在淀城停留了三日。他一面命人前往京都附近的神社佛院焚香祝祷，一面向奈良的春日神社捐赠二百石布施。鹤松虽然退了烧，但依然咳嗽不止。

三月初，京极高次突然前来看望生病的鹤松，并造访了茶茶。高次早在小田原合战开始前的天正十八年二月，就从大沟搬迁至八幡山，成为二万八千石的领主。当时，茶茶曾给阿初寄去一封简单的贺信，也很快收到了阿初的回信。在信中，阿初单纯地为夫君高次感到高兴，并请茶茶继续在关白大人面前多加美言，信中的措辞是阿初一贯的口吻。想起当年那个一听到秀吉的名字，便如同见到鬼一般胆怯畏惧的女孩，简直像做梦一样。

高次今年已经二十八岁，和数年前相比已经判若两人，曾经渗入骨血的那种桀骜不驯的气质早就消失得无影无踪。如今，无论是他的面部表情还是行为举止，都透出贵族的武将常有的冷漠沉着的气质。

茶茶很久没有和高次这样面对面坐着了。她曾在安土城时曾想将身体许给眼前这个人，她简直不敢相信自己所为。

"特意远道而来探望鹤松，十分感谢。阿初也平安无恙，可喜可贺。"

说完这些场面上的话，茶茶便再无话可说。高次说完探病的话后，也不知道该

久，高次似乎终于想到了一个话题，他说道：

"不知发生了什么，千宗易大人的事实在突然。"

"利休大人怎么了？"

"听说被殿下赐死了……"

"什么？"

茶茶闻言目瞪口呆。听高次解释，半个月前利休从聚乐中的不审庵①中被赶出来，蛰居②于堺的某处，就在两三前的二月二十八日切腹自尽。茶茶在小田原的阵营中曾与利休有过几面之缘，那是个心高气傲，既不像僧人又不像武士，性格孤绝的人物。茶茶虽然不是很喜欢他，可从利休被死这件事中，她发现秀吉性格中隐藏着让人胆战心惊的另一面。想到之前秀吉如此器重利休，这结果实在让人无法相。从利休搬出不审庵起，世间便对利休触怒秀吉的罪责多议论。

此事乃是茶茶成为秀吉侧室以来听过的最不喜欢的事，得无论如何都不应该杀死自己那般信任之人。

今春到夏天，茶茶一步都不曾踏出淀城的城门，她愉

审庵："不审"的名号来自于"不审花开今日春"的禅语，意思是超越大自然的伟大所带来的莫名感动。不审庵是利休的茶室，由表千继承。

中世到近世（特别是江户时代）对武士或者公家的一种刑罚，即

快地与鹤松生活在一起。其间，北政所曾派使者前来，邀请茶茶去聚乐第赏樱花，她以身体不适为由一口回绝了。

六月，茶茶邀请久未谋面的京极局来到淀城做客，与她愉快地长谈一番。看着京极局温婉谦卑的面容，茶茶的心情忽然激动起来。想起去年从小田原回京途中曾对京极局说过，要让秀吉成为仅供她二人分享的私物。当时京极局曾面露难色，这次，茶茶有意再度试探，她说道：

"让加贺局从聚乐第搬到前田家是我的主意。"

一听茶茶此言，京极局再度面露难色，似乎随时都要哭出来似的。

"你还想让谁搬出聚乐第？"

"啊……这种事……"

京极局似乎害怕得想堵住耳朵。

"想让谁搬出来？"

"那个……"

京极局凝视着茶茶的眼睛，摇了摇头。意思是让茶茶别再说这种可怕的话。

"三条局怎样？"

"不，别这样……"

"宰相局①呢？"

---

①宰相局：女官的名称之一。

话已至此，京极局知道再也无力制止茶茶，她忽然抬起脸来正襟危坐，用低沉平静的声音说道：

"那么让北政所大人搬出去吧。"

这次换作茶茶大惊失色，她诧异地盯着京极局的脸，像是被一向温顺的京极局突然捅了一刀一般猝不及防。

"以后请不要再说这样的话了，我会永远站在茶茶夫人这边的。"

直到京极局离开淀城，茶茶才意识到，京极局刚才这番话正是自己一直想说的话，只是借她之口说出来罢了。

鹤松的病情本已大好，可到了八月，病势却突然严重起来，茶茶几乎衣不解带地每日守候在鹤松的病床前。京都一带有名气没名气的医生全部被召至淀城。秀吉还命人在各国的神社寺院为鹤松祈福，并许愿一旦病愈立即捐赠布施。除了在高野山和兴福寺祝祷外，秀吉还特意派人前往因供奉地藏菩萨而得名的近江木之本净信寺，为鹤松焚香祈福。

然而，这些祈祷并没有灵验，八月五日，已满三岁的鹤松不幸夭折。茶茶痛不欲生，几近疯狂，秀吉亦是万念俱灰。鹤松去的当日，秀吉人在京都的东福寺，得知儿子的死讯后，他将自己关在房内整整一天，第二日走出来时，已经削发服丧。家康和辉元为表悲痛之情，也跟随秀吉一起削发，其他武将们也纷纷效仿，为鹤松削发哀悼。

七日，秀吉前往清水寺，将自己关在寺里的一间屋内。九日又前往有马①进行温泉疗愈，还是任何人都不见，自己独处屋内。

鹤松的葬礼在妙心寺举行。之所以选择妙心寺，是因为鹤松的养育人石川丰前守光重曾皈依妙心寺，拜在南化玄兴和尚门下。

鹤松的葬礼结束后，茶茶整日魂不守舍地在淀城中，唯一的期待便是秀吉的到来。可即使秀吉来了，她还是无法得到安慰。

十月中旬，秀吉来到淀城与茶茶共度一夜。鹤松去后，两人还是头一次如此悠闲地享受二人世界。当晚，城中召开赏月夜宴，城内所有下人全部陪侍在侧，连粗使下人、杂役都能在走廊边饮酒。印在淀川中的月亮倒影，衬托得宴会清冷凄凉。秀吉和茶茶都下意识地避开有关鹤松的一切话题，秀吉讲述了去年小田原合战后，自己在东北及东海道沿线的所见所闻。他提起在武州岩槻见到的荻花之美，夸赞曾留宿几日的兴津②的清见寺，还对田子之浦③的美景赞不绝口。

---

①有马：有马温泉是日本关西地区最古老的温泉，在公元8世纪，由佛教僧人建造的疗养设施。位于兵库县神户市北区有马町。
②兴津：静冈县静冈市清水区的地名。
③田子之浦：骏河湾西岸的名称。

聊着聊着话题转到小督身上，秀吉脱口便说：

"嫁给谁好呢？"

"对方最好也是小督心仪之人。"茶茶道。

"好，秀胜不错，把她立即嫁到秀胜那里去吧。"

又接着言道："这个月好还是下个月好？"言辞甚是恳切。

当初之所以将小督和夫家分开，主要是为鹤松的将来打算。如今鹤松既已夭折，此事也就毫无意义。强留小督在此，不过是让她一直不幸下去而已。似乎是出于对小督的怜悯，秀吉开始考虑她再嫁之事。

秀吉特意邀请乱舞①的演员梅松前来一舞，为赏月宴助兴。从前鹤松看到这段乱舞时曾十分开心，再次表演多少有些悼亡鹤松的意思。茶茶怀着与秀吉同样的心情观看了梅松的舞姿，她与秀吉从没有如此心意相通过。对茶茶来说，秀吉再也不是自己的仇敌，也不是自由支配自己身体的大权在握者，更不是挑起自己妒忌心的好色武士。她与秀吉共同失去了曾经视若珍宝的爱子，如今是同病相怜，唇齿相依的一对老夫少妻。

秀吉不仅急着办理小督之事，对另一件事也十分上心。当晚夜宴结束后，茶茶第一次听秀吉提起，说他想收秀次为

---

①乱舞：猿乐法师表演的舞蹈。近世后，指在能乐演出中间夹杂的舞蹈。

养子，将自己的关白之位以及聚乐第让给秀次。茶茶完全理解秀吉此举的用心，这是在五十五岁的年纪失去亲生骨肉之人的唯一选择。

茶茶询问了关于坊间流传的建造军舰之事，秀吉没有半刻犹豫，三言两语地回答道：

"已经定下了。最近将出兵朝鲜。"

看到这个上了年纪的掌权者为了填补内心的空洞，无论是国家大事还是身边小事都亲力亲为，恨不能马上付诸行动，茶茶觉得他既可悲又可怜。

茶茶懂事地顺从秀吉所说的一切。她觉得自己完全理解秀吉的苦衷。

她仅说了一句："如此甚好。"

在淀城的赏月宴会上，秀吉曾说过让关白之位于秀次的话，数日后便兑现了。

秀次是秀吉之姐日秀与三好武藏守一路所生之子，是与秀吉血缘最近的晚辈，且跟随秀吉在外征战多年。秀次在小田原一役中攻下山中城，在奥羽时也是战功赫赫，领地除了近江之外，小田原合战后又新得了织田信雄的旧领地尾张、北伊势，如今他已是拥有百万石封赏的大人物了。

秀吉于十一月过继秀次为养子，十二月四日自己进位内大臣①，逐步为让位关白一事做铺垫。在天正十九年快要结束的十二月二十八日，秀吉终于正式将关白之位让于秀次，对外宣布自己的称呼改为太阁殿下。

在让位的同时，秀吉偷偷告诉茶茶将小督许给秀胜的决定。此事在第二年，即文禄元年②一开年便正式公布。秀胜是秀次之弟，这一年刚满二十四岁，他于天正十三年成为秀吉的养子，被赐封丹波龟山，任命为左近卫少将，世称丹波少将。其后又领越前五万石，小田原合战后再得甲斐信浓中部之地，人本在古府中居住，因其生母日秀的要求，搬到离日秀所居之地较近的岐阜。不过，秀胜是个独眼龙。

在秀胜与小督缔结婚姻一事公布前，茶茶首当其冲地负责向小督传达此事。此事本是秀吉的命令，根本无从抵抗，但茶茶希望给小督留一些心理准备的时间。

过了正月七日，前来祝贺新年的使者们渐渐减少，茶茶拜访了小督的居所。小督恭敬地迎接茶茶进门。

"尊驾突然到访，不知有何贵干？"

小督平静地问道。如今，她变得安静从容，像是换了一个人，对待茶茶的态度更是前所未有的客气和见外。

---

①内大臣：太政官编制之外的大臣，权限与左右大臣一样。当左右大臣都不能出朝时，代行总裁太政官的政务和典礼。德川家康叙任该职时，被称为"江户内府殿"，织田信雄、丰臣秀赖也曾叙任该职。

②文禄元年：1593年。

"不为别的，关于与丹波少将的婚事，想问问你的想法。"

"婚事？是我的婚事吗？"

小督面不改色地抬脸问道。

"是的。是太阁殿下的决定。"

茶茶这段时间对小督说话也十分客气。小督听后眉头都没有皱一下，只低声说了句：

"遵命。"

说完便微微颔首不语。看小督的表情，完全是失去了自我的样子，让去哪里就去哪里，一切服从命令。她先是被迫与丈夫佐治与九郎分离，又与丈夫以及二人所生的两个孩子生离死别。茶茶想，经历过这些的女人也只能有这样的表情吧。

二月初，小督乘上轿辇，向岐阜进发。数日前，岐阜派来二十人前来迎娶小督，负责上轿前的准备工作。这年小督二十二岁。

茶茶将小督送到淀城的城门口。当年小督嫁给佐治与九郎，离开安土城，正好是六年前的天正十四年十月，那天的情形茶茶竟记得非常清楚。当日，倒映在湖面上的灰冷天空，以及穿着纯白色纶子小袖的十六岁少女上轿前清冷的身影，都还历历在目。茶茶还清晰地回想起当时涌上心头的那种骨肉分离的惨痛心境。

今天也和六年前一样,是个寒冷的日子。同样灰暗的天空笼罩在山崎的平原上。平日里,小督几乎没有主动和茶茶说过话。可在上轿前,她还是主动走到茶茶身边道谢:

"感谢您长期以来的照顾。"

茶茶想要安慰她,于是说道:

"岐阜离你小时候住过的清洲很近,比起其他地方那里还是好些。"

谁知小督却淡淡地说:

"我想我可能和美浓啊尾张这些地方没什么特别的缘分。在尾张我的遭遇凄惨,也不知美浓又有什么等着我。"

话已至此,茶茶也不知该说些什么好。细想之下,今后小督在岐阜城眺望到的天空,和她之前在大野看到的没什么两样,这对她来说肯定是很残忍的事。可茶茶之前竟丝毫没有察觉,她现在才为自己的疏忽大意感到愈发羞愧难当。

秀吉告诉茶茶的事情还有一件没有办,那就是发兵攻打朝鲜之事。小督嫁去岐阜城后不久,这件事也得到了兑现。

正月五日,秀吉向诸将下达了出征动员令,可一月二月整整两个月过去,却没有任何动静。坊间都在议论攻打朝鲜的传言,世人们在半信半疑的猜测中,迎来了二月,又送走了二月。这时，不只世人猜测，连那些收到动员令的武将们也都将信将疑起来。

三月十三日，秀吉调动麾下所有兵力，发出进军朝鲜的指令，同时决定将大本营安置在肥前名护屋①，并宣称自己将亲自前往大本营督军。

和小田原之战时一样，此次还是由茶茶和京极局陪同秀吉。出发日期本来定在三月一日，但秀吉突发眼疾，不得不将日期推延至三月二十六日。当日，大军出发的阵仗同样让世人瞠目结舌，丝毫不亚于出兵小田原时的景象。

本次行军本应从大阪出发，但为了让京都的贵胄们也能观看到大军阵容，秀吉决定改由京都出发。当日，秀吉先身着朝服进宫参拜，上午十时，数千人的先头军从皇宫门前经过，所配的武器防具全都华美至极，让人耳目一新。另外，还特意在四足门②和唐门③之间搭建了不同的看台，供后阳成天皇以及正亲町上皇④登台参阅秀吉大军的军容。

秀吉的装束还是那么花哨惹眼。只见他身披织锦战袍，腰佩大刀、身跨金甲披身的战马，走在三万大军的最前面。

---

①肥前名护屋：今位于佐贺县唐津市的城池，由丰臣秀吉所建。
②四足门：日本式建筑，门柱前后各有两根柱子，故名四足。
③唐门：日式门类建筑之一，最早出现于平安时代后期。
④正亲町上皇：(1517—1593)，后奈良天皇第二皇子，母亲是万里小路贤房之女万里小路荣子。名叫方仁，于1533年封为亲王。

在秀吉的前后,有一支修道者装扮的队伍、几十匹挂着金甲批着锦襕的马队及手握镶金刀和镶金盾的队伍。关白秀次一直将秀吉恭送至向明神的祠堂前,沿途挤满了从各地赶来看热闹的人。

军队日行六里,在安艺①的广岛修养一日后再连日赶路,经过整整一个月的时间,于四月二十五日抵达肥前名护屋。

茶茶和京极局在几十个武士的保护下,于秀吉出发的两日后从大阪启程。沿途都能见到来来往往的军队,场面十分混乱。

肥前的生活让茶茶感到莫大的满足,她每天都能随侍在秀吉左右。托此次出征朝鲜的福,她终于得以独占秀吉。虽然除了茶茶以外还有京极局跟来,可京极局一向对自己谦卑,刻意不让秀吉到自己的寝殿留宿。她知道茶茶对秀吉的独占欲很强,所以警惕着不要刺激茶茶。

偶尔,当茶茶感到秀吉对自己态度遮遮掩掩,就猜想他必是去找过京极局,不过即便如此,她也不会因为强烈的妒忌而乱了心神。

从朝鲜半岛不断有捷报传来,每有捷报,阵营中必会召

---

①安艺:今广岛县西部。

开庆功宴。今天是庆祝黑田长政拿下昌原①的酒宴，明天是加藤清正横渡龙宫丰津②的庆祝酒宴。五月二日，小西、宗带领的军队成功渡过汉江，进入京城。

与此同时，名护屋的众多武将不断被派往半岛。六月，石田三成、增田长盛、大谷吉继为执行行政军令也渡海过去了。

到了七月，秀吉收到大政所③染疾的来报，于七月二十一日离开名护屋，赶回去探病。茶茶虽然不希望秀吉再回大阪，可既然大政所生病了，她也没有阻止的道理。就在秀吉出发的同一天，大政所永远闭上了眼睛，享年八十岁。

秀吉二十九日抵达大阪，立即奔向京都，在大德寺为大政所举行了葬礼。

待秀吉再次返回名护屋，已经是十月末了。其间，茶茶一想到秀吉留宿在京都或大阪就妒火中烧。秀吉在的时候，她很少与京极局见面，秀吉一走，茶茶立即派人邀请京极局来做伴。看来只要秀吉在，她也不是很喜欢京极局的存在。虽然她并不像憎恨其他侧室那样憎恨京极局，可每次听说秀吉去京极局处，终归有些意难平。奇怪的是，一旦秀吉不

---

①昌原：大韩民国庆尚南道的道厅所在地。

②龙宫丰津：朝鲜半岛上的河流，流入韩国第一长河洛东江。

③大政所：天皇赐予摄政、关白母亲的尊称。一般情况下特指太阁丰臣秀吉的生母。

在，她立即对京极局产生亲厚的感情，马上意识到京极局是与自己站在同一战线上反对其他侧室的伙伴。

秀吉一回到肥前，茶茶便发现自己身体有些异样，当得知自己怀孕的那一刻，茶茶眼中大放异彩。她本以为自己再也无法为这个年老的当权者孕育孩子，谁知幸福再次眷顾了她。

秀吉比茶茶还要欣喜若狂。他听到茶茶有孕时的表情，简直比听到朝鲜飞来捷报时还要夸张。自从失去鹤松，除了战争之事，再也没有任何事可以让秀吉有所牵绊，如今，这个年老的当权者干瘪的内心再次被注入了喜悦和期待。

文禄元年十二月，茶茶听一个侍女说身在聚乐第的加贺局摩阿为秀吉送来了过年的衣物。这是再寻常不过的事，原本无可厚非，可茶茶一听便对摩阿来气。她向秀吉确认此事，秀吉装作不知道，想要搪塞过去，可是被茶茶缠得实在没办法，只得交出摩阿送给自己的衣物，茶茶命三个侍女将衣物拿到院中烧掉才肯作罢。自从怀上孩子，茶茶变得敏感多疑，秀吉也无可奈何，对这个腹中孕育着自己继承人的女子，他只能小心谨慎地捧在手心。

茶茶还命侍女监视秀吉与京都大阪的侧室之间的来往书信。虽然她自己都有些不齿这样的行径，却始终无法控制自己。一天，一个侍女拿到了秀吉打算寄给加贺局的书信草稿。上面有几句话有被反复修改过的痕迹，一句写着"劳你挂心，每每早日寄来冬衣，吾心甚喜"，还有一句写着"新年衣物已收到，愿吾与汝此情久长"。从此稿可见这位上了年纪的当权者字斟句酌地想要讨女人欢心的心情，他操纵女人心的手腕和伎俩让茶茶觉得既可笑又可气。

秀吉一面牵挂着海对面那座半岛上正在展开的如火如荼的战事，一面为讨好从属于自己的数位女子操碎了心。茶茶十分讨厌他这种狡猾的性格，却没办法抑制住对他的感情。

当着秀吉的面，茶茶没敢提起那封书信草稿。按照秀吉一贯的风格，倘若得知此事，他一定会用尽一切手段找出那个拿了自己手稿的人，加以严惩。

转过年来，到了文禄二年的正月末，茶茶的身子日渐沉重，只得离开名护屋，回到淀城养胎。对旅途中的大小事宜秀吉反复细心地叮嘱，甚至让茶茶觉得有些可笑。从九州到大阪的这一路上，茶茶的轿辇像是一个装着奇珍异宝的箱子一样被谨慎地抬起放下。本来只花一个月时间的路程，用了整整两倍的时间。

茶茶于三月中旬住进了淀城。淀川已然春江水暖，城外的平原上冬色褪尽，春草萌生。虽然与秀吉分隔两地，但体内日渐长大的孩子填补了她的内心，将她从因秀吉而起的嫉妒心中解放出来。她估计在名护屋的秀吉绝对不可能只满足于京极局一人的陪伴。即使他不敢明目张胆地叫加贺局或三条局过去，但肯定会从京都大阪调去连茶茶都不认识的某位侧室，不过茶茶没有再追究。体内生命的不断成长，将她从一度深陷而苦不堪言的泥潭中解救了出来。

从春天到夏天，秀吉不断有书信寄来。内容全部与尚未出生的幼主有关。信的开头总是和鹤松在世时一样称呼茶茶为"孩子他娘"，署名一直是"太阁"，信中几乎没有提过半岛那边的战况，估计他在写信的时候，脑子里完全没有想过半岛之战，当然也没有想过茶茶。

文禄二年的夏季酷热难耐。茶茶每夜都无法安寝，于是命人往寝殿中搬来巨大的冰块，终于能睡得安稳些。

八月一日，茶茶做了一个梦。她梦到一座城池，在赤红色的火焰中熊熊燃烧，她一动不动地盯着那座被火舌吞噬的城池，待察觉时，火已经烧到自己身边，长长短短的火舌在周围乱舞，可茶茶却没有丝毫胆怯。她很想知道，这吞噬城池和自己的烈火，究竟在烧着哪座城池。那城看上去即像小谷城，又像北之庄。

待她清醒时，已是大汗淋漓，腹部开始阵痛。

她强忍着一次又一次袭来的阵痛，也不知过了多久，似乎与那痛苦战斗了几天几夜。在此期间，近畿所有的寺庙和神社都在昼夜不停地做着祈祷安产的法事。

三日早晨，茶茶诞下一个男孩。从她梦到火焰到分娩，总共用了一天一夜。驻守大阪的武将和公卿们纷纷派来贺使敬献贺礼，北政所也立即吩咐人送来明石的鲷鱼以及产衣。

北政所再次派人来传达秀吉写给她的书信内容。秀吉在信中说道，一度丢失的孩子再次被松浦赞岐守拾回，所以为婴儿取名为"小拾"。松浦赞岐守是被指派来负责茶茶生产时一切事宜的武士。从此，孩子名为"小拾"，之前叫做"小弃"的鹤松早年夭折，秀吉刻意反其道而行，为孩子命名为"拾"。

八月二十五日，已经五十七岁的秀吉离开名护屋，赶着去见自己的孩儿。他指派寺泽正成负责行营的管理，毛利民部大辅负责军事，自己一门心思赶回淀城去见麟儿"小拾"。

秀吉一到淀城就围着小拾转，他告诉茶茶，这回想让小拾在大阪城成长，待茶茶坐完月子，立即让茶茶和小拾搬进大阪城。

秀吉说："带小拾去大阪吧。不过，太阁还没有自己的宅邸，我即刻命人选址，修筑新城。"

茶茶只当秀吉在开玩笑，可秀吉对此事非常认真。

京极局此次也随秀吉回来了。她搬出了一直居住的聚乐第，住进大阪城的西之丸。估计是秀吉知道京极局和茶茶一向交好，特意安排她二人同住在大阪城中。

十月，从名护屋传来一则意外的消息，是关于小督丈夫秀胜的死讯。去年，也就是文禄元年的六月，秀胜与细川忠兴一起作为第九阵营的将领抵达朝鲜，却在唐岛①染疾，于今年九月病逝他乡。

茶茶为小督的际遇黯然伤神，之前听说她与秀胜甚为投契，夫妻恩爱有加，茶茶还为经历过那么多不幸的妹妹高兴了一场。如今秀胜一死，小督再次成为寡妇。

当初小督嫁给秀胜时曾说过，恐怕今后还有不幸降临自己头上，谁成想竟被她言中，如今，小督再次遭遇不幸。茶茶立即派人前去小督处慰问，希望能对这个生来就命运多舛的妹妹有所安慰。

十一月初，茶茶带着小拾移居大阪城，住进二之丸。秀吉没有马上返回名护屋，而是四处物色新的居城，似乎在秀吉心中，当下的筑城之事远比半岛的战事重要。如此性急的秀吉前所未见，茶茶猜想这可能是他看上去老了一大截的原因。在肥前名护屋生活了一年半的时间，回来以后，秀吉看上去垂垂老矣，再不似从前。也许是小拾出生一事，让秀吉折损了不少阳寿的原因。

文禄三年正月，秀吉选定伏见之地，公布了筑城计划。

---

①唐岛：这里指今韩国巨济岛。

伏见位于宇治川沿岸，到大阪颇为便利，又地处京都郊外，风光靡丽自不必说，亦是战略要地。

筑城工事于正月动工。秀吉每天都往返于京都和伏见两地，亲自监督工事进程。他过不了三日必定会到大阪看望小拾，实在身在远处去不了，也会寄书信给茶茶。信中除了反复交代要好好照顾小拾之外，别无它话。秀吉的信总是以"小拾是否康健"或"小拾是否活泼好动"这样的句子开始，有时还会在信中写些类似"不日我将回城，要亲亲小拾。我不在的时候，别让其他人亲他"的话。曾经对茶茶表达过的质朴的情话，如今全用在这个两岁的爱子身上。

伏见城于三月竣工，同时，淀城被拆毁。原定伏见城一修好，茶茶就带着小拾立即搬入城中。新城的景致甚美，秀吉希望小拾第一个住进新城。

可是，小拾具体搬进伏见城的时间很难确定。原计划在樱花盛开的四月搬迁，可秀吉却突然改了主意。他想到当年鹤松就是在两岁多时夭折的，小拾如今还没有到那个岁数，此时搬家有些不吉利，因此决定让小拾在大阪城中再生活一年。

茶茶也随之住进大阪，一心一意地抚养当权者的继承人，除了盼着他平安健康，其他事情一概不想。小拾出生前后这段日子也是秀吉一生中最为忙碌的时候。伏见城还没有修好，他就先搬进去住着，整日奔波往返于伏见、京都、大阪三地，同时还要指挥远在大海那边的远征军，茶茶几乎没有和秀吉单独相处的时间。秀吉每到大阪，都是直奔小拾而来，对他的健康状况等事情叮嘱再三后就立即离开，奔赴下一个目的地，那里还有种类繁多的事务等待他处理。

秀吉虽然很少有时间与茶茶谈话，但还是和从前一样，无论身在伏见城还是大阪城，都会寄来书信，信中内容全是关于小拾的。要么问候小拾的近况，要么是千叮咛万嘱咐地让茶茶好好养育小拾。信中，秀吉还反复交代要给小拾充分授乳。打开任何一封信，一定会有类似"要好好给小拾喂奶""要全力以赴，让小拾吃好奶""乳汁是否充足"等关于哺乳的嘱咐。秀吉似乎深信，只要有充足的奶水，他的爱子就一定能安然无恙地健康成长。对于茶茶，他几乎不闻不问，偶尔提到茶茶，也全都是关于她乳汁情况的询问，"乳汁是否充足？你一定要好好吃饭"，"你的乳汁倘若不够，我儿就长不胖了"，尽写些这样的话。对秀吉来说，茶茶如今只是小拾的母亲，一个为小拾提供母乳的人而已。

尽管如此，茶茶也深感满足。秀吉的担心纯属多余，茶茶如今身体健康，双乳更是丰盈饱满，茶茶在给小拾授乳时发现自己的身体一胖再胖。当年生完鹤松之后，茶茶可以说是瘦骨嶙峋。如今，她全身的细胞似乎都被重新置换了一遍，整个人都丰满起来，皮肤愈发白皙水嫩，稍微一动都能感觉到被皮肤包裹着的脂肪的重量。每次给小拾喂奶，茶茶都需要用双手从下面托住乳房。眼见着自己体内酝酿出的营养不断被移送到怀中这个小小的生命体内，她不禁深深陶醉在这喜悦之中，她也同样没有将孩子的父亲放在心上。如今，无论对于她，还是对于吃着自己的奶长大的小拾来说，秀吉的存在可有可无，和他们没有太深的关系。而迄今为止她所遭遇的种种不幸，似乎都变成为生下小拾而必须经历的铺垫。

因此，即便秀吉如今完全不在乎自己，一心只想着小拾，茶茶也丝毫不介意。同样的，那个年老的当权者对于茶茶来说也是一样，他不过是个供养自己和小拾的忠仆而已。

另一方面，派到朝鲜半岛的远征军遭到朝鲜援军大明军队的抵抗，我方时胜时败，两军都陷入了疲惫不堪的胶着状态。当初怀着小拾时，茶茶就听说两军已进行过第一次和谈，当时临近盛夏。如今，占领了京城的小西行长接受了敌军和谈，撤离京城，其他诸将也纷纷从各自的战线上退到南面，分别驻扎在釜山、熊川等地。没过多久，就听说了小西行长带着明使回到名护屋的消息。

待到九月中旬，茶茶已经生下小拾，尚在产褥期，双方和谈休战的局势更加明朗起来。秀吉在伏见城召见大明使臣，发现对方呈上的外交文书中出言甚是不逊，便遣回使臣，再次下达出征令。

这些事都是在发生很久后茶茶才知道。秀吉每次只与茶茶讨论小拾授乳这些琐事，而茶茶周围的人似乎都被秀吉警告，不许提起关于外征之事。只有小督夫君秀胜之死，秀吉心知不能瞒着茶茶，才轻描淡写地告知于她。

文禄三年暮春之后，秀吉渐渐有了闲暇。虽然再次下达了出征的军令，但眼下已无力再举大军发兵朝鲜半岛，只得往后推延。茶茶听说秀吉在京都迷上了能乐，又听说他在各处举办茶会。她并不因此而恼火，比起每日操心战争，茶茶更希望秀吉像现在这样放松享乐。

樱花季刚过，茶茶从侍女口中得知一事。听说北政所受到秀吉的邀请，现在人在伏见城中。之前北政所一直和茶茶一样住在大阪城，说也奇怪，自从与北政所同居一城，茶茶对她反倒平心静气下来。秀吉每次来大阪一定会来看望小拾，这样一来茶茶就能掌握他的动向。而秀吉多少有些顾忌着北政所和茶茶，总是以公务繁忙为由，很少在大阪城留宿，通常都会赶回京都或伏见，即使偶尔留宿在大阪，也是在茶茶和北政所处各留宿一天。茶茶即便得知秀吉去北政所的寝宫过夜，也不似从前那样妒忌。秀吉如今已经年迈，他一来自己房中便会抱起小拾，盯着自己爱子的小脸百看不厌，也不知过了多久，响亮的鼾声响起，秀吉已经睡得如同死人一般了。这样一个老人的身体，已经没什么值得茶茶再为之妒忌了。

可是，秀吉之前明明说过伏见城是为自己和小拾而建的，如今她和小拾都还没有去过，北政所倒抢在他们前面被传唤入城，这实在让茶茶心有不甘，气不打一处来。伏见城总共花费了二十五万劳工之力修建而成，建城的石材取自醍醐、山科、比叡、云母坂，木材是特意从木曾谷和高野山搬运过来的，石墙都是两三层厚，还在宇治川河岸上堆砌出二十余丈高的假山，茶茶没有亲见，实在无法想象它的宏伟，还听说它的规模及周边的风景都是淀城所无法匹敌的。茶茶和小拾都还没有去参观过，北政所倒先被召至城中住着，这让茶茶怎么能不生气。

秀吉一到大阪城，茶茶便隐晦地责问秀吉。

"小拾说他再也不想去伏见城了。"茶茶说道。

"小拾为什么又说这种让人摸不着头脑的话？"

秀吉一面将婴儿的小脸贴向自己的脸，一面问道。

"小拾说他不喜欢在那座城中看到除了茶茶以外的女子。"

"哦，是这样啊。"

秀吉似乎对此等小事不屑一顾似的说道：

"要是小拾不喜欢,就不让任何人再进城参观了。"

"有谁已经去参观过了吗?"

面对茶茶的质问,秀吉没有直接回答,只说:

"我让她立即回去。"

说这话时,北政所已经返回大阪了。既然还说让她回去的话,就说明去过伏见城的不只北政所一人,这实在出乎茶茶的意料。她知道秀吉身边总会跟着一两个她不认识的无名无姓的侧室,她万万没有想到,除了北政所,在茶茶知道的有名有姓的侧室中还有其他人被邀请到了伏见城。

"到底是谁?"

"摩阿正在城中。"

秀吉不带一丝歉意地说道。一听到摩阿的名字,茶茶立即怒火中烧。不但邀请北政所,还邀请了与北政所素来交好的加贺局,这简直让她忍无可忍。

茶茶不愿意过于失态,觉得反而会玷污自己,所以她对北政所之事没有再发一言。可之后很长一段时间,她的心里都仍是愤愤不平。

此事过去后约莫十天,茶茶命人前往京极局处传话。一来她二人许久未见,想要见一面,二来她也想对唯一和自己站在一条战线上的京极局一吐此次不快之事。

谁知使者回来说,京极局眼疾发作,前去有马温泉疗愈，人不在住处。茶茶觉得此事有些可疑，她之前从没听说过京极局患有眼疾之事，即便真有此事，按照京极局一向本分守礼的性格，在出发去有马疗养之前，也应该会派人来告知自己，她怀疑京极局也被召唤到伏见城中了。想到这里，她突然意识到连京极局如今都与自己疏远至此。

又过了十日，京极局得知在自己外出期间茶茶曾派人来过，便亲自上门拜见茶茶。她并没有说谎，的确是患了眼疾，前往有马温泉疗养了一段日子。

在过去的一两年里，茶茶体态渐丰，京极局也是同样，她身上还有一种没有怀过孩子的女人所拥有的青春之美。茶茶盯着对方放在膝盖上的形态娇美的玉手，那指尖还微微泛着红晕，十分美丽动人，嫉妒之心在茶茶心里油然而生。

"太阁殿下什么时候去的有马？"

茶茶表情狰狞地问道。一听此话，京极局立即认真地摇头否认，茶茶却不信她。京极局去有马之事之所以瞒着自己，要么是因为有秀吉同行，要么就是秀吉在她去了以后赶去的。

"为什么要瞒着我？"

茶茶不知不觉居高临下起来。

"没有的事，的确是我独自一人去温泉疗养的。"

京极局说道，可茶茶听后却不高兴地继续沉默着。

"我和母亲一起去的。如果您怀疑我,可以去问太阁殿下。"

"这种事怎么问得出口?"

茶茶不假思索地脱口而出,又说:

"你曾经说过愿意为我做任何事情的对吧?"

"是的。"

京极局垂着头回答,脸色惨白。

"你在有马的这段时间,如果太阁大人不曾前往,那一定有派使者去过吧?"

"是的。"

"那使者带去的信件可否容我一观?"

听闻茶茶此话,京极局吃惊地抬起头。

"若是不想给我看也无妨,我本来就不相信你是只身前往有马的。"

"不是的。"

京极局再次拼命地摇头否认道。

"那么请把书信拿给我看。"

茶茶心里也清楚自己的态度有多么恶劣。

关于那封信,京极局也没有说给也没有说不给,只在茶茶处略坐了坐便告辞返回她在西之丸的寝殿了。第二日,京极局再次造访茶茶,同时还将一封书信呈现在茶茶面前。

是秀吉写给她的信，茶茶立即打开阅读起来。信结尾处的日期是四月二十二日，落款写着"呈与西之丸夫人，太阁"。

信的开头写道："近来不得一日空闲，冷落你许久。你的眼疾是否好转？在温泉好好疗养。此间，有任何事情都可以吩咐前田主水……"

读到这里，已经可以证明京极局没有对茶茶撒谎，诚如她所言，她是为治疗眼疾一人前往有马温泉疗养的。

茶茶面不改色地继续读下面的内容："听说温泉对治疗眼疾有疗效，所以派前田主水陪同前往。二十七八日有马的建造工程也完工了，你好好享受温泉吧。除了你母亲，尽量不要带其他人随行。太阁的本意是陪你一起，而不是让西之丸夫人独身前往温泉之地。但此行主要目的是治疗眼疾，就请暂且忍耐吧。按摩和针灸可能也有疗效，但温泉是最好的疗法，泡完温泉后可再施以按摩治疗。"

到此，茶茶通读了信的内容。这封信和秀吉写给茶茶的一样，内容都是关怀备至、巨细靡遗，深深抓住女子的心理。他的字像是在写咒语一般，字迹硕大潦草。茶茶将信从头到尾又读了一遍，读完后，对一动不动地俯身跪在自己面前的京极局说道：

"请原谅我在这等无聊之事上怀疑你，回来后你的眼睛情况如何?"

京极局抬起脸来,看上去松了一口气。信中虽然没有淫色的词语,也没有明显表达爱意的话,但京极局肯定是在茶茶的逼迫下,不得已才拿出信来给茶茶看的,如今看到茶茶并没有因此事而迁怒于自己才终于放心下来。

可是,茶茶虽然没有在语言和表情中显露出来,但心里却有了别的想法。她明白了,那个年老的当权者所爱的不仅仅是自己。他同时爱着茶茶和京极局,对她们分别有不同的爱的方式。从他写给京极局的信和茶茶的信中,能看到同样无处隐藏的真情实意,估计他对北政所、加贺局、三条局亦是如此。秀吉一边在眼前浮现出这些女子的面容,一边执笔,用流畅的语言表达出他对这些女子同样情真意切、缠绵悱恻的感情。

送走了京极局,茶茶突然觉得浑身无力,似乎什么都看开了一般,一个人在寝殿前的庭院中踱步。

茶茶突然想起蒲生氏乡和京极高次,自从成为秀吉的侧室,她一度无法理解自己当初为何会为氏乡和高次动心,渐渐忘记了这两个人。如今,时隔多年,她再次想起这两个曾经吸引过自己的年轻武将。

秀吉对自己的爱是毋庸置疑的,可他不单单爱着茶茶一人的事实也显而易见。茶茶也没什么吃亏的,因为她对秀吉恐怕也谈不上真爱。要说爱情，她对氏乡或高次倒是有过的。

可不管她如何看待此事，对于让自己生下鹤松和小拾的年老的当权者的执念，还是无从排遣。虽然那不是爱情，可也是与爱情的炙热和痛苦不相上下的感情。

茶茶走在初夏的余晖中，她已经很多年没有这样思考过了。当初她刚成为秀吉侧室时，曾经想在寝殿中了结秀吉的性命，而六年后的今天，茶茶再次被这种想法缠住。但这想法稍纵即逝，取而代之的是让茶茶吃惊的完全相反的念想。现在，别说要了秀吉的命，她反倒希望秀吉能够长命百岁。茶茶想到了小拾，她突然想回自己的寝殿了。

一想到小拾，茶茶明显感到自己空虚内心的各个角落被一点点地填满。她从没有发现，自己对爱子的感情是如此的强烈。一想到小拾，她觉得自己和秀吉的性命都不算什么，她再也不盼着年老的当权者死去，反而希望他能活着，活到生命中所剩的最后一滴血都用在小拾身上。

一回到寝殿，茶茶便命人将小拾抱到自己身边。夕阳的余晖洒进屋内，光线落在眼前这个万事不知的熟睡中的婴儿脸上，显得有些苍白。

茶茶一直凝视着这个继承了浅井家和织田家血脉的婴儿的容颜，直到侍女拿着烛台走进房中。

第七章

茶茶读了秀吉写给京极局的信，这件事对她来说非同小可。

茶茶还命一名叫阿服的侍女去调查秀吉，看看他是如何对待北政所及其他众多侧室的。经过探访得知，在伏见城落成后，秀吉曾两次传召北政所入城，还带北政所去过两次聚乐第，参加关白秀次主办的宴会。今年春天，加贺局摩阿陪伴秀吉前往吉野赏花，还被传唤至伏见城中三次，最后一次在城中留宿了七日。蒲生氏乡之妹三条局也曾陪伴秀吉去醍醐赏花，还多次随行出入过一位大名在京都的宅邸。至于宴请秀吉和三条局的大名是谁，阿服也无从知晓。

京极局除了之前只身前往有马温泉疗养过一次，其他时间从不迈出大阪城一步。而秀吉也似乎顾忌着同住一城的北政所和茶茶，刻意不接近京极局，但一直有传言说秀吉打算让京极局搬到他在伏见城修筑的松之丸居住。还有信长的第五个女儿，她很早就成为秀吉侧室，却因容貌平庸性格胆怯，一直没有什么存在感，秀吉在伏见城中的三之丸也为她修筑了寝殿。另外，对包括出身低微的宰相局在内的众多侧室，秀吉都按照与其位分相符的方式加以善待，有专门陪他观赏能乐的侧室，也有固定陪他出席茶会的侧室。

夏末，北政所离开大阪城，前往京都为大政所扫墓。在此期间，秀吉罕见地在茶茶的寝殿留宿了三夜。茶茶很早以前就一直盼着能与秀吉单独长谈一次，她心里有话要对秀吉说，这些话在平时仓促相见时说不出口。这些话不是一个侧室对掌权者说的，只有以小拾的母亲对父亲的身份，她才能推心置腹地深谈。从年初至今，茶茶每天晚上都在思考这件事，一直等待着与秀吉详谈的机会。

傍晚，茶茶在靠近走廊的一边为秀吉铺好坐席，又命侍女端来美酒佳肴，随后遣散周边的所有侍从。之所以在走廊边设位，一来是因为地方凉快，二来是方便她察觉是否有人在宽广的庭院中偷听。

"茶茶有一个请求。一直想找机会和您说，但迟迟没有机会。"茶茶开门见山地说道。

"茶茶的请求？说来听听。"

秀吉表情复杂，一脸防备。茶茶估计其他侧室有求于秀吉时，他也是这副表情。

"不是让您带我去吉野，不是去观赏能乐，也不是去参加茶会，更不是去有马的温泉疗养。"

茶茶慢慢悠悠地说道。秀吉微微张开嘴，表情充满戏谑之意，默默地等着下文。

"我可以说吗？"茶茶低声试探着问道。

秀吉不再看向庭院，转回脸来看着茶茶低声问道：

"究竟是何事？"

"幼主夭折的那年，我曾经和殿下一起在淀城中赏月。"

"嗯。"

"那是殿下和茶茶最痛苦难挨的时光。为了排遣苦楚，殿下考虑了很多问题。您和我说了小督再嫁之事，还告诉我朝鲜之战的事。"

茶茶说到这里，秀吉突然打断她道："茶茶！"声音有些严厉。

"你是想说秀次的事吧？"

"是的。"

茶茶说完抬起脸，毫不避讳地与秀吉对视。二人犀利的眼神交汇的一刹那就立即分开了。鹤松死后，秀吉选择秀次作为自己的继承人，将关白之位让于他。他的这个决定就是在茶茶刚才提到的三年前淀城赏月之时做出的。

"我觉得幼主有些可怜。"

茶茶刚要往下说，秀吉便说道：

"我早就在想这个问题了……要不这样吧……"

说这话的秀吉,不再是太阁殿下,也不再是天下的当权者,而是一位年老的父亲。

"幸好秀次有女儿,我们趁早让他把女儿嫁给小拾。"

秀吉的想法大概是要让自己的亲生骨肉小拾迎娶关白秀次之女,然后找机会让秀次再将关白之位让于小拾。可是为两岁的婴儿迎娶妻室,实在是件不可思议的事。茶茶的想法更加简单明了,那就是直接逼秀次退位,正式指定小拾为秀吉的继承人。以秀吉如今的力量,这不是办不到的事,可这样的话茶茶自己无法说出口。

"介绍人就拜托前田利家夫妇。"秀吉又说。

茶茶只管沉默不语。她不确定将来是否真能如秀吉所愿,让丰臣家继承人之位顺利转到小拾手中。

二人各自沉默了一阵,秀吉似乎也意识到自己刚才所说为小拾安排婚事之事有些牵强,他改口道:

"或者把国家分成五份,四份给秀次,一份给小拾?"

这个办法兴许立即就能办成。可茶茶想,这样事情岂不是更糟了。她再次沉默良久,回过神来时,才发现秀吉也闷声不响地坐了很久,还时不时地从嘴里发出"嗯,嗯"的咕哝声。可能他脑海里又在思索着新的办法。

秀吉再次看向茶茶,他的脸看上去有些狰狞,茶茶暗自吃了一惊。

"现在担心有些为时过早吧。"

秀吉低声说道。

就这样,这个话题便再也无下文。

又过了三个月,到了十二月中旬,茶茶和小拾从大阪城搬到伏见城。京极局也同时搬进新城,住在松之丸内。从前在大阪时京极局住在西之丸,因此被称为西之丸夫人,如今也改了称呼,被唤做松之丸夫人。

这是茶茶第一次来伏见城,从城中眺望到的风景美得超乎想象。南面有宇治川流过,北临京都郊野,从城中望去,可以看到重重叠叠的民居屋顶。伏见城建成以后,商人们聚集在北边一带,那里的商铺鳞次栉比,繁华昌盛。城东面有木津川流过,远处是松林覆盖的群山。西面可以望见八幡、山崎。远处的淀川似一条青色玉带蜿蜒地铺展在平原上。

伏见城是茶茶住过的城池中最宏伟壮观的。由本丸、西之丸、松之丸构成的建筑群巍峨耸立,诸位大名的宅邸也全部建在城内。

茶茶的寝殿设在本丸,正因为这座城是特意为小拾而建,所以茶茶感到心满意足。自从她带着小拾住进伏见城,秀吉便大阪伏见两头跑,居所不定。如今的情势,倒像是大阪城是北政所之城,伏见城是抚养着小拾的茶茶之城。

就这样迎来了文禄四年，小拾满三岁。秀吉今年在大阪城中过年，所以茶茶以小拾的名义写了一封庆贺新年的书信，还选了修指甲的小刀作为礼物，命近侍一并带给秀吉。

二日傍晚收到秀吉的回信。信中写道：

"见信安好，吾心甚喜。收到如此精致的修甲小刀，满心欢喜。不日前去探望致谢，并带去礼物。谨贺新年。"

结尾又写着："给小拾殿下，太阁于大阪。"

又追加一句："心中甚念，不日见面，与你耳鬓厮磨。"

这最后一句，既像是对小拾说的，又像是对茶茶说的。可一想到其他侧室们也给秀吉送了贺礼，而收到贺礼的秀吉也同样给她们回了信，茶茶便气不打一处来。

一月末到二月初，秀吉一直住在伏见城。只要一有闲暇，他就会来茶茶寝殿看望小拾，每次都会特别留意侍奉小拾的侍女们的行为。倘若小拾身上衣衫略有单薄，秀吉便会苛责近侍之人。若发现小拾不太舒服，便立即派人调查是否有照顾不周之处。只要涉及到小拾，秀吉就成了一个爱找麻烦且难以对付的老人。

在留宿伏见城的这段日子里，秀吉不断接到关于关白秀次的汇报，有政务也有私事，茶茶都看在眼里。

每接到汇报，秀吉都被气得容色大变，双手颤抖，目光狠狠地瞪着京都方向，似乎秀次是自己的仇敌一般。他站起身时，这个衰老的当权者朽木一般老去的身体仿佛随时都会被折断，令人担心地微微颤抖着。

关于秀次的汇报内容形形色色。文禄二年正月五日，正亲町上皇驾崩，在所有人都清修斋戒期间，一月十六日，秀次晚饭吃了仙鹤。而守灵期还未过，秀次便去近郊游玩。六月八日奏乐行乐，七月十八日在聚乐第观看相扑表演。更有甚者，于九月十一日，在斋戒之地比叡山行猎。

除此之外，秀次还从诸位大名处收敛财宝古董，侧室的数量更是多得吓人。

茶茶每天都通过贴身侍者打探秀吉收到报告的内容。她必须了解事情的进展，虽然她无从想象这些事实会导致怎样的结果，但和秀吉一样，她对秀次的憎恶也与日俱增。这种对秀次不知从何而起亦不知如何排遣的憎恨，让茶茶自己也有些茫然失措。

然而，在秀吉面前，茶茶绝口不提秀次的事，秀吉也不对茶茶说起任何关于秀次的事，可能他也意识到自己对秀次的愤怒有些变了味。

三月二日，为祝贺小拾平安搬至伏见城，朝廷派来敕使，赐给小拾佩剑与马匹。早在二月末，为了迎接敕使来城，伏见城上下忙作一团。茶茶当日恰好偶感风寒卧病在床，不能亲自迎接，也不能亲眼看到小拾风光荣耀的场面。

茶茶端坐在屋内地板上独自陶醉，想到自己怀胎十月生下的孩子，如今刚满三岁便被荣耀之光笼罩。她畅想着小拾成为丰臣家继承人，成为号令天下的大人物的那一天，那将是更大的荣耀。为此她愿意做任何事，她觉得自己便是为这个目的而生，也是为此而继续活下去。她先后从小谷城和北之庄的大火中逃生出来，活到今日的意义就是要将小拾抚养到出人头地的那一天。在微寒的房间里坐着，茶茶突然下定了决心，脸上泛着蜡烛一般苍白的光芒。

一进入六月，关白秀次的周围便笼罩着可怕的阴影。秀吉任命石田治部少辅①等五人为使者，前去调查秀次是否对太阁有反意。这个消息不胫而走，传遍城池的每个角落，城外的坊间巷里也议论纷纷。

虽然当面一问秀吉便知谣言真假，但茶茶见到秀吉时从不提此事，秀吉也一样对茶茶缄口不言。不知从何时起，二人之间达到这样一种默契，互相都在极力避免谈及秀次。

听说传言后十日左右，茶茶从石田治部少辅处得知了事情的真相。这个三十五六岁的武将眉目清秀、沉默寡言，在来到城中拜见茶茶和小拾时，漫不经心地讲出了自己作为使者前往聚乐第的事实。一路同行的除他以外，还有四位使

---

①石田治部少辅：石田三成，治部少辅是官职名。治部省（执掌外事、户籍、仪礼的部门）的次官副职（正职是大辅）。

者：增田右卫门①、富田左近②、长束大藏③和德善院④。

七月八日一早,秀吉突然派使者前往聚乐第,传唤秀次到伏见城中相见。这件事立刻传进了茶茶的耳朵。她虽然没办法推测出秀吉下一步的行动,但有一点可以肯定,那就是秀吉和秀次的关系不断恶化,已经到了无法挽回的地步。

那是个酷热无风的日子,茶茶觉得城内到处都笼罩着一种异样而可怕的氛围,只有树上的蝉,像是含着某种执念一般聒噪地鸣叫着。茶茶听说,关白秀次于中午时分来到伏见城,却未进城,直接来到木下大膳亮的居所。又听说他即刻被剃去头发,在百余人的陪同下被送往高野山。

翌日,秀吉离开伏见城前往京都,看上去抑郁而沉默,不像是茶茶认识的那个秀吉。秀次事件让京都上下一片哗然,秀吉刚到京都,便直接前往失去主人的聚乐第,商量此事的善后之法。他任命前田利家为小拾的监护人,前往伏见城赴任。同时,以增田右卫门、石田治部少辅的名义,向诸位大名传达递交誓约书的旨意,要求各大名在誓约书中保证对小

---

①增田右卫门:增田长盛,右卫门是官职名。左右卫门尉是保卫京都官署的下级军官。
②富田左近:富田一白,又名知信、信广、长家。左近是左近将监的简称,官职名,隶属近卫府,属于令外官,相当于中国的"羽林军",负责护卫、警备等工作。
③长束大藏:长束正家。
④德善院:前田玄以的别名。

拾的忠诚。他规定第一条誓约内容为："忠心侍奉小拾殿下，绝不存二心。为殿下赴汤蹈火在所不辞"，第二条内容为"无论大小事宜，都严格遵守太阁殿下制定的法度法规"。

第二天，茶茶也听说了誓约书一事。过了两日，又听说秀次已被赐死，在高野山的青严寺中自尽。他的死距他被秀吉传唤到伏见城不过七日光景。

两三天以后，秀吉来到茶茶寝殿，仅喝了几杯茶就离开了，其间，秀吉仅说了一句：

"秀次娶了三十多个姬妾。"

茶茶一时反应不过来秀吉此话的意图，思索了半刻，才意识到秀吉可能是在询问自己的意见。她也仅回答了一句：

"要让她们对幼主没有丝毫记恨。"

秀吉听后瞪大眼珠看着茶茶，他可能觉得茶茶现在的想法太过残忍。可比起适才茶茶所说，秀吉迄今为止做过的事情更加残酷无情。

八月二日，秀次的三十多名姬妾被绑到三条河原，统统斩首示众。当日赶到刑场观看行刑的人数众多，看到那些无辜的女人孩子哭喊着奔赴黄泉的残忍场面，旁观众人不断有人晕倒，也不断有人跳出来咒骂行刑之人。

当夜，京都各个路口的墙上都出现了一段造反的标语，也不知是何人所为。内容如下："天下乃天下人之天下，今日之暴行实非为政之道，此乃逆天行径。"并另附小诗一首："世间因果循环，报应不爽，诸恶诸善，皆有后果。"

文禄四年对茶茶来说是个忐忑不安的多事之年。一直到八月，秀次自尽，其姬妾众人皆被处决，这前半年的时间简直是噩梦连连。

茶茶曾因关白秀次成为丰臣家继承人一事耿耿于怀，甚至记恨过他，但她只盼着他让位于爱子小拾即可，从没想过要将他逼到如此悲惨的境地。可事情发展至此，不仅秀次，连他的三十多个姬妾都被处以斩刑，想想都觉得血腥残酷。

在噩梦不断的文禄四年的前半年间，还发生了一件撼动茶茶的大事，那就是被封赏会津九十二万石的蒲生氏乡之死。今年二月七日，身在京都的氏乡突然胃肠出血，不治而亡。他曾在文禄元年离开任地会津，参加攻打朝鲜的战役，在名护屋运筹帷幄。听说他当年就已发病，并于次年回到任地。文禄三年春，为了养病氏乡再次上京，不想到了秋季，病情愈加严重，终于在过年后不久，在刚满四十岁的年纪便英年早逝了。

氏乡离世的噩耗立即传入茶茶耳中，可恰逢朝廷派来敕使祝贺小拾乔迁伏见城之喜，城内为迎接敕使的到来，接连数日忙得不可开交。

茶茶一听说氏乡的死讯，首先是无论如何都不敢相信，其次也并无闲暇来感受悲伤。直到八月秀次事件终于落下帷幕，氏乡之死的悲痛才重新涌上茶茶心头。挡在小拾未来之路上的障碍物被一扫而尽，茶茶终于能长舒一口气，可氏乡之死，又让她感到无法挽回的悲哀。

回想起来，茶茶能够走到今天，多半是因为每每遇到人生重要节点时她都询问并遵从了氏乡的意见。当初她听从氏乡的劝告成为秀吉的侧室，才有了今日的地位和小拾的存在，可以说氏乡是她的恩人。无论对茶茶还是对小拾来说，氏乡都有着无可替代的地位。与京极高次不同，氏乡总是和茶茶保持着一定距离。正因为他如此年轻便有卓越的丰功伟绩，所以有些拒人于千里之外的刻板，茶茶一度认为这是他的不足之处。从不让自己犯错误，这正是氏乡的厉害之处。如今秀吉麾下能与前田利家和德川家康比肩的唯有氏乡一人，氏乡之死无疑是又一颗将星的陨落。

尽管茶茶没有为氏乡之死流过一滴泪，但此后的很长一段时间里，一旦遇到点什么事，茶茶便觉得失去了无可替代的支柱，不免在心中慨叹一番。氏乡之死不只让她伤感，更给她带来了一种失落感，而且，这种失落感在她今后的人生中都从未消失。

八月末，秀吉在伏见城中逗留了五日，秀次事件之后，他终于放心下来，面色恢复了往日的平静。然而，他从不提及秀次，茶茶也对此事缄口不言，这是二人共同讨厌的话题。

在此期间，秀吉与茶茶商量要将小督嫁给家康嫡子秀忠。算起来，小督先嫁给佐治与九郎，又再嫁秀胜，这已经是她的第三次婚姻了。

"秀忠大人贵庚？"茶茶问。

"嗯，几岁了呀？小督可能大他几岁，不过没关系吧。"秀吉说。

时年，小督二十三岁，而她将要嫁的夫君家康之嫡子刚满十七岁。

茶茶没有理由反对小督和秀忠的婚姻。一直以来，家康都是秀吉的竞争者，虽然目前暂居其麾下，但地位一直比较特殊，与其说是部下不如说是客卿。把自己的妹妹嫁给他的嫡子肯定是笔划算的买卖，这恐怕也是秀吉的想法。

秀吉在这类事情上一向谨慎。对小拾来说，小督是与他血脉相连的小姨。这个小姨必须发挥她最大的价值。

小拾还有一位小姨，就是嫁给京极高次的阿初。

茶茶和秀吉的话题从小督转到阿初身上。

"把高次从八幡山调到大津①吧。"秀吉说道。

茶茶也希望高次能更出息一些，拥有比现在的八幡山二万八千石更为广阔的领地。如今氏乡已经不在人世，过去的

---

①大津：今神奈川县横须贺市。

旧相识只剩京极高次一人。虽然他和茶茶的关系非常复杂，但无论发生什么，他都一定会站在小拾这边，这一点毋庸置疑。

家康很快就收到关于小督和秀忠缔结良缘的提议。他既已发誓效忠秀吉，那么无论秀吉提出何种要求，他都没有拒绝的理由。

自从秀胜死后，小督一直住在伏见城中。在茶茶和秀吉商量好这桩婚事以后，过了十天左右，茶茶告知了小督本人。听说此事后，小督抬起脸，那是一张对一切喜怒哀乐都失去了反应能力的容颜。她面无表情地说道：

"让我去哪儿我就去哪儿吧。我的心早在五年前就随着我的孩子们一起死了。"

这话的意思很明显，随着她第一个丈夫佐治与九郎的死以及佐治家的绝灭，她的一生也跟着毁了。茶茶尽量避免再刺激到妹妹的情感，只好说了句："你能答应我太高兴了。"

小督回道："我前两次婚姻都是遵从了茶茶夫人的命令，有什么答应不答应的呢。这次也和之前一样遵命便是。"

说得好像自己的生杀大权全握在茶茶手中一样。

不过她还是有些介意地询问了秀忠的年纪。当听说对方只有十七岁时，小督破天荒地大笑起来，茶茶已经很多年没有见过小督笑了。

"我要嫁的人一个比一个年轻啊，第三次要嫁给十七岁的人，那第四个夫君岂不是刚出生的孩童了。"

听小督这样自嘲，茶茶有些尴尬，不知如何应对。

"不过，我的夫君个个都逃不开惨死的命运。"

小督又补充了一句，似乎深信这就是自己的宿命。

如今的小督和幼年时简直判若两人。在三姐妹幼年时期，小督最不出众，她下颌宽大相貌平平，性格爽朗而不拘小节，可如今的她完全变了。先后经历过两次人生巨大的不幸之后，她的面孔冷若冰霜，虽然眉目生得不算齐整，但忧郁的气质为她平添了一种美丽。随着相貌的改变，性格自然也与从前大不相同，那份大大咧咧的豪爽劲儿消失得无影无踪，取而代之的是异常的冷静与犀利，似乎任何事她都能置身事外。

第三次出嫁的二十三岁新娘与十七岁少年的婚礼在伏见城内举行。秀忠虽然年纪小，但体格高大，少年老成，完全是一个成熟的青年武将。两人喝交杯酒时，在场所有人都没觉得这二人有不般配的地方。在年轻丈夫的面前，小督依然如少女般稚嫩。婚礼结束后的第二天，小督动身前往德川的任地，茶茶再次送她到城门口上轿。这是第三次为小督送嫁了，第一次在安土城，第二次在淀城，而这次在伏见城。

小督上轿前，面向茶茶微微颔首道：

"死在北之庄的母亲大人才嫁过两次，我都第三次了。"

"当年母亲如果能再嫁一次，说不定能得到幸福呢。"

茶茶说得自己都信以为真了。

小督出嫁后没几日，京极高次就从八幡山被调至大津，领地六万石。茶茶给高次和阿初送去贺礼的同时，二人也给茶茶寄来一封郑重的感谢信。从信中得知阿初又怀孕了，只是不知是第几胎。

这一年的十一月，秀吉在赶往京都朝觐时染上风寒，回到伏见城便卧床不起，其间高热不退，食物全部无法下咽。

茶茶衣不解带地服侍在病床前，才两三天的光景，就眼见着这个五十九岁的霸主瘦得不成人形。看着那张双颊瘦削、眼窝深陷的面孔，茶茶甚至以为秀吉会这样一病不起。

秀吉卧床期间，茶茶被突如其来的不安折磨着，她担心万一秀吉有个三长两短，自己和小拾该如何是好。一旦秀吉逝去，没有任何证据可以支持小拾成为丰臣家的正式继承人。

茶茶衷心希望秀吉能够活下去，并且决定一旦秀吉痊愈，立即让他向天下宣布，指定小拾作为丰臣家继承人，并在年幼的小拾周边部署强有力的后盾。

茶茶安排人在祇园、北野、爱宕、贺茂、松尾、清水、八幡、春日等各大神社为秀吉祈祷。而大阪城的北政所则奏请宫中，特请青莲院的尊朝法亲王在清凉殿做了十七日不动法事，像是要与茶茶一较高下似的。

若是搁在平日，同样为秀吉祈求病愈，北政所奏请宫中的行为一定会引起她的反感，可这次她完全不生气，甭管是谁，只要能为秀吉的痊愈出一份力就行。

秀吉大约卧床二十多日，终于在十二月初从床上坐起来了。他每天都让人将三岁的小拾带到自己床前，但每当他想抱小拾时，茶茶都会以医生不允许为由制止他。她可不能让秀吉碰一下小拾，万一把病传染给小拾可就万事皆休了。

小拾每次都被带到靠近走廊的位置，不再靠近秀吉。看着秀吉眼巴巴望着牙牙学语的孩子时那副可怜相，怎么都不像天下霸主，只是一个垂死的老人而已。如此置身事外地观察秀吉还是头一次，茶茶突然意识到，原来秀吉把对自己的爱全部转移给小拾的同时，茶茶也将所有对秀吉的爱都倾注在小拾身上。

有一天，茶茶下定决心对秀吉说：

"殿下您能痊愈固然是好，可万一有个意外，小拾可怎么办呢？"

秀吉看到自己让茶茶如此担心，立即像个罪人一般羞愧不已地说道：

"别说了，快别说了。"又说，"到了正月，再让他们立一次誓约书吧。"

"不是已经提交过一次誓约书了吗?"茶茶问。

"这样的事情做多少遍都不算多。"

"只有这个办法了吗?"

"除此以外没什么办法了吧。毕竟才三岁啊。"秀吉说道。

等小拾满四岁时,倒是可以通过授以官位的方式来明确他成为丰臣家继承人的地位。可即便如此,也不可能是什么掌握实权的官职。

茶茶虽有不满,但小拾如今只有三岁,做什么都无济于事。秀吉又略想了想,突然说道:

"对啊!带小拾去宫里觐见天皇吧。"

秀吉似乎对自己这个想法很满意,又信心十足地说了一遍:

"对!让小拾去觐见吧。"

茶茶一时不明白秀吉的用意,但只要对小拾有一点好处,她都不会反对。

这年过去,到了庆长元年正月二十三日,秀吉再次命诸位大名宣誓效忠自己和小拾,又命包括奉行①石田三成、增田长盛、前田玄以、浅野长政、长束正家在内的各家臣立下誓约书。誓约书里的内容与去年七月所立之书大同而小异,

---

①奉行:五奉行是安土桃山时代丰臣政权时期制定的职务,是负责政权运作的工作。成员为石田三成、浅野长政、前田玄以、长束正家和增田长盛。

归根到底就为说一件事：无论将来事态如何发展，对小拾的忠诚至死不渝。

紧接着公布了小拾入朝觐见的消息。入朝的日期定在五月，从公布之日起还有三个月的准备时间。小拾的入朝受封本身就具有其一定的意义，但更重要的是秀吉希望将小拾所拥有的无形的权势以某种有形的形式体现出来，所以入朝的仪式必须办得隆重奢华。

到了五月，久病初愈的秀吉为了入朝事宜搬进了京都的宅邸，各国武将们也前前后后地陆续聚集到京都，出席此次盛会。

入朝当日，小拾的仪仗队一大早就从伏见城向京都进发。从伏见城到小拾将要留宿的京都城内前田玄以的宅邸，之间隔了八十八条街道，这些街道两侧全都挤满了看热闹的人。一路上的警戒也十分严密，每隔十间便有一个骑马武士站岗，道路两旁围上了帷幔遮挡。

在五月的微风吹拂下，仪仗队在人群中缓慢穿行，打头的人抬着三百个长箱，分为两列行进，其后跟着拿长刀、枪、铁炮的队伍。侍从们都穿着猩猩红的羽织①，背上背着

---

①羽织：日本服装的一种。作为防寒、礼服等目的，穿着在长着、小袖的上面。虽然从室町时代后期就开始使用，但是到近代才开始被普遍穿着。

日本刀。其后是车队，由披着唐织①的猎狗用红色绳子牵拉。后面是五十个十五岁以下少年的队伍，其后跟着许多轿辇，其中最显眼的轿辇里坐着被乳母抱着的小拾，其后是女眷们的辇。诸位大名未满十岁的孩子们，各自穿戴整齐地跟在轿辇后面，孩子旁边都有土佐犬②相随。队尾由家康和利家的家臣们守护。

这天，家康和利家一直护送小拾的队列到了东福寺。家康身着青染的胴服③，下面套着赤里的袴，利家一身黑缎的胴服和袴，两人都骑在马上。

从五条之桥到十八町之间，小拾从轿中出来，在众多女眷的簇拥下，一路上由乳母抱着前行。看热闹的人都炸开了锅，纷纷想一睹小拾的风采。

秀吉自己骑着马，在五十骑随从的护卫下，前往三条迎接小拾的仪仗队，待会合之后一道前往前田玄以的宅邸。

翌日十三日，秀吉陪小拾一同入朝觐见，今日的队伍比

---

①唐织：一种奢侈的布样，花纹用彩色丝线混合金银丝线织就，从中国传入日本的。

②土佐犬：土佐犬原产地日本，起源于19世纪。它最先发现于日本的土佐地区，是一种能猎杀野猪的中型大小的犬种。

③胴服：男子和服的外衣，据考证为羽织的原形。主要在室町时代到江户时代，穿在小袖的外面。

昨天更加豪华气派。

小拾入朝所乘之车辇甚为豪华,以梨子地①的莳绘装饰,可同时容纳数人。太阁和小拾同乘,车里除了照顾小拾的乳母之外,还有女官及前田利家陪乘,家康等人追随在车后。上至家康下至中纳言②的随从们全部乘坐涂轿,轿子后面是骑马的兵团,马上的骑兵们都身披袍衣,头戴乌帽子,身着素袄,队列美丽壮观得炫目。

太阁入朝觐见完毕后,立即献上了小拾的贡品,分别是宝剑两支、银子千枚、沉香、平织绢布若干、白鸟二十只。同时还向皇子、妃嫔以及女官们分别呈上礼品,宫中官员从摄家③到最底端的杂役都被赠予银两。

作为回礼,朝廷赐予小拾天子饮宴用的酒杯,并赐从五位以上的官品。

隔天后的十五日,太阁再次入宫谢恩。十五日与十七日,宫中都举行了能乐演出,太阁亲自表演了胁能④。就这样,小拾入宫觐见之礼顺利完成。十七日,秀吉在宫中观赏

---

①梨子地:斑洒金。莳绘的一种技巧。在漆地撒上金银粉末(梨子地粉),再罩透明漆并研磨平,透出梨子地粉的漆器。

②中纳言:太政官次官。属于令外官,地位次于大纳言。相当位阶为从三位。职掌与大纳言相同,参与政务机密策划。

③摄家:公家之中最高位的家格。是可以经由大纳言·右大臣·左大臣等职位的晋升最后成为摄政·关白等高位的家格。

④胁能:能乐乐曲之一。

能乐直至傍晚，演出一结束他便陪伴小拾回到伏见城。二十五日，朝廷又派敕使来到伏见城中。原来此前秀吉一病，本来应该在正月举行的贺岁仪式一直拖至现在才举行。当日，诸位大名、家臣与作为敕使的公卿一行人同坐，向秀吉表示祝贺。德川家康、前田利家、上杉景胜、小早川隆景等人都坐在上首的位置。

茶茶坐在秀吉旁边共同接受祝贺，她看了看下面坐着的人，突然意识到唯有蒲生氏乡不在其间，顿时觉得失落。可即使氏乡还活着，他的任地远在千里之外，也不太可能赶来出席。当年小田原一役结束后，在大阪城和淀城中多次举行过类似的祝酒宴，氏乡一次也没有参加。如若他的任地在近畿，那他现在也应该和家康、利家一样坐在上首的位置。哪怕是一次，茶茶也希望能看到那样的场面，也不知道年轻的氏乡坐在一堆老年人当中是个什么样的场景。

这样想着，茶茶突然觉得胸闷难耐，随时都有呕吐的冲动。她不方便就此离席，只得用一只手撑在地板上，身体略微靠向右边，闭目歇息。可一闭上眼睛，她的膝盖就不由自主地抖动起来，只能拼死忍住突然袭上心口的痛楚。

强忍了一会儿，那阵瞬间袭来的痛苦终于消退，茶茶平静下来，重新抬头坐正。她冷静地思考着，或许小田原之战结束后，氏乡根本没有生病，而是被流放到了偏远的地方。

他年少有为，沉着勇猛，必然会遭到许多人的忌惮。现在想来，他突然死亡一事也有诸多疑点。那么到底是谁忌惮氏乡呢？可能是家康，也可能是利家，也可能是其他任何一位武将。茶茶的眼光依次扫过坐在广间中的各个武将，最后停在坐在她身旁的秀吉苍老的脸庞上，胸闷难耐的痛苦再次袭来，茶茶再次闭上眼睛，在脑海中盘算起来。秀吉未必不忌惮氏乡，正因为他最爱重也最了解氏乡，所以他才应该最忌惮氏乡吧。

然而，随着宴会的结束，茶茶的疑惑也烟消云散了，她甚至诧异自己为何会有如此怀疑。

对于这个曾与茶茶交情不浅的年轻优秀的武将之死，在茶茶其后的一生中，每隔几年她都会再次产生怀疑。而每当这种怀疑出现在她脑海中，她便会胸闷气短、感到眩晕。因为在那一瞬间，她完全相信自己的怀疑十足地可信。可那如中邪一般的瞬间过去后，她又会对自己的这种怀疑感到诧异，觉得都是些脱离现实的瞎猜。

新年贺宴举行完毕后，整理各方面送来的贺礼的工作颇费了一番功夫。帽子、绢布、帷帐等各种杂货填满了伏见城大大小小的房间。乳母抱着小拾，和茶茶一起跟在秀吉后面，一件件地清点着礼物。

初夏时分，小拾被带到大阪城生活。与小拾分开让茶茶备感难过，可为了小拾她只能忍耐，因为小拾早晚都要成为大阪城的城主，所以茶茶只得听从秀吉之言，同意让小拾搬进大阪城。

十二月十七日，小拾更名秀赖。宫中也派来敕使，赏赐了宝剑一支与银子五十枚。亲王、摄家以及诸位大名纷纷赶到大阪城庆贺，并献上贺礼。茶茶也来到大阪城，和久未见面的小拾一起观赏了城内舞台上上演的"静之舞"①。

就这样，小拾作为丰臣家继承人的地位逐渐得到巩固。之前被赐予从五位以上的官位，如今又更名秀赖，诸位大名对这个年仅四岁的丰臣家继承人也是忠心耿耿。当下，除了对秀赖与北政所一起在大阪城生活，不能留在自己身边一事感到遗憾，茶茶已经没什么不满足了。

等秀吉再来伏见城时，茶茶对秀赖继续留在大阪城一事提出反对意见。自从秀赖住进大阪城，曾病过两三次，都是发烧卧床。茶茶觉得大阪的风水和秀赖的体质不合，主张在京都重新选地，为秀赖建造一座专属的宅邸。只要是关于秀

---

①静之舞：现在仍然是镰仓祭上三大节目之一。静之舞在"舞殿"上表演，舞剧再现了美丽的舞蹈名家静御前怀着对武将源义经的爱慕之情在敌人面前起舞的场景。在日本，静是广为人知的悲剧女主人公，因为她曾经是义经的恋人，被强行分开后，不幸落入敌军武将源赖朝的手中。不仅如此，静还在舞蹈中处处流露对义经的思念，结果惹恼了敌人，不仅自己被幽禁，孩子也惨遭杀戮。

赖的事秀吉无不应允,他立即赞同茶茶之言。

"为秀赖建一座宅邸呀。秀赖明年就满五岁,该行元服①之礼了。秀赖能有一座属于自己的小城也不赖。眼下这些城池都是又大又脏的。"

说这话时,秀吉似乎觉得这世上没有一座城池能配得上自己的爱子。

这个提议很快在第二年的庆长二年兑现。为秀赖建造新城的计划一经公布,京都各处便喧嚣热闹起来。

在毗邻皇宫的一块地上进行了选址和丈量。东面包括从三条坊门到四条坊门的四个街区,西面包括从东洞院向东的四个街区,地域十分辽阔。本来住在那片土地附近的居民都被命令搬迁出去,从六月开始整地工程。关东的诸位大名负责此次秀赖的新居建造工程,他们日夜兼程地赶工,到了九月初,工事已经完成了近九成。

秀吉得知新城马上要竣工,就迫不及待地让秀赖先从大阪搬到京都。九月七日,秀赖搬离大阪城,先暂时住进伏见城,在城中,茶茶和儿子久违地团聚了数日。

二十一日,秀吉巡视了竣工后的新城,经过卜卦,将入城的日期定在二十六日。当日,他陪着秀赖一起住进了新

---

①元服:男子成人仪式,冠礼。元服仪式上会改幼名为正式的名字,改变发型,戴上乌帽子。

宅。公卿和诸位大名纷纷赶来祝贺幼主乔迁之喜。而刚住进去的第二天，也就是二十七日，秀赖便在秀吉的陪伴下入宫觐见，举行元服之礼。官阶进至从四位下，同时被任命左近卫少将①。

茶茶在伏见城的一间屋子里听说了秀赖元服的消息。庭院中早已秋意盎然，茶茶坐在面对中庭的一间屋子的走廊边，觉得自己就是为了这一日而生的。她想起了很久都没有再想起过的母亲阿市夫人，也不知为什么泪水突然决堤，顺着脸庞哗哗地流下来。她想到那个继承了浅井家血脉的孩童如今位居高官，得到了可以自由出入宫中的至高荣宠，又想到自己虽然成为剿灭浅井满门的秀吉的侧室，但正因为这个选择，如今五岁的秀赖，身体里虽然流着浅井家的血，却名副其实地成为了丰臣家的继承人，今后也将执掌天下大权。

直到今天，茶茶才觉得什么北政所啊其他侧室啊，这些人根本都不值一提。直到昨天，她还在仇视她们，现在想来简直无法理喻。茶茶带着三个侍女在院中悠闲地散步，三个侍女都得到了茶茶的赏赐，而且当天在庭院里遇见了茶茶的植树匠和下人们也同样从茶茶处领到了赏赐。

茶茶走出庭院，顺着山坡爬到一处能够看到宇治川的地方。在远处的原野上，宇治川像一条玉带一般闪着银光流淌

---

①左近卫少将：隶属近卫府。相当于正五位下，官阶低于中将。

而过。茶茶看向自己曾经生活过又被拆毁的淀城方向，可惜从前的地方被小山丘上的树林挡住，茶茶看不到，但她还是盯着那个方向。现在想想，淀城里充满了悲伤的回忆，那是一座茶茶央求秀吉为自己建造的城池，当时她想要有这么座属于自己的城，借此与北政所抗衡。在那座城里，茶茶生下鹤松，又失去了鹤松。那座城对茶茶来说仅剩下凄凉和悲伤的回忆。

从这天起，茶茶不再希望继续住在伏见城。继续住在那里，意味着每个月都有几天要迎接秀吉，如今，那个垂垂老矣的霸主没有任何吸引她的地方。比起在城中等待秀吉，她现在最想守在秀赖身边。

过了两三天，秀吉来到城里，茶茶向他提出自己想搬至京都新宅的愿望。对秀吉来说，比起来伏见城看茶茶，去京都的新宅看望秀赖也更加让他愉快。

"茶茶想搬去京都的话立即就可以搬。把秀赖托付给乳母和侍女们总归不让人放心，没有谁比母亲大人亲自去照拂更好的。"秀吉立即应允。

数日后，茶茶从伏见城搬到了秀赖所住的京都新宅里。

第八章

庆长二年①对秀吉来说是异常忙碌的一年。这一年发生了两件大事，一件是为秀赖在京都新修宅邸，第二件事是在今年年初再次出兵攻打朝鲜。秀吉派出十三万大军，远渡重洋，命小早川秀秋为主将，黑田如水为副将，统领全军。

秀吉此次并未在名护屋扎营督军，而是穿梭在大阪、伏见、京都三城之间，指挥和调动远征大军。

战况不断传至秀吉处，也悉数传进茶茶耳中，她觉得秀吉此次对半岛之战没有上次那么热心。虽然她无从想象在海对岸的半岛上正在展开的两国之战究竟是何状况，可据她观察，秀吉此次下达命令的方式和上次大不相同，总觉得他现在有些纸上谈兵，指令通常都缺乏理智，很容易感情用事。倘若接到我方阵营大获全胜的捷报，秀吉便会大喜过望。可一旦听说战况处于胶着状态，就会马上拉下脸，狠狠咒骂出征中的某个武将。

①庆长二年：1597年。

从庆长二年起,秀吉便急速地衰老下来。每次来到京都的宅邸,他都会守在秀赖身旁,一刻都不愿离开,对爱子的宠爱程度让人看着都害怕。眼下,他活着的唯一意义似乎就剩下陪伴在秀赖左右了。

茶茶冷眼旁观着秀吉对秀赖那份深深的舐犊之情,虽然她不讨厌这个年迈的当权者,可看到秀吉这样,不免为他感到失望难过。当年在北之庄城杀死自己的继父柴田胜家后,第二天又骑在马上向北进发的武士是何等的意气风发,可十四年后的今天,笼罩在秀吉周围的荣光早已不再,与从前判若两人。

庆长三年一月,秀吉突然对茶茶说:

"今年春天我打算在醍醐举办赏花宴会,茶茶也来吧?"

"好,我陪您去。"

茶茶满口答应下来。这些日子以来,无论秀吉邀请她一起去拜访某大名宅邸,还是邀请她同去参加茶会活动,她都会拒绝说:

"若是茶茶陪您同去,幼主就没有人陪了。"

听到茶茶这样说,秀吉通常不会再命令,也不会再邀请茶茶。

可秀吉这回刚一提醍醐赏花,茶茶二话不说便答应一起出席。一来是茶茶早就听闻醍醐的樱花着实美丽,二来是因为秀赖也会同去，一想到一家三口共同赏花的幸福场景，茶茶就不禁心生向往。

可应承下来没多久，茶茶就发现自己把此次赏花之行想得过于简单，这件事在秀吉心中的分量远远超出了她的预期。二月九日，秀吉亲自前往醍醐寺考察赏花的场所，十六日更是变本加厉，他命人新建寝殿，扩大樱马场的规模，还督促匠人们修理寺塔和仁王门。

到了二十日，秀吉第三次前往醍醐，将预定赏花的地点樱马场到桧山的路走了一遍。

秀吉对此次醍醐赏花如此上心，任谁看在眼里都会觉得讶异。他二十三日和二十八日又去醍醐两次，仅为了赏花的准备，他已经在一个月内去过五次了。到了三月还没有完，三日、十一日，以及赏花之前的十四日，秀吉都赶往醍醐做各种准备。

茶茶虽然知道自己对此次醍醐之行的想法过于简单，但她没再多说，秀吉的执念让她无法开口。据说，赏花当日，以醍醐三宝院为中心，在其周边五十个街区范围内，每三个街区设置一个岗哨，专门由拿着弓箭铁炮的武士把守。而在醍醐山上、山谷间以及河流旁都分别修筑有茶屋，由留在京都、大阪、伏见的各位大名分别照看，为秀吉此次的赏花之行助兴，由此可见秀吉对这次活动的重视程度。

预计的赏花之日到来前,天气一直不佳,十三日更是疾风骤雨。十四日虽然风势渐收,却仍是细雨绵绵,总不见放晴。

一到十五日,天公作美,竟然是个大晴天,相关人等统统舒了一口气。当日上午七时,秀吉离开伏见城,来到京都,在秀赖的新宅前整队出发,直奔醍醐方向。虽说长长的赏花队伍前后都有武士保护,但大家的装束却非常符合赏花的氛围。打头的轿辇中坐着北政所,其后是三条局,再后面是京极局,秀吉和秀赖一起乘坐在第四顶轿辇中,茶茶的轿辇紧跟其后,然后便是加贺局的轿子。木下周防和石河扫部侍候在茶茶的轿辇旁,周边还有众多武士和侍女追随。

从京都到醍醐这一路上,茶茶曾掀开帘子向外张望。前方秀吉和秀赖的轿辇被周围的众多护卫挡得严严实实,完全看不到,后方加贺局的轿辇也是如此。到了山科以后,队伍开始走山路,道路逐渐蜿蜒曲折起来,这时就可以看见星星点点的樱树散落在山间的各个部落。

抵达醍醐三宝院后,大部分随从都被遣回,等到傍晚再来此迎接秀吉他们回去。在从正门到仁王门之间的樱马场上,樱花已经盛开。道路两边挂起了红白两色的帷帐,成千上万朵樱花挂在枝头,花枝交错,将道路遮挡得不见一丝阳光。

一行人直接进入三宝院中稍事休息。三宝院内也遍植樱树，樱花满树烂漫，如云似霞。寺中的庭院是专门为今天的活动修建的，院中堆砌着大小山石，石间流淌着清泉，走到哪里都可以看到涓涓细流。北政所、各位侧室以及侍女们都在此更衣休息。

半刻之后，一行人离开三宝院，在仁王门前集合。女人们穿着专门为这一天精心准备的华美衣物聚在一起，那场景仿佛百花争艳。茶茶也在仁王门前等候了一会儿，像这样同时和北政所、京极局、加贺局以及其他众多侧室们站在一起，还真是有些别扭。这些人个个都装扮得十分隆重，让人无法立即辨认出来。她们被众多侍女包围着，一群一群地聚集在山门前。

待到秀吉、秀赖、北政所及其他所有侧室聚齐，这一大家子人开始集体徒步登山，一边走一边观赏山间烂漫的樱花。秀吉迄今为止从未组织过这样的活动，茶茶不明白他为何突然起了这样的念头。

对于身边的这些女人，秀吉一向费尽心思，八面玲珑，外人看着甚至会觉得有些不可理喻。别说这么一大家子了，平日里就算是让两个女人碰面他都十分谨慎小心，可这次竟然破天荒地让大家聚在一起共同赏花。

随着活动的进行,茶茶心里的疑虑渐渐消除。她猜想,秀吉可能是太喜爱与秀赖一起赏花的幸福时光,所以不愿独享,迫不及待地想和更多人分享这份快乐吧。所以他才会突发奇想,安排了这次正妻侧室一大家子济济一堂的活动。

茶茶一直以自己是秀赖的生母为傲,她总觉得自己和其他侧室的地位不可相提并论。在生下秀赖之前,她唯一的优越感仅来自于自己较高的出身门第,所以还是免不了去嫉妒和争宠。可现在却完全不同,秀赖的亲生母亲这份荣誉实在是至高无上的。

三宝院住持义演在前方引路,一行人穿过金堂迹和五重塔,来到女人堂,从这里开始便变成了上坡路,道路两旁交替被竹制的围墙和美丽的帷帐遮掩着。

茶茶走走停停,看着前方不远处秀吉牵着秀赖的小手一起爬山的样子,六岁的秀赖像小人偶一样可爱。一走到平地上,秀赖就开始一阵小跑,累得年迈的当权者跟在后面气喘吁吁地追,引得周围的女人们不断发出银铃般的笑声。穿过布满青苔的石桥,左手边有一个木制的茶亭,增田少将在里面负责点茶。增田的妻子出来迎接秀吉,她拉着秀赖的手便往亭内引。只见她身穿绯色衣服,腰间松松地挽着青葱色的腰带。秀吉在此处略作休息,喝了两三杯茶便起身告辞。在这期间,其他人也都喝着茶休息了片刻,只有北政所没有停留，带着侍女继续往前走了。北政所的这种态度引起了茶茶的注意，她想，正因为北政所是秀吉的正妻，才能像现在这样无视秀吉而独自行动。

与北政所相比，其他侧室如今明显对茶茶有所顾忌，都退到离她一步远的地方。茶茶很久没有看到加贺局摩阿，今天，摩阿每每和茶茶眼神交汇时，都会立即低眉顺目地施礼。在众多侧室中，加贺局最为年轻貌美。年幼时她的容貌多少带着些尖酸刻薄的劲儿，如今脸颊丰满起来，更加显得富态而有风韵。

一向和茶茶交好的京极局，当天对待茶茶简直像是侍女对待主人一样。她的态度越发恭敬，言语也越发谨慎。茶茶觉得，比起加贺局，京极局那张略带忧伤的面孔更加惹人怜爱，虽然其他人可能不觉得。

京极局总是悄无声息地跟在队伍的最后。虽然从京都到三宝院的路上她被安排在秀吉和秀赖的前面，可从三宝院开始登山的这一路上，她不断地让其他侧室走到自己前面去。从增田少将的茶屋出来时，茶茶曾用眼神示意京极局跟在自己后面走，京极局柔弱地微笑着，瘦长的脸上写满了困惑。

"好久没见了，过来一起聊聊吧。"

茶茶略着些不快，再次示意京极局过来。她觉得以京极家这么高的门第，走在其他侧室的后面太不合适了。

路上的第二间茶室由新庄道斋兴建，屋子建在杉木林里，旁边有小溪流过，许多鲤鱼和鲫鱼在溪间穿游嬉戏。第三间是长谷川宗仁德昭所建的十分正规的茶室。

第四间是增田右卫门的茶室，爬到这里，一行人已经经过了五段坡道，于是他们进入这里的一间宅邸中休息了片刻。第五间茶室由德善院僧正负责，其后又有数间茶室，每间的风格都不同，各具风雅。就这样走走停停，一行人终于登到醍醐山的山顶附近。

等走到山上视野最好的桧山的一块平地上时，被乌云遮住的太阳再次将明媚的春光普照大地。已经有数十名侍女、女官及近臣们等候在此。这里有几百株盛开着的樱花树，比起山脚樱马场的樱花，这儿的花朵更加洁白，花枝繁茂地交织在一起，覆盖住整个空地，没有一枚花瓣飘落，美得有些不真实。

空地各处都预先摆上了酒席，茶亭和茶室在花团锦簇中隐约可见。大家在各处酒席中穿梭，加贺的菊酒、麻地酒、奈良的僧坊酒、博多的炼酒、江川酒等全日本知名的酒水不断被摆上宴席。之前在某间茶室里让一行人大开眼界的十几个木偶戏艺人，也再度被邀请到这里登台助兴。

茶茶和侍女们一起坐在铺好的草垫上，此时不知哪里奏响了铃声，清脆的声响穿过喧闹的人群，沁入茶茶心田。茶茶环顾四周，发现四处都不见秀赖的身影，正想着让一个侍女去找时，站在平地各处的几十个人突然分散到两边，众多年轻的侍女正用手打着拍子从人群中间穿过，朝着自己走来。接着茶茶在这些年轻侍女们中间发现了正拍着手的秀吉和秀赖的身影。不一会儿，一个双眼被蒙上的侍女探出双手寻着秀赖的方向摸去。

茶茶看着眼前的场景，陶醉在幸福中，此情此景真是百看不厌。就在这时，茶茶看到秀赖突然站住，看向自己。一看到茶茶站在那里，秀赖似乎忘记了自己还在游戏中，立即从人群中跑出来，冲着茶茶飞奔而来。

在盛开的樱花树下，茶茶呆呆地看着朝自己奔来的秀赖，觉得这一刻一切都静止了。秀赖似乎喊着什么，但声音被周围的吵嚷声遮盖了过去。茶茶紧盯着逐渐靠近的秀赖，幸福得有些眩晕。就在这一瞬间，她突然觉得这幸福肯定不能长久，接下来一定会发生什么不好的事情打破现有的幸福，这足以说明茶茶现在的幸福感有多么强烈。在过去的三十年中，茶茶从没有如此幸福过，也从没有如此害怕失去过。

茶茶一把接住秀赖投入自己怀抱中的幼小身体，浑身颤抖地站起身来，强忍着莫名袭来的伤感和感动。

秀吉这日连作了三首和歌：

朝露润开花满树，此山应作深雪名

深雪山中不思归，难忘今暮是花容

烂漫枝头花堆雪，几经东风吹面，相看两不厌

茶茶也借和歌来抒发自己的一番感慨：

嫣红嫩蕊为君展，盛世繁华几度春

这一天，参会的人一共作了一百三十一首和歌，这些作品被编辑成册。茶茶一个不漏地读下来，觉得包括自己的那首在内，每首和歌都显得寂寞伤感，特别是秀吉所作的三首。很奇怪，赏樱时的乐趣一经歌咏出来，就立即变为凌乱破碎的哀伤。

醍醐赏花之后，秀吉的每天又被半岛合战的事情排得满满的。他不是在召开作战会议，就是在接见哪里来的使臣。

茶茶时常以秀赖之名给身在大阪的秀吉写信，而秀吉一收到信便会立即回复。从前他在信中称呼秀赖"小拾大人"，如今，秀赖既已官拜权中纳言，称呼也就改为了"中纳言大人"。

茶茶常想，现在秀吉脑子里装着的恐怕除了半岛合战和秀赖之事，再无其他了。秀吉对秀赖在新宅生活的方方面面都关心备至，无论大小事都了如指掌，有时甚至细致到让茶茶恐惧的地步。一次，以秀赖名义寄出信后，立即收到秀吉

写给秀赖的回信,内容如下:

"这么快收到来信,吾心甚慰。我知道你不喜阿吉、阿瓶、小安、小津这四个侍女,我会尽快处理此事,先和你母亲大人商量,将四人绑住,等为父再去之时,将这四人一起处决,请先忍耐片刻。此致,太阁。"

信的日期是廿日,收信人那里写着:"中纳言大人敬启"。

阿吉、阿瓶、小安、小津这四个侍女侍奉秀赖的方式确实有不妥之处,可茶茶不明白这些细微小事是如何传到秀吉耳中的。另外,即便这四名侍女在工作中有所疏漏,也不至于让秀吉生气至此,这太有违常理了。

读完信,茶茶想,秀吉如今在盛怒之下,要想替这几个侍女说几句好话恐怕不易,想想就觉得此事棘手之至。不过,茶茶的烦恼也就止于烦恼而已。因为秀吉寄来这封信后不久,就从大阪赶到伏见,在伏见城中一病不起。

茶茶起初并没有把秀吉的病太当回事。可五月中旬,她领着秀赖去探望秀吉之时,却被秀吉翻天覆地的变化惊得目瞪口呆。没几天工夫,他整个人都瘦得没影儿了,双臂如同饿鬼一样干瘪枯瘦。

探望完秀吉,茶茶暂且先回了趟京都,六月初再次去探病后,她和秀赖就不再返京,一起留在了伏见城中。看着秀吉的体力和精力不断衰竭，茶茶估计秀吉这一病恐怕是无力回天了。

六月十六日，秀吉召见诸位大名，秀赖坐在他身旁，浅野长政、石田三成、增田长盛等近臣围坐在病床两侧。待各位大名离开后，秀吉亲自给留在自己身边的几位近臣分发点心，对他们说道：

"我多想活到秀赖十五岁时，亲眼看到他身边有精兵良将辅佐，有诸位大名像今天这样侍奉在侧啊。真有那一天，太阁便别无所求了。可如今我病势缠绵，恐怕命数将尽。真是天不遂人愿啊。"

说完已经老泪纵横。茶茶头一次看到秀吉脸上挂着泪水，身旁的近臣们全都垂下头来，沉默无语，明眼人一看就知道秀吉大限将近。

这一天，茶茶心情十分沉重。秀吉似乎已经知道自己死期将近，这一病看样子是无力回天。看着秀吉卧病在床，还不停地为秀赖操心劳神，着实让人伤心难过，不过秀赖的将来的确让秀吉诸多担心。秀吉一旦与世长辞，能号令天下的便只有家康和利家二人，可这二人和秀吉从前便是同僚，如今也不是他的家臣。如果需要时这二人可能会助秀赖一臂之力，此外就无法奢求更多了。虽然家康已经应允，在小督嫁给家康嫡子秀忠后，若二人育有女儿，则将此女嫁给秀赖，可这很明显是纯粹的政治联姻。而秀吉与利家的关系，不过是秀吉娶了利家的女儿摩阿为侧室，摩阿的妹妹又以秀吉养女的身份嫁给宇喜多秀家，仅此而已。

这二人本就不可指望，余下的便是浅野长政、石田三成、大谷吉继、加藤清正、福岛正则等直系家臣，可这些人目前的地位都不算太高，也无法安心交付后事。

茶茶十分理解老泪横流的秀吉的心情，她自认为自己比此刻的秀吉更能客观理智地考虑秀吉的身后事。当想到嫁给秀忠的妹妹小督时，不知从哪里冒出了一个想法，她觉得妹妹向她复仇的时刻到了。当初秀吉和她执意要将小督嫁给秀忠，本来的目的正是为今天的到来做准备，可现在想来，说不定这决定的效果刚好适得其反。在那段时间，她和秀吉都应该是小督在这世上最憎恨的人，倘若小督对自己的恨到现在还未化解的话……想到这里，茶茶不禁不寒而栗。另一方面，侧室摩阿对秀吉的感情究竟是真是假现在也很难断言。不只摩阿，秀吉的其他侧室们，有谁会真心喜欢自己和秀吉所生的秀赖呢。倘若秀吉觉得只要将摩阿收为侧室，便可以巩固与利家的关系，那他也太天真了。

茶茶陪侍在秀吉病床前的每一天，都是这样殚精竭虑地担心着。

六月末，秀吉召来家康、利家、秀家、辉元、景胜这五位老人，为他们创立了五大老①的职位，并拜托他们处理后事，辅佐秀赖。同时，为三成、长政等近臣创立了五奉行制度，将政权集中在他们手里。秀吉做完这些安排，似乎还是对未来有诸多担心，他不停地将某个家臣召唤到枕边，一再嘱托秀赖之事。

七月十五日，利家体察到秀吉之意，命令五大老、五奉行以及其他主要大名再次递交誓约书，内容与文禄五年正月提交的大致相同，都是发誓尽忠职守辅佐秀赖的誓言，每个起誓人都在最后按上了血印。

一进八月，秀吉的病势愈发沉重，他一边烧得昏昏沉沉，一边用听不太清的声音有气无力地命令五奉行和五大老互相交换血书。亲眼看着五奉行和五大老各自交换了誓约书，他还是不放心，过了两天，到八月七日，他又命五奉行分别与丰臣家结亲，希望借此来巩固他们对秀赖的忠诚度。

做完这些事，秀吉算是拼尽全力，再也没什么可做的了。这时，他终于意识到自己死期将近，是时候写遗书了。

----

①五大老：五大老是丰臣政权末期制定的职务，就任者是丰臣政权下五个最有实力的大名。包括德川家康、前田利家、宇喜多秀家、毛利辉元以及小早川隆景。秀吉希望自己过世之后，由五大老来辅佐秀赖。其根本目的是要以合议制度来抑制德川家康的势力，以确保丰臣政权可以代代相传。但由于二号人物前田利家的突然去世，导致家康无所制约而多次违反盟约，而使"五大老"变得有名无实。1600年关原之战后，五大老制度事实上废止。

秀吉的遗书写得掏心掏肺，他在遗书中向家康、利家、家康之子秀忠以及利家之子利长一一恳求，拜托他们在自己死后照顾好秀赖。同样的，对宇喜多秀家、上杉景胜、毛利辉元以及五奉行也一一嘱托，一个劲儿地拜托他们辅佐好秀赖。又请家康在伏见城中执掌天下政务，利家一边留在大阪城作为城内城外诸事的总指挥人，一边辅佐秀赖。

写到这里他还不放心似的，再追加一句："秀赖之事，已经再三拜托各位，如今特意在此再拜，还请诸位无论遇到何事，都一心一意辅佐秀赖，此致。"信的对象为："家康、筑前①、辉元、景胜、秀家"，署名为太阁。最后又追加一句："再次嘱托各位，遇到任何事，请五位商量着办，此乃吾之遗愿，以上"。

从写完这封遗书当日的下午开始，秀吉的气力忽然衰竭，时时发出妄语。

八日，秀吉昏睡了一整天，待苏醒过来，他对着近侍说了些什么，可仔细一听都是些没有意义的话语。这个曾经的天下霸主，如今瘦得只剩下皮包骨，快要走到生命的尽头了。

---

①筑前：这里指前田利家。秀吉权倾天下之时，将自己以前的官位"筑前守"让给了利家。此时利家官位为"权大纳言"，远高于筑前守，而秀吉在遗书中如此称呼，则是为了显示两人之间的特殊关系。

从秀吉的精神开始错乱时起，茶茶便不再整日守在病榻前，每天只带着秀赖去病房半刻或一刻的时间，去时会坐在他的枕边。五位奉行不分昼夜地轮流守在病房里。

八月十六日深夜二时，秀吉的病情再度恶化，在家康、利家、辉元、秀家四大老的看顾下，秀吉永远地闭上了眼睛，享年六十二岁。

秀吉闭眼前，茶茶和秀赖也守在他枕边。茶茶早已做好了心理准备，真到这时候倒也没有受到太大的打击，只是在心中担心从此以后守护秀赖作为丰臣家继承人的道路之艰辛。众多武将今晚虽然都齐聚在伏见城内，可到了明天，谁又知道他们会不会翻脸无情呢。

根据秀吉的遗言，他死后暂时秘不发丧，遗骸被安葬在京都东南的阿弥陀峰，葬礼由五奉行中的前田玄以与高野山的兴山上人秘密主持。

秀吉死后，茶茶和秀赖继续在伏见城中居住，直到庆长三年年末。

由于秀吉的死讯还未公开，所以茶茶每天的生活似乎和秀吉生前没什么变化，只是有些安静得可怕。立秋后不久，茶茶听说住在大阪城西之丸的北政所落发出家，改称高台院，紧接着又听说住在伏见城松之丸的京极局也跟着落发。

就在听到这个消息的第二天,京极局来探访茶茶,告知茶茶她要剃发出家的决定,在落发的同时她决定搬出伏见城,住到弟弟京极高次的大津城去。

这次再见京极局,茶茶差点没认出来,她比从前瘦了不少,也老了不少。每次一谈到秀吉,她便打心眼里悲痛万分的样子。秀吉生前茶茶就曾想过,说不定在所有侧室中,唯有京极局对秀吉的爱最为深沉。她总是将自己藏在最不显眼的位置,从不与其他侧室争宠,满足于秀吉给自己的一小份爱情,与此同时,却回报给秀吉超出所有人的深爱。

这样看来,京极局为秀吉剃发修行是再自然不过的事,她才在真正意义上成为了寡妇。可茶茶不一样,悼念秀吉的事情就交给京极局吧,她还要一心一意将秀赖抚养成人,让同时继承浅井、织田以及丰臣三家血脉的秀赖成为号令天下的人物,茶茶任重而道远,需要将自己的余生全部奉献给这个事业。

"那么还请您传话给高次大人,请他今后务必要为幼主尽心尽力。"茶茶对京极局说道。

无论是看在京极局的情面,还是看在阿初与自己的关系,高次都应该是目前自己和秀赖最值得信赖的盟友。

京极局离开伏见城后,有关家康独断专行的各种事迹不断传入茶茶耳中。听说秀吉立下的遗训对家康来说如同一纸废言，利家因此与他撕破了脸，传言说得与真的一般。还听说石田三成与其他武将不睦。

到了庆长四年，正月初便公布了秀赖从伏见城搬到大阪城的消息。作为丰臣家继承人，秀赖自然应该搬至丰臣家的大本营大阪城，一直不搬只是在等待时机而已，茶茶没有任何反对的理由，但她还是提出一个条件，即作为秀赖的生母自己也陪同秀赖一起住进大阪城。之前秀赖也曾经在大阪城生活过，当时茶茶因为顾忌北政所，所以自己没有跟去。可今时不同往日，茶茶是秀赖的生母，北政所成了和秀赖没有半点血缘关系的外人。

正月十日，秀赖在茶茶的陪伴下移居大阪城。以利家为首的诸位大名纷纷加入送行的行列，家康也一直护送秀赖到大阪城。入城后，他在片桐市正的宅邸留宿一夜，第二天就返回伏见城。二人都遵从了秀吉的遗言，利家留在大阪城中，家康回到伏见城主理一切政务。

茶茶一行住进大阪城还不到十日，已经落发的北政所便自请从大阪城搬到京都，茶茶听后只说了一句：

"是吗。也好吧。"

她想，北政所想要出城便快点滚出去吧。她至今还清楚地记得自己刚成为秀吉侧室，跟着京极局，来到聚乐第初次拜见北政所时的场景。一想起当时北政所居高临下的凛冽目光，茶茶至今还觉得额头发冷，当时身体里爆发出的羞耻和愤怒也让她记忆犹新。从那时到现在整好十年光阴过去，这十年间，二人虽未在明面上针锋相对过，但估计彼此都在心底强烈地憎恨着对方。

茶茶本以为北政所会在离开大阪城的当日来和秀赖道别。她郑重地换好衣服，准备好好地送北政所出城，也算是尽了她对秀吉正室的最后一份礼仪。

谁知北政所压根儿没有在秀赖面前出现，听近侍说，她直接奔赴城门而去了。茶茶觉得既然如此，自己也没什么理由再去送她，便以身体不适为由，仅派了两个侍女替自己去城门口送行。

等出征朝鲜的部队全部回国之后，秀吉的死讯公开了，二月二十九日举行了正式的葬礼。对于生前一向性喜奢靡的秀吉来说，虽然前来参加葬礼的人数很多，可整个仪式还是显得有些简单凄凉。

在举行秀吉葬礼的同时，辉元、景胜、秀家、利家、家康五大老，与长束、石田、增田、浅野、前田五奉行这十人之间又交换了契约书。书中规定：彼此辅佐秀赖，处理政务，今后一应大小事宜，都由十人共同商议解决，这件事任谁听到都会觉得惶恐不安。茶茶听说此事后，立即认识到秀吉生前命他们递交的几封誓约书全部失去了效用，到头来他们还是要依靠重新交换契约书来相互制衡。

随着时局的变化,接下来的每天茶茶都陷入深深的不安,却无力可施。茶茶活到今天,还从未如此恐慌过。虽然她很早就料到这一天迟早会到来,可还是没想到竟是如此的快。在秀吉离世还不到一年的时间,这担忧就变成了现实。

茶茶只得将一切委托给前田利家。秀吉死后,无论如何利家都拥有可以与家康一较高下的实力,且茶茶和利家的交情不浅。十五年前北之庄陷落,她们姐妹从一片焦土中逃出来,是利家将她们收留在府中城中。

茶茶强忍着不安,却没有多问利家一句关于时局的话,利家也从不对茶茶提起任何事。不过,茶茶每每见到利家,心里更加觉得没有底气。已经六十二岁的老武将健康堪忧,一举一动看起来都如风中残烛。三月末,茶茶终于忍不住,向利家询问如今在世间颇多议论的事情是否会成真。利家一脸严肃地闭眼说道:

"我会采取一切措施辅佐秀赖大人。我已经做好准备,给家里的老妻留下遗言,万一我不在了,这条遗言规定了我前田家应该保有的立场。"

"您是指对合战保有的立场吗?"茶茶问道。

"是的。"老武将直截了当地回答。

"合战很快就会打起来吗?"

"是啊。可能都等不到三年。估计到时候利家已经不在您身边，实在是太遗憾了。"

利家说着，语气十分惋惜。

这次见面后没过十天，利家与世长辞了。茶茶觉得，利家完全是为秀吉死后诸臣之间不停的对立和斗争而操心，以至于心力交瘁才辞世的。利家之死让茶茶落入了绝望的深渊，如此广阔的大阪城顷刻间便失去了护城柱石，变得空落落的。

利家逝世后，茶茶的周围迅速热闹起来，每天都有很多武士前来拜访她，茶茶待他们也十分亲厚。通过拉拢这些武将，她希望自己和秀赖的同盟能多一个是一个。丰臣家的重臣中，宇喜多秀家时常来见她。如今利家已经不在，秀家自然而然地成为茶茶商量各种事宜的对象。另外，五奉行中的石田三成和历代都效命于丰臣家的小西行长也频繁出现在大阪城。

这些来城里拜访的武将们为茶茶带来的尽是些让人忧心忡忡的消息。听说浅野幸长和黑田长政聚集在京都北政所的周围，似乎在合谋着什么。还听说伏见城的家康在秘密调动着军队。另外，政治格局有了新的改变。秀吉死后，家康忽然与北政所走得很近，而加藤清正、福岛正则等人完全无视秀赖的存在，一味地与北政所、家康等人暗自勾结。虽然无法考证这些传言的真假，但每听到这些，茶茶都会感到不快，她认为这些传言肯定不是空穴来风。

继前田利家离世后，石田三成突然返回居城佐和山。据说关于此事的原因有两种解释，一是说石田三成与丰臣家世代的老臣们不睦，被赶出了大阪城。还有一种说法是家康为了软禁他才让他迁回去。无论怎样，从此以后，大阪城显得更加冷清了。

利家一死，这天下简直就是家康一人的了。家康在伏见城中按照自己的意志指挥诸位武将，还模仿秀吉，命令他们递交了向自己效忠的誓约书。

如今，大阪城中只剩下宇喜多秀家和毛利辉元两人，且这两人都先后公布了离开大阪城返回各自领地的消息。茶茶不明白他们回去的理由，但这两个重臣似乎都深信这是眼下能为秀赖做的最好选择。在他们离开前秀赖为他们举行了送别宴会，宴会的气氛可谓悲壮。

待他们离开后，家康于九月中旬入住大阪城。他以辅佐秀赖的名义入城，入城以来一向对茶茶和秀赖毕恭毕敬，可谁都知道，论实力，家康才是大阪城真正的主人。

茶茶讨厌家康其人，无论是相貌还是体格都看不惯。虽然家康对茶茶和秀赖的态度和秀吉生前没什么变化，还是一样的殷勤，可他的眼神却傲慢而冷静，让人捉摸不透。家康今年五十七岁，比秀吉小七八岁，他和秀吉完全是两种人。无论面临任何问题，他从来都没有露出过兴奋的表情，自始至终都处变不惊。

家康来到城里大约十天时，向茶茶提出了一个让茶茶颇感意外的要求。他派一个武士来邀请茶茶出席即将举办的赏菊宴，茶茶问这个武士：

"幼主也一同前往吗？"

"幼主去不去属下倒是没有听说。"传话的武士回答道。

"那么容我过后再回话吧。"

送走了传话的武士，茶茶屏退周围的侍女，在房间中独坐良久。她仔细地琢磨了一下家康仅邀请她一人去赴赏菊宴的意图。须臾，她突然意识到家康这是将自己作为一个孤身的女人来看待呢。想到这里，她愤怒地抬起苍白的面容。

她唤来近侍，命他去给家康传话，说虽然盛情难却，但自己身体不适不能出席赏菊宴。待近侍去后，她知道她和家康的关系就此成了定局。要么自己打败家康，要么和秀赖一起被家康打倒，只有这两条路可走。尽管目前家康势力壮大，可忠于秀赖的武将也应该很多，也有不少武士愿意为丰臣家出生入死，只要静待时机，打倒家康也不是不可能的事。

翌日，家康前来拜访秀赖，抽出时间和茶茶一起饮茶，他只字未提赏菊宴会的事情。

"实在不好意思，接下来可能要不得安宁了，我近期要向加贺发兵了。"家康说道。

加贺就是前田利家的嫡子利长的领地。

"是吗。那真是要不得安宁了。"茶茶仅回复了这一句。

家康要开始行动了，他会一个一个地征服那些站在自己和秀赖这方的势力。茶茶心底里对他恨得咬牙切齿，可表面却装作十分平静，她看向家康，家康也平静地直视着她。

家康向茶茶透露要出兵加贺讨伐前田氏的消息后不久，同样的传言传遍了大阪城。然而，传着传着又变成了另一个消息，说是已故的前田利家的正室将作为人质来到家康所在地。在茶茶听到这个消息后没多久的时间，这个传言变成了事实。

茶茶和前田利家的夫人十分熟识，最初相见还是在北之庄陷落后，她们姐妹几个暂居府中城之时。从初次见面到现在已经过去了十六年，这十六年间她们经常会面。茶茶虽然讨厌利家之女加贺局，却对她的母亲颇有好感。虽然与女儿加贺局容貌相似，性格都有些不服输的劲儿，可与加贺局不同，她自始至终对茶茶都谦卑恭敬。不只如此，她和自己的女儿还有一点不同，前田夫人是一个稳重沉着的聪慧女子。

茶茶能够理解利家夫人，在做出如此选择的背后，她的内心该有多么懊恼。为了前田一家的安危，她鼓起勇气，只身一人来到丈夫曾经的同僚家康处充当人质。为了不给彼此添麻烦，茶茶假装不知道利家夫人进入伏见城的消息，也就没派使者去问候。

讨伐加贺的传言逐渐销声匿迹，紧跟着频繁传出上杉景胜对家康怀有异心的传言。与之前关于前田家的传言不同，这次传言说得有凭有据，且颇符合上杉景胜重情重义且执拗的脾气。蒲生氏乡死后，秀吉将其东北的领地全部赐给景胜，如今他是身价一百三十一万八千石的大大名，任谁都知道景胜是否归顺对家康来说举足轻重。

上杉景胜于今年八月回到会津，听说他一回领地，便忙于调动兵马，随时准备与家康一战。还有消息说他回国前已经与石田三成秘密结盟，消息具体到在哪里结的盟，还说景胜在各处不断招揽浪人①，这些传言连大阪城内的侍女们都知道。

就这样，在混乱和不安中，庆长五年到来。正月的头五天热闹非凡，每天都有诸位大名派来的贺使进入城内。这些

---

①浪人：指日本幕府时代脱离藩籍,到处流浪居无定所的日本穷困武士,亦称浪士。

武将中有人先拜见秀赖，再去拜见家康，也有人相反，先去家康处问候再来秀赖这里。茶茶为首的秀赖周边的人们对武将们拜年的顺序颇为在意，特别让茶茶感到不快的是，家康召见这些武将时的态度和秀吉完全一样。

到了三月，城里的武士们公然地讨论着讨伐景胜之事。听说家康传唤景胜上洛，却遭到景胜拒绝，而景胜的家臣藤田信吉逃出会津，跑到大阪来向家康密报景胜有谋反之意。这些传言都说得有凭有据的。

事实也是如此，家康已经多次从大阪派人前往会津，要求景胜提交誓约书，并命令其上京，可景胜和家臣直江兼续对使者们的态度颇为傲慢。茶茶听说此事后虽然表面面如平湖，可在心里多多少少对景胜有了期待。眼见着家康日渐得意，她真希望像景胜这样反对德川的势力纷纷跳出来，给家康点颜色看看。

六月二日，家康向部下将士发出征讨会津的命令，大阪城内自上而下乱作一团，军事会议几乎每天都在城内召开。十五日，家康突然来拜访茶茶和秀赖。迄今为止他从没有向茶茶透露过征讨景胜的事情，这次是来正式通知他们的。秀赖如今八岁，已经长大不少，家康直接对秀赖说道：

"我要带兵去东北的乡下打仗，有段时间无法与幼主您碰面。"

"那真是要冷清了,您何时出发?"茶茶问道。

心里却盼着家康此去会津打个败仗,别再回城。

"明天就出发。我不在的这段日子请一定小心谨慎,指不定有违反太阁殿下遗训,唯恐天下不乱的大逆不道者出来挑事。"

说完,家康忽然用凌厉冷峻的目光盯了茶茶一会儿,随即又笑起来。那笑容十分刻意,让人生厌。

翌日十六日,家康如他自己所说从大阪发兵。前方队伍一大早就出城了,可等队尾出城时已经是下午二时以后。城里一片喧嚣,茶茶所住的天守阁寝殿虽然离发兵处甚远,可马的嘶鸣声,马具的碰撞声不断传到她的住地。近侍和侍女们都去城门口观看部队出动了,茶茶却守着秀赖呆在屋内,一个侍女回来告诉她家康已经出城,听到这个消息,茶茶立即坐起身来正色道:

"无论是谁,一旦出城,秀赖都不再允许他入城。"

说完,她看着秀赖,似乎在寻求秀赖的首肯。此时,她突然想起昨天家康的微笑,说不定家康正盼着在自己出兵这段日子里,秀赖周边的势力起兵造反呢。茶茶的眼前一一浮现出那些平日里不忘丰臣家恩遇、被视为秀赖一党的武将们的容貌。同时她做出决定,倘若家康期待着秀赖一方举兵,那这一方也不能让他失望。

家康于出兵当日进入伏见城，次日十七日，任命鸟居元忠为伏见城主将，十八日离开伏见城。在家康出城的同时，伏见城内的警备切换成了战时状态。此事很快传到茶茶耳中，茶茶闻之大怒。家康对大阪城没有采取任何措施，仅仅巩固伏见城的防卫，可见其居心叵测。由此也可以看出，家康早已预料到在自己外出这段时间大阪城将有兵变。

　　二十日后，将士们开始频繁出入于没有家康的大阪城，茶茶虽对此视若不见，但其实心里跟明镜似的，她清楚这些反对德川的将士们正在谋划着什么。她经常看到前田玄以、增田长盛、长束正家的身影在城中出现。

　　其后，这些武将们的动静频繁在大阪城内传开，一说大谷吉继离开垂井进入石田三成所居的佐和山城，又说没有进城。还有关于安国寺惠琼的传闻，毛利辉元的动静也颇为活跃。茶茶感到，家康一旦离开上方①，迄今为止一直隐忍不发的上方诸位将士终于全体出动了。

---

①上方：自战国时代至江户时代，日本人对京都、大阪为代表的畿内一带的称呼。

第九章

七月中旬突然发生了一件事：留守在大阪的细川忠兴的妻子自杀了。此时，细川忠兴本人正追随着家康在东征途中，其妻拒绝作为人质入住大阪城，因此自尽身亡。

就在这个消息传出的当日，毛利辉元进入大阪城。辉元将奉家康之命守卫城池的佐野纲正从西之丸中赶出，自己入住进去。像是提前安排好似的，紧跟着便有违背秀吉遗命的家康十三项罪状被公布出来，文书由大阪奉行联名签署。另外，诸位大名都收到了以辉元、秀家的名义起拟的效忠秀赖的命令文书。

如今，大阪城内完全是战备状态。茶茶马不停蹄地一一接待前来拜会的武将，她坐在秀赖身旁，沉醉地看着年幼的秀赖，只见他眼睛一眨不眨地注视着来到身前的一个个武将的容颜。茶茶暗自观察，秀赖继承了秀吉威风凛凛的瘦削脸颊，白皙的皮肤和锐利的表情则明显是继承了织田家的血脉，而其年少沉稳的个性一定是属于近江名门浅井家的品质。

当日,茶茶从增田长盛口中听到久违了的京极高次的名字。

"属下马上就派使者前往大津报信。"

可能是考虑到京极高次是茶茶的妹夫,所以增田长盛特意来向茶茶汇报与高次相关的动向。

"请向大津宰相[①]转达我的问候。"

茶茶嘴上只嘱咐了一句,心情却十分复杂。她觉得即使高次没有迎娶妹妹阿初为正室,在这个紧要关头,他也有充足的理由助自己和秀赖一臂之力,对这一点茶茶没有丝毫怀疑。一想到昔日的意中人如今会为自己献上身家性命,茶茶感慨万千。同时,对现在的茶茶来说,得到大津城主京极高次这个同盟,胜过得到千军万马。

次日十八日,城内喧哗更甚昨日。奉家康之命留守的佐野纲正带着家康的侍妾们一起逃出城去,将她们安置在淀一带避难,自己则领着五百兵士冲出大阪,进入伏见城,人马的调动随之愈加频繁。

十九日,一大早便传来宇喜多、小早川、岛津带兵包围伏见城的消息,当晚便打响了激烈的攻防战,战况不时地传

[①]大津宰相:京极高次的别名。文禄四年(1595)高次加封近江大津城6万石,同时官拜从四位左近卫少将。次年,再次升至从三位参议(宰相)。

入大阪城中。

八月一日，伏见城陷落，守城武将鸟居元忠战死。五日，以秀赖之名对参加伏见城攻城战的武将们论功行赏。可在茶茶看来，除了伏见城陷落的消息之外，其他各方面的情势都不在他们的掌控之中。各处都进行着小规模合战，今后情势的发展方向无从判断，而身处远方的武将们的立场更加不明。每天都有各地的使臣来到城中，他们带来的消息都模棱两可，就连真田昌幸①是敌是友这种事都搞不清楚。

这时，茶茶才深切地感到西军中缺乏一位强有力的中心人物。石田三成本来应该被放在这个位置上，可他居无定所，今天大阪，明天伏见、佐和山，一个人来回到处跑。各地都在下达不同的命令，和秀吉在世时的合战完全是两种光景。如今茶茶只恨没有一个能与秀吉匹敌的人物出来主事，只能眼看着这种混乱的场面持续。

八月过半时，家康麾下的武将们停止了东征的步伐，纷纷赶回清洲城内碰头。一听到这个消息，茶茶立即感到莫大的惊慌。

---

①真田昌幸：(1547—1611)日本古代著名军事家、政治家、谋略家，战国时期得享盛名的智将。天正三年(1575)长筱之战，两兄一同战死，始回真田家继任家督。关原会战以西军败北作结，昌幸赖归属东军的长子真田信幸向德川家康求情，免去一死而和次子信繁被流放至高野山山麓的九度山，后在当地病殁。官位是从五位下安房守。

茶茶派使者到小早川秀秋处询问战况，少顷，秀秋安排好出战的准备工作，来到茶茶和秀赖处。据秀秋说，眼下的情势已经刻不容缓，需要立即向近江发兵。当日，大阪城内的留守部队不断接到发兵的动员，到了傍晚，城内已是一片寂静，只剩下毛利辉元带着仅有的一些部下驻守城中，辉元亦将自己麾下大部分兵力调往东方战场。可是第二天，又不知他从哪里调来了兵力补充驻城军。

到了月末，从前线陆续传来我方军队战败的消息。先是岐阜城陷落，紧跟着是石田军和大谷军失利。

九月八日午后，茶茶获悉了一个让她难以置信的消息，她一直以来仰仗至极的京极高次竟然站在德川军一方。据说高次准备死守大津城，在逢坂、粟津等地建造防御墙，加固各要塞防卫，采取各种措施阻止西军东进。不仅如此，高次此次的行动似乎早有预谋，他先在表面上装作与西军共进退的样子，暗地里却与德川方勾结，突然采取措施，打了西军一个出其不意。

听到这个消息，茶茶不禁错愕。她无论如何都无法相信京极高次会对自己和秀赖拔剑相向，她觉得这个消息一定是讹传，难道连阿初和京极局都站到敌方阵营了吗？

如果今天背叛她的人换做是最终成为秀忠夫人的妹妹小督，茶茶还觉得情有可原，因为这是她们姐妹二人的宿命。

可她怎么都不相信阿初会背叛自己,更何况京极局,她曾经那样深爱着秀吉,为了给秀吉守丧而削发为尼,她怎么会倒向意图摧毁丰臣家的德川方呢。

"大津宰相是念在素日与德川方面交好的情分上才站在他们那一边的吧。"

前来报信的武士说道。听到武士这番话,茶茶顿觉六神无主,可正如这个武士所说,高次虽然与茶茶颇有渊源,是茶茶的妹夫,可他同时也是秀忠侧室小督的姐夫。

茶茶仅顾念自己与高次的关系,便自以为是地对他充满期望,实在有些愚不可及。然而,茶茶这样想也情有可原,毕竟她与高次曾有过一段不为人知的特殊交情。可退一步讲,也许正是茶茶所看重的这段二人之间的私情坏了事,才将茶茶置于当下的局面。想当初在安土城,得知自己将要成为秀吉侧室时,高次曾经一手抓住她的裙裾示爱,可她却毫不留情地甩开了高次的手,茶茶至今还清楚地记得当时她冷漠无情的动作。如今,高次是想借机一雪当年之仇吧。尽管后来高次也曾拒绝过主动赶去投怀送抱的茶茶,但仅这样一个回合恐怕还是难消高次的心头之恨。

"人心真是捉摸不透啊。"

茶茶低语道,连她自己都很难相信她会说出这种话,说完她突然发自内心地想笑起来。

茶茶独自一人靠着走廊端坐，望向庭院中沐浴在阳光下的树木。秋天已经倏然而至，遍地开满了红色的荻花。周遭一片宁静，任谁也想不到那左右她与秀赖命运的严酷现实已经迫在眉睫。茶茶发现，从青梅竹马的儿时到现在，这么多年过去了，对于京极高次这个出身高贵的武将，她虽然时而憎恨时而蔑视，可归根到底，在她心底的某个角落，一直为高次留着一个特殊的位置。小时候，一听到京极的名号，茶茶便会产生莫名的思慕与憧憬，觉得那名号高不可攀。如今想来，不仅是小时候，直到现在，茶茶心里似乎依然残留着这种情愫。

待她回过神来，全身已是大汗淋漓。如今，秀吉亡故，她终于得到了自由，终于可以不再看那位天下之主的脸色、我行我素地活了，她唯一需要完成的使命就是将秀赖扶上天下之主的宝座。在那之前，她只是将高次暂时寄放在妹妹阿初处而已，待到心愿得偿之时，只要她愿意，随时都可以从阿初手中夺回高次。因为从小时候起她就喜欢着高次，而高次也同样爱慕着自己。

很快，茶茶便意识到自己刚才是在白日做梦。如今事态发展日趋险峻，京极高次背叛了自己，准备坚守大津城。对她和秀赖来说，如今最应该做的事是规劝高次回心转意。茶茶开始在脑海中物色派去高次处的说客人选，一个老嬷嬷的面孔浮现出来。以往在茶会之时，这个叫做阿茶的七十岁的老嬷嬷与自己和京极局都非常交好。

当天,阿茶便从大阪出发,前往大津,两天后方才回来。阿茶借京极局之口,劝说高次回心转意,然而高次却回复说这些都是前世注定,事已至此,他唯有为秀赖大人母子祈求安泰。还劝茶茶说此次骚乱与她母子二人无关,请他们务必不离大阪一步,平静等待事情收尾。

据阿茶说,大津城内城外的宅邸已经悉数被烧毁,在逢坂搭建了屏障,京町口、尾花川、园城寺口都分别安排了兵力把守,随时都准备展开防御战。虽然在城南方向新建了方圆五十间上下的箭楼,然而城墙和壕沟都只修了一圈。一旦开战,恐怕要不了多久城池就会陷落。

就在九月十一日,也就是阿茶回城的当晚,得知高次的叛变之意后,大阪方面决定攻打大津城。毛利元康即刻担任主将,毛利秀包担任副将,率领大阪的七手组①、大和的诸将以及九州调来的兵力共一万五千人,出兵攻打大津。兵力一出,大阪城内外立即变得鸦雀无声。

茶茶对大津城的战况一无所知,更不用说在东方展开的大战战况了。自从部队朝大津城进发后,大阪城内笼罩着异常紧张的氛围。大津城的攻城之战尚不足挂心,就在这几

---

①七手组:由丰臣秀吉创建的护卫队。秀吉生前将一万精锐部队整编成七个部队,担任秀吉的贴身护卫或参加朝廷的典礼。

天，东方将展开最具有决定性的合战。使者们络绎不绝地来往于城内，茶茶和秀赖守在自己的屋内足不出户。

十六日半夜，使者来到城内，带来大津开城的消息。从侍女口中得知此事后，茶茶再也无法不闻不问，立即遣使前往辉元处打探战况。虽然她担心高次的安危，但还是无法露骨地问出口。使者替辉元带话给茶茶，告诉她大津城在一番激战后，于十五日陷落，请她务必放心，除此之外没有别的消息，可能辉元自己也不知道更多。

茶茶一夜难眠地挨到天亮，她估计高次可能已经战死。为了京极家的复兴，高次从小便痛苦地挣扎顽抗，他短暂的一生甚为可悲。当年信长命丧本能寺之时，高次曾经愚蠢地带兵突袭位于湖畔的秀吉居城，这次又像是往事重演一样。每逢改朝换代之时，高次的选择似乎总是错误的，只有茶茶能懂这样的高次，虽然说不清也道不明，但在情感上她就是可以理解高次，那是继承了京极这个名门血脉的年轻武将必须背负的不幸命运。

次日一早，茶茶被一名侍女唤醒，说是辉元有事来报，茶茶脸色大变。辉元之前从未亲自登门，恐怕是有大事发生。只见辉元走进屋内，身上还穿着盔甲，他在茶茶面前坐下便说："就在半刻之前接到战报，我军武运不济，关原一战一败涂地"，看他面色十分憔悴。

"什么时候的事？"

"十五日下午。"

"那岂不是和大津城陷落是同一天。"

"是的。今后无论事态如何发展，辉元我都会舍命护得二位周全，请您不要多虑，在此静候。"

"城池陷落这样的事，我已经经历过多次了，您不必为我担心。"

茶茶这样回答，并不带一丝嘲讽的意思。她从没有忘记那烧毁小谷城和北之庄的烈焰红莲，也已经习惯了近亲们的相继离世。父亲长政、母亲阿市夫人、继父胜家、舅舅信长，这些亲人都死于非命，后来，她又与鹤松和秀吉阴阳两隔。与此前的经历相比，这次她已经再没有什么亲人可失去，最亲近的也就是高次，倘若高次也战死沙场的话，她活着也就毫无意义了。

然而，茶茶此刻突然想到秀赖，她激动得不能自已。是的，秀赖无论如何都要活下去。而在秀赖成为名副其实的天下霸主之前，她也必须活下去。想到这里，她感到怒火中烧，那些应该为此次战败负责的武将们，事前并没有和自己充分商量，举事后却又一败涂地。

"这会儿肯定有很多残兵败将回来吧，城里恐怕要装不下了。"

茶茶这回讥讽地说道，说完便起身离去，留下这个不怎么机灵的武将兀自坐着。

正如茶茶所说，到了黄昏时分，打了败仗的小队伍纷纷入城。到了夜里，登上天守眺望远处，会看到城外四处都燃着篝火，恍如白昼，打了败仗的人们不断被收容在此。

听近侍们说，城内的武将们分为两派，强硬派主张死守城池拼死一战，保守派则主张开城投降，如今这两派之间正展开激烈的论战。城内如今还有相当人数的兵力，从前方战场战败归来的兵力也在不断涌进城内，在茶茶看来，若是有与德川军决一死战的念头，这座城轻易不会被攻下。这可是秀吉亲自指挥监工建成的固若金汤的城池，天下间绝无仅有。然而，如果没有优秀的领导者，城池陷落只是时日的问题。石田三成、大谷吉继等比较能够依靠的武将们尚且杳无音信。

十八日晚上，茶茶从近侍处得知，大津开城时，京极高次转移到了高野山。若此消息属实，高次应该尚在人世。估计他作为开城的负责人，是主动前往高野山的。茶茶一得知高次可能还活着的消息，便为自己竟曾短暂地为他悲伤感慨而后悔莫及。一想到他背叛了自己倒向德川一方，茶茶心中重新燃起怒火。

"要是他再坚持一天开城，想必家康也会领他这份情，真是沉不住气啊。"

茶茶口中挤出这样一句话。的确，就差一天，高次与此次战功擦肩而过。细想之下，这倒有些像高次一贯的风格。

茶茶走到庭院中，天空挂着一轮圆月，几乎接近满月，苍白的月光笼罩住周遭的一切。虽然不知道明天将会有什么样的命运等待自己，然而越是到了这种非常时刻，茶茶越能感到内心的平静。不知从何时起，她已经可以笑看人生的风云变幻，从容应对了。

茶茶忽然想到阿初和小督这两个妹妹。如今，她们三姐妹各自处在完全不同的立场。在她们三人中，目前不需要为身家性命担忧的恐怕只有小督了。自从成为秀忠侧室，她一直居住在江户，并于三年前的庆长二年诞下一女。当时，茶茶曾派人送去祝贺的书信，然而小督却没有任何回音，这倒也符合她的个性。

茶茶在担惊受怕中挨过了几日。合战随时都会爆发，时局可能出现各种意想不到的变化。然而茶茶每天都闷在屋内，与世隔绝，她也没有主动向近侍们打听外面的动静。城里似乎有武士们行动的声音，持续两三日后便寂然无声了。

二十七日，茶茶突然接到来报，说家康打算前来拜谒秀赖，也不知家康是何时来到大阪城的。事实上，家康在城里的西之丸安顿好的当天，就立即派使者前往茶茶处报信。秀忠也与家康一同入城，在二之丸安置妥当。之前一直守在城内的大阪方的武士全部销声匿迹,不见一人踪迹。

茶茶在自己的房间里,眼看着家康傲然地走进来。她让秀赖坐上座,自己则守候在一旁。

家康在秀赖面前刚一坐下便说:

"许久不曾见到幼主,似乎又长大些了啊。"

随后对着茶茶说道:

"一群乱臣贼子掀起的风波,如今已经悉数平息了。想必也令淀殿您感到不快。"

"让您费心,此番真是辛苦大人了!"

茶茶用语虽然慎重,然而语气十分冷淡,极力维持着自尊。家康沉吟片刻,又道:

"石田治部、小西行长、安国寺惠琼等人都被活捉,现在正在被押回大阪的路上。若您对他们还有吩咐,我可以代为转达。"

"没什么特别的。"

茶茶说道,随后又问:

"将如何处置这三人?"

"二十九日在大阪游街,下个月一日在京都六条碛斩首。"

家康面不改色地继续说:

"三人的首级将在三条之桥示众,这是那些扰乱世道人心之人应有的下场。"

有那么一瞬间，茶茶觉得家康冷眼盯着自己，眼神中有一种说不出的可怕，似乎在说，你们二人本来也该遭此报，这次暂时放过你们，不过，若是胆敢再犯，就别怪我手下不留情面。你们也会在六条碛被斩首，在三条之桥以首级示众的。

茶茶正视着家康说道：

"每个人都无法预知未来。就拿治部少辅来说，虽说他是自作自受，但走到这样的下场也不得不让人感到意外……当年修理（胜家）大人，还有我父亲长政也都死于非命。唉，真像做了一场梦一样。"

茶茶满怀敌意地讥讽道。她的意思是，你家康今天虽然一手掌握着天下大权，将来也可能同样在六条碛被斩首，首级在三条之桥示众。你凭什么认为自己就能逃过石田三成、父亲长政以及信长遭遇的命运安排。

正如家康所言，石田、小西、安国寺三名武将于十一月一日在京都的六条碛被斩首，而三人的首级，连同自杀的长束正家的首级一起，在三条之桥被悬首示众。

后来一段时间，残忍血腥的传言持续不断。有说曾为大阪军做内应的伏见城内的十八人在粟田口被施以磔刑，也有说大阪军的几十名武士因为行动可疑而被斩首，净是这些杀生之事。

关原合战结束后，再也没有武将前来拜访茶茶和秀赖了。可能是因为大家对家康颇为忌惮，这更加说明站在茶茶和秀赖这一边的武士们已被一扫而空，秀赖身边再无可用之人了。这样的日子一天天过去，茶茶唯一听到的略使人一振的消息便是关于京极高次的。据说他已领若狭九万两千石，比起之前大津的六万石是出息了不少。虽然大津最后开城，也就是高次向大阪军投降了，但从结果来看，他将大阪的大军引至自己的城外，使他们对关原战场鞭长莫及，可以说是立下了功劳。而家康买了他这笔账，因此不但不给予惩罚，反而加以褒奖。

倘若高次再多坚持一天，拒不打开大津城门，那么他此番举动将居功至伟、无人能及，可他却不幸地提前打开城门。不过在茶茶看来，这一切都是高次的宿命。

高次做出追随德川大军的决定，一开始便时运不济地遭到大阪军的围城。虽然他奋力顽抗过，但却没能坚持到最后关头，不得已打开了城门。他自觉无颜见人，立志到高野山上去隐遁，谁知一被召见，又厚颜无耻地下山入世，还得到了若狭九万二千石的封赏，这些事都符合高次的个性。

然而，茶茶细想之下，还是对高次和阿初此次对秀赖拔刀相向之事颇为怨恨，她尽量让自己不再想起此事。然而不经意间想到时，还是感到压抑不住的怒火在身体里熊熊燃烧。

第二年六月，已经削发为尼的京极局来拜访茶茶，她为弟弟高次投降德川大军一事感到羞愧难当。她告诉茶茶，大阪军当日围攻大津城，战事十分激烈，炮弹直接击中了本丸，而她当时就躲在本丸内，被巨大的冲击力震晕了过去。

"您此番真是经历了大劫大难啊。"茶茶说。

"这样的小事实在不足以向您提起。做出这样的事，也不知殿下在九泉之下是否能瞑目。这世道真是让人厌倦。"

京极局皱着眉说道，似乎不是作戏。此次她来拜访茶茶，主要是希望茶茶能帮助她在京都找一处住所。这次事件之后，她似乎再也不愿寄居在弟弟高次的领地。除了茶茶这里，她还到京都去拜访了住在三本木的北政所，也提出了同样的请求。当年秀吉在世之时，京极局十分讨厌北政所，如今秀吉仙逝，她逐渐淡忘了当年的憎恶之情，对北政所的态度和对茶茶的别无二致。

京极局离开后不久，茶茶想办法让京极局的请求传到片桐且元那里，后者一直住在城里，算是茶茶母子的监护人，负责照顾他们。也不知是否是因为茶茶这边的努力，不到一个月的时间，茶茶便收到了京极局的感谢信。信上说她如今在西洞院一间类似庵室的小屋内定居了。

就在京极局搬迁的前后，茶茶听说加贺局摩阿已经改嫁，嫁给了权大纳言①万里小路充房，这像是加贺局能做出来的事。她恐怕早已将秀吉忘到九霄云外，凭着自己的美貌，再嫁给有名望的公卿，从此便能享受新生活。

随着关原一战的硝烟逐渐消散，天下大权完全掌握在家康手里，他似乎早已不把秀赖放在眼里了。关原合战之前，无论遇到何事，即便是走个过场，家康也会遵循先向秀赖请示的规矩，如今连这过场也免了。对他来说，茶茶和秀赖不过是大阪城的寄居者而已，只是略享些特权罢了。

家康几乎都在自己的大本营江户城以及伏见城间来往，很少来大阪城，可大阪城的一举一动都在他掌握之中，如今大阪城只在形式上属于秀赖而已。

关原一役后又过了三年，到庆长八年的二月十二日，家康被任命为右大臣②，并被封为征夷大将军③。三月二十五日，家康以牛车兵仗④的仪式入宫觐见。跟随他一同入宫的

---

①权大纳言：太政官官职。相当于四等次官，官位为正三位。

②右大臣：太政官官职。与左大臣并属于太政官中掌握实权的长官，其位仅次于左大臣，负责主持朝政。官位相当于正或从二品。

③征夷大将军：原是古代镇抚虾夷的远征军指挥官，属于令外官。镰仓时代以来，成为幕府主宰者的职位，是武家社会最高的权威，简称作"将军"。

④牛车兵仗：牛车指出入宫禁时的辇车，兵仗指随带侍从出入宫禁，都是与摄政相同的待遇。

有德川秀康、细川忠兴、池田辉政、京极高次、福岛正则等武将，这些武将之前都深受秀吉恩遇。

在家康入宫之前，此事便传遍街头巷尾。茶茶回想起当年秀吉多次入宫觐见时的华丽仪典。一想到当时追随秀吉入宫的武将们如今同样追随在家康身后，她心里便五味杂陈。

在家康成为征夷大将军的同时，千姬——也就是秀忠与小督之女——与秀赖的婚事也被提上议程。此事明记于秀吉的遗言之中，又公布于天下武将周知，家康早晚都必须兑现。

茶茶听到此事时，虽然无法确定秀赖与千姬的婚礼在现实中究竟能起什么作用，但只要家康不违反秀吉的遗言，她便觉得满意，因此也就应允下来。她当然没有天真到以为只要秀赖娶了千姬，从此便可以安枕无忧。秀赖十一岁，千姬才七岁，他们的婚姻只是形式而已，谁知道将来会有什么变数呢。

看看家康过去的所作所为便能知道，即使他把自己的亲孙女嫁过来，秀赖的地位也绝不会因此而得到保障。当年，家康为了与信长和解，可是亲手杀死了自己嫡亲的儿子信康。后来，他为了剿灭北条氏，对自己的女婿北条氏直也没有手软。因此，茶茶对秀赖与千姬此次的联姻不抱一丝幻想。不过，千姬是自己妹妹小督的亲生女儿，考虑到自己与小督的关系，她对这次婚姻还怀有另一层期待。浅井家的两个女儿各自十月怀胎诞下的孩子，一旦结为连理，这便不仅仅是一场简单的政治联姻，而是亲上加亲的一桩好姻缘。

千姬出嫁的时间定在七月。从春天到夏天，大阪城内为此次婚礼忙得不可开交，婚礼的安排主要由片桐且元负责。这段时间，家康一直住在伏见城，而秀忠和小督带着千姬住在江户城。到了七月，小督会带着千姬从江户出发，先坐船抵达大阪，然后住进伏见城准备婚礼，直到出嫁当天。一想到要和多年未见的小督会面，茶茶感到由衷地高兴。

七月二十一日的傍晚，小督与千姬所乘之船抵达大阪，茶茶与前去迎接的武将们一起将小督和千姬迎入大阪城。多年未见，小督变得让茶茶都认不出来了。她身材丰满、脸庞圆润，像换了一个人，面部还是和小时候一样没有表情，但肌肤都松弛下来。她眼神沉稳，甚至有些冷漠，一举一动都很缓慢。茶茶觉得这样的小督看上去自私冷酷，拒人于千里之外。茶茶这边本是欢心雀跃地迎接小督的到来，谁料小督似乎丝毫不为所动，一切都按部就班，连往前迈一步都要扶着近侍的手。茶茶想，和从前相比，自己和小督的地位是完全颠倒过来了。

小督和千姬在大阪城中留宿一宿，考虑到她们舟车劳顿，茶茶便没去打扰二人。次日一早，小督要带着千姬赶往伏见城，只能等婚礼之后两人再坐下来细聊了。

离千姬上轿的二十八日只剩一两天，大阪城内一时忙乱不已。千姬的轿子预定在婚礼当日抵达大手桥①，就如何将她从那里迎进城里的玄关，大家争论不休。有人认为应该在路上铺上榻榻米，其上再加盖白色绢布，也有人反对说大神君（家康）不喜奢华，应该尽量避免这样铺张的安排。最终还是决定不铺榻榻米，由大久保相模守前往伏见城跟随仪仗队，浅野纪伊守在大手桥恭候轿辇到来。茶茶看到这些负责婚事准备的人们如此揣测家康之意，为此左右为难，心中颇感不快。

婚礼当日，一大早便是个艳阳天，一丝乌云也没有，到了中午也不是很热。千姬所乘的花船从伏见出发，沿着淀川一路下来。在伏见到大阪这一路，淀川沿岸都派驻有西国大名警卫，沿着河岸一带分别驻守着弓箭队、铁枪队、铁炮队各三百人。船只缓慢行驶在白色的浪花之间，应千姬的要求，在各处停停走走，有时甚至还要逆流行船，怎么看都不像是举办婚礼的花船。有时遇到浅滩，船只很难通行，堀尾信浓守便率领三百名劳力拿着铁锹下到河里深挖河床，花船中不断传来讨好千姬的笑声。

婚礼在大阪城内的大广间举行。茶茶和秀赖并坐，对面坐着小督和千姬。房屋的障子全部打开，广阔的庭院尽收眼底，院中的地面铺满了白沙，种着数枝盘虬卧龙般的老松。

----

①大手桥：大手门前的桥。

祝酒仪式刚一结束，千姬就立即起身，她横穿屋内，从走廊上下到庭院中，一大群侍女尾随她而去。秀赖也和平日不同，一直板着脸坐着，一动也不动。

"到庭院中和她一起去玩吧。"

茶茶望向秀赖敏感苍白的侧脸说道，然而秀赖却纹丝不动地盯着前方。

当天晚上，茶茶和小督一起在广间内用膳，屋内的障子全部大开，凉风习习吹进来。可她们姐妹竟然找不到可以聊的话题，二人心中似乎都有芥蒂，任何话题都似乎不合时宜。她们的关系微妙，既是亲姐妹，又是仇敌，所以只能说些客客气气、不痛不痒的话，唯一的共通话题便是阿初。听小督说，她与阿初见过数面，茶茶细问究竟后心中便再也无法平静。原来，阿初专程从若狭前往江户见过小督数面，可大阪城与若狭的距离比江户近多了，阿初却一次也没有来过。

茶茶和小督越聊越觉得秀赖与千姬的婚姻没有任何意义。从一开始茶茶便没有为这段婚事感动高兴，小督也是一样。倘若婚礼是在秀吉在世时举行的话，肯定不是今天这番光景。秀吉一向心思细腻，注重细节，这样的婚礼肯定会办得隆重热闹。他一定会在广阔的院内安排能乐、相扑以及魔术等表演，并邀请诸位大名列席，连续数日举办盛大的宴会。

当然，今晚也有宴会，与此次婚事相关的诸位武将们也在城内的某处列席参加，可宴席热闹与否，身在此处的茶茶就不得而知了。

"哎呀，月亮出来了。"

小督突然说，同时微微弯下腰向外面仰头看去，庭院正对着的筑山上方爬上了一轮明月。看着仰头望月的小督的侧颜，茶茶突然想起了她小时候的面容。直到此刻，茶茶才感觉到与小督之间血脉相连的亲情。

"江户的月色如何？"茶茶问道。

"嗯，江户的月亮还不都是一个样。"

说完，小督又似乎深思了片刻，继续说道：

"如此想来，妾身观赏过好多座城池的月色啊。当年在大野城的……"

说到这里，小督突然缄口不语。茶茶也感到惊讶，小督可能是回忆起了对她来说最难忘的大野城的月色，想倾诉一下吧。当年秀吉将她与大野城主佐治与九郎硬生生地拆散，后来又杀死了佐治与九郎，恐怕小督对此事依然怀恨在心。突然听到小督这样说，茶茶竟一时语塞。

"虽然经历了这么多磨难，不过还好当年没有被烧死在福井城。倘若当时和母亲一起共赴黄泉的话，我们也就不可能欣赏到今晚的月色了。"茶茶说道。

"茶茶姐真的这样想吗？"

小督问，此时她才第一次正眼看向茶茶的脸。

"我不止一次地希望当年能和母亲一起死在那座城里，我还以为茶茶姐的想法也和我一样呢。过去我这么认为，就是刚才我也还是这么认为的。"

"妾身还有秀赖呢。"

"妾身也曾经有一个像秀赖一样的儿子。"

"你是不是还在恨我？"

"并没有，我不恨茶茶姐。但我憎恨那个天下之主。"小督斩钉截铁地回答道。

"看在幼主与千姬小姐联姻的分上，我们就让过去的恩恩怨怨到此为止吧。"

"能到此为止吗？"

小督立即反问茶茶，又说道："倘若幼主与千姬之间诞下孩儿，那么这个孩子身上既有天下之主和公方大人的血，又有茶茶姐和小督的血，到时候可就热闹了。"

说完小督低声冷笑。茶茶感到自己的膝盖一麻，腿不由自主地微微颤抖起来。正如小督所言，若是将秀吉、家康，以及小督和自己四人的血混在一起，不知道会发生什么可怕的事，这简直和将水火不容的东西掺杂到一起一样。

"天下之主真是绸缪了一件了不得的事啊。真不知道他到底是怎么想的！"

就这样，茶茶与小督各怀心结的见面不到一刻时间便结束了。无论今后的际遇如何，小督对于茶茶和秀吉的怨恨，似乎永远都无法消除。

这天夜里，茶茶才意识到一件事，今后，千姬名义上是秀赖的妻室，可实际上只是一名人质，秀赖的妻室还需要从其他女性中挑选。

秀赖与千姬成婚后的第二年，即庆长九年的七月十七日，继千姬之后，小督在江户城的西之丸中又诞下一个孩儿，而且是个男孩。这个男孩今后的名字是竹千代，也就是后来成为第三代将军的德川家光。对小督来说，虽然她前半生经历过那么多非比寻常的不幸，可从这一刻开始，同样非比寻常的幸运之门开始向她敞开。其实不用等到现在，从她成为家康嫡子秀忠的妻室那一天起，她便在幸运的大道上迈出了第一步，只不过那时她尚未为秀忠诞下男儿，因此，前半生所遭遇的各种不幸的阴影还深深地笼罩在她的面上和心里。可如今的小督容光焕发，因为她知道，凭借为德川家诞下嫡子的功劳，今后她在德川家的地位将稳如泰山，不可动摇。她再也不用担心像当初嫁给第一个丈夫佐治与九郎时那样，家庭幸福被手握大权之人破坏，也不用担心像嫁给第二个丈夫羽柴秀胜时那样，丈夫战死沙场，自己变成寡妇。如今，德川氏的权势已经无可动摇，世上再也没有人敢觊觎德川氏的霸权地位，战乱的祸根已经逐渐被扼杀了。

一个多月以后，小督诞下男儿的消息送到茶茶处。虽然茶茶对秀忠与小督之间是否生下男孩并不感兴趣，但还是给小督送去了祝贺的书信，又派贺使以秀赖的名义给家康和秀忠送去贺礼。除了这些应尽的礼节，为了安慰刚经历过分娩之痛，完成了女人承担的大任的小督，茶茶还另外给小督写了一封犒劳的书信。

信寄出后，立即收到了小督的回信，信中语气颇为郑重。茶茶本来没有期待小督会给她回信，因此收到信后反而感到意外。虽然信写得很简单，但喜悦之情溢于言表，字迹倒还是和从前一样不怎么漂亮，像个粗犷的男人写的似的，茶茶一下就能辨认出来，还有两处写错的地方，用墨水涂黑了，这些有意思的地方一看就是小督的风格。去年嫁给秀赖的千姬今年已经八岁了，婚后一直住在大阪城，小督在信中却对她只字未提。估计小督正沉浸在诞下嫡子的喜悦中，早将千姬忘到九霄云外去了。可不管怎么高兴，毕竟千姬也是她怀胎十月辛苦诞下的亲骨肉，且还不在身边，放在一般母亲那里，应该更加疼爱她才对。小督似乎不这样想，在她看来，千姬只是个女孩儿，再加上已经离开自己嫁人，就没有必要疼爱，反而应该越来越疏远才对。

读了小督的信后，茶茶第一次想起那个同住在大阪城里的千姬，之前她几乎忽略了这个被德川家寄放在此的小人儿，她开始同情千姬了。一直以来，她只当千姬是人质而已，并未费心照拂，她完全不知道同样生活在这座城池一角的千姬究竟过着怎样的生活。想必有那些从江户跟随过来的武士和侍女们侍奉左右，肯定是丰衣足食无忧无虑的，所以她也从不做任何过问和干涉。

　　庆长十年三月，秀忠将从江户上洛的消息被公布出来。至于秀忠上洛的理由，茶茶全然不知。那些力挺秀赖，经常出入于大阪城的少数武士们也无从知晓。

　　据大阪城内纷传的消息说，此次秀忠上洛的方式将遵照当日赖朝[1]上洛时的传统规矩，供奉的军队将达到十万人。赖朝当年上洛时，由田山重忠打头阵，整个仪仗队被划分为多个团体，从镰仓出发，在第二十天才到达京都，据说秀忠此次将完全效仿当时的做法。其后，秀忠上洛的目的也被公布出来，说是为了去岁即庆长八年被任命为右近卫大将[2]，特此向朝廷谢恩的，但茶茶觉得这个理由只不过是个幌子。

---

[1]赖朝：指源赖朝（1147—1199），日本镰仓幕府首任征夷大将军，也是日本幕府制度的建立者。他是平安时代末期河内源氏的源义朝的第三子。著名的武将源义经是他的同父异母弟。

[2]右近卫大将：属于令外官近卫尉府官职，大将各设左右两名，属于近卫府长官。相当于正三位官位。

在茶茶看来，秀忠此次上洛，无疑是家康策划的一次明目张胆的示威行动，以此来震慑自己这一方的势力。

终于到了三月，秀忠上洛的那天，队伍浩浩荡荡，场面盛况空前，超出人们的想象。而秀忠本人的威仪更是震慑住整个上方一带。一时间，街头巷尾议论纷纷，传闻不断。

同时，在京都和大阪街上的多处墙上，都出现了一句讽刺诗："小拾大人（秀赖），警惕提防。"

茶茶为了不影响心情，故意避而不听任何关于秀忠上洛的传言。尽管相关的各种讯息已经在近侍和侍女们中间传得沸沸扬扬，但茶茶严令禁止他们在自己面前提起这个话题。

然而，秀忠上洛只是一个开始，其后发生的事情更足以让身处大阪的茶茶失魂落魄。在秀忠上洛后一个月左右的四月初，家康突然辞去将军之职，并让位于其子秀忠。这个消息在大阪城内不胫而走，也不知具体是谁带来的讯息，总之，此事似乎最先在大阪城内传开。

听说此事后，茶茶大惊失色。迄今为止她从未料到会发生这样的事，可仔细思量一下，这样的发展完全在情理之中。如今家康手握天下大权，如果将将军一职让位给秀忠，那么在家康在世期间，秀忠的地位将安如磐石。以家康的为人，他一定会这样做的。

"怎么会这样！"

听到加藤、福岛两位武将匆忙带来的这个消息，茶茶惊呼道。虽然她心里明白这个消息十分可靠，可嘴上还是不愿承认。

没过多久，到了四月十二日，茶茶便得到消息，秀忠已从内大臣①被提拔为右大臣。又过了三日，到四月十五日，传言得到证实，家康虽然没有对外公开消息，但他已于七日辞去将军之职，而秀忠则接替他成为征夷大将军，官升内大臣正二位。

传言成真后的第二天，四月十六日，大阪城笼罩于一种异样的氛围当中。平日里被视为秀赖一党的武将们一大早便陆续进城来拜谒秀赖，城内的广场上许久没有这么热闹，能听到几十匹战马的嘶鸣声。

直至今日，茶茶才明白了秀忠率领十万大军上洛的真正目的。家康一旦让将军之位于秀忠，人心可能出现动摇，倘若那些大阪城及周边为秀赖打抱不平的武将们有所行动，十万大军将立即从京都发兵，进入山崎平原，沿淀川直逼大阪。

此次家康将将军之位让给自己的儿子，也就是向天下郑重宣布不会把政权还给丰臣氏。一直以来，茶茶心里也明

---

①内大臣：属于令外官，地位仅次于左大臣、右大臣。官位相当于正或从二位。

白,家康不会轻易把政权交还给秀赖,可总还是抱着一丝期望的。然而,让她意想不到的是,在秀吉去世后还不到七年的时间里,事态便如此迅速地发展至此。

茶茶算是看明白了,家康一直以来包藏的狼子野心终于露出来了。

就在茶茶得知秀忠就任将军之位的第二天,北政所派使者来到大阪城,今时不同往日,茶茶立即召见使者问明来意。原来,北政所是为了劝说茶茶,让她趁着秀忠新晋将军之机,带着秀赖上洛,向新将军致以问候。使者是一位茶茶不认识的武士,有一张敏感而消瘦的面庞。

这位使者虽然是北政所派来的,但背后一定是受到家康的指使。家康一向对任何事情都力求谨慎,这肯定是他思虑再三的结果。

"恕我不能接受北政所夫人的提议。不管对方是否是将军,丰臣氏是主公,德川氏是臣子。如果秀忠殿下想要面见幼主的话,那么他亲自来大阪城比较合适。就请您回去将此话代为转达。"

茶茶的这番话立即在城内传开了,紧跟着城下也都议论纷纷。没几天的时间,京都大阪一带的人们都在传言,说大阪军和德川军之间即将有一场大战。与此同时,不知道从哪里冒出来众多浪人，他们频繁往来于大阪和京都之间，一些人投向大阪，另一些则投靠京都，其中还有一些十人甚至二十人组成的小团体。这样一来，越发显得这纷纷扰扰的传言真实可信了。在此局势之下，大阪城下的居民们都惶恐不已，每天都有人带着身家财物逃往郊外。

这些流言是真是假恐怕只有茶茶和家康知道。家康深知，如今大阪军至多能聚集一万军力。而茶茶则更加心知肚明，一旦在京都驻扎的十万大军禀雷霆之势而下，不到半刻时间大阪城便会被攻破。

五月十日，上总介忠辉作为将军家的名代①，来到大阪城参见秀赖，遂了茶茶的心愿。

将军家派名代来的那天，茶茶感到久违的身心舒畅。此次不是秀赖前往京都，而是将军家派使者来拜见，她觉得这说明秀赖的威势依然存在，对于未来，她似乎看到了一丝曙光。名代上总介辞别秀赖后，当天便返回伏见城。

可一到傍晚，茶茶的心情又起伏不定起来，她感觉不到那种胜利后的快感。虽然这一回合是让将军家向她低了头，可也就仅此而已，对于秀赖没有任何实质性的帮助。茶茶让凉风吹入屋内，在微凉的风中，她对自己和秀赖的未来失去了信心。想来，这次上总介来大阪一定是家康的主意，估计

---

①名代：代理的意思。

新将军秀忠根本不知道此事。

六月中旬,茶茶从京极局处得知,改嫁给万里小路充房的加贺局故去,享年三十四岁。虽然一直以来茶茶对她都没有好感,可闻得她死讯后,茶茶回忆起往事种种,觉得自己和加贺局缘分匪浅。当年同为秀吉的侧室,二人一直是死对头。如今秀吉故去,从前那种针锋相对势不两立的日子反而让人怀念。若说美貌,恐怕秀吉的众多侧室中无人能出加贺局之右。尤其是醍醐赏花那次,摩阿跟在北政所身后,悠然地漫步于醍醐山的山坡之上,那绚烂华美的姿态仍然历历在目。后来,她在秀吉死后不久便改嫁给万里小路充房,虽然被世人诟病,可也正是一般人都不能企及的荣华。

虽然摩阿有些唯利是图,可这种不执着不强求的性格也有她的有趣之处。她虽然嫁给秀吉为妾,也常会争风吃醋,但恐怕她心里对秀吉既没有爱慕也没有尊敬,所以才会在秀吉去后不顾众人之口,轻松地选择了自己一介女流最适宜的道路。加贺局作为前田利家之女,显赫的门第和高贵的出身决定了她为人处世的方式。

茶茶派人前往加贺局遗骸的安葬处紫野大德寺,以表她吊唁之意。她还决定下次再去京都时,要亲自前去凭吊一番。

秀忠成为将军之后,德川氏的霸权地位得到了前所未有的稳固。就在秀忠成为将军的第二年,即庆长十一年,江户城的修筑工程紧锣密鼓地启动了,此次工程的规模远远超过两年前西国诸位大名负责修筑的伏见城,劳师动众地云集了全国各地的木匠和石匠,还派出三千艘运石船,将石材从伊豆国运至江户。据说等到竣工那日,连秀吉修建的天下第一的大阪城也要相形见绌。

德川家筑城的脚步并没有停留在伏见和江户两城。庆长十三年,修筑骏府城的计划对外公布,次年十四年,丹波筱山城[①]的筑城工事启动,到了十五年二月,尾州名古屋城也开始修建。

家康将将军之位让给秀忠后,先在江户的西之丸住了一段时日,十二年搬至骏府,从此江户和骏府两城成为政治的中心,天下的政令无一不出自江户,相比之下,京都和大阪似乎完全成了地方城市。

庆长十三年夏天,茶茶在大阪城中迎来了京极高次这位稀客。自从庆长三年在秀吉葬礼上见过一面后,茶茶已经十年没见过高次了。其间又有关原一战,由于高次当时投靠了德川一方,从此以后二人的立场发生转变,便也没什么再见的契机。不过,每年正月或者夏冬时节,高次都会一丝不苟地寄来问候的书信及礼品,茶茶也会立即写一封简单的回

[①]丹波筱山城:今兵库县中部。

信，派人送给高次。

如今的高次已经四十五岁，是个上了年纪的武将。虽然他既不是外样①也不是谱代②，但凭借着他高贵的出身，家康对他也是青眼有加。茶茶能够再见到高次还是感到很欣慰，关原一战时她很生高次的气，可倘若当时高次投向大阪一方，即便不是战死沙场，也会落得个死罪难逃的下场，不可能安然无恙地站在这里。

茶茶留高次一起用了晚膳，虽然两人都有一肚子话，却都不怎么开口。高次一改年轻时的刚烈性子，语气平静而沉稳，成了名成熟的男子，不过，也因此失去了年轻时的风趣。

茶茶一开始不明白高次特意来到大阪城的用意何在，随着谈话的进行，才知道高次此次是特意来告诉她，如果将来家康或者秀忠要求秀赖上洛，一定要顺从他们的意思。从高次的口气中可以听出，他认为从上次茶茶拒绝上洛到现在，局势早已是今非昔比，所以没有必要为了没用的面子而做出遗恨千载的蠢事。

"我明白了。难为你挂心。我会听从你的意见的。"茶茶

---

①外样：指外样大名。"外样"与"谱代"对应，指与主家不存在真正意义的主仆关系，不参与主家的政务，只在军事动员时响应主家号令。同时，主家灭亡时背叛主家也不会遭受非议。

②谱代：指谱代大名。世世代代侍奉主家，参与主家政务的家臣。与主家结成牢固的君臣关系，一旦在主家灭亡后叛变，将遭受世间激烈的诟病。

坦率地回答道。

高次又说:"我了解您的个性,估计真到那个时候,您不会乖乖顺从的。不过请切记,忍字为上。"

"忍字为上"这种话,放在年轻时候的高次是绝对说不出来的。

同样的,茶茶也难以想象自己年轻时竟然会爱慕高次。也不知是她变了,还是高次变了。不过,时隔多年难得再次和旧相识聊天,她仍是备感愉悦。高次当晚住在大阪城里,第二天再次去茶茶的住处致意后方才离开,分别之前,他苦口婆心地将昨晚的话又说了一遍。

第二年,也就是庆长十四年,京极高次去世,享年四十六岁。高次的死虽然也让茶茶有所动容,但她并没有因此受到太大的打击。倘若一年前没有和高次见上一面,那么高次的死讯可能会让她感到一种特殊而复杂的伤感。这个临死前特意赶来告诫她"忍字为上"的武将走了,茶茶以对妹夫之死的惋惜之情,给妹妹阿初写了一封哀悼信。

现在茶茶真的是孤身一人了。秀吉、氏乡、高次都走了,对于十七岁的秀赖来说,她是其母,也是至爱,还是一个随时可以为他赴死的忠仆。茶茶不只要"忍字为上",还要和那些企图伤害秀赖威权的人以死相拼、战斗到底。此时此刻,她的这个决心变得更加强烈了。

第十章

庆长十五年的正月,茶茶头一次派贺使前往骏府问候家康。她本来认为完全没有必要派贺使去骏府,因为那是贬低自己身份的行为。可是在片桐且元的劝说下,她十分不情愿地答应了。要是搁在从前的茶茶,不管且元如何怂恿,她都不会答应这种有损秀赖权威的事。然而,当时高次刚离世不久,茶茶再次想起了他生前所说"忍字为上"的话,于是突然决定听从且元一次,以此来告慰高次的在天之灵。

从秀忠成为将军到现在,已经过去了五年。庆长十年,秀忠就任将军之位,那年五月,茶茶拒绝了家康提出的让秀赖上洛的要求,反而请将军家的名代前来参见秀赖,最终事情虽如茶茶所愿收尾,可如今的局势早和那时大相径庭。所有的政令要么发自秀忠所居的江户,要么发自家康所居的骏府,而身在大阪的茶茶和秀赖几乎到了人微言轻的地步。茶茶对现在的局势了然于胸,但仍然不愿意低眉折腰。仅这一次的妥协,也是为了对已逝少年时代的恋人有所交代。对于茶茶的问候，骏府也象征性地派来了还礼使。

到了庆长十六年的正月，大阪这边再次派出了贺使。这次还是和去年一样由且元提议，他的理由是去年既然派过贺使了，今年突然不派会很奇怪。这次茶茶有些纠结，她总觉得如果这次再派使者去，家康可能不会派还礼使来，倘若到时候要受此屈辱，不如将去年的旧账翻过去，今年就别再派贺使去自讨没趣了。

茶茶如此自然地做出这样的揣测不是没有道理。才一年的光景，局势已经大变。现在，无论大事小勤，德川方面对大阪的态度都十分强硬，茶茶和秀赖几乎完全被撂到了一边。如今也就有几个像片桐且元、加藤、福岛、浅野这样的武士，一边与德川方面亲厚，一边也顾念着丰臣家的旧主之情。其他的大名小名几乎全部在试图与大阪方面疏远。大家心里都有数，倘若有事没事地跑到茶茶和秀赖处问候一下，结果被江户或骏府方面不痛不痒地审问一番的话，后果不堪设想。

庆长十六年这一年，在片桐且元不断地劝说下，茶茶最终答应派新年贺使去骏府。然而，果然如茶茶所料，大阪这边虽然派了贺使去骏府，却没有收到任何答礼。

正月过后，二月初的某日，茶茶在城里的梅花林里举办了赏梅宴，在盛开的梅林四处铺满草垫，上面布置好酒宴。

以秀赖为中心，城里大部分武士及武家的女人们都出席了宴会。茶茶目不转睛地盯着秀赖的侧脸，女人们正在为他斟酒，秀赖则接过酒杯慢条斯理地饮着。今年已满十九岁的秀赖，无论从什么角度看，都成长为一名伟岸的武将了。

在茶茶眼中，秀赖的姿容看上去熠熠生辉。一双大眼睛明亮清澈，鼻子笔挺，面色虽然略显苍白，但不失青春貌美。这些容貌特征不太像秀吉，而是基本遗传自茶茶，所以秀赖既有些像他的外祖父浅井长政，又有些像信长。他的性格倒是有些像年轻时候的秀吉，有豪迈豁达的一面，又有敏感细心的一面。唯独那多年来养尊处优长成的大个头，既不像父亲也不像母亲。茶茶每次和秀赖并肩而立，看着比自己高出许多的秀赖时，都会幸福得有些神情恍惚，她才刚到秀赖的肩膀而已。

在此次赏梅的宴席上，也有千姬的身影。茶茶并不想邀请千姬，估计是且元从中安排，邀请千姬出席聚会。千姬今年年满十五岁，她七岁与秀赖举行婚礼，到现在已经过去八个年头。这个莫名其妙被德川家寄放于此的小东西，就这样在大阪城中成长至今。当年，在婚礼的第二天，茶茶就决定不把千姬视作秀赖之妻，而是当作德川家抵押在此的人质对待，八年以来这个想法一直没变，到现在也仍是如此。秀赖和千姬似乎也对茶茶的想法心知肚明，彼此都没有把对方当作举行过婚礼，喝过交杯酒的特殊男女。

茶茶命人前去邀请千姬，让她到自己和秀赖的宴席上来。不一会儿，在多名侍女的簇拥下，千姬走了过来，微微颔首行礼后，在秀赖下首些的位置上坐下来。千姬的面孔不太像她的母亲小督，更像父亲秀忠。虽然瘦削的脸庞显得有些刻薄，但五官十分端正，性格似乎更像母亲，言谈举止中有些不紧不慢的从容。在茶茶眼中，千姬和秀赖一样，都显得那么熠熠生辉，美丽动人。

秀赖与千姬互相微微颔首行礼后便沉默不语。千姬虽然被邀请入席，但看上去十分不自在，眼睛一会儿看向旁边梅树的树梢，一会儿又盯住自己的膝盖。

茶茶在稍远一些的地方冷眼观察着千姬的一举一动。她虽然邀请千姬坐到自己这边来，却一点也不想搭理她。这个女子今后的生死，全看骏府或者江户的态度，既然今年正月大阪派去贺使而骏府没有回礼，那么千姬就必须为这件事付出代价。

"接下来让我们交换席位吧。"

茶茶冷不丁地说了一句便立即起身。她是想把千姬一人晾在席上，好让她难堪。听闻此言，在一旁的大多数近侍都立即站起身来。然而秀赖却坐在原地一动不动，于是约一半的人还是留在原位。

冬日里和煦的阳光透过树枝，洒满整个梅林。茶茶在十多个女子的簇拥下漫步于梅林之间。女人们一路上有说有笑，茶茶只管安静地走自己的路，时不时与她们搭几句话。走着走着，她突然抬头看向之前坐过的席位，以秀赖为首的一众人等依然坐在那里。虽然茶茶当时起身时，并没有期待秀赖也会跟着她一道离开，但她内心肯定是盼着秀赖和她统一行动的，她当然不希望秀赖坐在那里不动。不过，茶茶自己离席已经达到了目的，千姬一人坐在秀赖的下首，没有一个人搭理她，看上去百无聊赖，孤独可怜。茶茶这才觉得解了心头之恨。

赏梅结束，大概过了十天，茶茶从一个侍女口中听到了一个令她意外的消息：据说秀赖最近每晚都会去千姬的寝殿。

茶茶简直不敢相信。当然，千姬表面上就是秀赖的妻室，可秀赖对这个妻子应该是怀恨在心，除此之外不应有其他任何感情，可为什么秀赖会去千姬处留宿呢。

茶茶立即派一名侍女前去打探，可侍女带回来的消息再次让茶茶失望。原来，自那日赏梅之后，秀赖的确经常出入千姬的寝殿。秀赖今年十九岁，已经纳了好几房侧室，茶茶也都同意了。秀赖正是血气方刚的年纪，肯定对女人的身体感兴趣，这种事情也不是作为母亲应该干涉的，但那个女人要是千姬的话就让人头疼了。八年前的婚礼一结束，秀赖与千姬便正式地结为夫妻，一起过夜本无可厚非，再正常不过了。然而，对茶茶而言，千姬只不过她从德川方面要来的人质，这个人质是需要在紧要关头派上用场的。

如今，这件事开始变味了，茶茶不得不仔细思考秀赖宠幸千姬的原因，秀赖既然与自己血脉相连，那么他应该不会对千姬动真感情。茶茶估摸着秀赖是继承了父亲秀吉好色的血统，所以也把千姬看作他众多女人中的一个罢了。在秀赖身边白白放着一个家康的孙女，他怎么可能仅仅满足于远观和欣赏呢。

茶茶为了说服自己，在心中如此揣测着秀赖和千姬的关系。只有等她想明白之后，才能够像从前一样对待千姬，才能继续将她视作德川家寄存在此的人质，她的生死全部掌握在茶茶手中。

三月二十日，家康从骏府上洛。一进二条城，家康便突然派人前来传话，说许久未见过秀赖了，希望他也能上洛一见。家康这次派来的使者是织田有乐，听闻这个要求，大阪城顿时炸开了锅。

茶茶立即召集以且元为首的城中主要武将，共同商讨此事的对策。大部分武将都认为，自从太阁殿下逝世后，大御所曾多次来到大阪面见秀赖，既然如此，为什么唯独这次要秀赖上洛去见呢，个中缘由实在让人百思不得其解。如果家康只是想看看秀赖长大后的模样，那么他理应亲自前往大阪求见才对。

茶茶虽已察觉此次秀赖被要求上洛一事大有风险，可是比起担心，她更多的是为之愤慨，家康一介丰臣家的家臣，凭何要求作为自己主上的秀赖前去见他呢。

"倘若太阁殿下尚在人世，怎么可能允许这样的荒唐事。"茶茶说道。

她似乎被自己这番话刺激到了似的，强烈的怒火猛地涌上心头。

一开始，秀赖只是安静地坐在一旁听着众人商议，当看到茶茶愤怒到声音都开始颤抖时，母亲的愤怒似乎逐渐感染了这个十九岁的年轻武将。茶茶的愤怒发自内心，足以让秀赖为之动容。此刻茶茶的胸中充满悲愤，她的愤怒中伴随着悲痛，表情看上去冷寂而忧郁。就在她的情绪几乎要传染给所有人时，一直沉默不语的且元突然发话了：

"可是，如若幼主此番拒绝上洛，就正好中了大御所的计。这就表示关东和上方不和，合战将势在必行。而合战的后果，我想不用说大家都心知肚明。大家勿再胡思乱想，让秀赖公上洛才是当务之急。唯有如此，才能向大御所表示上方这边别无二心，彼此才能相安无事。"

且元的话让众人都鸦雀无声。茶茶此刻比任何时候都更恨且元。茶茶觉得，他这一番话，表面上是在为秀赖着想，实际上完全是只顾自己自保。要打仗那就打吧。在茶茶眼中，十九岁的秀赖比这世上任何人都骁勇善战。之前还需要忍气吞声，如今秀赖已经长大成人，那些受过丰臣公雨露恩泽，愿意为秀赖豁出身家性命的武将们大有人在，人数肯定比自己知道的还要多出许多。

"传唤白井龙白，让他为秀赖上洛卜上一卦吧。"茶茶建议道。

"属下从命。那我这就安排此事。"且元面不改色地说道。

众人决定在第二天的同一时刻再次在城中召开评定会议。

第二天，茶茶以为白井龙白也会被传唤到会议现场当场占卜，谁知竟不见龙白的身影，仅由且元公布占卜的结果。据且元说，共卜了两卦，两次的卦象都说秀赖上洛是大吉。茶茶对这个结果十分不满，且元这点伎俩如何能骗得了她，就在她正要开口反驳时，秀赖突然说道：

"既然卜卦的结果是大吉，且大御所本人又是秀赖丈人的父亲，那么即使秀赖上洛，也不会有失丰家威信吧。"

茶茶简直怀疑自己的耳朵，她不相信这话能从秀赖口中说出来。就在这时,许久未见的千姬的身影突然浮现在茶茶脑海中。不知为什么,秀赖这番话的背后似乎能看到千姬的影子。一直以来,茶茶都只当千姬是一个德川家寄放在此的人质,如今,这个人质突然变身为一个巨大的障碍横亘在茶茶面前。千姬哪里是任人宰割的人质,她明明是一把德川家安插在自己这一方的锋利短刀,随时都有可能戳进茶茶的心脏。

然而,秀赖的话一点也没错,家康的确是他丈人的父亲,这一点不容置疑。

"若幼主如此期望,那只有这么办了。"

面对自己在这世上至爱的儿子,茶茶鼓足了力气勉强说道。就在这一瞬间,茶茶感觉到广间内紧张的空气立即得到缓解,大家似乎都长舒了一口气。

秀赖上洛之事一经决定,相关的准备工作立即展开了。有传言说,加藤、浅野、福岛几位武将曾私下商议,要对秀赖的安全多加防备,此事也已经知会于且元。

二十七日,秀赖带着三百骑兵,从大阪出发,沿着淀川行至淀。在淀等候着迎接秀赖的是家康十二岁的儿子右兵卫佐和十岁的儿子常陆介,以及池田三左卫门、加藤肥后守两名武将。从淀开始,秀赖换乘一种去除四壁的开放式轿辇,在上百个武士的保护下向京都进发,加藤、浅野两名武将紧紧守护在秀赖的轿辇两边。

自从送走秀赖,茶茶便魂不守舍,一心盼着秀赖平安返回大阪。为了防止千姬逃出城外,茶茶安排她一直住在自己的寝殿内,直到秀赖平安归来。她已经做好心理准备,一旦接到秀赖遇难的来报,她会立刻刺死千姬,自己也跟着自尽。然而,二条城中风平浪静,秀赖离开大阪的第二天上午九时便进入二条城,在那里拜见了家康以及同样是自己母亲的北政所,随后,他离开二条城,沿着来时的路来到伏见,又在伏见乘船,沿着淀川,于当日下午五时回到大阪城。

茶茶一听到秀赖平安归来的消息,便立即放千姬回自己的寝殿。在被茶茶监视的这段时间,千姬带着几名侍女在茶茶隔壁的房间里平静地生活着,和平日里并无二致。茶茶还时不时能听到从隔壁传来千姬爽朗明快的笑声,每每听到这笑声茶茶都备感惊讶,这笑声和她的母亲小督何其相似,以至于茶茶好几次都以为是小督在隔壁。在经历与佐治与九郎不幸的婚姻之前,小督的性格一向开朗乐观,任何苦难都不会在她心里留下阴影。千姬似乎完全继承了母亲的这种性格,也有开朗乐观的一面。唯一不同的是,小督脸型肥胖,实在算不上美人,可千姬却天生丽质。

在这件事上,茶茶可谓是完败,一直被她当作人质来对待的人,似乎丝毫未曾体味到人质该有的痛苦,性格也没有因此而有丝毫扭曲，从隔壁传来的声音是那么的干净明亮，无忧无虑。有一次，茶茶实在太好奇千姬到底有什么高兴的事，便走到隔壁去一探究竟，谁知她刚一走近，笑声便戛然而止，千姬立即端正颜色来面对茶茶。

"有什么好笑的事吗？"茶茶问道。

一个侍女替千姬解围道：

"我们在猜幼主现在到了哪里，用着什么膳食。"

茶茶一直在为秀赖的安危悬着一颗心，可千姬的心态则完全不同。

秀赖安然无恙地上洛归来后的第二个月的四月六日，迄今为止为茶茶和秀赖遮风挡雨，忠心守护着她们的浅野长政突发痘疮，在六十五岁的年纪离开了人世。又过了两个月左右，堀尾吉晴也于六月十七日去世，享年六十九岁。同月二十四日，加藤清正也在五十三岁的年纪与世长辞。据说清正是在从熊本回来的船上突然发病，舌头不听使唤后没多久就倒下了，大家都纷纷猜测他是被毒死的。这些茶茶赖以依靠的忠于丰家的武士们像是商量好了似的一个接一个地离世。虽然加藤和浅野两位武将不算是茶茶一党，而是属于长年与茶茶对立的北政所一方，但在秀吉离开后的这些岁月里，他们都是茶茶不得不仰仗和依靠的人物，不可否认，大阪方面失去他们，等于失去了强有力的支柱。

几位武将去后，大阪这边的茶茶拥护者已是寥寥无几，除了且元，也就是池田辉政、浅野幸长和前田利长等几个人了。

庆长十六年的秋天对茶茶来说尤为清冷寂寥，院中的梧桐树叶一片片凋零，只剩下光秃秃的树梢。茶茶觉得自己和秀赖的阵营也似那梧桐树一般，被一件一件剥去御寒的衣物，寒冷自外而内，侵袭进她的内心。

庆长十七年的春天，茶茶从一个经常前往骏府的茶人处听说，家康已是老态龙钟。家康时年七十二岁，要说老态龙钟一点也不稀奇。那茶人虽然一再闪烁其词，可茶茶听出他的意思是说家康命不久矣。

听出这层意思后，茶茶立即觉得眼前一片光明。自从浅野、加藤死后，茶茶的心头一直是层云笼罩，可当她意识到家康已然垂垂老矣，随时都可能归西时，便觉得乌云随即散去，数道灿烂的阳光洒落下来。茶茶心想，对啊，只要家康一死……她觉得自己面前的道路突然宽敞明亮起来。

一直以来，茶茶都在为秀赖祈求平安多福，她对各种神社和佛院的兴建和修葺十分热心，甚至到了让人觉得过于虔诚的程度。庆长九年，茶茶开始供养大阪四天王寺和醍醐寺三宝院金堂，其后的供养还包括十一年的南禅寺法堂、北野经堂、石清水八幡宫等的修建，十二年北野神社的改建，十三年向伊势大神供养大神乐殿，在各个佛寺神社的柱子或墙上都刻着秀赖和茶茶的名字。

自从意识到家康的死期将近之后，茶茶的这些供养便有了新的目的。十七年春，方广寺的大佛殿重建完工，这项工事早在十五年年中便启动，大阪方面投入了巨额经费，工事的指挥便是且元。在佛殿落成仪式上，茶茶除了为秀赖祈祷多福多寿，还禁不住祈祷家康早日归西，她祝祷的词藻更多的是在诅咒家康早登极乐。只要家康一死，这天下大权自然要回到秀赖手中。秀忠现在虽是将军，但他完全是仰仗父亲家康的名望，只要家康不在，将军的职位自然还是要由秀赖担任的。

到了十九年三月，大佛殿需要铸造一鼎巨钟，为此召集了三十九名铸造师，于四月十九日举行动工仪式。同月二十四日，且元前往骏府汇报巨钟完工之事，于五月三日面见家康，并计划在八月三日举行开眼供养，十月八日举行堂供养。

谁知到了四月二十九日，家康突然宣布供养延期，并命令大阪方面呈上梵钟上雕刻的铭文以及木札。主要是因为他听说铭文上刻有祈求家康早死的文字，用词十分大逆不道。

在重建大堂和铸造梵钟之时，茶茶的确许过盼望家康早死的愿望，但她不记得自己曾在梵钟的铭文中记载过这个愿望。

梵钟事件引发了极大的骚动，且元虽然一再辩解，仍无法熄灭家康的怒火，他迅速赶往骏府，却还是吃了家康的闭门羹。即便是身在大阪的茶茶，也知道此事非同小可，她立即委托大野治良的母亲大藏卿局，请她作为自己的使者前往骏府。茶茶思量着，即便家康不见且元，也应该会见替自己前去的使者，结果果然如茶茶所料，家康会见了大藏卿局。

大藏卿局从大阪归来后告诉茶茶，家康并没有传说的那么愤怒，但且元却向家康承诺会将茶茶和秀赖押做人质，将大阪城拱手让给关东方面。

茶茶和秀赖都不明白家康为什么对待且元时冷酷无情，对大藏卿局时却是另一副和善的面孔。但茶茶此次看清了且元的丑恶嘴脸，且元虽然身在大阪阵营，却成了骏府的先头兵。他竟敢承诺将自己和秀赖押为人质，还大言不惭地要将秀吉一手建成的大阪城拱手让人。

茶茶从小到大从未如现在这般愤怒过。秀赖一听说且元许诺家康之事，也觉得无法原谅。除了茶茶和秀赖，城中的其他武将也都愤愤不已。茶茶下令，一旦且元入城，立即将其关押审问，视具体情况可以随时将其按死罪处死。且元似乎也感觉到自己处境危险，他死守在自己的居城茨木不出，再也不敢在茶茶面前现身。

这个夏天,城内几乎每日都在召开评定会议,到了九月中旬,大阪军这边终于下定决心与德川方开战。与此同时,且元也挑明了背叛大阪之事,但城内之人已经没有余力去顾及此事了。大阪方面立即以秀赖的名义发表檄文,向诸国的浪人们公布了招兵告示,并派多人前往堺市,采买铁炮和弹药。

备战的总指挥由身在大阪城内的茶茶、秀赖、大野治长、织田有乐等人全权负责。每当城内召开评定会议,这些指挥者们都感到喜忧参半。招兵告示发出后,身处全国各地的武将们几乎没有任何动静,这让茶茶大失所望。她本来还指望着加贺的前田、萨州的岛津以及奥州的伊达等人,可这些武将的态度出人意料地冷漠,甚至其中有人向德川方面发表誓死效忠的誓约书,看来片桐且元背叛大阪城一事对整个局势造成了巨大的影响。

即便如此,大阪城内还是集结了将近十万名浪人,接连数日,这些浪人聚在一起将城里搅得天翻地覆,到处都能听到豪言壮语和慷慨陈词。这些浪人中也有不少名将,包括真田幸村、后藤基次、塙直之、长曾我部盛亲等人,他们都是关原之战后郁郁不得志的武将,这些人对于如今的大阪城来说,都是不可多得的人才。

十月初，大阪城举兵的消息传至骏府的家康耳中，家康亲自率领二十万大军，于十月十一日从骏府出发，将军秀忠则于二十三日从江户出发。东海道一百二十里的道路全是挤挤挨挨的前往大阪的武士和兵马。十一月十八日，家康和秀忠两队人马在大阪茶臼山会师。

这些东军的动向都事无巨细地都传入大阪城内，可城中将士似乎对此一筹莫展。不管是否愿意，除了死守城池外别无他法。茶茶对守城的决定颇为不满，她认为肯定有杀出城去一决高下的战略，可无论大野治长还是织田有乐，都将守城挂在嘴边，这场战争似乎除此之外没有其他打法了，连秀赖也同样如此认为。

由于事关军机要事，茶茶没有坚持自己的想法。既然连秀赖都支持守城说，只能相信他们已经有把握通过守城将战势引向对己方有利的方向。另外，大阪城可和别的城池不同，再怎么说它也是秀吉督建的天下名城，不可能在一朝一夕内被攻破。

在大家众口一致赞成守城的情势下，大阪方花了五十天左右便完成了各种守城的准备。十万武士遍布城内各处要塞，连只蚂蚁都不可能放进来，茶茶自己也身披铠甲，带着同样披坚执锐的几名近侍，每天巡视在各个关口。自从决定开战，茶茶几乎没有见过秀赖，作为守城军的统帅，秀赖几乎是一日万机，分身乏术。每当茶茶想见秀赖时，这个年轻的大将都在东奔西跑地忙碌着。

虽然城内的主要干将每天都召开军事评定会，但茶茶没有出席。虽然茶茶也想参加，却从未收到过邀请，况且会议召开的时间总是不固定，场所也随时有变。

即便如此，一旦茶茶偶尔得知会议召开的时间和地点，便会亲自前去参会。每当此时，茶茶就会命人在秀赖座前插上秀吉生前喜爱的金色葫芦的马印。虽然秀赖不喜欢她这样做，但茶茶每次都固执地坚持。在茶茶看来，马印象征着年轻的大将被父亲太阁殿下的荣光包围，有父亲的雄威护体。

大阪城周围到处驻扎着从全国各地赶来的德川军的人马，且数量与日俱增。以大阪为中心，周围的京都、奈良、摄津等各个方向都是兵马的海洋。茶茶还听说家康为了对大阪形成包围圈，在天王寺、今宫、茶臼山、今福以及天满等十几个地方修筑有对抗的城堡。日子就这样一天天过去，战争却迟迟没有打响，两军都在缓慢地进行着开战的准备。

茶茶悄悄派人在千姬的寝宫附近监视，从现在开始，德川家押在这里的东西才要发挥她应有的作用。茶茶认为，家康之所以不一鼓作气地攻打大阪，可能是顾及着城里的千姬。

一日，茶茶以慰问守城生活的名义来到千姬寝宫探视，千姬在门口迎接茶茶，然后引她到一间面向中庭，能看见筑山的待客室。此时的茶茶虽然没有盔甲加身，但也不是日常打扮，可千姬却一身盛装地迎接茶茶，似乎完全不知道要打仗一样。

"不知你战时的生活怎么样，我来看看你。"

茶茶一边环视着屋内各种华丽的摆设，一边语气讥讽地说道。

"我过得舒心自在。"千姬回答道。

"大御所就在附近了，你不能与他相见也是可怜。"

"合战一结束，双方一讲和，我就能见到祖父和父亲了。"

千姬的这番话让茶茶深感意外。她怎么都不相信这话能从千姬口中说出来。

"讲和？谁说过要讲和！这次的合战，我们不成功便成仁。"

"真的吗？"

千姬说这番话时表情天真无邪。倘若刚才这番话由千姬以外的任何人说出来，茶茶都会觉得不可饶恕，但此时茶茶审视自己的内心，吃惊地发现自己虽然感到诧异，却怎么也生不起气来。

"今后决不要再说这样的话了。万事务必要谨言慎行，不然被幼主听到你就百口莫辩了。"

茶茶刻意地说道，似乎嫌自己不够愤怒。千姬却"噗"的一声笑了出来。

"有什么可笑的？"茶茶立即追问。

千姬却不回答，再次笑了起来。

"你在笑什么呢？"

这次茶茶是厉声呵斥，千姬这才意识到惹怒了茶茶，连忙收起笑容回答道：

"因为二位都说了同样的话，所以我才笑了。"

"哪二位？"茶茶问。

"幼主也说过和您同样的话。"

"是吗，然后呢？"

"……"

千姬思索了片刻，随后说道：

"幼主也曾经这样说过。他也说绝不能让您听到，说如果您听到了，可能会当场晕过去。"

千姬说完后，似乎又想笑出声来，却一直咬着牙强忍笑意。

茶茶用完千姬端出来的茶点，很快就告辞离去了。

她一只脚刚迈出千姬的寝殿，便意识到一个问题，她最初来千姬寝殿的目的完全没有达到，自己反而完全被千姬牵制住。这个小丫头只管胡说八道，自己却没有做出任何责备和惩罚，她简直有些生自己的气了。明明是个人质，却完全没有作为人质该有的自觉，秀赖这位年轻的妻室让茶茶深恶痛绝。等到战事一开，这里变成枪林弹雨的时候，看她那时还能不能像现在这样悠然自得。"走着瞧吧"茶茶想，虽然她也没想清楚到时候瞧什么。

战争于十一月二十六日清晨，在大阪城东北部打响。守城军在这个方向设立了多重防御墙，德川军的上杉、佐竹两支部队冲着这些防线杀了过来。战报一飞进城中，城内便立即骚动不安起来。

茶茶立即登上天守，枪声听上去很近，可茶茶却不知道战场在哪里。经过近侍的解说，她才发现原来战场已近在咫尺，几乎可以尽收眼底，她能看到向前线冲锋的人马，他们在城下像一群涌动着的蚂蚁。就在这时，茶茶收到警告，说弹丸随时有可能击中天守，请她立即下楼，就在她下楼时，一大群人冲上楼去，紧急地在天守搭建防御墙。茶茶没想到，战事还没有真正打响，天守就有中弹的危险，这让她心惊胆战。

从那天晚上开始，大阪城一直被战场上的厮杀声和枪炮声包围，不分昼夜。茶茶每每在深夜惊醒，稍稍起身，便能听到枪声和呐喊声时远时近。

听说今福那边的防线一度被攻破后,守城兵士又迅速地将其修复。随着战线不断拉长,茶茶只知道各地的战争都在如火如荼地进行,但详细情况便无从知晓了。

过了一段时间,茶茶总是能时不时地从各处听到关于和谈的消息。有说本多正纯的使者进城与大野治长见面的,也有说其他使者来见过后藤又兵卫的。看来和谈似乎势在必行,所以大家都在纷纷议论。茶茶每次听到这些传言,都会去向秀赖确认,可秀赖每次都否认。

"即使大家真的想要和谈,秀赖也决心战斗到底。"秀赖的回答一成不变。

自从战斗打响,茶茶觉得秀赖待自己比之前冷漠了许多。秀赖曾经说过,一旦合战开始,就要打到底,直到城池灰飞烟灭,现在已经不是顾及面子或者意气用事的时候了,战争有开始就必须有结束。说这番话时秀赖的脸色铁青,甚至让茶茶有些害怕。

然而,茶茶的心境却有了变化。如果现在家康向己方提出议和,她觉得有必要先听听看,到时候根据和谈条件结束这场战争也未尝不可。

尽管秀赖一再否认接受和谈之事,可最近敌军的确停止了对大阪城的总攻。如此看来,传言倒是十分可信的了。

十二月十二日那天,城池突然遭到敌军的炮弹攻击,每次攻击的时间虽短，却持续了整整一天。这样的强度，即使是大阪城估计也有些招架不住，茶茶一整日都闭门不出。次日清晨，一枚炮弹击中了茶茶寝殿内的一间，殿内的女官们纷纷四处逃窜，茶茶走到纷乱的人群中，大声喝道：

"这场战争我们只有胜利，没有失败。你们这样慌慌张张的成何体统！倘若太阁殿下泉下有知，看到留在幼主身边的尽是你们这些不中用的下属，他可真要死不瞑目了。"

茶茶越说越觉得秀赖真是时运不济。

当日，城内召开了重大的军事评定会，在大野治长的邀请下，茶茶也出席了会议。会议在天守的大广间举行，所有守城的主要将领全部出席，从一开始，气氛便十分凝重。

在会议上，茶茶第一次听大野治长说起数日前敌方提出和谈的事情，而这次会议就是为了讨论是否接受和谈召开的，似乎家康那边已经屡次以各种形式派人来进行过和谈的交涉。

"京极若狭守的母亲大人作为中间人，我今天在京极忠高大人的营中与本多正纯、阿茶局会面。"

这位京极若狭守的母亲正是茶茶的妹妹阿初，京极高次去世后，她再没有改嫁，一直独自生活着，她的儿子忠高应该属于德川阵营，现在正在攻城军一方。

这么多年未见，茶茶已经很久没有想起阿初了，可她偏偏在这个时候冒出来，让茶茶备感意外，她没有想到阿初还有这样的本事。

在评定会议上，秀赖始终态度强硬，他主张无论对方提出何等条件，只要会对丰臣家的威信造成丝毫损伤，都绝不该接受。其实其他武将早已有议和之心，只有秀赖还在坚持。

又过了两三日，阿初来到城里。此次她作为使者前来，要与姐姐茶茶单独见面，只她们姐妹二人商量和谈之事。因此，她并没有见秀赖和其他任何武将，一进城便直奔茶茶的寝殿而来。

多年未见的两姐妹如今在屋内对坐着，阿初看上去出奇地年轻。本来三姐妹中小督最小，应该是她最年轻才对，可即便是与八年前参加秀赖与千姬婚礼时的小督相比，如今坐在对面的阿初仍然显得更年轻些。

"您看上去依然那么年轻。"

茶茶用少女时代绝没用过的郑重口吻说道。

"如此说来，茶茶夫人看上去倒是比实际年龄衰老了些。"阿初也郑重地回答道。

茶茶一向被人说比实际年龄看上去年轻，今天还是头一次被人说比实际年龄老。不知从什么时候开始，自己已经不知不觉地衰老了。茶茶和八年前见到的小督一样，身材都变得肥胖丰满，可阿初却仍然瘦削。虽然她说自己身体健康，没有生过一次病，但估计她就是长不胖的体质，脸上和身上一点赘肉都没有。

茶茶和阿初似乎有说不完的话，从母亲阿市夫人的话题聊到京极高次。当年茶茶见小督时，小督冷淡见外的态度曾让茶茶十分不快，这次见阿初却完全没有那种感觉。阿初这次身负交涉议和条件的使命，却对此只字不提，似乎这种难事与她毫不相干一样，只是不停地与茶茶聊些姐妹间共同的话题。可阿初越是不说重点，茶茶越感到莫名的不安。拉了一刻左右的家常后，阿初突然说：

"想必茶茶姐已经厌烦了吧，像烧毁城池啊，切腹自尽这样的事情。"

茶茶注意到，阿初这时的表情僵硬了一下。

"当然，我讨厌一切血腥残忍的事。小谷城和北之庄被烧毁时的样子至今依然历历在目。"

"哎呀！快别提了，别提了。"阿初连忙摇头道，好像想把幼年时看到的那烧毁两座城池的火焰颜色从脑海中甩出去一样。

随后，阿初从怀中掏出一封文书，铺展在茶茶面前。

"请您应允这上面的内容。"仅说完这一句，阿初便不再言语。文书上写着家康提出的议和条件。

条件有三：一是让秀赖与茶茶招揽来的浪人们恢复从前无主的身份，二是将大野和织田二将作为人质交出，三是将大阪城外围的护城壕沟填平。

茶茶看完书信后，立即松了一口气，这上面的内容并没有对秀赖构成任何伤害。

"我明白了。幼主应该也会应允吧。"茶茶用微微颤抖的声音说道。

茶茶立即将议和的三个条件传达给秀赖和主力干将，为此大家商议了许久。除了秀赖，其他武将似乎都希望马上答应这些条件，只有秀赖一直犹豫不决。他认为这几个条件恐怕只是暂时，更加严苛的条件会在交涉的第二个阶段被提出来。

"并不是我不相信京极若狭守的母亲大人。"秀赖说道。

然而大局已定，迫于形势，秀赖只得同意了这些议和条款。

几十天过去，茶茶的心情终于放晴。这样一来，秀赖就可以免于在燃烧着的城池中自尽了。不过，就在她放松下来的那一刻，突然想起了千姬的笑声，随后，千姬便在她脑海里挥之不去。一回想，一切都被千姬言中了。

秀赖的担心果然变成了现实。大阪冬之阵以后，不仅大阪城三之丸的外围沟壕被填平，议和条款中没有提到的二之丸的内部沟壑也被填平，二之丸的千贯橹、西之丸，还有织田有乐以及大野修理的宅邸都被夷为平地。这一切都被迅速且强硬地完成。

茶茶得知此事后，但凡遇到城中的任何一个武将，她都会愤愤不平地拉住人家问个究竟，她不明白事情为何会发展至此，这些行为和约好的大相径庭。然而事已至此，说什么也没用了。

对城内的武将们来说，和谈算是达成了，秀赖和茶茶都暂时无虞，他们自己也保住了性命，对这样一点违约行为也就睁一只眼闭一只眼算了。茶茶却怎么也想不通，约定就是约定，眼看着对方不守约，一声不响的算什么事。

茶茶立即传唤大野修理来商量对策。大野修理一来，茶茶发现他的面色比以往凝重许多，大野说：

"请您万事都交给我吧。现如今遇到任何事都需要忍耐再忍耐。倘若有个万一，我修理会一直陪伴您到底的。"

茶茶听了这话并不高兴，身为人臣，陪伴主君本是其本职，现在说得好像茶茶欠了他什么大人情似的。

填平城池防御沟壑一事由德川秀忠的军队负责，他们把能填的地方全部填平后，在一月十九日，全军如潮水一般收兵回伏见城了。茶茶这才再次登上天守。在此之前，茶茶数次想要登天守，都因身旁近侍的阻拦而放弃。其实，只要她想上去，谁也拦不住，可她心里也一直在犹豫。她知道，看到那些德川军的士兵们奋力填平大阪城的样子，自己心里一定不会好受。

可是，德川军一撤离大阪城，茶茶还是身不由己地想登上天守一观。在上去之前，茶茶曾在心里告诫自己，无论上去之后看到任何景象都不要吃惊，也不要伤感。然而，登上天守以后极目望去，看到大阪城彻头彻尾地变成另一副模样时，茶茶完全抑制不住内心的愤怒。她双手不停地抖动，嘴唇也在打战。这哪里还是大阪城啊！这哪里是太阁殿下当年修筑的名驰天下的大阪城啊！

包括二之丸在内，所有的城楼都被夷为平地，只剩这座在自己脚下的天守城，孤独困窘地暴露在空地中央。城里的防御沟壕只剩下本丸周围的一层，城池完全失去了防御能力。倘若此时有人攻城，简直如同探囊取物一般轻而易举。

"修理在哪里？马上把修理给我叫来！"

茶茶面色苍白，对身旁的侍者喝令道。这天刮着大风，凛冽的寒风刺骨，茶茶被吹得几乎要散架了。刚好此时大野修理出城办事，不能赶来。

"那就把幼主给我叫来！"茶茶又说。

可话音刚落，她又收回了这个命令。还用说么，城池变成了这个样子，秀赖怎么可能不知道呢。

然而，大阪的街道却几乎没有遭受战火的侵噬，只有城池被毁坏了。乍一看，简直无法相信这附近刚发生过一场战争。城池周边的武家宅邸也完好无损，其周边的街区更是没有任何变化。每条街上都有众多黄豆大小的行人往来穿梭。大阪街道的上空狂风肆虐，无数碎木板在乱风中飞舞着。

战争不久又要开始了吧，茶茶想。和平最多持续到今年夏天，说不定还等不到春天来临就要打起来，这座城像一只被拔光了羽毛的光秃秃的巨鸟一样，随时都会被家康的大军包围。

直到现在，茶茶才认清了自己和秀赖的处境。在登上天守之前，她还抱着幻想，觉得只要时来运转，扳倒家康，东山再起也不是没有可能。可凝望着眼前大阪城这片断壁颓垣，茶茶终于明白，取胜只是白日做梦，怎么可能胜利呢。秀赖这边明明有大野修理和织田有乐辅佐，为什么还是走到了今天这个境地。

茶茶心中的怒火逐渐消失，取而代之的是伤感。恐怕死亡已经离她和秀赖不远了。秀赖生来就是肩负一统天下命运的丰家嫡子，他凭什么落得如此下场？然而，不管茶茶心里有多么不甘，悲惨的结局似乎已无可避免。茶茶手扶天守的柱子，支撑着身体，略微仰头看向天空。她不禁感慨秀赖的生不逢时，如今这世上豺狼当道，秀赖周边尽是些忘恩负义，反咬主家一口的恶人，更可怜的是他身边全是些不中用的家臣，竟没有一人能够担当重任。

茶茶一回到自己的居所，便命近侍取来许多柴火，将屋内烤得十分温暖，然后一人在屋内枯坐，直至傍晚，其间谁来也不肯见。就连从城外赶来的大野修理，也被茶茶以身体不适为由拒之门外。

倘若此时高次还在！茶茶开始思念六年前去世的京极高次了。若是高次还在，即便他仍然属于家康阵营，也定不会让她们母子俩落得今天这样窘迫的境地。在走到这一步之前，他一定会为自己筹谋良策。茶茶频频想念高次，那个她思慕过，也蔑视过，时而与之亲厚，时而与之疏远的年轻时代的意中人。高次最后一次见茶茶时，曾不停地重复"万事以忍字为第一"这句话，若是他活到今日，不知还会不会仍然坚持说"忍字第一"。即便他还这样说，肯定是另外做好了妥当准备的。他绝不会像大野修理那样任凭事态发展至此，却除了让她们忍耐之外一筹莫展。

茶茶继而又想到了另一名武士，就是年仅四十岁便客死京都的蒲生氏乡。从氏乡离世到现在，已经不知不觉地过去二十年。已然仙逝的他，既不知道秀吉之死，朝鲜之战，也不知道关原合战及后来家康成为将军之事。

如果蒲生氏乡还活着，时局肯定会大不相同，家康怎么可能有今日的地位。回想起来，氏乡之死对秀赖来说无疑是无可比拟的巨大损失。茶茶想起当日她曾对氏乡的死因有过种种猜疑，事情到了今天，她甚至觉得当初置氏乡于死地的不是别人，正是家康。她想把二十年前爱人之死的罪名也加到家康头上。

到了晚上，她更加频繁地思念起从前的故人。那些以前田利家为首的受过丰家恩惠的已故武将们一个接一个地浮现在她脑海。浅野长政、堀尾吉晴、加藤清政，这些能够派上用场的优秀人才全部离开了人世，只剩下些阴险歹毒之人。现在，茶茶觉得故去的都是好人，甚至连她曾经最厌恶的太阁侧室之一加贺局也变得一点都不讨人嫌了。反而像高次的未亡人阿初，还有秀忠的妻室小督，虽然是和自己血脉相连的妹妹，可与加贺局相比，她们都是些苟活于世的奸猾女子。

事实也是如此，小督是让茶茶恨之入骨的秀忠的妻室，阿初也将其子忠高送入了德川阵营。回想起来，她觉得就连此次阿初答应作议和使者，也是丝毫不将自己和秀赖的安危放在心上，她坚决认为这次完全上了阿初的当。

这天夜里，茶茶直到深夜方才就寝。她人虽躺在床上，头脑却十分兴奋，无论怎样都睡不着。她多次起身思考，就这样，也不知是在第几次起来的时候，她突然产生了一个念头，无论是否成功，她都应该尝试一下，为扭转自己和秀赖母子二人的命运再做一次努力。沟壕被填平了，就再挖，城郭被拆毁了，就再建。还要再次向天下的诸位大名发表檄文，肯定还有不少武将看不惯德川氏此次的不义之举。再说，太阁的影响力肯定尚存，应该会有各路武将赶来大阪城支援。还要把世间所有的浪人都召集到大阪城。另外，倘若得知秀赖将向德川军发起最后一战，肯定还会有相当多的武士赶来大阪城支援吧。无论如何，要将与德川决一死战的决心公告天下，且越早公布越好。不过，在填好沟壕，修复城郭之前，这一切必须先隐瞒好。

第二天，茶茶比平时起得都早。虽然有些睡眠不足，但她的表情因为兴奋而显得出乎寻常地严肃。茶茶立即前往秀赖的居所请求见面，她想把昨晚下定的决心尽早告诉秀赖，征得他的理解和赞同。谁知到了秀赖居所才知道，秀赖还在寝殿中休息，出来迎接茶茶的是千姬身边的侍女，这说明秀赖昨夜又召千姬侍寝。什么时候不好偏偏选在这个时候，茶茶不快地想。

茶茶只得先回自己的居所，约莫过了一刻左右，再次前往秀赖的居所。这次秀赖已经起身，并立即将茶茶请入自己的房间。茶茶告诉秀赖自己的决心，谁知秀赖竟也抱着和自己同样的想法。

"二之丸的沟壕被填之时,我就已经下此决心,城内的将士们也与我同心。不过,被填平的沟壕不必再重挖,既然没有沟壕,也就不抱守城的念头,唯有冲出城去决一死战。这样反而更好,反正无论如何这都将是最后一战。"

秀赖的语气淡然而平静,他能这么想自然让茶茶安心,可茶茶不赞同不再挖通沟壕的想法。这样只是为了光荣壮烈地决一死战而已,完全没有任何胜利的希望。

听了茶茶的这个想法后,秀赖一字一顿地平静说道:

"母亲大人还抱着胜利的幻想吗?真是不明白战争为何物啊!即便是老天眷顾,我们也没有任何胜利的希望。为今之计,只有潇洒漂亮地打完这最后一战罢了。"

秀赖现在就已然抱着必死的决心,这让茶茶痛苦不已。她得知秀赖此心后,更加愿意付出一切让秀赖免于一死。秀赖还有大好前程呢,就是不择手段也要让他活下去。茶茶眼中的秀赖,虽然年纪轻轻,却是一个比父亲秀吉还要优秀得多的武士。秀赖只是时运不济地出生在这恶徒当道之世,若非如此,他肯定能做出一番超越父亲秀吉的伟业,怎么能让他在这么年轻的时候就白白死去呢。

茶茶辞别秀赖后,亲自前往大野修理的住所拜访,大野修理听完茶茶的建议后说道:

"我也和您有着同样的想法。沟壕我们重新挖,拆毁的城郭我们再重建。只要秀忠动身返回东国,我们便立即派人去完成这些工程。只要城内的防御整备好,就不用惧怕德川大军来犯。"

修理的意见和茶茶不谋而合。

"不过,要想将城池还原成原来的样子,恐怕需要一两个月的时间。在城池修复之前,务必要拖延时日,不能让战争提前来临。因此,还要再次拜托京极夫人前往骏府一趟。"

"让阿初再去一趟骏府倒没什么问题,不过让她去交涉什么呢?"

"只要她去就可以了。具体交涉什么由我修理来想办法。"

大野修理似乎是想找个什么借口,让阿初前往骏府进行交涉,以此来迷惑家康,让他暂时无暇顾及大阪的动态。茶茶觉得这不失为一个良策。

秀忠于该月二十八日离开伏见城,返回江户。一得到报信,大阪城内立即启动了城池的修复工作。过了两三日,又派人前往京都的阿初处,拜托她作为使者去骏府拜会家康。作为德川、丰臣两家中间人的角色,没有人能够比这位京极家未亡人更合适了。最终决定,由渡边筑后守的母亲二位局、大野修理的母亲大藏卿局,以及渡边内藏助的母亲正永尼三位女性陪同阿初一起,以使者的身份前往骏府拜会家康。此行的目的是为战后封地的日益衰颓而向家康寻求帮助。一行人于三月初从大阪出发。

阿初一行人预定于四月初返回大阪。在此之前大阪方应该可以完成合战的准备工作。在四位女性前往骏府的两三天过后，茶茶去过一次千姬的寝殿。哪怕是说几句狠话，她也要将仇恨向千姬发泄几分。

千姬还是如寻常一样恭敬地接待茶茶。茶茶刚在上首坐定，千姬便问：

"又要打仗了吗？"

"面对注定要打的战争，我们只有应战。这次我们会奋战到底，直到城池灰飞烟灭。"

听了茶茶的话，千姬说道：

"这座城早在上一次就应该变成灰烬的，可还是残存至今。我本来也早该丧命的，却也苟活至今，所以我没什么遗憾了。"

"你之前不是期望双方言和吗？"

茶茶刚说完，千姬便反驳道：

"谁期望言和了！我只是认为肯定会和解的。但即使和谈成功，也只不过是暂时而已，这一点只有幼主大人和我心知肚明。"

茶茶看着千姬的脸，觉得今天需要重新认识这个女子。

迄今为止她一直当千姬是德川家寄放于此的人质,但从千姬今天的言谈来看,似乎她心里并没有偏向德川家一丝一毫。

"我还从没有见过烧毁城池的业火,看到那样的火焰一定会感到悲凉吧。"

千姬的表情看上去落寞而悲伤。面对眼前这个将自己所感所想坦率说出口的十九岁少女,茶茶一时陷入了沉思。

此刻,她在千姬身上感受到了一种近似亲情的感情,这亲情似乎比对和她血脉相连的妹妹小督和阿初还要浓厚。茶茶自小到大已经辗转居住过多处城池,还亲眼目睹其中两个城池毁于战火。她见过众多骨肉至亲失去生命,而千姬和茶茶完全不同,她从未经历过苦难,直到最近才日渐成熟起来,周身都散发出一种不谙世事的天真美好。

茶茶离开千姬的寝殿,走着走着,猛一抬头,发现走到一棵樱花树下,树上的花骨朵已经开始含苞待放。她顿时感到一阵头晕目眩,开始产生幻觉,似乎有一团巨大的火焰从四面八方袭来。"幼主!"茶茶高喊着,眼见着秀赖在火焰中痛苦的面孔。"千姬!"茶茶随后又叫道,接着便听见千姬用清脆的嗓音回应了一声"哎",刚见过的千姬正面带微笑,她身在火焰之中,却丝毫感觉不到痛苦的样子,茶茶忽然觉得似乎火焰也伤不了千姬分毫。

她晕眩了片刻,一旁的侍女一直扶住她的手。许久,她放开侍女的手,独自一人继续前行。

时间转瞬即逝,日子就这样一天天过去,每天都有众多的人力集中在城郭的周围,可工程的进展却一点也不顺利。茶茶时不时登上天守俯瞰工地现场,只看到一个个挖出来的土坑,各处虽然都在施工,可造出来的只能说是类似沟壕的某种东西。

没等去骏府的使者们回来,就有传言说德川大军将再次西下征伐,还说德川方面正在动员全国范围的军队。这些传言已经流入大阪城下,城里自上而下都被不安的气氛笼罩着。偏偏在这个时候,与大野修理一起负责此次东冬之阵军事物资采购的织田有乐,带着全族上下一起叛逃,离开了大阪城。茶茶本就不信任织田有乐,也没对这个老头子抱什么希望。可他叛逃的时机,就和当日片桐且元一样,对大阪方面的士气造成很大的影响。

今年的樱花比往年开得都早,三月一到便盛开,没几天就凋零了。在樱花满开的那天夜里,茶茶带着两名侍女在花下散步,她脑海里突然掠过一个念头,赏了这么多年樱花,今年兴许是最后一年。为了让自己摆脱这念头,她赶忙在心里说服自己,一定要和秀赖一起再办一次盛大的赏樱盛会,为了这一天的到来,她一定要拼尽全力。如今想来,自从参加过一回秀吉当年在醍醐举办的赏樱大会后,秀赖便再也没办过赏樱会。即便是为了这个理由,秀赖也不能就这样死在此地。茶茶如今碰到任何事都能和秀赖联系起来。

茶茶急急忙忙地赏了一会儿夜樱,便赶回自己的住处,秀赖和大野修理已经在那里等候她了。修理先开口,告诉茶茶据每日城中获得的情报,骏府发兵之日已经迫在眉睫,虽然已经多次派使者前往骏府恳请家康的原谅,可家康似乎毫不领情。事情发展至此,也只能使出最后的手段一搏了。

"恳请原谅的使者是怎么回事?除了京极夫人你们还派其他使者去骏府了?这我还是头一次听说。"

茶茶言辞有些过激。为什么要派使者去请求原谅?他家康有何资格让秀赖恳求原谅?大野修理这才告诉茶茶,之前一直瞒着她,事实上,家康已经传来命令,让他们放逐浪人,还命秀赖离开大阪,转移到大和。

听闻此事,茶茶异常震惊,差点晕厥过去,她气得半天说不出话。愤怒扭曲了她的面孔和声音,稍许,她才质问道:

"你媾和的计策为什么不管用?"

"如今想来,家康从一开始就已经识破,那些媾和的条件不过是我们的权宜之计。我们派去的使者全被扣押在骏府,无一人回来。"

"好吧!好!"

茶茶盯着自己的膝盖，一字一顿地平静说道。片刻，她抬起头对秀赖说道：

"幼主您是怎么想的？"

一直在一旁沉默不语的秀赖终于发话了：

"我没什么想法。秀赖从一开始就预想到事情会发展至此，只不过修理和母亲大人还在坚持着无用之事。"

秀赖顿了一下，继续说道：

"今日，秀赖就此言明，我希望无论是修理还是母亲大人都能做好心理准备，我们要和德川展开最后一战。请不要再对丰臣家的存续抱任何希望。我要在今晚就公布开战的消息，每迟一日都会对我方造成不利影响。"

茶茶望着大野修理，询问他的意见。

"合战的准备早就开始了。不过，没有必要如此匆忙地对外公布消息吧。"

修理说道。听了修理的话茶茶才放下心来。她这才意识到自己与秀赖的意见有些相左。或许事态最终会如秀赖之言，可在放弃希望之前，说不定哪里会有奇兵来援，事情还有一线希望呢。但要是依秀赖之言公布了开战的消息，一切就全完了。

"即便秀赖不挑起战争，家康也会先宣布开战吧。"秀赖说。

他的想法是，我方先宣布开战，向天下人表明大阪军的决心，可以起到鼓舞城内武士士气的效果。茶茶虽然理解秀赖的想法，可这样一来，大阪军便是背水一战，再没有退路。一步走错便会将丰臣家置于死地，无论如何她都希望能够恢复实力，将家康挫骨扬灰，让他蛰伏于秀赖旗下。

"再忍耐片刻，在三月底之前，还是遵照大野修理大人的意思吧。"

茶茶似乎作出了最后让步，因此秀赖也只得遵从，没有再反对。

"也好吧。接下来这些天城内的武士们一定会觉得心有不甘。这个月一过，就依秀赖的，宣布开战吧。"

秀赖说完便站起身，大野修理也跟着起身。

茶茶独自坐了一会儿，也起身返回寝殿。她想到了阿初她们，不知道这些人作为使者到底去干什么了。她的恨全部转向以阿初为首的使者们。

到了四月，城内日渐骚动，大阪城的广间内每天都有会议召开。大家纷纷建议立即宣布开战，将近畿周围散落的德川军势力一气铲除，只有茶茶和大野修理拼命阻止。三月底，大野修理又派最后一拨使者前往骏府，他说服大家至少等到使者回来，茶茶也全力支持修理的主张，当然，也有很少一部分人站在茶茶和修理这方。秀赖虽然认为大野修理和茶茶在白费力气，但他不希望城中的武将因此分裂成两派，只得同意再等十天，倘若十天后使者还不回来，就遵从大多数武将的意见。

在四月初这等待的十天里，发生了很多事。一些士兵闯入京都伏见胡作非为，一支军队在没有接到任何命令的情况下擅自突袭尼崎，每次接到这些来报，城中的主要武将都按捺不住地蠢蠢欲动。

"再等等，请再等等吧。"

以大野修理为首的众多武将们走到哪里都不断重复着这句话，试图以此来稳定住早已躁动不堪的军心。

在此情势下，秀忠早在四月四日就向诸将颁布了军令，与此同时，身在骏府的家康也向名古屋进发。眼下，德川方的武将们正领着大军陆续往大阪这边急行而来。这个消息在九日的清晨传入大阪城，茶茶、秀赖及大野修理听闻后都面如土色。德川大军没有发表任何宣战书就直接行动，这个令众人震惊的消息传来后，德川军的各种动静便接二连三地传入城中。

武将们惊慌失措地赶到城内的广间商量对策。真田幸村、后藤基次、木村重成、毛利胜永为首的主力干将们全部出现在广间内。就在大野修理向大家说明情况的时候，又有新情报传来，津的藤堂高虎已经领军抵达淀，把守着宇治川和桂川。彦根的井伊直孝也不知何时出现在伏见,在附近布阵。伏见、鸟羽附近陆陆续续有新的军事力量汇入,都是美浓、尾张、三河的武将麾下的军队。

大家正在讨论之时,秀赖突然放声大笑。武将们纷纷俯身低头,只听到他的笑声,却无人敢抬头看他,只有茶茶抬起头看着秀赖。秀赖的笑声实在诡异,茶茶有些担心他是不是突然发疯了。良久,秀赖停止了笑声说道:

"我方的人都太老实,所以家康才能乘虚而入打我们一个措手不及。不过说这些已经晚了,事已至此,秀赖如今早已将生死置之度外,只想和德川大军漂漂亮亮地打上一仗,与这座城池共存亡。在这种事关生死存亡的会议上,我本没有料到会有这么多武将出席并支持我,从这一点来说,我秀赖可说是日本第一幸运之人。"

秀赖向大家道谢后,又对茶茶说道:

"母亲大人这次也请务必做好心理准备。请放弃延续丰臣家荣华的希望吧。另外,合战的一应事宜,就交给秀赖全权负责吧。"

秀赖是想借此机会封住茶茶的嘴,不容许她再对此事有所置喙。

"遵命。"茶茶回答。

接下来的事她全听秀赖的。事态发展至此,大野修理负有不可推卸的责任,所以在场的人都对他很冷淡,茶茶却丝毫不责怪修理。

现在还留在城里的武将们,个个都是大义凛然的样子,他们为了丰臣家不惜牺牲自己的性命,从这点来说大家都是忠臣良将。与他们相比,大野修理只是选择了另一种方式,那就是无论经历多少困苦,也要让丰臣家延续下去,以图再起。这种执拗的劲头对丰臣家来说也是难能可贵的。茶茶十分理解修理的想法,只不过这些努力现在全都白费了。

作战会议暂时休会片刻,下午再次召开。就在这一天,大野修理参加完上午的会议,离开广间后,在城门附近不知被何人刺伤,下午全身裹着白布被抬进本丸出席会议。

茶茶也参加了下午的会议。虽然她的嘴被秀赖堵住了,但还是忍不住出现在会场。自从冬之阵以来,茶茶的心绪有了大的转变。之前她所有心思都放在了秀赖身上,自己似乎早已没有了往日那种强烈的自尊与自豪感,如今她再次找回了自我。茶茶今年已经四十九岁了,在四十岁的前几年,她胖得连坐着都觉得费劲。但从三四年前开始,茶茶身上的脂肪慢慢减少,身体也灵活了许多。她的表情里再次出现了她独有的那种气势,白皙的面庞上恢复了自年轻时就一直保持的敏锐气质,似乎在对外宣言,谁要是敢贬损统领天下的丰家威信一句,她绝不会轻饶。

下午的会议上冲突不断。就如何迎击德川大军之事众武将各持己见。最终，秀赖对德川大军会从天王寺口杀过来这一预判持赞同意见。因此，他将十万大军兵分两路，在这个方向上严加防守。驻扎在大阪城内及周边的部队于当日傍晚朝各自的部署方向进发。

第二天，秀赖率领着旗本出城，赶往预计是主要战场的天王寺方向巡视。年轻的大将周围装饰着暗红色吹贯①二十只，金头旗十只，千本枪②、葫芦马印等。茶茶一直将秀赖送到城门附近，她恍惚间似乎看到了当年太阁的旗本众的队伍。

十八日，家康抵达京都，二十一日，秀忠在伏见布阵。这些消息都在第二天便传入大阪。二十六日，阿初、二位局等秀赖的使者从家康处被遣返回大阪，她们带来了家康的口信，说大野修理曾经应允家康的要求，同意放逐浪人以及将秀赖逐出大阪，然而大阪并没有履行约定，所以家康要来兴师问罪。

茶茶在城中自己的房间内接待了阿初。她先犒劳阿初，感谢她身负如此重大的使命，然后说道：

"今天可能是和您最后一次见面了。多留一阵再离

---

①吹贯：在战场上测风向的一种道具，通常在上方用布条扎成圆形或半圆形。
②千本枪：一种用来突刺的长矛状武器。

开吧。"

阿初听后忙安慰茶茶,说大阪城还没有到要灭亡的地步。然而,事到如今,这句话没有任何意义,说话人阿初和听话人茶茶都心知肚明。

二人靠近走廊坐着,一起看着庭院中郁郁葱葱的树木。满肚子的话似乎不知从何说起。

"虽然我和您,以及秀忠大人的妻室是一起长大的,可不知为什么,我们姐妹三人最终成了现在这样敌我对立的关系。不过,幸好有您多方照拂,才能有今天这样一起说话的机会。如今我和秀忠大人的妻室是无法对话了。幼主和千姬小姐婚礼那天就是我们的最后一面了。您今后再见到她时,请代茶茶转达对她的问候。另外还请您告诉她,千姬小姐刚来这里时才七岁,如今也已经长大成人……"

话说到这里,茶茶没有再继续说下去。小督的女儿千姬当然会和这座城一起化为灰烬。

这时,阿初微微抬起头看着茶茶,有些难以启齿地撇着嘴说道:

"我有句话,您听了可别生气。大阪城即使被烧毁,我仍希望茶茶姐和秀赖大人能活下去。要想如此,倒是有一个办法……"

没等阿初的话说完,茶茶就打断她,直截了当地说道:

"你是想说让我放了千姬吧。"

又说:"我倒是想放千姬逃出城去。可千姬自己估计不愿意。她已经下定决心和秀赖,和这座城池共存亡了。虽然残忍,但这是神佛也无力扭转之事。请您见到秀忠大人妻室时,也将此事转告给她。"

阿初的提议,也不知是她发自内心这样想,还是德川方面拜托她来做说客。但无论如何,对茶茶来说,放任何一个人出城,也不会放千姬。能让家康、秀忠还有小督痛苦最好。届时,烧毁大阪城的火也会烧到千姬的面上、身上,烧得连一根头发丝都不剩。

傍晚,阿初出城而去。茶茶将妹妹送至自己的寝殿门口。分别时,茶茶头一次提到了阿初的孩子:

"祝愿忠高大人武运昌隆。"

高次和阿初之间诞下的忠高,作为大阪城攻围军中的一员大将,也会在不久的将来杀过来。阿初回答道:

"我会向他转达。真希望您能和忠高见上一面。他和他父亲长得很像。"

茶茶的眼前浮现出高次年轻时的模样,她猜想这个年轻的武将也一定是个好胜心强的烈性子。不可思议的是她对忠高一点敌意也没有,只有温馨怀旧的亲情。倘若自己中的是忠高射出来的那一箭,那她就死而无憾了。

第十一章

之前的冬之阵，大阪方一开始就选择以守城为主的防御策略，可这次情况截然不同。赖以防御的城池不复昔日光景，发挥不了任何作用。不管大家愿意与否，为今之计只有举全军之力杀出城去。而德川军预计将从奈良方面攻打过来，大阪方的战略是等德川大军从高地下到平原时一举迎击，因此主力军队都被分配到天王寺到河内一带驻守。对于这个战略，城内诸将都达成了共识。

作为合战前的预演，早在四月二十八、二十九两日，河内附近就展开了小规模会战。在这次战斗中，一向以勇猛出名的武士塙直之战死。茶茶虽然没有见过塙直之本人，但关于他的事迹也有所耳闻。可这位塙直之死得实在过早，在真正的战斗还没有打响之前便战死沙场。这个消息似乎预示着接下来的战争会往对我方不利的方向发展。

匆忙之间五月来临了。城里每天都以秀赖为中心召开战略评定会，会上每次都会发表已部署部队的行动。茶茶几乎每天都会参加会议，只不过对于作战方略她一言不发。

每次会议结束，茶茶离席时，都会感到前途暗淡。对于会上讨论的战略，虽然她也说不出什么来，但总觉得这些做法并不会带来胜利的希望。即将来临的是一场硬仗，是两军对垒厮杀，拼个你死我活的激战，可我方却无一人能背负起这个重任。作战方略总是根据大多数人的意见折中制定出来。除了秀赖和大野治长以外，还有木村重成、长曾我部盛亲、后藤基次、真田幸村、薄田隼人等其他武将，可他们每个人的意见都没有被直接采纳过，哪怕很小的事都要大家一起讨论修正。最终的决定，不是任何个人的意见，而是众人讨论妥协出来的结果。

到了这个紧要关头，茶茶才觉得秀赖太过年轻，他才刚二十三岁。哪怕再过两三年，到他二十五六岁时遇到这次危机，那时的秀赖肯定已经成熟稳重，能够担起号令全军的重任。茶茶为秀赖的年纪感到忿忿不平，她觉得秀赖实在是时运不济。

五月二日的评定会上，茶茶向大野治长询问德川军目下的动向。这次合战开始以来，茶茶从没过问过军事相关的事宜，可她不能再不闻不问下去，终于抑制不住地问出口来，因为来参加评定会的武将人数越来越少。大野治长告诉茶茶：

"家康还在二条城,秀忠也还没有发兵,人还在伏见。敌方主力已经在河内一带大规模布阵。据说先锋在国分,藤堂军在千塚,井伊军在乐音寺附近驻扎下来。"

"这样啊。那我军对此有何对策?"

茶茶面色铁青地质问道。敌军的主力这不是已经近在咫尺了吗,眼看着就快要打到大阪城下了。

"我方的后藤基次、真田幸村、薄田隼人的军队已经在这条线上布阵,只待战机。木村重成、长曾我部盛亲的第二路军队正在待命。"

"我们是否能取胜?"茶茶问道。

"这要看后藤、真田、薄田部队首战的战况了。如果他们能取胜,那么后面的战势将对我方有利,如果他们战败,恐怕后面的木村、长曾我部的两支部队再厉害也难力挽狂澜。"

大野治长的回答冷静理智,可茶茶却对他愤怒不已。之前明明说守城对我方不利,要出城决一死战,可现在城池不是一样已经完全被包围了嘛。她想问问他之前都干了些什么。倘若太阁殿下尚在人间,绝不会放敌军的一兵一卒进京都伏见的。

"无论如何,不获胜可不行。"

茶茶没好气地说。评定结束大家散场后,茶茶在走廊上叫住正要返回居所的秀赖。

"右府大人!"

秀赖立即驻足,屏退左右。跟着秀赖和茶茶的护卫和侍女们都齐刷刷地消失在走廊尽头。秀赖屏退左右的行为让茶茶有些吃惊,不过能和秀赖二人独处也是件高兴事儿,她和秀赖已经很多年没有享受过母子亲密无间的时光了。

"母亲大人。"

倒是秀赖先向茶茶开口了。

"我想您一定也心知肚明,城池陷落是迟早的事。请您务必做好心理准备,应该不用太久,早的话说不定就在这几日。"

"什么?"

茶茶惊叫。

"就在这几天,会发生吗?"

茶茶根本不相信。

"嗯,秀赖心里很清楚。不只秀赖一人,大野治长也很清楚。其他武将们恐怕也都知道,只不过谁都不愿意说出口罢了。"

庭院中铺满了白沙,初夏炙热而耀眼的阳光照耀着地面。分隔中庭的白色建筑物上可以看到老榉树和老橿树的树梢,枝繁叶茂,郁郁葱葱。夏天突然到来了。茶茶这才意识到春天已经离去,夏天已经到来。

城里寂静无声。两三天前城里还是人欢马叫的,到处都是喧闹的样子,如今大部分部队都已经出城,一点儿响动都没有。虽然秀赖说最早几天后城池就要陷落,可茶茶丝毫感觉不到这种氛围,她一点儿也不相信。

不过茶茶还是回答道:

"我早就做好了心理准备。"

"如此甚好,那我就放心了。"

秀赖说,随后他对茶茶说:

"好久没有一起散步了,一起到庭院里走走吧。"

茶茶还是头一次被秀赖如此邀请。她立即唤来侍女命其备好鞋子,与秀赖一起走下庭院。母子二人没什么特别要说的,只是一起走在庭院中的山石树丛之间。走到本丸的中庭时,池中的水流出一条小河,河边开着菖蒲花。

"菖蒲已经开花了啊。"

茶茶感叹道。她算算日子,再过三天就是端午节了。秀赖小的时候,每到端午节,城里便人声鼎沸,热闹非常。秀吉在世时,早在一月、二月就开始准备迎接端午节,全国的大名们纷纷送来节日的贺礼。到了节日当天,城里的人们会喝菖蒲根泡的酒,煮菖蒲水,包许多粽子。

然而这些习俗逐年越发冷清起来,到了去年和今年,简直一点节日的气氛都没有了。秀赖似乎也想起了这件事，笑着说道：

"今年的端午节，秀赖我披甲上阵吧。要让母亲大人看看我真正的武士模样。"

秀赖的笑容清澈爽朗，明亮的笑声直接渗入茶茶的心脾。茶茶走在秀赖身后，望着他高大魁梧的背影，虽然与平日里并无二致，但茶茶觉得这背影比她迄今为止见过的任何武将都威风凛凛、英姿飒爽。秀赖身上有一种与生俱来的威仪，即使是最鼎盛时期的秀吉也不能与之匹敌。

母子二人在院中又走了小半刻时间，然后从刚才下来的地方重新回到走廊上，互相道别。分开前，秀赖有些深情地望着茶茶说道：

"今后恐怕再也不能像今天这样和您悠闲聊天了。不管发生什么事，请母亲大人万事都听从秀赖的安排。"

"遵命。"

茶茶顺从地答道。可待到她与秀赖分开，回到自己屋内时，她的心情始终无法平静。她不甘心就这样坐以待毙地等着德川军来烧城，更不甘心眼睁睁地看着如此优秀的秀赖前去赴死。然而，她再怎么不甘心，如今也无力扭转乾坤。除了默然接受即将到来的命运的安排之外，她一筹莫展。

接下来的三四天出奇地安静，城内再也没有开过评定会。茶茶虽然多次派人去向大野治长询问最新战况，可每次得到的答复都一样，只说一切如常，战斗尚未打响。

到了五日，一大清早城内便笼罩着不安的气氛，秀赖和大野治长一整天都没在城中露面。据说两人一大早便动身出城，赶去动员前线的将士们。茶茶一整天都惴惴不安。秀赖曾说要在端午节上战场，说不定真如他所说，今天就亲自出战了。城里留守的军队也都在陆续往前线赶，侧耳细听，总是能听到战马的嘶鸣。

这天夜里，茶茶早早就准备入睡，可她刚着枕头，就接到来报说千姬来访。由于茶茶已经换好了寝衣，只得让千姬在外稍候片刻，自己重新整装更衣，正式接待千姬。

千姬今年虽然已满十九岁，可茶茶觉得她的一举一动仍然显得很不成熟。如今降临在自己和秀赖头上的命运，似乎与眼前这位德川方的寄存物毫无关系，要不然她为什么会显得比实际年龄幼稚。

"这座城不久就要遭殃了。"茶茶对千姬说道。

这是她对任何人都不会说出口的话。她言语中包含着对千姬的仇恨，似乎在说，我们今天这样都是拜你的父亲和祖父所赐。千姬在茶茶下首规规矩矩地坐好后说道：

"我相信，这次合战我们一定能赢。"

茶茶完全预想不到千姬会这样说，她问道：

"你为什么这么觉得？"

"打仗不就是为了取胜么。我觉得要是已经知道要打败仗就不会开战。不管右府大人嘴上怎么说，但我知道他心里也和我想的一样。"

千姬肯定地说道，言语中不带一丝犹豫和怀疑。

"有时即便知道要打败仗，可一方要打过来，另一方也必须应战。"

茶茶嘴上这样说，可她不得不承认，千姬对合战必胜的信念让她觉得有些温暖和感动。说不定真如千姬所说，大阪方会在这次合战中取胜呢。城内的十万将士都是抱着必胜的信念加入大阪阵营的，说不定只有她自己觉得会输，其他所有人都对胜利充满期待呢。秀赖也一样，虽然嘴上那样说，可就像千姬说的，他心里可能也抱着必胜的决心呢。

茶茶心里虽然开始动摇，可在千姬面前却不露声色。自己眼前坐着的这个年轻女子也是属于可憎敌人的一分子。

"你相信胜利固然是好，可万一失败了呢？"茶茶继续说道。

千姬闻言半晌不语。她低垂着头，瘦削俊俏的面庞朝向地面。

"若是失败了呢？"

茶茶心里想着残忍的事情。倘若失败，她想听千姬亲口说出失败后自己的下场。茶茶早就想好了，等到城池陷落的厄运到来之日，她会把千姬牢牢地锁在自己身边，绝不放她走。她脑海中能清楚地想象到那一刻自己和千姬一起等待毁灭的画面。

"等到那时，再说那时的话。"千姬突然开口说道。

这话回答得唐突，让人觉得不是从千姬口中，而是从什么神秘的地方抛洒下来的语言。

"再说什么？"茶茶严厉地追问道。

对此，千姬仍然重复了刚才那句话，只不过这次她是一字一顿，清晰明了地告诉茶茶的。

"等到那时，再说那时的话。"

"你还没有做好心理准备吗？"

茶茶向千姬逼近一些，再次质问道。这次，千姬抬起头来，一边直视茶茶的目光一边说道：

"这么晚了，我正是为此事才来打扰您的。我相信我们会在合战中取胜，可胜利还要依靠天时。万一我们武运不济失败了，到时候我想全部听从当时的命运安排。心理准备固然重要，可我觉得如果能活命，所有人都不应该死。"

说到这里，千姬低下了头，随后继续说：

"我既不希望这座城毁灭，也不希望右府大人断送性命。我觉得所有人都应该为活下去而努力。"

千姬这番话，茶茶听来如雷贯耳。她突然产生了一个迄今为止从未有过的可怕念头。千姬说得对！只要有一线生机就该活下去！她既不希望这座城毁灭，也不希望秀赖赴死。即使输了这场战争，自己和秀赖也未必一定要死，想活下去的话总会有办法吧。家康和秀忠再怎么没人性，也无法对她和秀赖这两个主家之人下狠手吧。茶茶感到自己的身体不停地颤抖，尽管她极力想在千姬面前掩饰，可还是控制不住身体。

就在茶茶和千姬对坐之时，有快马来报，是大野治长带来的消息，茶茶立即命人将使者引到隔壁房间。接过使者递上的书信一看，内容只有一句话：明日黎明之际，战线全面展开，两军即将交战。

茶茶送走了前来拜访的千姬，独自回到房内坐了下来。这天晚上暑热难耐，即便坐着不动也会汗流浃背。今年气候反常，樱花比往年开得都早，可到了五月又有倒春寒，五月一日那天竟然还下了冰雹，下完冰雹刚过了五天，到了今天，恰逢端午，天气又突然变得闷热难耐。面向庭院的遮雨板全部被推起来，在屋内灯火的照耀下，影影绰绰地能看到本来昏暗的院落。茶茶的心情久久不能平静，她时不时起身走到走廊边，站在那里凝视屋外。夜空中一颗星星也没有，天气如此闷热，估计不久就会下一场雨。

虽说城里并无什么特别的响动，可总觉得有些喧嚣，让人不安宁，仿佛是从地底下传来阵阵轰鸣，令人不寒而栗。

在千姬拜访前，茶茶本来都要睡了，现在却睡意全无。自从收到大野治长的书信，得知明天一早便要开战，茶茶便清晰地感觉到自己神经的紧张和亢奋。反正无论如何也睡不着，她索性在寝衣外披上外衣，坐等睡意的到来。她让近侍们都早早休息，自己一直坐到十二点才躺到床上，可依旧睡不着，只能合上眼躺着休息。到了深夜二时，忽然听到从城中某处传来喧闹声，茶茶即刻起身，走廊上的年轻近侍立即禀告茶茶："是木村重成大人出阵了"。刚才茶茶明明命他早睡的，看来这个近侍也没有睡着。喧闹声持续了一阵，马的嘶鸣声和士兵们的喧哗声在这静夜中显得格外清晰，似乎就在耳边。好容易逐渐安静下来了，马上又有新的动静。

"长曾我部盛亲大人出阵了。"

近侍又在廊下传话。少顷，侍女前来奉茶。茶茶这才意识到今夜寝殿中无一人安眠。

破晓时分，城里终于渐渐安静下来，茶茶浅睡片刻，刚到六时又猛地惊醒过来。她起身打开房门，看到外面细雨飘落。昨天夜里，木村和长曾我部率领着大阪军最后两支军队，共计一万名士兵出城而去，城中已是空空如也。

秀赖是否在昨日白天就已奔赴战场，还是依旧留在城中，茶茶不得而知。虽然茶茶十分在意秀赖的行踪，一想到秀赖，她的心情就无法平静，可她还是忍住没向身边的近侍询问。

茶茶一直望着院中的雨丝发呆，就这样忐忑不安地熬到中午。午时一过，大野治长的使者为茶茶带来一条消息：

"今日黎明，在道明寺附近展开合战，后藤基次大人战死。"

城中一向集威望于一身，首屈一指的战略家后藤基次一开战便战死，大阪方痛失良将，可茶茶来不及为此惋惜。得知敌军已经打到道明寺附近，而道明寺就在位于城东南五里的地方，茶茶心惊肉跳，她没想到战场已经离大阪如此迫近。

"右府大人在哪里？"

茶茶赶忙询问秀赖的音讯。她必须知道秀赖是否安好。

"尚在城中。"

听武士如此说，茶茶方才松了口气。又过了一刻左右，大野治长再次送来消息：

"薄田兼相大人，于道明寺附近战死。"

听前来报信的武士如此说之后，茶茶自己都能意识到自己有多么灰心丧气。仅有的数名可依靠的武将一个接一个地战死沙场。如今能够指挥大军的只剩真田、毛利、木村、长曾我部四人。茶茶已经忍无可忍，她立即走出自己的居所，前往本丸。

本丸的广间内正召开评定会议，秀赖和大野治长坐在上方，底下坐着十几名武将。茶茶气势汹汹地走进屋内，直接走到秀赖旁边，坐下便问：

"如今战况到底如何？"

见秀赖沉默不语，一旁的治长忙道：

"敌方水野、本多、松平、伊达的部队从道明寺方向杀过来。我方真田、福岛、渡边、大谷、伊木几位将领带着部队前往迎击，目前战况混乱。刚才传出军令，命真田等人率领全军撤退。"

既然传令撤退，说明战况对我方相当不利。

"昨天半夜赶出城的部队呢？"茶茶又问。

"正在八尾若江方向与敌方的井伊部队交战。"

"是在距城东二里的八尾若江吗？"茶茶低声沉吟道，"那么，战况如何呢？"

"木村长门守奋勇一战，已然战死。"

"什么？"

茶茶彻底说不出话来。她面色惨白地抬头看向秀赖，秀赖却像什么都没发生一样平静地说：

"母亲大人，请您从这里退下。"

语气虽然平静，却是命令的口气。

"我不能留在这里吗？"

"您留在这里也无妨，如此关键的时刻，也不能让您置身事外。"秀赖回答道。

"那么家康如今身在何处？"

"家康父子今天一早就来到枚方一带。我们已经在那片区域做了万全的准备。"

大野治长此言一出，茶茶顿时泄了气一般，莫名其妙地觉得好笑起来。

"如此说来，这座城的四周已经全被德川大军包围了。这回修理你打算怎么办呢？"茶茶带着责备的语气说道。

"眼下我方还有获胜的希望。我们先在枚方战线阻截家康大军，再由真田、长曾我部、毛利的部队在天王寺及茶臼山附近布阵，与奈良方向过来的敌军进行最后的交战。明日才是一决胜负的时刻。"

"这么说城里明天就会有枪林弹雨了？那可吵死了。"

茶茶用极其讽刺的口吻说完后，起身离开了。等她离开广间走到走廊上时，突然意识到自从进入广间到现在，秀赖除了说了句让她退下的话，便一句话也没说过，她突然觉得秀赖异常可怜。正是因为众多武将一齐聚集在此，才将他逼到如此悲惨的境地。秀赖已经知道大势已去，无可挽回，所以一切都对底下的武将们听之任之了。

茶茶回到寝殿后，一直在想还有什么办法能够保住这座即将陷落的城池，挽救秀赖的生命。她已经顾不得丰臣家的名号和体面了。那些有可能助自己一臂之力的人物面孔像走马灯一般在她脑海中一一闪过，可惜这些人全已亡故。如今在茶茶的脑海中，时间已经失去了意义，昨天发生的事和十年二十年前发生的事一齐闪过。她反反复复地想起蒲生氏乡、京极高次、前田利家这些人。哪怕是能为她尽一点绵薄之力的人都已不在人世，茶茶觉得简直不可思议。随后她想到了阿初和小督，如今，这两个妹妹虽然像商量好了似的都投入敌方阵营，但只要她试着联系一下，说不定她们也愿意助她一臂之力。然而，如今这座城池已被敌军包围得水泄不通，这条路也不可行。随后，她又想到了京极局和加贺局，乃至北政所，这些活着的人和已经死去的人一起出现在茶茶眼前，没有任何分别。

就这样，茶茶像中了邪一般呆想着，也不知过了多久。她一心想保住城池，让秀赖活下去，等回过神来朝庭院中一看，才发现已经到了傍晚。地上尽是黑色的泥土，雨不知何时已经停了，远处还能听到枪炮声和呐喊声。寝殿内的男男女女为了抵御炮弹打进屋内，搬着被褥和柜子等物品堵住茶茶的房门。

到了夜里，两三名武士赶来给茶茶传话，告诉她今夜不会开战，请她安心就寝。

听他们这么说，茶茶开始揣测今夜不开战的原因，难道两军已经握手言和了？

想到这里，这些天积累的疲劳瞬间侵袭而来，茶茶忙命人在堆满了各种物品的房间里收拾出一小块地方，铺上床褥，倒头睡下了。一整晚噩梦不断，睡不安稳。

到了第二天农历五月七日，茶茶一睁眼，发现寝殿内鸦雀无声，便知道昨晚什么都没有发生。她仔细侧耳听了听，也听不到枪炮声。她再次怀疑两军可能已于昨夜讲和。

梳洗完毕，侍从立即端来早膳。茶茶一边在心里期待着议和成功，一边用完了早膳。自从五月以来她一点都没有食欲，今天难得有食欲，由年轻的侍女在一旁伺候着，心情平静地坐下来用膳。用小半刻时间用完早膳，便有使者从本丸过来，是秀赖派来接她的。茶茶在使者的引领下离开了寝殿。

本以为是要去本丸的广间，谁知茶茶却被使者领到樱门旁的广场上。秀赖正坐在行军马扎①上，周围围着十几个武

---

①马扎：一种方便折叠携带的小板凳。此物是汉朝时自胡地传入我国，后传入日本。日本古代没有椅子，在室内都是席地而坐，行军征战之时，于野外布阵安营，就以马扎为座椅。

将，从广场到樱门整齐排列着身披战甲的武士。只见秀赖身穿梨子地①盔甲，身旁插着深红的吹贯，千本枪，金头旗等，一旁停着壮硕的黑色战马。

茶茶到场一看，才知道和谈不过是自己的幻想，该轮到秀赖上战场了。不过，茶茶一看见秀赖威风凛凛的武将风范，便不由得暂时忘却了眼下的局面。秀赖看上去如此气宇轩昂，让她恍惚觉得自己还生活在秀吉在世的时代。

茶茶缓缓踱着步走向秀赖。

秀赖一见茶茶便说："刚才幸村派其子幸纲前来传话，催我亲自上战场。接下来我要赶赴天王寺了。"

秀赖定是认为会在此与茶茶诀别，所以才派人请她来相见的。

"衷心祝愿您此战告捷。"茶茶对秀赖说。

这是她曾经无数次对秀吉说过的话。茶茶全身都在止不住地哆嗦，她全身的战栗，并非缘于要送自己孩儿上战场时母亲的不安，而是喜见秀赖长大成人，长成一名伟岸的武士，要去和掌握天下大权的家康大军一决高下。"我儿威武！"这句话最能反映茶茶当下的心情。茶茶心里一直不断地重复这句赞美秀赖的话。啊！要是太阁殿下尚在人世，看到今日秀赖这一身戎装，该有多么欢喜和欣慰啊！

---

①梨子地：一种布的织法，样式像梨皮。

此时，茶茶看到大野治长带领数名部下从樱门进来。治长形容枯槁，瘦得已经快认不出来了，他顾不得什么礼数，脚步踉跄地赶到秀赖面前，高声喊道：

"治长反对您亲自出马。请您留在城中等候。治长替您去找真田，治长替您前去督军。"

"真田之所以催我出马，是为了在最后一战打响前，去鼓舞士气的不是吗？"

"我不管真田怎么想，当下您出马就是有勇无谋。敌军早已在从天王寺到冈山一带布好了阵，从平原到天王寺这一路上到处都有敌军出没。"大野治长劝道。

话音刚落，另一个茶茶不认识的满面虬髯的武将也跟着说道：

"在下也反对您亲自出马。现在应该巩固城内的防御。"

在二人的劝说下，秀赖放弃了前往天王寺督军的打算。大野治长立即率领下属，带着秀赖的马印，以秀赖之名赶往天王寺。这时，茶茶不觉松了一口气。虽然战场上的秀赖一定英姿飒爽，可这种事自然是能晚一刻是一刻。

茶茶只能再次面对残酷的现实，她离开广场，不顾身边近侍的劝阻，执意要在回自己居所之前登上追手门①的角楼一观。追手门附近一带悬满敌兵的首级，大概是昨晚合战中

---

①追手门：大手门。

被我军砍下的，经过一整晚的雨水浇淋，每颗头颅都散乱着头发，那场景简直让人毛骨悚然。

茶茶快步从悬挂着尸首的围墙边通过，喘着粗气，爬三步歇两步，终于登上了三之丸追手的角楼。从角楼向天王寺方向望去，一路上都是士兵的海洋，俯瞰之下如蜂合蚁聚。茶茶本以为那些都是我方士兵，谁知通过站岗的武士才知道，那都是敌军的士兵。

"真田的人马都去哪儿了？"

茶茶只觉得口干舌燥。

"也在那堆人里，只不过和敌军混战在一起，有些分不出来。他们周围几乎全是德川军的人马。"

茶茶仔细寻找半天，终于从人群中看清了真田的部队，仅存的为数不多的士兵们扛着军旗，正在孤军奋战。从角楼上望去，双方人马早已混作一团，在做近身肉搏。都已经到了如此地步竟然还说战争没有展开，茶茶觉得实在不可思议。按照先前大野所说，从平原到天王寺一带已经被移动中的德川军占据，且天王寺方向上的德川阵营无时无刻不在巩固。角楼上风势强劲，茶茶在上面逗留了片刻，站在凛冽的风中向城池四周眺望，发现每个方向都是德川大军的海洋，她这才知道，敌军早已把这座城围得水泄不通。

茶茶走下角楼，在心中庆幸，还好自己上去看了看，这样一来,她便能清楚地知道接下来她和秀赖的际遇了。战斗一旦真正展开,这座让秀吉引以为豪的天下名城根本就不堪一击。

说不定就在今天,就在今晚,城池将化为灰烬。

茶茶回到自己的寝殿后,立即召集所有侍女,将身边的贵重之物一一分给众人,告诉她们如今若想逃出城去恐怕是不可能了,但只要有任何办法,她们随时可以离开这里。茶茶每将一些首饰细软递出时,接过的侍女无一不是泣不成声。可茶茶却像什么都没发生一样,面色平静如常。

等茶茶分派完物品,千姬领着二十几个侍女也搬进了茶茶的寝殿。那搬家的阵仗简直像是要举行婚礼一般华丽。千姬和她的侍女们全都打扮得花枝招展,一群人进来时,都快把茶茶的寝殿照亮了。茶茶自己的侍女们也开始效仿千姬的侍女,纷纷用华丽的首饰衣服装扮起来。

茶茶和千姬一起早早地用完午膳。用膳期间,二人丝毫没有谈起这座城中即将发生的事,只是聊起了山崎的竹笋,讨论如何烹饪竹笋的话题。说到哪里时千姬还低头浅笑了一番,听到笑声,茶茶抬起头看了看千姬,她发现自己打心眼里为儿子秀赖感叹,觉得他娶到了这世间举世无双的绝代佳人。虽然茶茶一向有些讨厌千姬,可此时她不得不承认她内心的真实想法,她觉得眼前这个二十岁的媳妇美丽极了。她甚至想到了秀吉，倘若他还活着，一向好色的他看到千姬也一定会想办法据为己有吧。最近几个月，茶茶总是心神不宁，此刻却不知为何，心中生出了几分闲情逸致。

正午时分，远处突然传来枪响。自从昨天傍晚响了一阵枪声之后，就再也没有动静，如今再次响起，且一直持续不断，声音越来越大。枪声传来后没多久，在离城很近的地方还听到了呐喊声。茶茶的寝殿内一时炸开了锅，马上有人来报信，告诉她们刚才的呐喊声是我方部队赶往战场的声音，寝殿内再次回复宁静，只是这份宁静中夹杂了许多无可奈何。

茶茶和千姬一起离开寝殿，来到本丸的樱门。秀赖似乎一整天都没有挪过地方，仍然坐在和早上同样的位置上，几个武将围坐在他周围。秀赖麾下的士兵们也依然跟随在他左右，只是和早上不同，兵士们都杀气腾腾，有些人已经拔出了刀。不断有从战场赶回来的披甲武士在樱门下进进出出。茶茶和千姬在离秀赖有些距离的地方铺好自己的坐席，身后跟随着三十多名侍女。茶茶抬头看看天，才发现今天万里无云，碧空如洗，才五月就已经有些骄阳似火，给樱门两旁道路边的樱树镀上了一层金色。

也不知过了多久，突然有枪声和呐喊声传来。可能是有风的缘故，呐喊声听上去忽远忽近，似乎是从多个方向传来的。

就在这时，前往天王寺附近鼓舞士气的大野治长带着二十几个武士赶了回来。治长脚步蹒跚地跑过来，茶茶觉得他好像老了好几岁。治长赶回来向秀赖报告战况，刚说到一半便晕倒在地。鲜血从他右手的手腕汩汩流出，瞬间便染红了盔甲。大家本以为治长是负伤前来的，细看才发现，原来是前些日子治长在城中被刺时负的伤如今裂开了。

大野治长的到来已经让所有人都坐立不安，而紧跟着又有三名传信的武士飞奔而来。与此同时，战场上的呐喊声愈近，似乎能清楚地听见每个人的声音，枪炮声也愈加强烈。秀赖的部队之前一直在城中待命，如今一半人马也被调拨至战场。等他们穿过樱门绝尘而去后，周遭变得一片寂静。

茶茶独自一人从女人堆里走出来，在靠近秀赖的地方坐下。现在战斗似乎是围绕城池进行的，呐喊声、炮弹声、枪声，密密麻麻地从这座城的东西南北各个方向传来。

这时，真田幸村之子幸纲再次赶来催促秀赖出马上阵。这位年纪轻轻的武士披头散发，浑身是血，脸上却还带着少年的稚气。秀赖一跃而起，任谁都觉得现在是秀赖上阵杀敌的最好时机。士兵们也都纷纷起身，跃跃欲试。

就在此刻，又有军报传来，冈山口的防线已被攻破。几乎在同一时刻，又有快马来报，奋战在天王寺口的真田部队已被剿灭，幸村及下属将士全部阵亡。茶茶扭头看向秀赖，秀赖的表情显出了从未有过的狰狞。他叫嚣着，向集合在樱门附近的士兵们发出了出兵的命令：

"将士们！请把你们的生命交给秀赖！我们现在就杀出城去，为真田部队报仇雪恨！"

此时，从天王寺战线上逃脱回来的速水守久飞奔过来，挺身挡在正要上马的秀赖身前谏言道：

"前军几乎全军覆灭。城南一带的道路上全是我方败走的士兵。与乘胜追来的敌军正面迎战，无疑是往乱军中送死啊！"

"我早就巴不得战死了！让我上阵！我们一起上阵杀敌！"秀赖怒吼道。

"急于送死绝非主将之职。您现在应该退回去守住这座城，拼尽了全力以后再赴死也不迟。"速水守久也急得面红耳赤。

"不，我要出城去决一死战！"

秀赖再次吼叫着，试图跨马而去。速水守久一把抱住他死命地阻止，一瞬间就被高大的秀赖甩开，摔倒在地上。茶茶也不愿放秀赖走，竟无意识抱住了秀赖的腿。她的右肩被狠狠地踹了一脚，与此同时，整个人也飞出去倒在了地上。

等她起身时，看到秀赖被众多武士抱住，场面乱成一团，凄惨得让人不忍目睹。而另一边，衣着华丽的千姬和侍女们就像人偶一般散坐了一地。此情此景显得那般虚无缥缈。

在茶茶身后，突然有数名武士高喊着"火！""着火了！"转身一看，在三之丸附近的地方有黑烟直冲云霄，周遭立即陷入一片混乱。敌人还没来，士兵们便纷纷拔出刀来，挥舞着、叫嚣着、怒吼着。那火说明城里已经出现了叛徒。女人们都不知所措。

大野治长赶了过来，一边四处奔走一边高喊着让大家镇静。待到众怒平息，他便领着士兵们从樱门出城而去。秀赖和秀赖周围围着的一群人也急忙跟着一起出了城。周遭一下子又安静下来，只剩下几只吹贯和千本枪孤零零地立在那里，周围散坐着二三十个女人。片刻的宁静之后，呐喊声和枪炮声再次响起，且这次的声音比之前大数倍。敌军似乎已经打到了三之丸，透过呼喊声和枪声，似乎能听到围墙倒塌的声音，以及许多人一起摇动什么的口号声。

又有士兵从樱门冲进来。这些士兵明显是从战场上逃窜回来的，大部分人都身负重伤，拄着刀枪一瘸一拐地奔跑着。

稍许，秀赖和大野治长也赶了回来。他们后面跟着一群群装扮各异的士兵，从樱门一拥而入，场面看上去乱得不可开交。细看之下，士兵们的行动其实仍有章法，大野治长正扯着沙哑的嗓音在门口训话，底下的士兵们听从他的指挥，进门后，一部分士兵向右，一部分向左，各自散开。然而，又有士兵从与樱门相对的另一侧筋铁门①破门而入，这里有士兵出没真是大事不妙。

三之丸附近的火势已经蔓延到二之丸，战场似乎也从城外转移到了三之丸内。

茶茶和一应女众挤成一团，糊里糊涂地被人领着向本丸城楼方向逃难。刚才还在樱门口的大野治长不知从哪里窜出来，冲她们喊道：

"往天守走，快去天守！"

茶茶两手被身旁的两三名侍女拽着，被人群推推搡搡地挤上天守的二楼。千姬也紧跟着挤了上来。渐渐地，茶茶认识的女人们全都涌上二楼，其中还有秀赖的乳母，也就是木村重成的母亲右京太夫局，其他像寺内局、飨庭局、阿玉局这些人也都跟了上来。

不久，传来了三之丸陷落，二之丸被敌军占领的消息。与此同时，几颗炮弹正好击中天守，墙壁和地板如撒豆一般

---

①筋铁门：本丸的防御要塞。城门采用最坚固的制造方法，门上各处用铁板加固。

噼里啪啦地炸开。茶茶挺直身板坐在光秃秃的地板上。女人们都噤若寒蝉，在这里的所有人心里都清楚，事态已经十分严重，这座城马上就要陷落，而她们就身在其中。

当夕阳的余晖渐渐照进天守内部时，漫长的一天总算结束了。晚些时候，秀赖领着几个武士摸着黑进入天守内部。他们呼呼地喘着粗气，似乎都已疲惫不堪。茶茶只知道秀赖回来了，却无从判断跟着他的武士都有谁，因为没有人发出声音。

秀赖回来后不久，又有人上了楼，这次一听便知道是大野治长。治长先进入秀赖所在的南北角的房间，少顷，走到女人们围坐的地方来，用沙哑的嗓音说道：

"天守岌岌可危，请转移到芦田曲轮去吧。大家不要走散了。"

话音刚落，女人们便一齐站起身来。走出伸手不见五指的天守，来到底层的走廊。在分不清昼夜的微明中眺望，到处都被焚城之火映得通红。

一行人穿过长长的走廊，经过望月楼下的箭仓，来到芦田曲轮的第三箭仓。在芦田曲轮的入口处发生了一件事。昨天在道明寺口一战中身负重伤的渡边内藏助跟随秀赖一起来到此处后，突然大声说道：

"在下昨日的重伤发作，实在无力再侍奉您左右，在此与您诀别了。"

说完，便从回廊走到院中。内藏助的声音刺入每个人的耳中，可谁也没有止步。有人在昏暗的院中为他介错。其母正永尼紧跟着自裁，也有人在她身旁帮忙，她悲痛的哀鸣像利刺一般扎入了每个人的心里。

一群人争先恐后地涌入箭仓，到了这里，也就剩下三十几个人。渡边内藏助母子自尽后，大家都开始意识到自己不久后也会面临同样的命运。茶茶早就乱了心神，好长一段时间都有些神志不清，直到进入芦田箭仓后，才又变回之前那个倔强要强的茶茶。

在黑暗中，有个声音喊着"天守也被烧了"，是个女人的声音，但没有任何人应答她。然而没过多久便应证了女人的话，外面异样的火光透过箭仓的窗口将内部照亮，茶茶这才知道自己正坐在秀赖和千姬的中间。

这里依然能听到战场上的呐喊声、枪声以及城池被烧的声响。城内幸存下来的士兵们正在与闯进来的敌军做殊死抵抗。

"内群主马在哪里？"

秀赖突然问道。也不知谁回答了一句：

"已经在观景台上切腹自尽了。"

"真野丰后在吗？"

"也在观景台上自尽了。"

这次像是另一个人回答的。

"中岛式部少辅呢?"

"在观景台……"

"堀田图书人在哪里?"

"刚才在三之丸的追手门处看到身负重伤的堀田大人与野野村伊予守两人,后来就不知道去向了……"

这次答话的似乎又另有其人。茶茶这才知道已经有那么多武将不是自裁便是阵亡了。此后再无一人说话,任凭时间一分一秒地过去。只有大野治长带着两三个武士在箭仓内慌慌张张地进进出出。

一会儿,茶茶发现治长不知什么时候到了千姬身旁,紧挨着千姬坐着。

她听到治长对千姬叫了一声"夫人",随后就在她耳边低语些什么,茶茶十分震惊。大野治长在对千姬说什么呢?茶茶看出来了,在座的所有人中,只有治长和其他人不一样。他根本没有放弃拯救秀赖的想法。他肯定是想把千姬交还给德川一方,以此来打破丰臣家面临的死局。可是,现在做什么都为时已晚,用交出千姬来换取秀赖和在座之人的性命,这算怎么一回事。

本来茶茶今天一整天都在绞尽脑汁地想保住秀赖的性

命，可到现在这个地步，她终于找回了自己曾经强烈的自尊心，开始坦然平静地接受这一切。她已经下定决心，自己和秀赖就这样死了也没关系。与其卑躬屈节地向家康这老狐狸低头乞怜，不如就这样干脆地赴死。到了这个节骨眼上，她需要守护的不是自己的性命，而是丰臣家的荣耀。

茶茶摸索着抓住千姬的袖子，将它死死掖在自己膝盖下。

"那么夫人您请吧。"

茶茶又一次警醒地听到了大野治长的低语。随后千姬便动了动身子，明显是想站起来。茶茶用尽全身的力气压住膝下千姬的振袖。

被压住袖子的千姬小声地发出一声低吟，除了茶茶以外在场没有一个人听到。千姬必须在这里和自己一起赴死。家康老儿！至少我要让你知道，你孙女也在这里和我们同甘苦共命运呢。

又过了一小会儿，突然听到大野治长大喊了一声：

"着火了！"

在座之人都吓了一跳，他话音落下的瞬间，所有人都站起身来。一时间屋内乱作一团，茶茶也站了起来。

"请大家镇静！请镇静！"

又是大野的声音，所有人又都坐了下来。没过多久，茶茶发现身边的千姬不见了踪影。

"修理！"茶茶撕心裂肺地喊道。

却无人应答。原来大野治长也消失了，没过多久，治长不知从哪里返回箭仓内部。茶茶一看到修理便厉声喝道："修理！"

"你把千姬殿下弄到哪里去了？"

大野治长仍是沙哑地说道："一切请交给我处理。我大野赌上身家性命，也要护得主家周全。"

茶茶不知说什么才好了。事到如今，说什么都已经于事无补，再说她也不忍心责备大野治长。一直到最后，治长都在为自己和秀赖着想，与降落在丰臣家头上的厄运做着顽强的抗争。

"事到如今，你做了什么我也不想再追究，反正都是没有用的，不过是让家康更加得意罢了。"

茶茶虽然觉得治长犯了错，却也不愿再多说他一句。

到了半夜，窗外的火光熄灭。估计是城里能烧的地方都烧尽了。在黑暗中，只有大野治长带着三四个下属跑进跑出。秀赖则一直端坐着，一言不发。

破晓时分，茶茶才得知，千姬在南部左门和堀内主水两位武士及一位女官的陪伴下，赶赴德川军营。她知道这一切都是白费力气，家康宁可牺牲千姬也不会答应任何要求，更何况现在千姬已经到手，他怎么可能会让丰臣家的血脉延续，这种要求只会让他笑掉大牙。

天亮之后，德川方面派来了本多上野，他一脚迈进箭仓，环视了一下躲在其中的二十八个男男女女，便立即离开了。过了一刻左右，使者来到箭仓，传达了家康让所有人自尽的命令。大野治长听到使者的话脸色大变，茶茶却觉得这是理所当然的结局。

所有人都死得干脆利落，不一会儿，检使井伊扫部、安藤对马二人进来。也不知为何，就在此刻仍有几发枪弹打进箭仓。茶茶早已是怒火中烧，却什么也没说地将这愤怒咽了下去。

茶茶决定等秀赖自尽后，自己也跟着去。

"母亲大人。"

秀赖在切腹自尽前，看向茶茶，只说了这一句话。茶茶沉默着低下了头，与秀赖诀别。

茶茶闭上眼，想起了父亲浅井长政、母亲阿市夫人、继父胜家，还有舅舅信长。今天，她也和他们一样，凝视着白刃，将手中的短刀举起，透过箭仓的窗户，除了湛蓝的天空和初夏的骄阳外，什么都看不到。城池已经化作灰烬，那燃尽的灰烟飘浮在空中，仿佛碧空中流淌着的一条河流。

大阪城陷落后，北政所依旧在高台寺住了一段时日，后来她收下家康给她的一万三千石赡养费，先后在南禅寺和建仁寺居住，于宽永元年九月六日逝世，享年七十六岁。

茶茶的两个妹妹都很长寿，阿初在宽永十一年亡故，小督作为二代将军秀忠之妻，三代将军家光之母，在宽永三年走完了她作为女人荣耀的一生。茶茶在大阪城自尽后，阿初活了十九年，小督活了十一年。若问茶茶、阿初、小督这三人中谁的一生最幸福，恐怕除了她们本人之外，无人知晓。

附录　井上靖年谱

1907年（明治四十年）
5月6日,出生于北海道上川郡旭川町,父亲井上隼雄,母亲八重,井上靖为二人的长子。
祖父井上洁。井上家是伊豆汤岛的医生世家。母亲八重是家中的长女。父亲隼雄为井上家赘婿。

1908年（明治四十一年）　1岁
父亲井上隼雄出征前往韩国,井上靖同母亲搬至伊豆汤岛。

1909年（明治四十二年）　2岁
因父亲调动工作,迁居至静冈市。

1910年（明治四十三年）　3岁
9月,妹妹出生,和母亲一起搬至汤岛。

1912年（明治四十五年） 5岁
父母离开汤岛,将井上靖交由其户籍上的祖母加乃抚养。加乃是已故的祖父井上洁的小妾,此时已入籍井上家,在法律上是井上靖的祖母,平时独居于仓库中。井上靖与加乃的感情十分深厚。

1914年（大正三年） 7岁
4月,入读汤岛寻常高等小学。

1915年（大正四年） 8岁
9月,曾祖母阿弘去世。

1920年（大正九年） 13岁
1月,祖母加乃去世。2月,来到父亲的任地滨松,和父母一起生活。转学至滨松寻常高等小学。4月,入读滨松师范附属小学高等科。

1921年（大正十年） 14岁
4月,以第一名的成绩考入静冈县立滨松中学,担任班长。同年,父亲前往中国东北工作。

1922年（大正十一年） 15岁
3月,因为父亲被内定为台湾卫戍医院院长,因此寄居于三岛町的姨妈家中。4月,转学至静冈县立沼津中学。

1924年（大正十三年） 17岁
4月,因家人全都去了台湾的父亲身边,所以被托付给三岛的亲戚照顾。夏天,旅行去台北看望父母亲。此时,受老师和友人的影响,开始对诗歌、小说等产生兴趣。

1925年(大正十四年) 18岁
学校发生了学生闹事事件,被认为是带头闹事者之一,被强制搬入了附近的农家,处于老师的监视之下。

1926年(大正十五年·昭和元年) 19岁
2月,在沼津中学《学友会会报》上发表短歌《湿衣》九首。3月,从沼津中学毕业。前往台北的家人身边,但因父亲调任,又搬家至金泽,为高中入学考试做准备。

1927年(昭和二年) 20岁
4月,入读金泽第四高中理科甲类。加入柔道部。同年,征兵检查甲种合格。

1928年(昭和三年) 21岁
5月,应召加入静冈第三四联队,但因为在柔道活动中肋骨骨折,退伍回家。7月,参加在京都举行的柔道高中校际比赛,进入半决赛。8月,拜访住在京都的远亲足立文太郎,初见其长女足立文。从这一时期开始创作诗歌。

1929年(昭和四年) 22岁
2月,在诗歌杂志《日本海诗人》上发表《冬天来临之日》。此后,到1930年年底为止,一直在该杂志上发表诗歌。4月,担任柔道部的队长,但不久便退出了柔道部。5月,加入由福田正夫主办的诗歌杂志《焰》,到1933年5月左右为止,一直在该杂志上发表诗歌。同时还活跃于《高冈新报》、《宣言》(内野健儿主办的无产阶级诗歌杂志)、《北冠》等刊物上。

1930年（昭和五年） 23岁
3月,从四高毕业。4月,入读九州帝国大学法文学部英文科,搬至福冈,但是不久就对大学生活失去了兴趣,前往东京,醉心于文学。从9月开始,放弃使用笔名井上泰,改为自己的本名。10月,从九州帝国大学退学。12月,在弘前,与白户郁之助等人一起创刊同人杂志《文学abc》。

1931年（昭和六年） 24岁
3月,父亲在军医监(少将)的职位上退休,在金泽住了一段时间之后,退隐于伊豆汤岛。

1932年（昭和七年） 25岁
1月,杂志《新青年》上征集平林初之辅的未完遗作——侦探小说《谜一般的女人》的续集,以冬木荒之介的笔名参加征集并入选。此后,不断参加《侦探趣味》《SUNDAY每日》等主办的有奖小说征集活动并入选。2月,应召入伍,半个月后退伍。4月,入读京都帝国大学文学部哲学科,但是基本不去听课。从同年夏天开始,诗风发生改变,从分行诗转向散文诗。

1933年（昭和八年） 26岁
9月,以泽木信乃为笔名,小说《三原山晴夫》参加《SUNDAY每日》的"大众文艺"征集活动,被选为优秀作品。11月,《三原山晴夫》被大阪的剧团"享乐列车"改编成剧目并上演。

1934年（昭和九年） 27岁

3月，以泽木信乃为笔名，参与《SUNDAY每日》的"大众文艺"征集活动，小说《初恋物语》当选。4月，以大学在读的身份加入新成立的电影社脚本部，往返于京都和东京之间。

1935年（昭和十年） 28岁

6月，在《新剧坛》创刊号上发表首部戏曲创作《明治之月》。8月，与友人创刊诗歌杂志《圣餐》。10月，以本名参加《SUNDAY每日》的"大众文艺"征集活动，侦探小说《红庄的恶魔们》当选。《明治之月》在新桥舞剧场上演。11月，与足立文结婚。

1936年（昭和十一年） 29岁

3月，从京都帝国大学哲学科毕业。7月，参加《SUNDAY每日》的"长篇大众文艺"征集活动，《流转》当选为历史小说第一名，并获第一届千叶龟雄奖。以此获奖为契机，8月就职于每日新闻大阪总部。在《SUNDAY每日》编辑部工作。10月，长女几世出生。

1937年（昭和十二年） 30岁

6月，成为学艺部直属职员。9月，应召为中日战争候补人员。《流转》被松竹公司拍成电影。被编入名古屋第三师团派往中国北部，11月，患上脚气病，被送进野战预备医院。

1938年（昭和十三年） 31岁

3月，因病提前退伍。4月，回到每日新闻大阪总部学艺部工作。负责宗教栏目。10月，次女加代出生，但不久就夭折了。

1939年（昭和十四年） 32岁
除宗教栏目外，开始同时负责美术栏目。专注于对佛典、佛教美术等相关内容的取材。

1940年（昭和十五年） 33岁
与安西东卫、竹中郁、小野十三郎、伊东静雄、杉山平一等诗人交往。9月，因职务调整，转至文化部工作。12月，长子修一出生。

1942年（昭和十七年） 35岁
在出版社工作的同时，还在京都帝国大学研究生院进行研究活动。

1943年（昭和十八年） 36岁
1月，《大阪每日新闻》与《东京日日新闻》合并，成立《每日新闻》。4月，与浦上五六合著的《现代先觉者传》发行，所用笔名为浦井靖六。10月，次子卓也出生。

1945年（昭和二十年） 38岁
1月，成为每日新闻社参事。因为学艺栏被裁掉，4月，调动到社会部工作。岳父足立文太郎去世。5月，三女佳子出生。6月，家人被疏散到鸟取县。每天从大阪茨木出发去上班。8月15日，撰写终战文章《听完玉音广播之后》。12月，将家人托付给妻子娘家足立家照顾。

1946年（昭和二十一年） 39岁
1月，就任大阪总社文化部副部长。再次开始诗歌创作。

1947年（昭和二十二年） 40岁
以井上承也为笔名,参加《人间》第一届新人小说征集活动,9月,小说《斗牛》在当选作品空缺的情况下,入选优秀作品。4月,兼任大阪总社评论员。8月,家人迁居至汤岛。

1948年（昭和二十三年） 41岁
1月,完成小说《猎枪》的创作,参加了《人间》第二届新人小说征集活动,但没有入选。2月,协助竹中郁等人创刊诗歌童话杂志《麒麟》,负责挑选诗歌。4月,任东京总社出版局书籍部副部长,独自一人前往东京,暂居于葛饰区奥户新町妙法寺。

1949年（昭和二十四年） 42岁
10月、12月,接连在《文学界》上发表《猎枪》《斗牛》。

1950年（昭和二十五年） 43岁
2月,《斗牛》获第22届芥川文学奖。3月,就任东京总社出版局代理负责人,专注于创作。4月,在《新潮》上发表短篇小说《漆胡樽》。5月开始在《夕刊新大阪》上连载第一部报刊小说《那个人的名字无法说出》。7月,长篇小说《黯潮》开始在《文艺春秋》上连载。8月,《井上靖诗抄》发表于《日本未来派》。

1951年（昭和二十六年） 44岁
1月,开始在《新潮》上连载长篇小说《白牙》(至5月)。5月,从每日新闻社辞职,成为社友。专心从事文学创作。8月,开始在《SUNDAY每日》上连载《战国无赖》,在《文艺春秋》上发表《玉碗记》。10月,在《新潮》上发表《某伪作家的一生》。

1952年（昭和二十七年） 45岁
1月，开始在《妇人画报》上连载《青衣人》(至同年12月)。7月，开始在《新潮》上连载《黑暗平原》。

1953年（昭和二十八年） 46岁
1月，开始在《ALL读物》上连载《罗汉柏物语》。5月，开始在《周刊朝日》上连载《昨天和明天之间》。7月，在《群像》上发表《异域之人》。10月，开始在《小说新潮》上连载《风林火山》。12月，在《别册文艺春秋》上发表《古道尔先生的手套》。

1954年（昭和二十九年） 47岁
3月，开始在《朝日新闻》上连载《明日将至之人》，在《群像》上发表《信松尼记》，在《中央公论》上发表《僧行贺之泪》。

1955年（昭和三十年） 48岁
1月，在《文艺春秋》上发表《弃媪》。从昭和二十九年度下半期（第32届）开始担任芥川奖的选考委员。8月，开始在《别册文艺春秋》上连载《淀殿日记》（后改名为《淀君日记》），开始在《小说新潮》上连载《真田军记》。9月，开始在《每日新闻》上连载《涨潮》。10月，由新潮社出版新著长篇小说《黑蝶》。

1956年（昭和三十一年） 49岁
1月，开始在《新潮》上连载长篇小说《射程》。11月，开始在《朝日新闻》上连载《冰壁》。

1957年（昭和三十二年） 50岁
3月，开始在《中央公论》上连载《天平之甍》。10月，开始在《周刊读卖》上连载《海峡》。正在连载的《冰壁》引起了社会热议,成为畅销书。10月末,开始了首次中国之旅,为期近一个月时间。

1958年（昭和三十三年） 51岁
2月,凭借《天平之甍》获艺术选奖文部大臣奖。3月,在《中央公论》上发表《满月》。5月,在《世界》上发表《幽鬼》。7月,在《文艺春秋》上发表《楼兰》。10月,在《群像》上发表《平蜘蛛釜》。

1959年（昭和三十四年） 52岁
1月,开始在《群像》上连载《敦煌》。2月,凭借《冰壁》等作品获日本艺术院奖。5月,父亲井上隼雄去世。7月,在《声》上发表《洪水》。10月,开始在《文艺春秋》上连载《苍狼》,在《朝日新闻》上连载《漩涡》。

1960年（昭和三十五年） 53岁
1月,开始在《主妇之友》上连载《雪虫》。7月,受每日新闻社派遣前往罗马奥运会采风,周游欧美各国,11月末回国。《敦煌》《楼兰》获每日艺术大奖。

1961年（昭和三十六年） 54岁
1月,与大冈升平就《苍狼》产生论争。在《东京新闻》晚报等连载《悬崖》。6月末开始进行为期约半个月的访华。10月开始在《周刊朝日》上连载《忧愁平野》。12月,《淀君日记》获野间文艺奖。

1962年（昭和三十七年） 55岁
7月,开始在《每日新闻》上连载《城砦》。

1963年（昭和三十八年） 56岁

2月，开始在《妇人公论》上连载《杨贵妃传》，在《ALL读物》上发表《明妃曲》。4月，为创作《风涛》，前往韩国进行为期约一周的采风。6月，在《文艺》上发表《宦者中行说》。8月，开始在《群像》上连载《风涛》。9月末开始，进行为期约一个月的访华。

1964年（昭和三十九年） 57岁

1月，成为日本艺术院会员。2月，《风涛》获读卖文学奖。5月，为创作《海神》，前往美国进行为期约两个月的旅行采风。9月，开始在《产经新闻》上连载《夏草冬涛》。10月，开始在《展望》上连载《后白河院》。

1965年（昭和四十年） 58岁

5月，在苏联境内的中亚地区进行了为期约一个月的旅行。11月，开始在《朝日新闻》上连载《化石》。

1966年（昭和四十一年） 59岁

1月，分别开始在《文艺春秋》上连载《俄罗斯国醉梦谭》，在《世界》上连载《海神（第一部）》，在《太阳》上连载《西域之旅》。

1967年（昭和四十二年） 60岁

6月，开始在《每日新闻》晚报上连载《夜之声》。夏，受夏威夷大学邀请担任夏季研究班讲师，前往夏威夷旅行。诗集《运河》刊行。

1968年（昭和四十三年） 61岁

1月，开始在《SUNDAY每日》上连载《额田女王》。5月，前往苏联进行为期约一个半月的旅行,为《俄罗斯国醉梦谭》采风。10月,《西域物语》开始在《朝日新闻》周日版连载。12月,《北之海》开始在《东京新闻》等刊物连载。

1969年（昭和四十四年） 62岁
1月,分别开始在《世界》上连载《海神(第二部)》,在《太阳》上连载《西域纪行》。4月,就任日本文艺家协会理事长。《俄罗斯国醉梦谭》获新潮日本文学大奖。7月,在《海》上发表《圣者》。8月,在《群像》上发表《月之光》。

1970年（昭和四十五年） 63岁
1月,开始在《日本经济新闻》上连载《榉木》。9月,开始在《读卖新闻》上连载《方形船》。

1971年（昭和四十六年） 64岁
1月,开始在《文艺春秋》上连载美术游记《与美丽邂逅》。3月,前往美国进行约两周的旅行,为《海神》采风。5月,开始在《朝日新闻》上连载《星与祭》。诗集《季节》刊行。

1972年（昭和四十七年） 65岁
9月,开始在《每日新闻》晚报上连载《年幼时光》。由每日新闻社主办的"井上靖文学展"举行。10月,开始在《世界》上连载《海神(第三部)》。新潮社版《井上靖小说全集》(共32卷)开始出版发行。

1973年（昭和四十八年） 66岁
5月,前往阿富汗、伊朗等地进行为期约一个月的旅行。11月,母亲八重去世。沼津骏河平开设井上文学馆。

1974年（昭和四十九年） 67岁
1月,开始在《文艺春秋》上连载游记《亚历山大之道》。开始在《每日新闻》周日版上连载随笔《一期一会》。9月末开始为期约两周的访华。

1975年（昭和五十年） 68岁
5月,作为访华作家代表团团长,在中国进行了为期约20天的旅行。

1976年（昭和五十一年） 69岁
2月,前往欧洲进行为期约一周的旅行。6月,前往韩国进行为期约10天的旅行。11月,获文化勋章。进行为期约两周的访华。诗集《远征路》刊行。

1977年（昭和五十二年） 70岁
3月,用约10天的时间历访埃及、伊拉克等地。8月,进行为期约20天的访华,前往新疆维吾尔自治区。11月,开始在《每日新闻》上连载《流沙》。

1978年（昭和五十三年） 71岁
1月,开始在《文艺春秋》上连载《我的西域纪行》。5月至6月间访华,首次到访敦煌。

1979年（昭和五十四年） 72岁
3月,每日新闻社主办的"敦煌——壁画艺术与井上靖的诗情展"在大丸东京店等地举行。从夏到秋,跟随电影《天平之甍》摄影组、NHK丝绸之路采访组等多次前往中国、西域等地旅行。

1980年（昭和五十五年） 73岁
3月,和平山郁夫一起参观印度尼西亚婆罗浮屠遗址。4月末开始,和NHK丝绸之路采访组一起行走于西域各地。6月,任日中文化交流协会会长。8月,访华。10月,和NHK丝绸之路采访组一起获菊池宽奖。获佛教传道文化奖。

1981年（昭和五十六年） 74岁
1月,开始在《群像》上连载《本觉坊遗文》。4月,开始在《太阳》上连载随笔《站在河岸边》。5月,任日本笔会会长。9月末,在夫人的陪伴下前往中国旅行,为创作《孔子》采风。10月,就任日本近代文学馆名誉馆长。获放送文化奖。

1982年（昭和五十七年） 75岁
5月,《本觉坊遗文》获新潮日本文学大奖。5月末、11月末、12月末到次年初,三次前往中国旅行。出席巴黎日法文化会议。

1983年（昭和五十八年） 76岁
6月(两次)和12月访华。

1984年（昭和五十九年） 77岁
1月至5月,由每日新闻社主办的展览"与美丽邂逅 井上靖 无法忘却的艺术家们"在横滨高岛屋等地举行。5月,作为运营委员长主持国际笔会东京大会。11月,访华。

1985年（昭和六十年） 78岁
1月，获朝日奖。6月，在夫人的陪伴下，和《俄罗斯国醉梦谭》摄影组一起访问苏联。10月，访华。

1986年（昭和六十一年） 79岁
4月，访华，被授予北京大学名誉博士称号。9月，因食道癌在国立癌症中心住院，接受手术治疗。

1987年（昭和六十二年） 80岁
5月，在夫人的陪伴下前往法国，并游历欧洲各地。6月，开始在《新潮》上连载最后的长篇小说《孔子》。10月，访华。

1988年（昭和六十三年） 81岁
5月，前往中国进行为期10天的旅行，访问孔子的家乡曲阜，为创作《孔子》采风。这是他第27次中国之行，也是最后一次。诗集《旁观者》刊行。

1989年（昭和六十四年·平成元年） 82岁
12月，《孔子》获野间文艺奖。

1991年（平成三年） 84岁
1月29日，在国立癌症中心去世。2月20日，在青山斋场举行葬礼，戒名：峰云院文华法德日靖居士。